Einaudi Tascabili. Stile libero
1133

Dello stesso autore nel catalogo Einaudi

Almost Blue
Il giorno del lupo
Mistero in blu
L'isola dell'Angelo caduto
Guernica
Un giorno dopo l'altro
Laura di Rimini
Lupo mannaro
Medical Thriller (con Eraldo Baldini e Giampiero Rigosi)
Falange armata
Misteri d'Italia

© 2003 Giulio Einaudi editore s.p.a., Torino

www.einaudi.it

ISBN 88-06-16623-9

Carlo Lucarelli
Il lato sinistro del cuore

(Quasi) Tutti i racconti

Einaudi

Ringraziamenti.

A parte lo staff Einaudi che ha seguito questo libro e il mio editor che ogni volta cerco di nominare ma lui non vuole mai, devo un ringraziamento particolare a chi si è messo a caccia dei miei racconti tra memorie di computer, riviste ciclostilate, antologie e quotidiani locali, riuscendo a scovarli tutti uno per uno. Peggio dei cacciatori di teste del Borneo, peggio degli indiani che dànno la caccia agli evasi nei fumetti di Tex, peggio della Gestapo: Beatrice Renzi e Mauro Smocovich.

A volte capita che l'idea che hai in testa, la storia a cui stai pensando da un po' e che è arrivata al punto che se non la scrivi ti intossica come un veleno e ti fa male, finalmente esca, prenda corpo, e si fermi quasi subito, sviluppata armonicamente in tutte le sue parti e bella, ma non come un albero, piuttosto come un bonsai. Capita a volte che il respiro della storia che racconti sia breve, intenso, ritmato ed efficace, giusto come deve essere, ma non come nella maratona, piuttosto come nei cento metri piani, e che personaggi, azioni, dialoghi, descrizioni, concetti, emozioni, stile, abbiano piú senso se espressi con la sintesi e la concentrazione del racconto.

Ci sono scrittori che fanno solo questo, che scrivono soltanto racconti, perché quella è la loro dimensione, ed è una dimensione bellissima, pensate a Raymond Carver. Ci sono altri scrittori che invece sono scrittori di romanzi, ma ogni tanto, quando capita, quando viene, scrivono racconti.

Io appartengo a questa razza, quella dei romanzieri. Però ogni tanto succede che invece di una foresta, o anche soltanto di un albero, la storia che sto scrivendo diventi un bonsai. A volte succede semplicemente perché è giusto che sia cosí, e a volte lo faccio apposta, perché voglio sperimentare un'idea, una tecnica o uno stile, e mi sembra venga meglio con un racconto, che si può osservare da vicino con un unico colpo d'occhio, come una miniatura. Non è che sia piú facile che con un romanzo, non è neanche piú breve, dal punto di vista dello sforzo narrativo. Proprio perché le cose sono tutte lí, allo scoperto e vicinissime una all'altra, non ti puoi permettere bluff o distrazioni. Bisogna scolpire e rifinire ogni parola, cercarla bene, centellinarla, bisogna far risaltare subito tutti gli elementi della storia, subito, perché il tempo è poco, ma allo stesso tempo si può provare a giocare con una struttura inusuale, con uno stile piú sperimentale, ragionevolmente certi che difficilmente finiranno per stancare. E si possono utilizzare al massimo livello di impatto gli strumenti dell'ironia e della suspense, come un colpo rapido e violento, che arriva all'improvviso, e anche concentrare un messaggio e un'intenzione, che salteranno fuori subito, evidenti e quasi nudi, con minori mediazioni che nello spazio diluito di un romanzo.

Spesso succede che i racconti vengano chiesti. Giornali, riviste, editori, associazioni, perfino enti locali e ditte farmaceutiche. Un amico scrittore sta curando un'antologia a tema, qualunque tema, dal rapporto col cellulare all'horror sovrannaturale al Capodanno, e chiede un racconto. Una rivista vuole testimoniare l'esistenza di un movimento letterario, o semplicemente di un gruppo o una tendenza, e chiede un racconto. Un giornale vuole stampare un inserto estivo e chiede un racconto da leggersi sotto l'ombrellone. Una scuola ha bandito un concorso tra gli studenti e vorrebbe un racconto da mettere in testa agli altri perché cosí è piú facile trovare i soldi per la pubblicazione. Molte volte sono richieste ben precise, sul numero delle pagine e sulle battute, sul tema, sulle limitazioni, soprattutto, che ogni tanto sfiorano l'assurdo. Un racconto per la rivista di una compagnia aerea, di quelle che si trovano in aeroporto, che sia un noir ma che non comunichi tensione ai passeggeri, non parli di bombe sugli aerei, dirottamenti, omicidi nei terminal, neanche ritardi nei voli o bagagli persi.

A volte non è possibile, e allora, per quanto affascinante sia il confronto con un limite da aggirare, bisogna dire di no. Altre volte non viene proprio in mente niente, e anche allora bisognerebbe dire di no, perché per quanto qualunque autore con un po' di tecnica e un minimo di fantasia potrebbe scrivere qualunque cosa, non verrà mai fuori un granché.

A volte, invece, funziona, e allora non si tratta piú di una richiesta, ma di una suggestione, uno stimolo a battere una strada nuova, a indirizzare il pensiero in un posto che non conosci ma che sai che esiste, come se qualcuno ti avesse suggerito una scorciatoia e presala avessi scoperto che porta a un'altra strada, che finisce in una piazza, sconosciuta e bellissima.

Alla fine, nonostante sia uno scrittore di romanzi, di racconti ne ho scritti tanti anch'io. Cercando di metterli assieme tutti ne sono saltati fuori centododici, e qualcun altro ancora ce ne sarà, nascosto da qualche parte. Di questi, alcuni non mi dicevano piú nulla o erano troppo legati all'occasione per cui erano stati scritti. Alcuni sono diventati romanzi, come *Almost Blue*, e altri ancora, come certi racconti di ambientazione coloniale, lo diventeranno presto, almeno spero.

Gli altri sono qui. In tutti ho cercato di fare l'unica cosa che uno scrittore, di romanzi o racconti che sia, deve fare quando scrive: raccontare una storia che gli piace nel miglior modo possibile e con le parole piú belle che sa.

Se ci sono riuscito non lo so. Però ci ho provato.

CARLO LUCARELLI

Il lato sinistro del cuore

A Pasqua
(sembra un appuntamento
e invece è una dedica).

A volte capita che uno scrittore prenda spunto dalla realtà della cronaca. A me capita spesso, e alcune di queste volte mi ci tengo molto vicino, a questa realtà, quasi da nome e cognome. Poi, però, come succede a tutti gli scrittori, me ne distacco subito e vado avanti per conto mio. Per questo, nonostante quello che sembra, ogni riferimento a persone o avvenimenti realmente esistiti o accaduti è puramente casuale. Quasi sempre, almeno.

Si erano conosciuti nel capitolo precedente e si erano piaciuti subito, al primo sguardo. Avevano ballato insieme tutti i lenti, sfiorandosi prima, poi stringendosi, ed erano rimasti a parlare per almeno venti pagine, con lui che la guardava negli occhi e lei che sorrideva, giocando coi capelli. Poi, all'improvviso, lui si era accorto che mancavano soltanto trenta righe alla fine del libro e che ne aveva già sprecate sei soltanto di introduzione. Allora la prese per mano e un po' bruscamente la portò di sopra, ma perché lei non lo credesse un tipo volgare, che pensava solo a quello, fece il grande e andò a capo. Col rientro.

L'abbracciò di slancio e lei si divincolò, allontanando la testa, ma quando lui la guardò disorientato fu lei, alzando il mento, a offrirgli le labbra. Si baciarono per almeno venticinque battute e avrebbero potuto entrare nel Guinness finendo la pagina, ma lui preferí staccarsi, ansimando, con le labbra umide. Vide la sua espressione, delusa e diffidente, e allora disse: – Tiamo, – tutto attaccato e senza cambiare paragrafo, ma fu sufficiente per farla sorridere, felice. La costrinse a sedersi sul letto, dolcemente, e stringendole le spalle con un braccio la baciò sul collo, mentre con la mano lottava con un bottone, maledetto, stretto sul seno.

– Mi ami? – chiese lei, ma lui non rispose, e la sua mano scivolò veloce sul collant, perché era ormai alla riga ventisei. La stese sul letto quasi di forza e allora lei disse: – Sí sí sí sí sí sí sí sí sí sì sì sì **sì sì sì** *sì sì sì*… – in grassetto e in corsivo e sottolineato, pure, fino alla fine.

Ma avevano fatto male i conti di una riga, e in quella lei rimase incinta.

Si sposarono in un'edizione successiva.

La domestica

Veniva da Capoverde ed era bellissima. Io allora avevo quattordici anni, studiavo Greco e Latino ed ero convinto di avere l'acne perché facevo cose che non stava bene fare. Ricordo che spruzzava sempre questo spray per le stanze, e quell'odore, quell'odore morbido e fresco, un po' dolce, per me resterà sempre l'odore dell'Africa. Anche dopo quello che successe... tutto quello che successe dopo.

Quando arrivò da noi era giovedí pomeriggio, c'era il sole e io studiavo per un compito in classe. Avevamo una casa grande in cima a una palazzina di quattro piani, molto grande, dodici stanze con i servizi, e la mia era proprio in fondo, ma i passi di mia madre, quel ticchettio rapido e acuto, lo sentivo fin da quando imboccava il corridoio. Allora, di solito, salivo nello studio in mansarda prima che arrivasse e la lasciavo a urlare per chiamarmi, affacciata alla tromba della scala a chiocciola che non poteva salire perché le faceva paura. Ma quella volta no, quella volta mi lasciai sorprendere sul letto, con la grammatica greca in mano e gli occhi fissi sulla pagina dell'aoristo medio passivo, bloccato da un'improvvisa pigrizia che sembrò insospettire anche lei.

– Cosa stai facendo?
– Studio.
– Sicuro?
– Sí.
– È arrivata la domestica nuova. È in salotto che parla con papà, la vuoi conoscere?

– Sto studiando.

– Sarebbe giusto che venissi a vederla anche tu, dato che la prendiamo quasi a tempo pieno e tornerà a casa sua solo dopo cena. Cosí potresti dare il tuo parere. È ora che cominci a interessarti delle faccende di famiglia...

– Sto studiando.

– Sicuro? Ti ricordi quello che ti ha detto papà su certe cose... poi ti cala la vista e ti vengono tutti quei segni sul viso. Anche don Pino diceva che...

– Sto studiando.

– Fa' un po' come ti pare.

Rimasi a fissare il libro, le righe stampate che ondeggiavano e si confondevano in un unico blocco sfocato, finché finalmente non sentii di nuovo il ticchettio secco dei passi di mia madre che si allontanavano nel corridoio. Era sempre vestita come se dovesse uscire, mia madre, anche quando restava in casa tutta la giornata. Dicevano che fosse stata una bella donna, una volta, ma io non riuscivo a immaginarmela se non come la vedevo allora, magrissima, molto alta, i capelli tinti gonfiati dalla permanente, la camicia di pizzo bianco chiusa sul collo. Anche mio padre non riuscivo a immaginarlo senza i capelli bianchi, le pieghe di grasso sotto la nuca, le macchie di sudore scuro sulla camicia, sotto le ascelle. Erano sposati da un pezzo e già cosí, credo, quando ero nato io. Fu il periodo in cui mamma prendeva lezioni d'aerobica in casa, da un istruttore che veniva tutte le mattine e che dopo non venne piú e papà cambiò la vecchia segretaria con una molto piú giovane. E proprio pensando all'ultima segretaria di mio padre, quella rossa, con la minigonna e le calze nere, allungai un braccio per socchiudere la porta che mia madre aveva lasciato aperta e con lo sguardo perso nella macchia indistinta che avevo davanti agli occhi mi infilai la mano sotto la cintura.

La incontrai per caso qualche ora dopo, quando uscii dalla mia stanza per andare in cucina. La prima cosa che mi colpí fu l'odore, quell'odore forte di spray che mi fece capire ancora sulla soglia che c'era qualcosa di nuovo e di strano. Poi lei si mosse e la vidi. Mi aspettavo una filippina bassa e rotonda dal volto schiacciato, e invece lei era alta e nera e bellissima. Era chinata sul lavandino, e quando sollevò la testa per guardarmi rimasi cosí sorpreso che mormorai: – Buongiorno, – afferrai la prima cosa che mi capitò a tiro e scappai via. Mi ritrovai in bagno, con una bottiglia di tabasco in mano e il cuore che mi martellava forte nel petto. Prima di sedermi sul bordo della vasca, davanti allo specchio, mi ero anche chinato in avanti e con un guizzo avevo chiuso a chiave la porta.

Praticamente ero scappato. L'avevo guardata cosí in fretta che non riuscivo neppure a ricordarmela, a parte il lampo bianco di un sorriso appena mi aveva visto, e per il resto avevo in mente solo una figura alta, nera e scolpita come una statua di legno. Avevo ancora nel naso quell'odore intenso che mi fece pensare a lunghi capelli arruffati e scuri, forse... o forse no. Non ricordavo neppure com'era vestita, con un grembiule bianco attorno ai fianchi, forse, o un camice nero da lavoro, forse... o forse no. Guanti bianchi e una crestina inamidata sulla testa, forse...

Rimasi chiuso in bagno a concentrarmi finché non mi sentii molto stupido. Allora tirai lo sciacquone, feci scorrere un po' d'acqua dai rubinetti e solo dopo essermi accertato che lei non era in corridoio tornai nella mia stanza, con la bottiglia di tabasco ancora in mano.

Non aveva né i guanti bianchi né la crestina inamidata. E neppure il grembiule. Indossava un vestito leggero, a fiori stampati, tanto piccoli che sul momento, appena entrò nella sala da pranzo col vassoio in mano, mi sembrarono quasi le macchie di un leopardo. Vidi solo quello e il lampo bianco del suo sorriso, perché subito, istintivamente, abbassai la testa sul piatto.

– Lascia pure qui, Etienne, ci penso io, – disse mia madre. – Porta il sale, però, che non c'è...

Alzai gli occhi mentre usciva e vidi che aveva davvero i capelli lunghi e neri, legati dietro la nuca in una coda crespa.

Tornò per il sale, poi per il vino, poi per un bicchiere che mio padre aveva rovesciato sulla tovaglia e che bisognava asciugare, e ogni volta riuscivo a guardarla solo per qualche secondo, a cogliere un particolare nuovo, un altro dettaglio. La pelle nera e liscia delle spalle larghe e dritte, segnate dalle bretelle fiorite del vestito, la linea netta delle clavicole e l'ombra scura e profonda del solco tra i seni. Il mento forte, i denti bianchi che balenavano tra le labbra e gli zigomi alti sotto gli occhi neri che per un attimo, prima che li abbassassi ancora, incrociarono i miei. Era come se ogni volta dovessi concentrarmi su un punto preciso da mettere a fuoco rapidamente, mentre le facevo scivolare gli occhi addosso, incapace, quasi, di guardarla tutta assieme.

– Ho cercato Capoverde sull'enciclopedia di «Tuttoviaggi», – disse mia madre quando Etienne fu uscita per la seconda volta, – cosí... tanto per vedere chi ci mettevamo in casa.

– Ah sí? – disse mio padre, distratto da quello che aveva nel piatto. – E com'è?

– Povero e sporco. Non è un posto da andarci in vacanza.

– Non è un posto da andarci in vacanza... per te se un posto non è buono da andarci in vacanza non esiste neppure. Te ne freghi, te, di come stanno in quei posti là...

– Non è vero... e infatti io ho preso una domestica di Capoverde e la faccio lavorare. E tu? Tu cosa fai, allora?

– Io la pago, io...

Ero curvo sul bordo del tavolo, appoggiato sui gomiti a fingere di leggere l'etichetta dell'acqua minerale quando Etienne entrò di nuovo per sparecchiare. Girò attorno al tavolo, scivolando fuori dal mio campo visivo, come un'ombra oscura. Poi, il guizzo nero del muscolo del suo braccio che mi passava davanti come per abbracciarmi mentre mi sfilava il piatto da sotto il naso, mi fece irrigidire contro lo schienale della sedia. La pelle liscia e fresca della sua gamba sfiorò le nocche della mano che avevo lasciato penzolare inerte lungo il fianco, ghiacciandomi la schiena con un brivido improvviso. Ma fu il suo odore, quell'odore che sentii forte quando si chinò di nuovo su di me per prendere la forchetta che era caduta sul tavolo e per un attimo si schiacciò contro la mia spalla, quell'odore intenso che sembrava stordirmi, cosí dolce, cosí pieno...

– Devo studiare, – dissi, alzandomi da tavola e ripetei: – Devo studiare, – quando mia madre disse che c'era la frutta e: – Devo studiare, – ancora una volta, un attimo prima di entrare in camera mia e chiudere la porta e salire di corsa in mansarda, sul divano, mentre ancora avevo nel naso il ricordo di quell'odore e sulla mano il soffio di quella pelle liscia e quel guizzo nero dentro gli occhi chiusi.

Quella notte la sognai. Non ricordo piú come, ma alla mattina ero sicuro di averla sognata e avevo la vaga impressione di essermi anche svegliato, aprendo gli occhi nel buio, di essermi alzato, forse, a sedere sul letto. Mi stupiva il ricordo lontano di un forte senso di angoscia e il fatto di essere arrivato asciutto, senza che fosse successo nulla nel sonno, fino a mattina. Se chiudevo gli occhi e mi concentravo, la testa sul cuscino e le mani aperte sulla pancia, riuscivo a intravedere un ovale allungato, completamente nero, che emergeva lentamente dal buio, silenzioso e indistinto... Poi, il martellare acuto dei tacchi di mia madre sul parquet di legno del corridoio mi fece aprire gli occhi e mi girai dall'altra parte, come al solito, lasciandola a urlare sulla soglia che era tardi e che mi dovevo alzare.

Etienne la vidi soltanto a metà mattina. Dopo aver perso un sacco di tempo a girare per casa cercando di incontrarla, imparai da mia madre che era uscita a fare la spesa.

– Stacci attento anche tu che non dia da mangiare ai piccioni sul terrazzo della cucina. Perché a parte lo sporco che fanno, poi arrivano anche le colombe del vicino e io non ci voglio avere a che fare con certa gente... la signora di sotto dice che è da ieri che è sparito Milú, il suo siamese, e dice che è stato lui perché dava fastidio alle colombe... ma mi ascolti?

La lasciai parlare e andai ad appostarmi alla finestra di camera mia, da cui si vedeva il cortile e l'ingresso del palazzo. Era una piovosa giornata di inizio maggio, e io avevo la fonte ormai

ghiacciata dal contatto col vetro umido quando mi sentii toccare sul collo. La botta che battei col naso sulla finestra mi
riempí gli occhi di lacrime. Era Etienne, con i capelli bagnati
sciolti sulle spalle e ancora qualche goccia di pioggia sul volto.
Il vestito a fiori stampati, umidissimo, le aderiva al corpo se-
gnandole i fianchi e la curva del seno, e mi troncava il fiato.
Non l'avevo sentita entrare perché era scalza, ma non riuscivo
a capire come avesse fatto a passarmi sotto gli occhi per attraversare il cortile. Non me lo chiesi a lungo.

– Signora hai detto che signorino può darmi qualcosa, – disse. – Pioggia mi hai bagnato tutta e hai bisogno di vestiti. Signora non hai vestiti adatti per me, ma signorino forse.

Aveva un modo di parlare, Etienne, un tono basso e modu-
lato da una cantilena sottile che ci misi un po' per isolare le parole e capire quello che voleva.

– Certo, – dissi, – certo, certo, certo... – come un idiota. Mi
avvicinai all'armadio, quasi di corsa, vergognandomi dei calzi-
ni che avevo lasciato accartocciati sotto la sedia e sbattendo il
fianco contro lo spigolo del tavolo. Aprii un cassetto e tirai fuori un maglione, poi aprii un'anta dell'armadio per prendere qualcos'altro, una camicia o un paio di calzoni, ma Etienne era già
dietro di me, rapida e silenziosa, vicinissima, quasi a sfiorarmi.

– Questo basta, – disse, prendendo il maglione. Con naturalezza, quasi distrattamente, fece per abbassarsi una spallina
del vestito e io mi irrigidii, serrando le mascelle. Lei si fermò,
stringendosi addosso il maglione, e mi sorrise, lanciandomi
un'occhiata.

– Meglio che fai in bagno, – disse, poi fece un passo indietro e sollevò una gamba, piegandola ad angolo per toccarsi un
piede. – Hai bisogno di questo, – disse, e si guardò attorno, il
piede nudo appoggiato al ginocchio, scuotendo la testa quando
indicai un paio di scarpe da ginnastica. Io non le usavo mai, ma
dovevo avere un paio di pantofole di stoffa sotto il letto, cosí
mi chinai verso il pavimento, spingendomi oltre il bordo della
rete per prenderle. Quando mi sollevai, ancora in ginocchio sullo stuoino, lei allungò una gamba e rapida infilò il piede in una

delle pantofole che tenevo in mano. Vidi soltanto il guizzo nero dei muscoli che si tendevano a fior di pelle, sotto l'orlo della stoffa del vestito che saliva sulla coscia, cosí sorpreso che la pantofola scivolò in avanti tra le mie mani, fermandosi con la punta stretta tra la mia pancia e il piede di Etienne. Il movimento che fece con le dita per infilarla meglio e tirarla indietro mi risucchiò lo stomaco in una spirale violenta, e anche se con l'altro piede mi sfiorò soltanto è impossibile che non si sia accorta del nodo improvviso che premeva dolorosamente contro la cucitura, dura, dei miei jeans. Mi sorrise, anche, un sorriso rapido, con un'occhiata obliqua e impenetrabile, poi uscí dalla stanza con un passo morbido, lento, attutito dalle pantofole, lasciandomi da solo, in ginocchio sullo stuoino.

– Che cos'è questo odore?

Gli era caduta la penna e nel chinarsi nello spazio di banco tra me e lui Paolo mi aveva sfiorato col naso il maglione, fermandosi a metà movimento a risucchiare aria con le narici dilatate.

– Questo è profumo... no, anzi, è l'odore di una donna. Oh, Ricci... Marco è stato con una donna.

Dal banco di dietro una spinta in mezzo alla schiena mi fece sussultare.

– Ma va'... impossibile. Chi è? Dài, dicci chi è...

– State zitti, che la prof ci guarda...

L'odore era l'odore di Etienne. Aveva tenuto il maglione che le avevo prestato per tutto il giorno, infilato dentro una vecchia sottana di mia madre, e se l'era tolto soltanto a sera, al momento di andarsene, quando era uscita dal bagno col suo vestitino asciutto. Aveva buttato il maglione in lavanderia, nella cesta dei panni sporchi e io l'avevo rubato. Ero andato a letto con quello, il naso affondato nella trama del collo, stordito da quell'odore intenso e un po' aspro, un braccio di lana girato dietro la nuca e l'altro allungato su di me, fin sotto all'elastico delle mutande, stando attento a non bagnare la manica per potermelo mettere il giorno dopo. Inizialmente avevo pensato alla

sua mano, ma la lana era troppo ruvida e allora avevo pensato
al piede di Etienne, che mi immaginavo cosí, morbido e soffi-
ce sopra e ruvido sotto.

– Allora? Chi è? Una della classe? È la Cagnetti? Dài, dil-
lo che è quel rospo della Cagnetti...

– È la mia domestica.

– La filippina? Ti sei fatto la filippina?

– No, non quella... la domestica nuova. E non è filippina, è
nera... nera e bellissima.

– E te la sei fatta davvero? Oh, Ricci... Marco si è fatto sver-
ginare dalla domestica.

Non ero riuscito a sognarla. Mi venne in mente che per quanto avessi pensato a lei in tutti i modi, non ero riuscito a sognarla
neanche quella notte. Prima di addormentarmi l'avevo immaginata mentre puliva i vetri in cima a una scala, sollevata sulle punte dei piedi, con le lunghe gambe tese per lo sforzo e l'orlo del vestito alzato fino a scoprirle le cosce forti e scure... e me l'ero vista china sul ferro da stiro, la pelle arrossata dal caldo e il cerchio
nero dei capezzoli che spuntava tra i bottoni slacciati sul seno...
poi mentre dava lo straccio, inginocchiata per terra, la curva delle natiche rotonde che le gonfiava i fiori del vestito e si muoveva, avanti e indietro, avanti e indietro... ma non ero riuscito a sognarla. Avevo rivisto, invece, l'ombra ovale di quella sagoma allungata, piú nera del buio da cui usciva lentamente. Un ovale
appuntito, su cui riuscivo appena a percepire le sfumature lucide,
i rilievi e gli affossamenti di un disegno ancora indistinto.

– Tanto, quando vengo a studiare da te la vedo. Domenica
pomeriggio lo vedo se è bellissima, la tua senegalese. Per me è
bassa e grassa.

– Non è senegalese, è capoverdiana... ed è bellissima.

– E te la sei fatta davvero? No, davvero... te la sei fatta?

– Ma cosa vuoi che si sia fatto... per me lui si ammazza dalle seghe e basta.

– No... non me la sono fatta ma ci sono vicino. Tranquilli,
è solo questione di tempo...

E in effetti, ogni tanto Etienne mi faceva pensare che prima o poi... A volte la scoprivo a fissarmi. Io la guardavo sempre, di nascosto, con la coda dell'occhio o magari riflessa in uno specchio, e cosí potevo vedere anche quando mi guardava lei. Mi fissava intensamente, tanto che sentivo, quasi, i suoi occhi neri scivolarmi sul profilo, sul collo e sulle braccia, e quando mi capitava di voltarmi e di incrociare il suo sguardo lei continuava a fissarmi con un sorriso obliquo, quasi indecente, che mi dava un brivido. Oppure succedeva che la incrociassi sulla soglia di una stanza, quando dava lo straccio in cucina, per esempio, e io entravo a prendere un bicchiere d'acqua. Allora Etienne si fermava per lasciarmi passare ma invece di spostarsi dove lo spazio era piú largo restava lí, sulla soglia, le spalle appoggiate allo stipite e il seno proteso, che non potevo fare a meno di toccare col braccio. Poi c'era quella cantilena che spesso Etienne mormorava a bocca chiusa, mentre lavorava. Un motivo dolce e lento come una ninna nanna, pieno di *m*, che finiva sempre con la parola *guedé*. Mi aveva chiamato cosí una volta che l'avevo sorpresa a fissarmi, *guedé*, sussurrato a fior di labbra prima di un sorriso che mi aveva stretto lo stomaco. Ero andato a guardare nella guida di «Tuttoviaggi», nel glossario, e avevo visto che *guedé* nel dialetto di Capoverde significava *promesso*, ed era sinonimo di *fidanzato* o *sposo*.

– Non è possibile che le piaccia davvero... è imbranato e ha il fisico di un granchio... per me o sono tutte balle o la negretta tira a incastrare il padroncino...

E quando entrava nella mia camera per spolverare e rifarmi il letto e io scendevo dalla mansarda con una scusa per poterla guardare, lei si tratteneva sempre un po' piú del solito. Si faceva aiutare a stendere il lenzuolo sul materasso o mi chiedeva spiegazioni sugli oggetti che tenevo in giro, sempre fissandomi con quello sguardo sconvolgente. Smise di sorridere, profondamente interessata, soltanto due volte: quando si fece spiegare il funzionamento di un orologio con le fasi lunari che mi aveva regalato mio padre per il mio compleanno e quando mi sorprese a sfogliare un vecchio album di fotografie. Allora si piegò sulla mia spalla e con un gesto brusco della mano aperta fermò le pagine che stavo sfogliando, tenendole aperte su una serie di foto che mi ritraevano assieme a vari parenti, al mare, in costume da bagno. Anche allora, stordito come sempre da quell'odore intenso e fresco, pensavo che forse, se ci avessi provato... ma c'era sempre qualche problema, i tacchi di mia madre nel corridoio o la voce di mio padre che chiamava Etienne perché gli serviva qualcosa, finché il tempo finiva, lei tornava a casa e io rimanevo sul divano della mansarda, la mano dentro i jeans, a pensare a cosa avrei potuto dire o fare se soltanto ci fosse stata l'occasione giusta.

– No, davvero, ragazzi... è giusto questione di tempo. Aspettate che rimaniamo in casa da soli... io e lei da soli...

Poi successero due cose: scoppiò il caldo e morí la zia Tina.

– Se proprio ci tieni a venire, vieni... io, però, preferirei che tu rimanessi a casa. Perché è un viaggio lungo e il funerale, io lo so, finisce che ti impressiona... Poi lunedí hai il compito in classe, no? Ma se ci tieni...

Non ci tenevo per niente e lo feci capire scuotendo la testa e stringendomi nelle spalle, seduto sull'ultimo gradino della scala a chiocciola della mansarda, mentre mia madre mi guardava da in fondo. Non me la ricordavo neanche la zia Tina. Era uno dei tanti parenti che venivano al mare con noi e che non vedevo piú da quando ero piccolo. Avevo anche cercato una sua fotografia appena saputo che era morta, ma dovevo averla persa perché nell'album non c'era piú.

– No, perché lo so quanto volevi bene alla zia Tina, ma è successo tutto cosí in fretta che non siamo riusciti a organizzarci, cosí è meglio che ci andiamo io e papà. Però non mi va di lasciarti qui da solo, cosí ho chiesto a Etienne se può fermarsi a dormire qui questa notte.

Alzai la testa cosí di scatto che mi feci male al collo, dietro la nuca.

– Ma se ci tieni a venire...

– No! – dissi di slancio, poi: – No... – piú piano, – non importa... cosí studio per il compito in classe.

– Bravo. Allora vieni, che ti faccio vedere dove sono le cose che ti servono.

Scesi dalla scala e seguii mia madre, docile come un cagnolino.

– Etienne sa cosa fare da mangiare a pranzo e a cena. Mi sono messa d'accordo col portiere del palazzo davanti che faccia un salto qui a mezzogiorno e verso sera, a vedere se va tutto bene e se hai bisogno di niente.

– Un salto qui? E perché? Cosa vuoi che...

– Non si sa mai... con questo caldo si è praticamente svuotato il quartiere, e metti che tu ti senta male e che Etienne non riesca a telefonare alla guardia medica... A proposito di numeri... qui c'è quello dell'albergo in cui dormiamo questa sera, quello del portiere che ti ho detto e quello di un amico di papà. Li metto sotto il telefono e ce n'è una copia in cucina, vieni a vedere...

Mia madre entrò in cucina, si avvicinò al frigorifero e si voltò verso di me, indicandomi un foglietto giallo attaccato allo sportello. Ma io guardavo alle sue spalle, alla porta finestra che dava sul terrazzo della cucina. C'era Etienne, seduta su una sedia, intenta a sbucciare qualcosa in un piatto che teneva sulle ginocchia. Aveva i capelli sciolti sulle spalle e la pelle nera che luccicava per il sudore. Teneva le gambe sollevate, le dita dei piedi agganciate al bordo di plastica di una cassa d'acqua minerale e il solito vestitino a fiori sollevato sulle cosce nere. Quando si mosse con uno scatto per riprendere il piatto che le stava scivolando, aprí le ginocchia, e io, seguendo con lo sguardo il guizzo lucido dei suoi muscoli, mi accorsi che non aveva le mutande. Allora lei alzò gli occhi su di me, sorrise con naturalezza e senza voce mormorò *guedé*, soltanto con le labbra.

– Che culo, – disse Marco, quando gli telefonai. – Vabbe', oggi a studiare non ci vengo... aspetta, però, c'è qui Ricci che mi sta dicendo una cosa. Dice che stasera passiamo con il motorino sotto casa tua... se stai scopando metti le mutandine, il reggiseno o qualcosa di intimo della tua negra fuori dalla finestra, se no veniamo su e ti sputtaniamo.

Per non correre rischi andai in camera di mia madre, presi uno dei suoi reggiseni da un cassetto e lo incastrai sotto la persiana aperta della mia finestra. Prima ne feci sporgere soltanto un angolo, poi vidi che la strada era deserta e pensai che con quel caldo non sarebbe passato nessuno, a parte Paolo e Ricci, e allora lo feci penzolare fuori, come una bandiera. Col portiere non fu cosí facile.

– Le giuro che per me non è un disturbo... sua madre mi dava anche la mancia ma ho rifiutato io, perché solo per attraversare la strada... certo, se lei va a pranzo da un suo amico è inutile che venga a mezzogiorno, anche se le sconsiglio di andare in giro con questo caldo. Facciamo cosí, passo una volta sola, verso le cinque, tanto per stare sicuri...

Dopo, corsi in camera mia a prendere l'accappatoio, schizzai in bagno a fare la doccia, tornai in camera e mi vestii in fretta, mentre il sudore cominciava già a velarmi la pelle, sotto l'odore forte del bagnoschiuma. Poi mi sedetti sul letto, le mani strette, appoggiate sulle ginocchia e lo sguardo fisso sulla porta socchiusa.

Non sapevo cosa fare.

Non so quanto tempo rimasi seduto sul bordo del letto a torcermi le dita, ansimando indeciso, le orecchie tese a sentire un rumore, un rumore qualunque nel corridoio che restava silenzioso. Mi morsi le labbra, anche, con rabbia, finché non mi alzai e uscii dalla stanza. Volevo andare in cucina a cercare un bicchier d'acqua, cosí avrei incontrato Etienne, che magari era ancora seduta in terrazza, e io le avrei detto «Ciao» e lei forse avrebbe... Ma in cucina Etienne non c'era e neppure in salotto, dove entrai cauto, quasi con paura, affacciandomi alla porta. Non mi rispose nessuno neanche quando bussai alla porta del bagno, che era socchiusa e si aprí. Però mi si mozzò il fiato quando sul bordo della vasca, scomposto come un asciugamano usato, scorsi il vestito a fiori di Etienne. Non l'avevo mai vista con nient'altro addosso, e il pensiero che si aggirasse cosí nuda per casa mi fece girare la testa, tanto che dovetti infilarmi una mano sotto la cintura per sistemarmi sotto. Mi premetti il suo vestito sul volto, aspirandone l'odore, cercando l'angolo di stoffa che immaginavo fosse stato piú a contatto con l'ombra riccia e scura che avevo intravisto sul terrazzo, poi uscii dal bagno, e con le gambe rigide e le mani che mi tremavano mi avvicinai al corridoio, senza neppure accorgermi che tenevo ancora il suo vestito sottobraccio.

Mia madre le aveva dato la camera degli ospiti che stava a metà corridoio, un po' prima della mia. Aveva la porta aperta ed esitai dietro lo stipite, affacciandomi solo quando sentii un rumore sottile, un frullare rapido e incomprensibile.

Non era Etienne. Erano le colombe del vicino che mangiavano assieme a un gruppo di piccioni sul davanzale della finestra spalancata, cosparso di briciole. Mi venne da sorridere, pensando a come Etienne avesse aggirato il divieto di mia madre di dar da mangiare alle colombe, e sorrisi ancora quando vidi che sul cassettone, appoggiata al muro come un santino, c'era anche una mia foto, rubata dal mio album e tagliata a metà, in modo che nell'immagine, con mezzo braccio proteso nel vuoto ad abbracciare qualcuno, ci fossi solo io. Poi mi accorsi che sul cassettone c'era anche una pallottola di fogli da giornale, arrotolati a incartare qualcosa, e soprattutto, il mio orologio con le fasi lunari.

Fu allora che la sentii arrivare. Era il momento migliore, il piú adatto: in camera sua, accanto al suo letto, lei nuda e io davanti alle prove dei suoi piccoli furti... ma appena sentii la sua voce che canticchiava mugolando in corridoio mi sentii a disagio, in imbarazzo, spaventato, quasi. Non sapevo piú cosa fare, cosí mi strinsi addosso il suo vestito e mi infilai sotto il letto, con uno scatto che spaventò i piccioni.

Là sotto, con la guancia schiacciata sul pavimento, a respirare i riccioli della polvere, mi sentii un cretino. Pensai che se mi avesse scoperto cosí, probabilmente Etienne mi avrebbe riso in faccia e mi avrebbe cacciato fuori dalla camera. Irrigidito a trattenere il respiro, vedevo i suoi piedi nudi che si muovevano silenziosi per la stanza, inquadrati dal rettangolo allungato della coperta che scendeva verso il pavimento. La sentivo cantare, *Mmm mmm mmm guedé*, vedevo i suoi talloni che si allontanavano, le sue dita che si avvicinavano, il bordo piú chiaro della pianta che mi passava davanti, vicinissimo, tanto da sfiorare la coperta. A un certo punto temetti che volesse sedersi sul letto e chiusi gli occhi, stringendo i denti. Quando li riaprii lei non c'era piú, non c'erano piú i suoi piedi e neppure la sua voce. Tesi le orecchie, ma non sentivo niente, e mi arrischiai anche ad alzare la testa per girarmi e controllare l'altro lato del letto. Non c'era niente neppure là, ma avevo qualcosa proprio sotto il naso, sul pavimento, cosí vicino che dovetti stringere le palpebre per mettere a fuoco.

Era un pezzo di fotografia, la metà strappata a quella che stava sul cassettone, con il resto del mio braccio sulle spalle di una donna. La zia Tina, sorridente e in costume da bagno, trafitta da una fila di spilli.

Schizzai fuori dal letto, torcendomi come un serpente perché avevo raschiato la traversa della rete con la schiena, e mentre mi piegavo per il dolore mi voltai verso la finestra e vidi Etienne.

Sul davanzale, piegata sulle ginocchia come fosse a sedere sui talloni, nuda, nera e lucida, teneva tra le mani una colomba bianca, stretta tra le cosce gonfie e scure. Mi fissava senza espressione, mugolando tra le labbra chiuse, senza cambiare tono, forzando appena la voce quando prese il collo della colomba tra le dita e con uno strappo secco le staccò la testa. Allora chiuse gli occhi per un momento e la sagoma allungata che vedevo in controluce, l'ovale appuntito del viso con le sfumature lisce dei suoi tratti, mi sembrarono quelli di una maschera africana, una maschera nera scolpita nel legno. Era quella l'ombra che vedevo nel sogno, ma non ebbi tempo di pensarci, perché Etienne aprí gli occhi, li fissò su di me, e mentre il sangue della colomba le schizzava sul viso, aprí le labbra e disse: – *Guedé*.

Volai fuori della stanza, evitandola per un soffio, e mentre correvo lungo il corridoio sentii le sue mani che si schiacciavano contro il muro, alla fine del balzo. La mia camera era vicina e ci entrai piegato in avanti, arrivando a metà prima di riuscire a fermarmi e a girarmi per chiudere la porta. Avevo appena sfiorato il battente con il dente d'ottone della serratura che Etienne investí lo stipite, spalancandolo e facendomi volare indietro. La botta che battei con la schiena contro il muro mi rimise in piedi, ma persi tempo a barcollare, stordito, e quando mi lanciai verso la mansarda già sapevo che non ce l'avrei fatta. Etienne mi raggiunse al terzo scalino, infilato per metà nella tromba a chiocciola della scala, mi afferrò per la cintura dei calzoni e mi tirò giú, a sedere sul pavimento. Cercai di colpirla, di graffiarla, di afferrarla per i capelli, ma lei allungò una gamba su di me e mi bloccò un braccio schiacciandomi un polso sotto la pianta del piede, contro i gradini, mentre mi fermava l'altro stringendolo tra la testa e la spalla. Spalancai gli occhi per la paura quando vidi che aveva in mano un coltello, uno di quelli affilati della cucina. Gridai quando lei si piegò in avanti col volto insanguinato vicinissimo al mio e gridai ancora, ma di sorpresa, quando mi piantò la punta del coltello nel palmo della mano, appena un taglio, lungo, che mi incise soltanto la pelle. E gridai un'altra volta, e di terrore vero, quando Etienne mi tenne la mano inchiodata sulle scale a sanguinarle sul piede, per piegarsi di lato e aprire il rotolo di carta da giornale che aveva accanto. Dentro c'era la testa di Milú, il gatto del vicino, scarnificata, con le orbite vuote e i denti aguzzi digrignati, scoperchiata e svuotata come una tazza. Etienne la usò per raccogliere il mio sangue, appena qualche goccia, perché allentò subito la presa e io scivolai da sotto la sua gamba per correre fuori dalla stanza, a quattro zampe, come un cane.

Corsi alla porta d'ingresso ma non potei aprirla, perché era chiusa a chiave e la chiave non era nella serratura. Corsi al telefono ma c'erano i fili strappati, la presa divelta che penzolava fuori dal muro. Corsi alla finestra del soggiorno e urlai per chiamare aiuto, ma non c'era nessuno, la strada deserta quattro piani piú sotto che sembrava ribollire sotto il sole, e le persiane dei palazzi chiuse, sbarrate per il caldo. Allora chiusi a chiave la porta del soggiorno, una porta a vetri, sottile come un cartoncino, e ci spinsi davanti il divano e la poltrona e un tavolo e mi schiacciai in un angolo, tra la credenza e la libreria, accucciato a tremare, con un vaso allungato stretto in mano.

Qualunque cosa volesse fare, Etienne l'avrebbe fatta di notte. Me ne ero convinto fissando la porta a vetri, in attesa di vederla entrare. Piano piano avevo smesso di tremare dal terrore e avevo ricominciato a pensare, anche se allucinato e ansante. Se aveva rubato il mio orologio con le fasi lunari era perché le interessava la luna, che quella notte sarebbe stata piena. La luna... per fare cosa? Aveva raccolto il mio sangue nel teschio di un gatto. Soltanto il pensiero mi fece piegare in due, la bocca spalancata in un conato di vomito, e per riprendermi dovetti pensare al portinaio, che sarebbe arrivato alle cinque, alle cinque del pomeriggio, tra poco. Mi morsi le labbra pensando che ero stato proprio io a telefonargli perché non venisse prima, e anche ad allontanare Paolo per restare intrappolato all'ultimo piano di un palazzo deserto, solo con Etienne...

Lo squillo del campanello mi strappò un urlo, facendomi sobbalzare. Corsi alla porta e cercai di togliere la barricata che avevo costruito, ma ero troppo nervoso, le mani mi scivolarono sul bordo del tavolo e caddi a sedere sul pavimento. Il campanello suonò di nuovo e io mi attaccai al divano, tirando con tutte le mie forze, poi mi infilai tra la poltrona e il vetro e spinsi con la schiena mentre gli squilli risuonavano ancora, due, lunghi e insistenti, col secondo troncato a metà.

«Non te ne andare» pensai, «no, per favore no... non te ne andare!» Stavo girando la chiave quando il pugno di Etienne passò attraverso il vetro, afferrandomi per i capelli. Mi fece sfondare la vetrata, mentre gridavo e mi lanciò lungo il corridoio, facendomi scivolare sulla schiena fin quasi alla mia camera.

– Stai arrivando, – disse Etienne alla porta chiusa, mentre mi sollevava di peso e mi troncava il fiato sbattendomi sul pavimento sotto la finestra. Vidi di nuovo quell'ombra riccia e scura che mi passava davanti quando Etienne, le ginocchia pian-

tate sotto le mie ascelle e i piedi incrociati sulla mia pancia, si
sollevò per prendere qualcosa e tornò ad abbassarsi su di me.
Mi legò i polsi con una striscia di stoffa elastica, ne lacerò una
parte e me la ficcò in bocca, spingendomela in gola. Poi, mentre la guardavo senza capire, si alzò e con naturalezza andò ad
aprire la porta.

– Che cosa... – iniziò il signor Brogi, poi fischiò, vedendo
che Etienne era nuda. Gli bastò girare la testa per vedere anche me, in fondo al corridoio, contro il muro, legato e imbavagliato. – Uh, Madonna, – mormorò... – ecco perché non apri-
vate. Dica pure al signor Marco che non sono affari miei e che
per me ognuno si diverte come vuole. Non gli dico niente alla
mamma, può stare tranquillo.

Etienne chiuse la porta, afferrò la chiave infilata nella serratura e la spezzò con le dita contro il bordo della toppa. Poi si
voltò e la vidi avvicinarsi, sulla punta dei piedi, come se danzasse.

– *Guedé*, – ripeteva tra le labbra, – *guedé*.

– Allora, rottinculo, vuoi aprire o no? Tanto lo sappiamo
che non stai facendo niente...

La voce di Ricci attraversò il silenzio nero in cui ero immerso, strappandomi dall'oscurità che mi circondava. Mi ero
addormentato, o forse ero svenuto, mezzo soffocato dalla stoffa che avevo in gola e che Etienne non mi aveva permesso di
togliermi.

– Te l'ho promesso che ti sputtano, quindi ora o ci fai vedere la negretta o ci fai salire in casa...

Mi aveva legato con il reggiseno... Etienne mi aveva legato
i polsi col reggiseno di mia madre che avevo messo fuori dalla
finestra. Me ne accorsi quando alzai le braccia e mi liberai con
uno strappo, sputando anche il pezzo che avevo in bocca. Poi
mi bloccai, la scintilla di speranza congelata all'improvviso, perché Etienne era lí, nella stanza con me. Seduta sul pavimento,
con le gambe incrociate e le mani sulle ginocchia, la schiena inar-
cata e il volto proteso alla finestra, stava immobile, gli occhi

chiusi, immersa nella luce bianca della luna. Sembrava di ghiaccio, con la pelle lucida di sudore che rifletteva i raggi lunari e anche l'ombra che proiettava sulla parete era chiara, quasi quanto l'intonaco del muro. Non reagí quando mi liberai e neppure quando feci uscire la voce, appena un rantolo nella gola indolenzita. Esitai prima di affacciarmi alla finestra, ma lei continuò a restare immobile davanti alla luna. Sembrava in trance e pensai che forse ce l'avrei fatta.

– Oh, eccolo qui, lo scemo... allora? La tua orgia di sesso africano?

– Ricci, Cristo Dio, lasciami parlare! Dovete aiutarmi, chiamare la polizia, qualcuno!

– Sí, certo... la tua negretta è cosí sfrenata che bisogna fermarla. Che ti ha fatto, sentiamo...

– Merda, Ricci... ha cercato di uccidermi, mi ha legato e imbavagliato, mi ha preso il sangue, vuole farmi un rito voodoo alla luce della luna!

– Sí, sí... e adesso dov'è? Perché non ci fai entrare cosí la vediamo?

– Non posso! Cazzo, Ricci, non posso! Ha rotto la chiave nella serratura e se mi muovo mi ammazza!

– E noi che ti stiamo ad ascoltare... di' la verità, che sei da solo in casa a farti le seghe come al solito. Il sangue, il voodoo, la luna... ciao, stronzo, e inventale meglio un'altra volta.

– Ricci! Paolo! Cristo, venite qui, per favore... chiamate qualcuno!

Sentii un movimento alle mie spalle e mi voltai. Etienne era ancora nella stessa posizione, ma ora sorrideva. Era riuscita a imbrogliare Brogi facendosi vedere e a imbrogliare i miei amici facendo il contrario. Ero solo con lei, in trappola con lei.

Etienne si mosse, sciogliendo le spalle, e con un sospiro appoggiò i palmi delle mani sul pavimento, per rialzarsi. Io afferrai la prima cosa che trovai a portata di mano e gliela lanciai in faccia, poi feci un passo avanti e le sferrai un calcio nella pancia e un altro alla testa. Presi la lampada che stava sul comodino e gliela sfasciai sulle spalle e mentre gridavo: – Io e te, brutta troia, solo io e te, – alzai il braccio per colpirla ancora. Ma lei scattò cosí rapidamente che vidi solo un guizzo di muscoli bianchi prima di sentirmi afferrare in mezzo alle gambe e stringere cosí forte da farmi urlare. Caddi a terra, e lei mi strinse attorno ai fianchi con le ginocchia e strisciando sulla schiena mi portò in mezzo alla stanza, al centro della luce della luna. Poi si girò su un fianco, mi afferrò il mento con una mano e mi premette contro la bocca il teschio ghignante di Milú. Un rivolo di liquido rossastro misto a piume di colomba scivolò sulle mie labbra serrate ed Etienne scosse la testa, con un sospiro.

– *Guedé*, – disse, – *guedé*, – e rapida aprí le gambe per chiudermi le cosce attorno al collo, stringendo forte finché non ebbi piú aria nei polmoni e spalancai la bocca.

Da allora, è quell'odore l'unico ricordo dei miei sensi mortali che resta con me anche nel sonno, quell'odore morbido e fresco, un po' dolce, di spray. Immobile come la maschera di legno di un demone africano attendo che la mia padrona mi chiami, liberandomi in un momento brevissimo di lucidità prima che la forza del sangue e il candore del manto di una colomba mi costringano di nuovo a una cieca e sorda e muta obbedienza.

Arrivo, Signora, eccomi.

Ammam oumé Madame. Guedé.

Garganelli al ragú della Linina

– Io mangio in bianco.

– Maresciallo... ma scherzerà! Siamo in Romagna, dalla Linina, e lei mangia in bianco? No, no, no...

Il maresciallo riaprí subito gli occhi con la sgradevole sensazione che nel locale lo stessero guardando tutti. Aveva socchiuso le palpebre, una mano alzata, rigida come una paletta, l'altra sullo stomaco, chiusa a coppa sul terzo bottone della divisa, e sulle labbra un timido sorriso di scherno, come tutte le volte che si trovava al ristorante con qualcuno e arrivava il momento di ordinare. Ma di fronte a quella reazione cosí violenta si sentí arrossire di colpo, come avesse bestemmiato.

– Ma io ho l'ulcera... – mormorò, e mise anche l'altra mano sullo stomaco, quasi a schiacciare un crampo improvviso.

– L'ulcera viene a mangiare in bianco, – disse Bellosi, – cosí lo stomaco si indebolisce e non tiene piú niente. Va' là, va' là, che due garganelli fanno bene anche a lei...

Il maresciallo allargò le braccia e con una smorfia sofferta alzò gli occhi sulla ragazza che aspettava in fondo al tavolo. Aveva un blocchetto in mano e lo fissava impaziente, battendo la coda della matita sulla spirale di plastica, e quando disse, dura:

– Allora che faccio, segno quattro? – lui riuscí soltanto ad annuire, stringendosi nelle spalle.

– Oh, bene, – disse Baldini, – *Garganelli al ragú della Linina*. Perché l'ha fatto la Linina, il ragú, vero? – Si sporse sulla sedia e allungò un braccio per circondarle i fianchi, ma lei si liberò con una piroetta e rapida lasciò cadere la comanda sulla tovaglia a quadretti. Baldini si girò sullo schienale della sedia e rimase a guardarla finché non uscí dalla sala, scomparendo dietro la cortina di cannucce di plastica che portava in cucina.

– Mi fa morire, – mormorò scuotendo la testa, – non sarà un granché ma, Dio bono, la Gianna mi fa morire. Lei è sposato, maresciallo?

Il maresciallo scosse la testa. Tese la mano sul bordo del bicchiere e riuscí a ritirarla appena in tempo perché Rambelli non gli versasse un fiotto di vino rosso sulle dita. Era almeno una settimana che cercava di evitare quell'invito a pranzo, praticamente da quando era arrivato in paese, a prendere il comando della stazione dei carabinieri. Il primo era stato Baldini, il sindaco, che lo aveva invitato a cena a casa sua appena era entrato in Comune, per la presentazione di routine. Troppo da fare, la stazione da riorganizzare, l'alloggio, grazie, sarà per un'altra volta... Ma due giorni dopo, Bellosi, direttore del Consorzio agrario, in caserma per la licenza di caccia. Una grigliata alla cooperativa, una cosa sbrigativa per ringraziare chi ha lavorato alla sagra del Liscio e del Raviolo... giusto un po' di castrato, salsiccia, pancetta e due pomodorini alla griglia, che ci stanno sempre bene. Il maresciallo aveva detto che sí, forse, salvo imprevisti, poi non c'era andato. Ma sabato mattina, nel solito giro davanti all'ufficio delle Poste, li aveva incontrati tutti e tre, Baldini, Bellosi e Rambelli, professore alle medie e storico locale. Lo avevano preso sottobraccio, come per un arresto, e dato che era mezzogiorno lo avevano trascinato in quel ristorante, che a vedersi sembrava piú una trattoria, con uno stanzone dalle pareti intonacate, tavoli di legno e un grande camino, spento, per fortuna. E chissà se era pulito...

Il maresciallo sollevò la bottiglia dell'acqua ma la lasciò subito, perché era gassata. Bevve un sorso di vino, allora, stringendosi nelle spalle, e si ricordò di quello che gli avevano ordinato.

– Cosa sono i *garganelli*? – chiese.

– Eh già, – disse Bellosi, guardando in controluce le lenti degli occhiali che stava lucidando con il tovagliolo, – lei è di Milano...

– È una cosa che si fa in Romagna... – disse Baldini.

– E che è nata proprio qui, in paese, nel 1660, – disse Rambelli, lisciandosi i baffi. – Carta canta... c'è un documento nell'archivio del Comune che...

– Pasta asciutta, – tagliò corto Bellosi. – Prima si tira la sfoglia...

– Spiega, però... – lo interruppe Rambelli, – il maresciallo è di Milano. Si impasta la farina con le uova e l'acqua, poi si stende col mattarello, come per fare le tagliatelle...

– Poi si taglia a quadretti, si arrotola obliquamente, su un bacchetto sottile e rotondo e si passa su un pettine...

– Spiega, però... il maresciallo è di Milano e certe cose non le sa, guarda che faccia che ha fatto... Stia tranquillo, il pettine è un pettine da telaio e non da capelli... oppure un attrezzo fatto apposta, dato che i telai non ci sono piú. Serve a lasciare le righe sulla pasta, in modo che trattenga il sugo e non si cuocia uniformemente...

– Cosí il garganello sotto i denti rimane un po' duro ed è buonissimo, vedrà...

Il maresciallo non era del tutto convinto dal pettine e avrebbe voluto dire qualcosa, ma appena aprí la bocca la Gianna uscí dalla cucina con una teglia fumante in mano, stretta tra i due lembi di un grembiule. Rambelli, Bellosi e Baldini si voltarono assieme, seguendo il piatto finché non atterrò in mezzo alla tavola, tra la bottiglia di vino rosso e la formaggiera di vetro. La Gianna disse: – Buon appetito, – e si allontanò senza che nessuno la guardasse, neppure Baldini, nonostante si fosse quasi appoggiata a lui per incunearsi tra le sedie e deporre il piatto. Guardavano tutti la teglia di garganelli, il mucchio di maccheroncini gialli, rigati, appuntiti e arrotolati, coperti da un ragú di carne rossiccia che mandava un odore intenso e caldo. Il maresciallo deglutí, con lo stomaco contratto suo malgrado da un gorgoglio di desiderio e appoggiò le mani di fianco al piatto, aspettandosi di essere servito per primo. Invece fu Baldini a prendere una forchetta e a infilarla nella teglia, battendo con le punte di metallo sul fondo del piatto e sollevando con la pasta un grumo di ragú. Rambelli e Bellosi lo guardavano con la bocca aperta e la chiusero assieme quando il sindaco strinse le labbra attorno alla forchetta. C'era un silenzio assorto e teso, che sembrava andare oltre il gusto della buona cucina e che il maresciallo, dimenticato in fondo alla tavola come se non fosse mai esistito, non riusciva a capire.

– Buoni, – disse Baldini, – anzi, ottimi. Ma non sono loro.

Rambelli e Bellosi sospirarono, a metà tra la delusione e il sollievo. Il piatto del maresciallo sparí e tornò pieno di garganelli che traboccavano oltre il bordo di porcellana arrossato dal ragú.

– In che senso *non sono loro*? – chiese il maresciallo. – *Loro* chi?

– I garganelli, – dissero gli altri, tutti e tre assieme. Poi Bellosi e Rambelli annuirono, lasciando parlare Baldini.

– Questi non sono i veri garganelli al ragú della Linina, quelli speciali. Sono ottimi, per carità, tra i migliori che si mangiano in Romagna, ma non sono quelli. Lei non se li immagina neanche... nessuno, tranne il sottoscritto che aveva vent'anni quando li mangiò nell'80 e Bellosi che li assaggiò da bambino nel '59, si immagina com'erano quei garganelli. Dio bono...

Baldini strinse il pugno attorno alla forchetta e un garganello unto gli cadde sui calzoni. Ma era cosí distratto dal ricordo che non se ne accorse neppure.

– Asciutti, duri, conditi senza essere unti, con quella punta di dolce nel ragú che spariva dietro il sapore della carne... erano robusti, sostenuti come devono essere ma... *raffinati* ecco, che per un ragú alla romagnola è tanto. Però, maresciallo... va bene che è di Milano, ma lei non mangia, lei ingoia...

Il maresciallo abbassò gli occhi e si accorse di aver vuotato il piatto. Si leccò le labbra per ricordarsi il sapore che non era quasi riuscito a sentire, e porse la scodella a Bellosi che aveva raccolto dalla teglia un cucchiaio stracolmo di garganelli.

– E perché non sono piú cosí? – chiese il maresciallo. – Se uno glieli ordina, a questa Linina...

Baldini corrugò la fronte lanciando un'occhiata dura al ma-

resciallo, che di nuovo ebbe l'impressione di aver bestemmiato.

– Figurarsi! La Linina non ha mai preso ordini neppure da
quell'animale di suo marito... Magari riprendesse a fare i garganelli! Sa quanta gente in questo posto? Sarebbe pieno cosí...
– Il sindaco batté assieme le punte delle dita chiuse a grappolo.
– Ma la Linina è una donna strana, una mezza strega che toglie
le fatture e segna il fuoco di Sant'Antonio, e dei soldi non gliene è mai importato niente. Sua figlia no... alla Gianna non va
giú di stare a servire in una trattoria di paese quando questo posto potrebbe diventare piú famoso del *San Domenico* di Imola,
e infatti è sempre cattiva e ingrugnita, Dio bono. Ma la Linina
da quell'orecchio non ci sente. Lo sa quante volte li ha fatti i
suoi famosi garganelli, quelli speciali?

Il maresciallo scosse la testa. Si accorse dal raschiare della
forchetta sulla porcellana che aveva finito anche quel piatto e
istintivamente lo porse a Bellosi, che sorrise. Il sindaco, intanto, aveva alzato tre dita, aperte quasi ad angolo retto.

– Tre. E sempre soltanto per occasioni particolari. La prima, nel '45, salvò la vita a tutto il paese.

– La vita? – chiese il maresciallo, ancora a bocca piena, – in
che senso, la vita? – ma nessuno gli rispose. Si erano voltati sugli schienali di legno delle sedie a salutare la Linina che aveva
fatto sporgere la testa bianca tra le cannucce di plastica, seria e
incurante di tutti, appena il tempo di chiamare la Gianna. Poi,
voltandosi, si era fermata per un attimo a guardare il maresciallo, stringendo le palpebre nel volto affilato, coperto di rughe. Occhi negli occhi, solo un momento, prima di sparire.

– Questa notte non dormo, – mormorò il maresciallo, e non
avrebbe saputo dire neppure lui se si riferiva all'impressione di
quegli occhi azzurri, cosí rapidi, o ai tre piatti di garganelli che
gli riempivano la pancia.

Quella notte il maresciallo dormí benissimo.
La Linina, invece, morí.
Si sentí male prima dell'alba, e la Gianna chiamò subito il

dottore. La voce si sparse immediatamente, e ancora prima che ci fosse il sole c'era già mezzo paese davanti al ristorante, dentro la sala e lungo le scale che portavano in casa, tanto che un carabiniere andò a svegliare il maresciallo. Ma anche lui non riuscí ad arrivare oltre il pianerottolo, dove si ammassavano Rambelli, Bellosi, Baldini e un prete con una stola viola sulle spalle.

– Ho fatto appena in tempo a darle l'estrema unzione, – stava dicendo il prete, – e a momenti quella pazza mi butta giú per le scale, moribonda com'è... C'è il Diavolo in quella donna, ve lo dico io...

– La Linina *lascia*, – spiegò Rambelli. – È là dentro, sola con sua figlia, perché da brava strega le deve tenere la mano finché non le avrà lasciato l'eredità di tutti i suoi poteri.

– E la ricetta dei garganelli, – disse Baldini.

In quel momento si aprí la porta della camera e sulle scale scese un silenzio assoluto. Gianna uscí sul pianerottolo, cupa, e cominciò a scendere le scale.

– Condoglianze, – mormorò Rambelli, e Bellosi le sfiorò una spalla mentre passava. Il maresciallo le strinse la mano che teneva sollevata a mezz'aria, ma la lasciò subito, arrossendo di imbarazzo, appena la sentí calda, quasi bollente. Baldini, fermò la ragazza per un momento, abbracciandola, sussurrandole: – Sta' su, Gianna... è la vita, – mentre le stringeva rapidamente le spalle. Poi la guardò proseguire, seria e silenziosa, quasi assente, ma appena fu in fondo alle scale, non riuscí a trattenersi. Si appoggiò alla ringhiera, sporgendosi in fuori.

– Oh, Gianna! – sussurrò alla schiena che scompariva indifferente oltre la soglia del ristorante. – Te l'ha detto come si fanno i garganelli?

– Era il 10 aprile 1945, tre giorni prima della liberazione del paese. Gli Alleati erano a due passi ma non si decidevano ad arrivare, e qui c'erano i tedeschi.

Rambelli spezzò un grissino e ne appoggiò un pezzo sulla tovaglia a quadretti, circondandolo con i bicchieri di Bellosi, di

Baldini e del maresciallo. Era passata solo una settimana dalla morte della Linina, e appena il ristorante aveva riaperto dopo il lutto tutto il paese si era precipitato lí, a mezzogiorno, a ordinare garganelli al ragú della Linina e ad aspettare, ansiosamente. Loro erano stati gli ultimi ad arrivare, ma la Gianna gli aveva riservato il solito tavolo, all'angolo del camino.

– Allora, – continuò Rambelli, infilandosi in bocca quello che restava del grissino, – c'era questo gruppo di SS, arrabbiatissime perché ormai sapevano di aver perso la guerra, che volevano fucilare tutti prima di andar via. A quei tempi la Linina aveva vent'anni, era una bella ragazza di campagna, un po' come la Gianna, ed era già famosa per come faceva da mangiare, nonostante la guerra. Il comandante tedesco sente parlare di questi famosi garganelli e li vuole. Non ci sono uova per fare la pasta, non c'è carne per il ragú, ma sapete com'erano i tedeschi... o i garganelli o tutti al muro, e subito. Intanto, si sentono già i rimbombi delle cannonate dei polacchi, che stanno fermi sulla riva del Santerno e non si muovono.

Rambelli fece una pausa per bere un sorso di vino e il maresciallo guardò gli altri, come lui protesi in avanti, i gomiti appoggiati al tavolo, anche se dovevano aver sentito quella storia chissà quante volte.

– Be', che la Linina fosse una strega, figlia e nipote di streghe, questo si sapeva, ma quella volta fece proprio il miracolo. Mancavano le uova, mancava la farina e mancava la carne, perché tra tedeschi e partigiani in paese non c'era piú niente, ma alla fine saltarono fuori venticinque uova di garganelli al ragú.

– E come fece? – chiese il maresciallo. Rambelli si strinse nelle spalle, allargando le braccia.

– Roba imboscata per la borsa nera, contadini arraffoni, traffici con i tedeschi... il comandante le aveva messo dietro un caporale altoatesino, un cuoco, a vedere che non ci versasse il veleno per i topi nel ragú dei garganelli... l'avrà aiutata lui a fare pressioni sui contadini. Comunque, la Linina e il Rottenführer Mayer si chiudono in quella che adesso è la cucina del ristorante, ci stanno un giorno intero per fare un ragú come si deve e si fa l'11 aprile, i tedeschi mangiano e bevono per un altro giorno e si fa il 12, e alla mattina del 13 si svegliano prigionieri dei polacchi. Ecco, questa è stata la prima volta che la Linina ha fatto i suoi famosi garganelli e l'unica che li ha fatti in presenza di un estraneo.

– Il caporale Mayer, – disse il maresciallo. – Ma allora basterebbe...

– Eh, sí... – lo interruppe Bellosi, sarcastico, – perché non ci abbiamo già pensato, vero? Li abbiamo rintracciati tutti, i tedeschi del gruppo, tranne lui. La Linina ha detto che lo fece scappare poco prima dell'arrivo dei polacchi, perché ci si era affezionata, e lui ha fatto perdere le sue tracce. Perché era un criminale di guerra il caro Rottenführer Mayer, ricercato in mezza Europa. L'unica, forse, era frugare in quella cassetta militare tedesca che il parroco vide in cantina, quando venne a benedire il ristorante per Pasqua... ma appena fece per avvicinarsi la Linina gli tirò un vaso di pesche sciroppate. Si scordi il Rottenführer, maresciallo... è riuscito a sfuggire anche a Simon Wiesenthal e adesso sarà come minimo padrone della Volkswagen.

– Prevengo una sua domanda, maresciallo, – disse Rambelli. – Non creda che non abbiamo provato tutte le ricette che si conoscono in Romagna e oltre. Cipolle, carote e sedano per il soffritto, tutti gli odori o senza, le rigaglie di pollo, il manzo tritato o la salsiccia, tutte e tre assieme... A un certo punto, ricordando che in tempo di guerra in paese non c'era piú nulla, io ho avuto un lampo di genio che mi è praticamente costato il divorzio da mia moglie. Abbiamo fatto il ragú con un gatto e Baldini lo ha assaggiato. Non era male, ma non era lui.

Il maresciallo aprí la bocca ma la richiuse a metà di una sillaba, schiacciato dal silenzio piombato nel ristorante. L'odore del ragú era arrivato assieme alla Gianna, che era uscita dalla cucina e aveva puntato direttamente sul loro tavolo, nonostante fossero arrivati per ultimi.

La teglia atterrò davanti al sindaco, che alzò la forchetta e la tuffò in mezzo ai garganelli. Bastò la sua espressione delusa a far capire a tutti che non erano quelli speciali.

Ma prima di tornare in cucina la Gianna si fermò un momento sulla porta, con le spalle coperte dalle cannucce di plastica, e lanciò un sorriso rapidissimo, appena un'increspatura maliziosa delle labbra, al sindaco.

– Dio bono! – disse Baldini, a voce alta. – Gliel'ha data, la ricetta!

– Me lo racconti di nuovo, che c'è qualcosa che mi sfugge. Era il '59...

Rambelli sospirò, sfiorando con le dita il cucchiaio immerso nella teglia dei garganelli. Ormai venivano al ristorante praticamente tutti i giorni e il maresciallo continuava a fare domande, ostinatamente, come a un interrogatorio. Tranne Rambelli, si erano serviti tutti, ma Baldini era rimasto girato sulla sedia, a guardare la Gianna che questa volta gli si era proprio appoggiata alla spalla per deporre la teglia sul tavolo, e gli aveva anche sorriso prima di rialzarsi e avviarsi verso la cucina.

– Io parlo, maresciallo e intanto lei mangia, – disse Rambelli. – Comunque... dopo la guerra la Linina si sposò con Telemaco Brunetti, detto Carnera perché era grosso e menava forte. Carnera era un tipaccio, maresciallo, arrivato da chissà dove, con un accento strano... Io ero bambino ma me lo ricordo bene, ubriaco all'osteria, con una bottiglia in mano e tutti che scappavano. Diceva di aver fatto il partigiano e vestiva sempre in kaki, col fazzoletto rosso, ma qualcuno sussurrava che invece era stato coi fascisti... comunque, l'unica a crederlo un eroe fu la Linina, che se lo sposò e se lo tenne per piú di dieci anni. Dieci anni d'inferno, perché mentre lei tirava la sfoglia al ristorante, Carnera stava all'osteria tutto il giorno, tornava a casa ubriaco la sera e la picchiava...

– Certo che chi si sposa la Gianna fa un bel colpo, – disse Baldini, come parlando tra sé. – Se riesce a convincerla a rifare i garganelli della Linina mette su un ristorante che vale miliardi...

– E arriviamo al '59... – disse il maresciallo.

– E arriviamo al 15 ottobre del '59. Quella notte Carnera torna a casa piú ubriaco del solito, fa un macello e finalmente la Linina trova il coraggio di reagire. Lo caccia fuori di casa e la mattina dopo sembra rinata, tanto che per festeggiare, cosí all'improvviso, senza dir niente a nessuno, al ristorante serve a pranzo i suoi famosi garganelli. C'era Bellosi, perché il pranzo era la cresima di sua sorella... è da allora che si è fatto la sua famosa teoria.

– Ma secondo voi... io piaccio alla Gianna?

La domanda del sindaco cadde nel vuoto. Bellosi si era tolto gli occhiali e li stava pulendo con il tovagliolo.

– Il segreto non sta nel ragú, ma nella pasta, – disse solenne. – C'è qualcosa nella sfoglia, forse un'erba officinale... non dimentichiamo che la Linina è una strega e nella sua memoria ci sono tutti i *lasciti* segreti di sua madre, di sua nonna e della nonna di sua nonna...

Rambelli scosse la testa, deciso.

– La pasta non c'entra niente... nel '59 avevi cinque anni e chissà cosa ti ricordi. Io dico che il segreto sta nel ragú e sai dove? Nei funghi. La mamma della Linina era di Marradi e là nel ragú ce ne mettono parecchi, e secondo me...

– Ma i funghi non hanno un sapore troppo lieve per essere decisivi in un ragú di carne? – disse il maresciallo, e Bellosi sorrise, rimettendosi gli occhiali.

– Perfettamente d'accordo. Bravo, maresciallo, sta diventando un vero esperto di ragú. Il mistero della ricetta la sta appassionando. Cos'è, l'istinto del poliziotto?

– Del carabiniere, – disse il maresciallo. – E vedrete che prima o poi lo scopro questo benedetto segreto. Lei che dice, signor sindaco?

– Come? – Baldini si scosse annuendo, distratto. – Oh sí, certo, sí... – Poi si alzò, sfilò la comanda da sotto la bottiglia di vino, disse: – Oggi sta a me... vado a farmi fare il conto dalla Gianna, – e sparí in cucina.

– 1980. Direi che era in marzo... o in aprile. Bisognerebbe chiederlo a Baldini, ma quello ormai è perso. Viene a mangiare un'ora dopo di noi, cosí può stare da solo con la Gianna...

Bellosi mise una mano sul braccio di Rambelli, stringendosi nelle spalle.

– Vuoi dargli torto? Le è stato dietro per anni e adesso che lei sembra essersi accorta che esiste...

– Lasciamo perdere, – disse il maresciallo. – 1980... poi?

Rambelli sollevò la teglia dei garganelli, sfilandola quasi dalle mani del maresciallo, e si serví per primo.

– Quello fu un brutto momento per tutto il paese. C'era un sorvegliato speciale, un mafioso mandato qui al confino da Catania. Don Raffaele stava sempre chiuso in casa e c'eravamo quasi dimenticati di lui quando arrivarono quattro suoi amici. Il maresciallo di allora era preoccupato, ma non riusciva a farci niente, anche se si stava spargendo la voce che volessero fare del paese una base per il riciclaggio del denaro sporco. Gli amici catanesi misero gli occhi sul ristorante della Linina, vennero a mangiare a mezzogiorno per una settimana di seguito e alla fine le portarono un messaggio di don Raffaele, che non potendo mangiare alla romagnola per via dell'ulcera la invitava a vendere il ristorante a un cuoco siciliano.

– E lei?

– Lei niente. Disse in giro che per il mezzogiorno dopo avrebbe fatto i suoi famosi garganelli, e il mezzogiorno dopo il ristorante era pieno cosí. Tranne me e Bellosi, accidenti a noi, c'era tutto il paese, compreso Baldini che ancora non era sindaco. E c'erano i quattro amici, in un tavolo vicino alla cucina. Mangiarono i garganelli e la Linina andò a sedersi da loro per prendersi i complimenti. Dopo dieci minuti di chiacchiere i quattro amici montarono in macchina e non si fecero piú vedere.

– E perché?

Bellosi allargò le braccia.

– A noi piace pensare che vedendo il paese cosí ~~patto si siano spaventati e siano scappati via. C~~ ce, pensa che nel frattempo fossero arriva~~ perché intanto era scomparso anche ~~ bello pensare che i garganelli della Linin~~

se ancora una volta. Allora, maresciallo, l'ha scoperto questo segreto?

Il maresciallo si strinse nelle spalle.

– Quasi, – disse, raschiando dalla teglia l'ultima cucchiaiata di garganelli. – Quasi.

Immerso nel buio del suo ufficio, i piedi sul bordo della scrivania, il maresciallo ascoltava assorto lo sfrigolio di un alkaseltzer. Teneva il bicchiere tra le mani, appoggiato al petto, in bilico sul bottone con la fiamma, e intanto pensava. Pensava ai garganelli al ragú della Linina.

10 aprile del '45: era iniziato tutto da lí ed era da lí che si doveva iniziare anche adesso. Da quando si era occupato dell'indagine, quasi a tempo pieno, il maresciallo aveva cercato tutti i testimoni ancora in grado di ricordare quelle giornate. C'era stato un ragazzo che aveva aiutato la Linina e il Rottenführer Mayer nella raccolta delle uova. Lo aveva trovato a Ravenna, pensionato del Comune, si era fatto raccontare di come fosse arrivato soltanto fino alla porta della cucina, con le braccia cariche di uova, e la pista era finita lí. Allora aveva trovato la Tedeschina, una ragazza che durante la guerra se la faceva con le SS e che per un pezzo aveva sostenuto di aver visto dalla finestra della cucina la Linina e il Rottenführer che facevano il ragú... ma era bastato sapere che la Tedeschina aveva cercato di aprire un ristorante nei dintorni, immediatamente fallito, per capire che era solo una manovra pubblicitaria. Falsa pista anche per il comandante delle SS, che viveva ancora come un vegetale in un ospedale di Düsseldorf e che oltre a «*Carcaneli racú, gut gut*» non sapeva dire altro.

Il parroco, invece, gli mise una pulce nell'orecchio. Raccontò che piú di una volta Carnera si era inginocchiato al confessionale e nei suoi balbettamenti da ubriaco aveva accennato a qualcosa che riguardava il tempo di guerra. Primo campanello d'allarme. Nel vecchio archivio parrocchiale, prima che la piena del ̄nterno lo spazzasse via, c'era la lettera di un colonnello po̅ ̄o che ricordava l'episodio dei garganelli chiamandoli con il loro antico nome: *garganelli al ragú del caporale*. Secondo campanello d'allarme e primo collegamento: quel particolare strano, sconosciuto e impensabile nella ricetta della Linina, era tale perché non era romagnolo, ma *esotico*. Era il tocco del caporale, cuoco altoatesino di tradizione tedesca: *sauerkraut*, carne in scatola della Wermacht, lardo affumicato delle razioni di guerra o chissà cosa... Un po' di Germania nella piú romagnola delle ricette: un segreto da tenersi nascosto gelosamente. E a questo punto, terzo campanello e secondo collegamento. Dopo anni di sopportazione la Linina era riuscita a cacciare via Carnera, che se ne era andato senza farsi piú vedere. Perché? Perché la Linina sapeva qualcosa del passato di Telemaco Brunetti detto Carnera. Cosa? Che Telemaco Brunetti detto Carnera era il Rottenführer Mayer, reso irriconoscibile da baffi, barba e due anni di vita da criminale nazista in fuga.

Il maresciallo infilò la punta del dito nel bicchiere di alkaseltzer e scese finché non incontrò il pelo dell'acqua. Allora mescolò rapidamente, vuotò il bicchiere d'un fiato e si alzò con uno scatto.

Era quasi mezzanotte e il ristorante della Linina era chiuso, con tutte le luci spente, tranne una, al primo piano. Il maresciallo appoggiò il dito al campanello, poi notò la macchina di Baldini nel parcheggio della piazza e si fermò. Forse disturbava proprio sul piú bello. Forse la Gianna confessava al primo accenno delle sue ipotesi. Forse era un buco nell'acqua e faceva una figuraccia proprio davanti al suo amico sindaco.

Fece un giro attorno alla casa, tanto per darsi il tempo di riflettere, e notò che la saracinesca del garage dietro il ristorante era mezza abbassata. Mezza abbassata significava anche mezza alzata, e in un attimo il maresciallo si trovò dentro, davanti alla porta della cantina, chiusa soltanto da un chiavistello. Rimase un minuto a guardarla, con le mani affondate nelle tasche della divisa, pensando che nella cantina c'era quella cassa che la Linina aveva custodito cosí gelosamente e nella cassa, ci avrebbe scommesso i gradi, c'erano i documenti di Carnera in divisa da Rottenführer Mayer... e magari, anche una vecchia scatola di salsiccia grassa della Baviera. Allora tirò fuori una mano, la appoggiò sul chiavistello e in un attimo fu anche dentro la cantina.

In fondo alla stanza, tra i barattoli dei pomodori e delle cipolle sottaceto, c'era la cassetta militare tedesca, illuminata dai raggi della luna. La aprí e vide subito il fazzoletto rosso di Carnera, appoggiato su quella che doveva essere una camicia kaki.

– Che ci fa qui, maresciallo?

Baldini era sulla porta della cantina, con le braccia sui fianchi. Il maresciallo arrossí tanto che si sentí bruciare la pelle sotto il colletto della camicia.

– C'era un ragazzo che scappava dal garage... – balbettò, – cosí sono entrato per vedere e... ho scoperto il segreto dei garganelli della Linina!

– Ah sí? – disse Baldini, avvicinandosi. Sembrava piú interessato a quello che ad aver trovato un maresciallo dei carabinieri nella cantina della fidanzata.

– Ne sono sicuro. La risposta è qui dentro... – Sollevò la camicia e la luna brillò sulle rune d'argento di una uniforme delle SS. Dal taschino spuntava un fascio di documenti che il maresciallo sfilò con uno strappo. Il primo era un tesserino militare tedesco, ma la foto non era quella di Carnera. Il Rottenführer Mayer era un ometto rotondo e paffuto, dalla pelle rosea come quella di un maialino. Carnera, invece, bruno e robusto, era nel secondo documento, con il fazzoletto rosso della brigata Garibaldi e un mitra a tracolla. Il terzo documento era una carta di identità e anche abbastanza nuova. Dentro, la fotografia patinata e stampigliata di un uomo di mezza età. A fianco, il nome e i dati: Raffaele Cucurrano, Catania.

– Don Raffaele, – disse Baldini.

– Il ragú del 1980, – aggiunse la Gianna.

Il maresciallo si voltò appena in tempo per vederla alle sue spalle in piedi, col braccio alzato. La bottiglia di sangiovese che teneva per il collo, invece, la sentí soltanto.

– Com'è che non c'è il maresciallo?

Bellosi si strinse nelle spalle, gli occhiali avvolti nel tovagliolo e le palpebre socchiuse in direzione di Rambelli.

– Mah... sono passato in caserma questa mattina, ma non mi hanno saputo dire nulla. Non vorrei che... – Si bloccò, irrigidendosi sulla sedia, e si infilò gli occhiali, mettendo a fuoco il piatto di garganelli al ragú che Baldini aveva appena fatto atterrare in mezzo alla tavola.

– Sono loro... – mormorò, – li riconosco dall'odore... sono loro!

– Io e la Gianna siamo entrati in società, – disse Baldini, asciugandosi le mani col grembiule. – Ci sposiamo, ingrandiamo il ristorante e lanciamo la specialità della Linina. Non chiedetemi la ricetta, però, perché resta un segreto...

– Peccato che non ci sia il maresciallo, – disse Rambelli, tendendo il piatto.

Baldini sorrise.

– Adesso devo andare, – disse, – ho da fare in cucina perché stiamo risistemando tutto. A proposito... perché non venite a bere un bicchiere di vino qui, stasera dopo cena? Vi faccio vedere il freezer nuovo...

C'è un insetto sul vetro

C'è un insetto sul vetro.

Lo vedo da sotto, mi mostra la pancia e la punta delle zampette appoggiate sul piano liscio e trasparente. E adesso che lo guardo, abbassa la testa verso di me, come se si fosse accorto che ci sono.

È un insetto schifoso. La pancia rugosa, coperta di macchie che sembrano nei in rilievo. Cartilagini rinsecchite al posto del collo. Peli sulle zampe. E due macchie opache dove immagino abbia gli occhi.

Provo a mandarlo via. Picchio sul vetro con la punta di un dito ma lui non si muove. Anzi, ricambia il mio gesto, come volesse salutarmi. Non sento il rumore che fa ma riesco a immaginarlo cosí bene da udirlo. Il tonfo secco della zampa, attutito dai peli. Lo scricchiolio di carta vecchia delle cartilagini quando abbassa il muso verso di me. Perfino lo sgusciare liquido dei suoi occhi che mi fissano.

Non mi ero accorto delle antenne. Le vedo adesso che mi avvicino ancora di piú al vetro, vincendo il ribrezzo, e lui abbassa ancora di piú la testa verso quella che deve sembrargli una macchia enorme, sotterranea e speculare. Sono antenne lucide e nere, curve in avanti, e le sento, le immagino, toccare il vetro, sensibili e vibranti, nello stesso istante in cui sento anch'io il freddo della superficie liscia sotto la fronte.

Perché faccio questo? Perché non picchio piú forte o non lascio perdere invece di giocare allo specchio con questo insetto schifoso? Sarà per tutto quello che abbiamo bevuto ieri sera. Io e Gregorio eravamo i piú ubriachi e lui l'hanno dovuto anche portare a casa. A quest'ora sarà ancora a letto, beato, sdraiato sulla schiena ad aspettare che vengano a svegliarlo.

Faccio per andarmene e anche lui si allontana, come avesse pensato la stessa cosa nello stesso momento. Ha aperto un paio di ali corte e tozze che gli ronzano sulla schiena e quando mi riavvicino al vetro per vederlo volare lui torna indietro e fa lo stesso. Accosto il volto e lo fa anche lui. Giro la testa per osservarlo meglio e anche lui la gira. Appoggio la fronte al vetro e lui le antenne.

È allora che mi accorgo che quello non è un vetro ma uno specchio. Non è la superficie trasparente di una finestra o di una porta, ma quella riflettente dello specchio del bagno.

Quell'insetto schifoso che mi mostra il ventre rugoso, la punta pelosa delle zampe, gli occhi opachi e le antenne, quell'insetto schifoso, sono io.

Carisssimo Oskar

MINISTERO DELL'INTERNO
Direzione generale degli Istituti di correzione sociale
Circolare riservata n. 13564

[...] Pertanto può accadere che detenuti precedentemente privati del diritto di corrispondenza siano reintegrati in tale diritto dopo che è stata eseguita nei loro confronti la legittima sentenza di morte (non ancora registrata presso la Direzione generale per motivi burocratici). Fino all'avvenuta registrazione dell'esecuzione tali detenuti vanno considerati ancora viventi e in carico all'amministrazione dell'Istituto, che deve provvedere all'esercizio della corrispondenza mediante personale appositamente istruito. Ogni inadempimento costituisce una violazione all'articolo 21 dei Diritti del detenuto (sez. 15A, Corrispondenza e pacchi) e sarà punita a norma di legge.

«Ci sono certi giorni», pensò Urbinek allineando accanto alla macchina da scrivere n. 2 penne a sfera (una nera e una rossa) e n. 1 gomma da cancellare (tipo bianco morbido) più n. 1 temperamatite prelevati dall'Ufficio cancelleria del Campo con bolla n. 1235 (secondo regolamento), «ci sono certi giorni in cui è difficile anche soltanto pensare a qualcosa di nuovo e lo sforzo di mettere assieme due parole, le più banali, sembra insostenibile. Meglio passeggiare avanti e indietro, indietro e avanti, lungo il filo spinato ai bordi del campo, con gli stessi gesti, sempre gli stessi». Ma un attimo dopo pensò che c'erano anche certe sere in cui soffiava un vento che tagliava in due la faccia e che proprio in quei giorni d'autunno, col fango che si ghiacciava alla mattina, era facile apprezzare un lavoro d'ufficio, caldo e seduto, senza responsabilità, anche se dopo un po' faceva male la schiena a stare curvi sulla sedia di legno e gli occhi bruciavano alla luce bianca che entrava dalla finestra, riflessa dal foglio bianco, bianco bianco. «Ha ragione il signor Globo», pensò Urbinek chinando mentalmente il capo di fronte al comandante del Campo, «l'uomo non è mai contento», e si batteva sempre il frustino contro lo stivale, quando lo diceva.

Mise un foglio di carta copiativa tra due fogli di carta bianca e li infilò nel rullo della macchina da scrivere, ascoltando il *rrrr* attutito dell'ingranaggio. Batté la data, e le lettere sbiadite fecero *tuc tuc* sul foglio imbottito, *tuc tuc*, con un rumore morbido, che lo fece sospirare. Prese le buste e cominciò a sfogliarle. Erano tutte calligrafie conosciute, per fortuna, come la prima, rotonda e calcata, contadina, ricopiata in bella con piú fatica di una giornata passata sui campi a raccogliere pomodori. La firma, «la tua mamma Sara», aveva l'ultima *a* schiacciata contro il bordo del foglio, giunto all'improvviso a fermare la mano ingannata dalle curve ingigantite delle lettere e dall'insidia delle due *m*. Urbinek scrisse un paio di righe, battendo rapido sui tasti e badando a tornare indietro per coprire qualche parola con una serie di *x* decise, che bucarono la carta, poi scrisse: «Ti saluto», e sfilò il foglio dal rullo. Firmò con uno scarabocchio – tutti i suoi detenuti avevano raccontato di essersi slogati un dito, per giustificare la macchina da scrivere – e archiviò la lettera, una copia per l'ufficio postale e una per lo schedario, col timbro *Minuta* e il numero del detenuto, 1546-2A.

La seconda lettera era molto diversa, elegante e precisa, con una carta sottile e una scrittura minuta e compatta, da intellettuale. Urbinek la riconobbe subito, e sorrise pensando che avrebbe risparmiato parecchio lavoro coprendo intere righe con l'inchiostro nero della censura. Stava già infilando il foglio nella macchina quando qualcosa lo colpí, qualcosa di indefinito che attrasse il suo sguardo al centro della lettera, subito confuso in un groviglio ordinato di segni. «Carissimo Oskar», iniziava, ma non erano le parole, Urbinek le dimenticava subito appena lette, era una macchia, un segno squilibrato che si snodava su una riga come un millepiedi, troppo lungo per essere armonico, un errore, graffiato sulla pagina... «Carisssimo Oskar». Ecco, aveva scritto *carissimo* con un'esse di troppo, che si gonfiava al centro della parola come un'indigestione e deformava quel corsivo elegante, quasi stampato, come una brutta malattia. Urbinek appoggiò il foglio sul tavolo e si passò una mano sulla testa rasata, facendo stridere il palmo sui capelli cortissimi.

Carisssimo, carisssss... Una volta, quando era ancora a scuola, aveva scritto una lettera d'amore a una sua compagna. Si chiamava... si chiamava... non lo ricordava piú, ma ricordava che nello scrivere di nascosto, curvo sul banco a fare da scudo con le mani a coppa, e le spalle curve, e gli occhi attenti a guardarsi attorno, come una spia, si era sbagliato e aveva scritto «Mia carisssima», anche lui con quell'esse di troppo. Il professore aveva intercettato il biglietto, lo aveva letto, poi lo aveva chiamato alla lavagna, ardente di rabbia e di vergogna, per una lezione sui suffissi superlativi. Lei, la ragazza, non aveva mai saputo di essere la destinataria di quelle tre *s* appasssionate. Urbinek sorrise, scuotendo la testa, e scese con gli occhi a cercare la firma, in fondo alla pagina. «Tua Anna»... Si chiamava cosí anche la ragazza della scuola? Chissà...

Prese un foglio di carta imbottita e lo inserí nella macchina da scrivere. Rimase un attimo a pensare, con le dita curve sulla tastiera e il naso quasi sul rullo, a respirare l'odore polveroso di olio e di inchiostro, poi sorrise e scrisse: «Mia cara Annuska», diversamente dal solito, contravvenendo al comma 27 delle Istruzioni pratiche per l'Ufficio corrispondenza (coerenza di stile e di argomenti).

Anna rispose dopo una settimana, prima non era permesso dal regolamento. Urbinek si era dimenticato di lei, della moglie di 1546-7B, ma quando vide la lettera gli sfuggí un sorriso e l'aprí subito, per prima, allungandosi sullo schienale di legno della sedia e appoggiando le ginocchia alla scrivania. La calligrafia era cambiata, era piú veloce, meno precisa e a volte usciva dai bordi del foglio.

«Carissimo Oskar, non sai, non puoi immaginare quanto piacere mi abbia fatto ricevere la tua lettera! Ho pianto quando l'ho letta, e piango adesso mentre scrivo, perché c'era qualcosa, non so cosa, di diverso, finalmente, di vivo! Dio, Oskar, mi è tornata la speranza! Mi vergogno a dirlo, ma in questi mesi ho pensato che fossero riusciti a cambiarti e invece no, Dio ti ringrazio, no! Forse davvero un giorno…»

Urbinek fece una smorfia, seccata. L'ombra spessa dell'inchiostro del censore aveva coperto quattro righe e lui alzò inutilmente la lettera per osservarla controluce, con l'irritante sensazione di essere stato derubato di qualcosa. Pensò anche di grattare l'inchiostro con una lametta, ma sapeva benissimo che era solo tempo perso, e cosí si strinse nelle spalle e ricominciò a leggere.

«Ti amo, Oskar, ti amo, ti amo, ti amo, ti amo».

Urbinek sorrise, sorpreso. Era la prima volta che lei si lasciava andare cosí, con un trasporto da adolescente, semplice, ripetitivo e appassionato, cosí diverso dai *con amore* che chiudevano le lettere e facevano pensare a un affetto triste ma controllato, a un sospiro piú che a un singhiozzo. Per la prima volta si chiese che aspetto potesse avere questa Anna, e cercò di immaginarla mentre scriveva la lettera, seduta a un tavolino, con la testa appoggiata a una mano, gli occhi velati dalle lacrime abbassati sul foglio, sulla punta un po' tremante della penna… Di che colore aveva i capelli? Erano lunghi o corti? E gli occhi… gli occhi… Neanche di quella sua compagna di scuola ricordava il volto.

Urbinek si mosse, tirò giú le gambe dalla scrivania, facendo cigolare la sedia, e inserí un foglio nella macchina. «Annuska», iniziò, «anche se non ricordo piú i tuoi occhi», e picchiando rapido sui tasti riempí una pagina di linee fitte e irregolari, a macchie scure o sbiadite dove il nastro, girando, era piú consumato. Solo alla fine si accorse che aveva dimenticato di inserire qualche parola inutile da coprire con l'inchiostro. Lo fece a malincuore, firmò e protocollò la lettera con la sensazione, inquietante e fastidiosa, di aver fatto qualcosa di proibito.

Alla mensa gli sarebbe toccato per turno un posto accanto alla stufa, ma Urbinek preferí cederlo a un altro, per sedersi accanto a Julius. Lo aveva visto in fila, col vassoio di metallo puntato sulla fibbia della cintura, e gli era venuta in mente una cosa, un'idea che gli aveva dato un piccolo brivido di curiosità, assieme a un'ombra di paura. Julius gli fece posto scivolando di lato sulla panca.

– Guarda che schifo, – disse, – mangiamo le stesse cose dei detenuti, soltanto piú calde e piú abbondanti. Per gli ufficiali è diverso, però...

Urbinek annuí, senza timore. Julius lavorava all'Ufficio sicurezza, e poteva dire certe cose senza paura di essere denunciato.

– Abbiamo anche la testa rasata come loro... a volte mi chiedo che vantaggio ci sia a essere una guardia in un campo...

– Almeno noi sappiamo perché accadono le cose, – lo interruppe Urbinek, – sappiamo la ragione. Loro subiscono e basta.

– La ragione? – Julius lo guardò perplesso, pulendosi il mento appuntito con il dorso della mano. – Quale ragione? Il meccanismo, vorrai dire.

– Il meccanismo, la ragione, quello che vuoi... ad esempio, tu conosci le varie categorie dei detenuti, sai perché sono qui...

– Io non so niente, – disse Julius, e si riempí la bocca con un cucchiaio di minestra.

– Per esempio, – insistette Urbinek, – un esempio a caso... un 7B, ecco, un 7B cos'è? Un politico, un comune... cos'è? – Si accorse che stava sudando, nonostante quel lato del tavolo fosse molto freddo. Julius si strinse nelle spalle.

– Oh, certo, qualcosa sappiamo... 15A sono i ladri, 2C gli invertiti...

E 7B, avrebbe voluto chiedere Urbinek, cosa vuol dire 7B? Ma non aveva il coraggio. Girò il cucchiaio nel vassoio, annuendo.

– E cosí puoi anche sapere quanto devono rimanere qui, per esempio un 2C o un 7B, per esempio...

– Tre anni, un 2C si fa tre anni, se poi non gli crescono qui al campo e sta sicuro che gli crescono. Ma perché saperlo?

Urbinek si irrigidí, fermando il cucchiaio. La voce gli uscí rauca.

– Cosí, una curiosità... tanto per parlare...

– No, volevo dire *loro*... perché saperlo, a cosa gli serve? Tanto ormai ci sono e devono rimanere qui, esattamente come noi. Non la mangi quella? Se non la mangi la prendo io...

Il postino era in ritardo. Urbinek aspettava nel suo ufficio, in piedi davanti alla finestra, fissando il sentiero del campo che si vedeva a spicchi dietro la ragnatela di ghiaccio sul vetro. Quando arrivò gli strappò quasi le lettere di mano e firmò in fretta la ricevuta, lasciandolo stupito da quello zelo inatteso. Urbinek si sedette alla scrivania e si passò la lingua sulle labbra, sfogliando piano le buste, scoprendo lentamente, con ansia, gli indirizzi del mittente. La sua era l'ultima.

«Oskar, amore, mi sembra di essere tornata ai tempi del liceo, quando mi lasciavi i messaggi sotto il banco. Ti amo adesso quanto ti amavo allora, e se fosse possibile ti amerei di piú, ma di piú non è possibile. Mi manchi, non dovrei dirlo, e mi vergogno di essere cosí debole, ma mi manchi. Mi manchi la notte quando mi sveglio, poi non riesco piú a dormire, e mi manchi adesso, mentre ti scrivo invece di parlarti. A volte neanch'io ricordo piú il tuo volto, ma hai ragione tu, non importa. Pensa a quello che mi scrivevi a scuola, quando nascondevo il volto dietro i libri per paura che il professore mi vedesse arrossire. Non sono cose per una ragazzina, avrebbe detto, e avrebbe avuto ragione. Ricordi? Mi scrivevi Annuska».

Urbinek strinse il pugno e batté le nocche contro la scrivania, con un colpo secco che gli fece male. La striscia nera di inchiostro tagliava la pagina con uno sfregio largo e profondo, come la cicatrice di una sciabolata. Copriva tre righe che si indovinavano in rilievo sotto lo strato di vernice, e Urbinek le sfiorò

con la punta delle dita, leggero, come se toccasse i lineamenti
di quel volto sconosciuto che svanivano, come nei sogni, appena premeva un po' di piú. «Annuska», pensò, «Annuska...»

Si alzò di scatto e uscí fuori, senza guanti e senza cappotto,
con il foglio in mano. Saltellò sul fango ghiacciato, chiudendosi l'uniforme attorno al collo, fino all'ufficio postale. Entrò senza bussare e si attaccò alla stufa, mentre un maresciallo lo guardava, con un timbro sollevato a mezz'aria.

– La lettera, – disse Urbinek con la voce che gli tremava ancora per il freddo, – questa lettera –. Porse il foglio e il maresciallo si allungò per prenderlo. Tenne la lettera tra due dita,
come se scottasse, e la girò da una parte e dall'altra.

– Questa lettera... – ripeté. – Cosa c'è che non va in questa
lettera?

– È stata censurata.

Il maresciallo annuí. – Certo che è stata censurata. È il regolamento.

– Ma era indirizzata a me!

Il maresciallo corrugò la fronte e Urbinek si staccò dalla stufa, scuotendo la testa. – Volevo dire, non a me proprio, al mio
ufficio. È per un detenuto reintegrato nei diritti, uno di quelli
che...

– Non capisco.

– Quello che voglio dire è che non ha senso censurare una
lettera che posso leggere solo io, che faccio parte dell'Ufficio.
Lui non le può leggere le sue lettere, le leggo solo io!

– Non capisco, – il maresciallo scosse la testa e lasciò cadere la lettera sul tavolo, come se davvero scottasse. Urbinek
stava per insistere quando si aprí una porta ed entrò un tenente magrissimo, con una barbetta corta che gli girava sotto
il mento.

– Che succede qui? – chiese. – Cosa non si capisce? – e con
un gesto bloccò il maresciallo, che aveva già aperto la bocca. Urbinek salutò, irrigidito sull'attenti.

– Si tratta di una lettera di competenza del mio ufficio, signor tenente, dell'Ufficio corrispondenza. È stata censurata.

– Sí?

– Non ha senso, e mi impedisce di svolgere adeguatamente le mie mansioni. Io devo leggere le lettere integralmente per poter dare una risposta adeguata...

Il tenente tossí nel pugno chiuso. Urbinek notò che aveva la pelle tesa sugli zigomi e un pallore giallastro, malato.

– A quale blocco era diretta la lettera? – chiese il tenente, e il maresciallo afferrò la busta.

– Blocco 41, – disse sicuro, – terza sezione.

Il tenente annuí. – Non sta a lei, – disse, fissando un punto sul pavimento, tanto che a Urbinek ci vollero alcuni secondi per capire che stava parlando con lui, – non sta a lei decidere cosa ha senso e cosa non ce l'ha. Si attenga al regolamento, e se lo ritiene il caso inoltri un reclamo seguendo le vie gerarchiche.

Urbinek batté i tacchi e riprese la lettera. Salutò, rigido, mentre il tenente annuiva al pavimento, salutò il maresciallo e uscí, correndo veloce nell'aria ghiacciata.

Il Blocco 41 era dall'altra parte del campo e Urbinek dovette aspettare l'occasione giusta per poterci andare senza incuriosire nessuno. Dovevano consegnare un pacco a un ufficiale che non si trovava e si offrí lui di andare a cercarlo. Invece andò direttamente nella terza sezione e lí vagò tra i reticolati finché non trovò una guardia, ferma vicino a una torretta, con un piede appoggiato a un tronco e il pollice agganciato alla cinghia del fucile. Guardava i detenuti che lavoravano e sembrava non avesse freddo nonostante il respiro gli si fosse ghiacciato sulla barba, attorno alle labbra. Urbinek si avvicinò.

– Che razza di vita, – disse, e la guardia gli lanciò un'occhiata, di traverso.

– La mia o la loro? – chiese. Urbinek sorrise. Appoggiò il pacco per terra e si mise una mano nella tasca del cappotto, frugando goffamente con le dita guantate. Tirò fuori un pacchetto di sigarette e lo porse alla guardia, che lo prese e ne sfilò una con agilità, nonostante i guanti ruvidi, molto piú spessi di quelli di Urbinek.

– Al freddo ci si abitua, – disse la guardia aspirando una boccata, – ma è la noia che uccide. Sempre qui a guardarli fare le stesse cose, sempre loro. Per fortuna ogni tanto capita di sparare a qualcuno.

– Li devi conoscere praticamente tutti, – disse Urbinek. – A me sembrano tutti uguali.

La guardia rise e il fumo della sigaretta gli uscí tra i denti, opaco per il freddo.

– Perché sono tutti magri e senza capelli, – disse, – ma quello che conta è il naso, il naso è diverso. Ecco, quello là curvo si chiama Karl, quello che porta il tronco è Martin e quello in fondo è 1327. Basta guardare il naso.

– Io una volta ne ho conosciuto uno, – disse Urbinek, col cuore che cominciava a battergli, – si chiamava Oskar, mi pare, era di questa sezione...

La guardia si strinse nelle spalle. – Forse, mi pare... sí, me lo ricordo Oskar, qui alla terza. Sí.

Urbinek trattenne il fiato perché il cuore gli batteva tanto da fargli male.

– Era... – iniziò, – era... era simpatico questo Oskar, vero?

– Ci ho parlato solo due volte, non saprei. Aveva un gran naso, però. Senti, vuoi che spari a qualcuno? Scegli tu quale, quello che vuoi, ma devo sparare io, se no passo un guaio, mi dispiace.

Urbinek scosse la testa, cercando qualcosa da dire. Aveva paura di fare una domanda diretta ma non poteva lasciar perdere. La guardia conosceva Oskar, gli aveva parlato, e forse avevano parlato di Anna. Forse lui gli aveva detto...

La guardia si sfilò il fucile dalla spalla e mise una mano imbottita sull'otturatore.

– Spariamo a quello là, – disse, poi si irrigidí all'improvviso, voltando le spalle.

– C'è un ufficiale che sta facendo dei segni laggiú. Ce l'ha con te?

Urbinek si morse un labbro e strinse il pacco sotto il braccio. Fece un passo di lato, indeciso, guardò l'ufficiale e guardò il soldato, pensò: «Cosa ti ha detto di Anna?» ma quando aprí la bocca per dirlo gli uscí soltanto un singhiozzo.

– Vai, vai, – disse la guardia, spingendolo con la mano, – o qui finisce male. Lo conosco quel bastardo, ti fa rapporto per niente.

Annuska, Annuska... quando chiudo gli occhi, la sera, prima di dormire, vedo solo le tue labbra, immobili, davanti a me. È solo un'ombra, morbida, come un sorriso nel buio, ma se alzo il volto le sento, calde, sulle mie, e sento il tuo sapore, Annuska, Annuska, e sento il tuo odore... Quando chiudo gli occhi, la sera prima di dormire, anche tu sei qui con me, sulle mie labbra...

Erano due, una guardia col fucile a tracolla e un caporale con gli occhi scavati nel volto come un teschio, e sul bavero le mostrine nere della Sicurezza. Urbinek si accorse di loro solo quando li ebbe davanti, sulla porta del suo ufficio, mentre tornava dalla colazione, con ancora il gavettino in mano.

– Sei Urbinek? – disse il caporale. – Devi venire con noi, il comandante vuole vederti.

Urbinek deglutí, irrigidito. Alzò la mano con il gavettino di latta, macchiato di caffè.

– Devo mettere via questo... – disse, ma il caporale scese un gradino e gli appoggiò la mano guantata su un braccio.

– Lo farai dopo, ora vieni con noi –. Anche la guardia scese il gradino, gli appoggiò la mano sul braccio, delicatamente, come il caporale, e Urbinek ebbe subito la certezza che lo stavano arrestando.

Nell'anticamera dell'ufficio del comandante c'era Julius, che lanciò soltanto un'occhiata a Urbinek, senza dire nulla, e senza dire nulla uscí, assieme alla guardia e al caporale. Urbinek rimase solo, fermo in mezzo alla stanza, con le braccia abbandonate lungo i fianchi e il gavettino che gocciava sul pavimento. Gli sembrava che il pastrano gli gravasse sulle spalle con un peso insopportabile. Perché era lí? Perché il signor Globo voleva vederlo?

– Avanti! – urlò il comandante dal suo ufficio, e Urbinek trasalí. Si affrettò a entrare, prima che urlasse ancora. Il comandante era in piedi vicino alla finestra, con una tazza di caffè in mano. Indossava soltanto la maglia di lana che portava sotto l'uniforme, con le bretelle giú sui calzoni alla cavallerizza e gli stivali. Si passava una mano sulla testa calva, lucida e liscia, e gli voltava le spalle. Urbinek notò che in uno stivale aveva infilato il frustino, ma il pensiero assurdo che forse il comandante andava a letto cosí, con gli stivali e il frustino, non riuscí a farlo sorridere.

– Versati un po' di caffè, – disse il comandante, senza voltarsi. Urbinek eseguí, versando nel gavettino un liquido nerissimo e denso da una caffettiera sulla scrivania, ma non bevve, tenne il gavettino davanti al petto, come un fucile in *presentatarm* durante una parata. Il comandante si voltò e annuí, poi si avvicinò alla scrivania. Urbinek notò con la coda dell'occhio che c'era un fascicolo sul tavolo, e sforzandosi riuscí a leggere l'intestazione, *1546-7B*. Il cuore cominciò a battergli fortissimo. Il comandante si sedette e aprí il fascicolo, poi si sfilò il frustino dallo stivale e lo mise di traverso sulle pagine.

– Sono arrivati molti documenti, – disse, – tutti in ritardo. La colpa è esclusivamente degli uffici burocratici che non hanno voglia di lavorare e accumulano, accumulano... Dio mi è testimone che noi dei campi facciamo sempre il nostro dovere. Giusto?

– Sissignore, – rispose Urbinek, rapido.

– Allora la nostra unica colpa è quella di lavorare in fretta e con efficienza, eseguendo subito gli ordini ricevuti. Prima 1546-7B viene privato del diritto di corrispondenza, – il Comandante sfilò un foglio da sotto il frustino e lo agitò davanti a Urbinek prima di lasciarlo cadere, – poi commette una grave infrazione e viene condannato a morte. Sentenza eseguita, – sfilò un altro foglio e lo lasciò cadere, – ma ecco che dalla Direzione centrale arriva la sua reintegrazione nei diritti epistolari, fino a quando naturalmente la sentenza non sarà registrata dal tribunale. Invece arriva la grazia –. Il comandante sfilò un foglio di carta pesante, grigia, con un bollo rosso al centro. - E noi abbiamo un detenuto morto che scrive lettere bellissime e che adesso viene dichiarato libero dal giudice. Non è ridicolo?

- Sissignore, - disse Urbinek, pronto.

- Ma per fortuna tutto si aggiusta a questo mondo. Non è vero?

- Sissignore -. Ma c'era qualcosa che non andava, e Urbinek la sentiva, come un insetto che gli strisciasse freddo sulla pelle, assieme a un brivido. Era tanto il disagio che si azzardò a fare una domanda.

- Perché mi racconta questo, signore? - chiese. - Cosa c'entro io?

Il comandante alzò gli occhi e Urbinek notò per la prima volta che erano azzurri, di un azzurro liquido e molto chiaro.

- Perché *tu* sei il detenuto 1546-7B. Tu sei Oskar.

Urbinek aprí la bocca e un po' di caffè del gavettino cadde sulle assi del pavimento.

- I-io? - balbettò. - Ma non è vero... Io sono Urbinek, dell'Ufficio corrispondenza!

Il comandante scosse la testa. - Inutile negare, abbiamo le prove -. Spostò il frustino ed estrasse dal fascicolo un pacco di lettere, legate con uno spago. - Abbiamo le copie delle lettere che hai scritto a tua moglie, con la tua firma. Puoi leggere, c'è scritto Oskar.

Urbinek cominciò a tremare. - Ma quelle... non sono mie quelle lettere!

- Non le hai scritte tu?

- Certo, le ho scritte io, ma...

- Sono parole tue e questa è la tua firma?

- Sí, però...

- Allora non c'è altro da aggiungere -. Alzò il frustino e lo abbatté violentemente sulla scrivania, con uno schiocco acuto che fece sobbalzare Urbinek. Il gavettino cadde per terra, rovesciandosi. Il caporale e la guardia entrarono nell'ufficio e presero Urbinek per le braccia, sempre dolcemente.

- Detenuto 1546-7B, - disse il comandante, - sei stato gra-

ziato per l'imputazione di sabotaggio aggravato per cui era stata eseguita sentenza di morte mediante fucilazione. Congratu-
lazioni –. Il caporale alzò un braccio di Urbinek e il comandante
gli strinse la mano, morbida e passiva. – Questo argomento è
chiuso e passiamo ad altro. Sei stato riconosciuto colpevole di
evasione delle norme sulla censura postale con sospetto di spio-
naggio, e pertanto sei condannato a morte mediante fucilazione, da eseguirsi immediatamente in attesa della registrazione
della sentenza. Noi dei campi non restiamo mai con le mani in
mano. Giusto?

– Sissignore! – risposero la guardia e il caporale, e anche Urbinek, che aveva gli occhi spalancati. Il comandante fece cenno di portarlo via e tornò alla finestra, a lisciarsi la testa con
una mano. Si voltò solo quando entrò Julius.

– E cosí è di nuovo tutto a posto, – disse. – Fai pulire questo porcile e avverti l'Ufficio corrispondenza che 1546-7B è as-
segnato nuovamente a loro per i suoi diritti epistolari, finché
non arrivano i documenti dal tribunale.

– Il maresciallo si lamenterà che non ha abbastanza personale, signore.

Il comandante si strinse nelle spalle, tornando alla finestra.
– Si lamenterebbe comunque, – sospirò, – lo fanno tutti. È proprio vero che l'uomo non è mai contento, – e si batté il frustino contro lo stivale mentre lo diceva.

Il lato sinistro del cuore

Mi ricordo che faceva dondolare una pantofola, in bilico sulle dita di un piede, e che si teneva l'accappatoio di spugna stretto con le braccia, davanti, seduta sul bracciolo di una poltrona. Aveva i capelli ancora umidi, lunghi e neri, raccolti su una spalla, perché stava facendo la doccia quando ero arrivato a casa sua con quaranta minuti di anticipo. Non so se ero stato io a sbagliarmi sull'ora quando mi aveva telefonato, quella mattina, ma non aveva importanza. Il cliente ha sempre ragione.

– Guardi che io non sono un investigatore privato... non esattamente. Mi occupo di recupero crediti, passaggi di proprietà di auto, affitti, rate... gente che non vuole pagare.

– Il giornale diceva investigatore privato, lunga esperienza nella polizia...

– Sí, ero un poliziotto, ma ecco... non mi sono mai occupato di incarichi investigativi. La storia che mi ha raccontato, poi...

– Non è una storia.

– Va bene, l'episodio che mi ha riferito, allora... non l'ho mica capito. Lei, quell'uomo, lo ha sognato o c'era davvero?

Mi aveva guardato, anche questo me lo ricordo bene, mi aveva guardato in faccia e credo fosse la prima volta che lo faceva da quando ero entrato in quella stanza. Io l'avevo guardata subito, invece, molto carina, molto abbronzata, il volto rotondo e gli occhi cosí grandi, neri come i capelli. Aveva qualcosa di strano nello sguardo e per un attimo pensai che fosse leggermente strabica, e invece no... Anche la bocca, con le labbra sempre strette, leggermente piegate all'ingiú, aveva qualcosa di strano... non so, un taglio infantile. Aveva ventitre anni, mi disse dopo, ma ne dimostrava molti di meno.

– Non lo so se c'era davvero. Prendo delle pillole per dormire in questo periodo... però quando mi sveglio, la mattina, mi sembra sempre di ricordare che a un certo punto della notte apro gli occhi e lui è lí, in camera mia, davanti alla porta o su una sedia... di solito sono cosí intontita che non riesco neanche a vederlo in faccia e mi riaddormento subito come un sasso.

– E avviene tutte le notti?

– Tutte le notti che dormo da sola.

– E cosa farebbe il tipo?

– Niente. Mi guarda dormire... o almeno, mi sveglio con questa impressione. Non mi crede?

– Mah... cioè, sí, certo, è ovvio...

– No, non mi crede. Ma non l'avrei chiamata solo per questo, ci sono gli altri fatti, quelli concreti. Da almeno un mese ricevo delle telefonate, a tutte le ore, ma sempre quando sono da sola. Una voce maschile che sussurra. Io tiro su e lui dice soltanto una cosa.

– E cosa?

– Troia.

Aveva abbassato gli occhi, sulla pantofola che oscillava, agganciata col bordo di stoffa alla punta estrema dell'alluce. Un lembo dell'accappatoio le era scivolato su un ginocchio, scoprendole la gamba fino alla caviglia, e io mi ero sentito in imbarazzo a guardarla. Cosí piccola, con le spalle curve e l'aria preoccupata mi faceva... tenerezza. Ecco, quando ci penso mi dico che deve essere stato quello il mio primo sentimento.

– Bene... cioè, male. Poi? Cosa è successo?

– Poi hanno tagliato le gomme all'auto del mio ragazzo, a casa sua, in garage, due giorni fa. E mi hanno bruciato la cassetta della posta.

– Prego?

– Lo ha visto anche la signora che abita davanti. Un tipo magro, non tanto alto, con un cappello e un soprabito scuro... ha versato dell'alcol nella mia cassetta della posta e le ha dato fuoco.

– Questo è strano.

– Perché, il resto è normale?

– No, ha ragione, no... È perciò che le consiglio un vero investigatore privato, anche se costa di piú. Io sono stato cinque anni in polizia, è vero, ma ero nella Celere.

– Lo so.

Continuava a fissare la pantofola, ma aveva socchiuso le labbra in un sorriso malizioso che mi aveva fatto capire che sapeva benissimo, chissà come, perché non ero piú nella polizia. Avevo ammazzato un ragazzo allo stadio, durante una carica.

– È per questo che ho cercato proprio lei... perché voglio qualcuno che costi poco e che sia capace di difendermi.

– Vada alla polizia, allora, quelli non costano niente. Perché non chiama il commissariato? Le dò il nome di un collega...

– Quelli come me non ci vanno dalla polizia.

È stato in quel momento che ha aperto l'accappatoio e io ho chiuso gli occhi, come facevo quando ero in caserma e i compagni uscivano dalle docce senza asciugamano. Quando li ho riaperti, lei, cioè *lui*, era come prima, con le braccia strette davanti. Solo la pantofola era scivolata sul pavimento.

– Io vivo da sola, lavoro in casa due sere alla settimana e ho pochi clienti selezionati. Le posso dare i numeri di telefono se mi promette di essere discreto, ma non c'è nessuno che mi sembri l'uomo che mi... che mi sta... Oddio! Ho paura... mi aiuterà?

Mi aveva guardato ancora e lo aveva fatto con un'espressione cosí disperata, cosí indifesa, con le labbra strette e gli occhi cosí grandi, da bambina spaventata, che non avevo potuto dire di no. Anche se non era una bambina. Cosí accettai, gli consigliai di chiudersi bene in casa e me ne andai, con l'anticipo in tasca e un vago senso di disagio per avergli guardato le gambe. Mi ricordo, anche questo sí, me lo ricordo bene, di aver pensato: «Ma che bella coppia». Un travestito e un poliziotto radiato per omicidio colposo. Ah sí, proprio una bella coppia...

Esclusi i clienti, che erano solo quattro e non corrispondevano alla descrizione della vicina di casa, escluso qualche giro losco di mafia e papponi, che di solito non si comportano in modo cosí sofisticato, restavano gli innamorati respinti. Le telefonate, le gomme del fidanzato, quella strana cosa della posta... le visite notturne, se davvero c'erano state... mi sembrava tutto abbastanza chiaro. Una gelosia morbosa, da matto, un amore malato...

Rita, cosí si chiamava il mio cliente, di storie importanti finite male, male per loro, se ne ricordava tre. Un tipo che stava in città e faceva il rappresentante, un istruttore di tennis che se ne era andato col cuore a pezzi subito dopo, e un altro, uno piú giovane, uno studente un po' strano. Di questo, che era stato il primo in ordine di tempo, il mio cliente me ne parlò solo mentre stavo per andare via, quasi esitando. Disse soltanto che era uno cui piaceva starla a guardare. A guardare? Sí, mentre leggeva, si truccava, mangiava o si vestiva. O dormiva, appunto.

Iniziai da quello. Ma all'indirizzo che avevo c'era una famiglia di meridionali, adesso, che non seppe dirmi nulla a parte farmi vedere il bollettino di una rata da pagare per il secondo anno di Ingegneria, mai ritirata da nessuno. Col rappresentante non so dire se fui piú fortunato o no, perché era morto tre settimane prima, in un incidente stradale. L'istruttore, invece, aveva lasciato alla posta l'indirizzo nuovo, e mi feci dare dal 12 il numero di telefono. Lo chiamai, ma aveva una segreteria con sotto il *Bolero* di Ravel che diceva che sarebbe tornato solo il giorno dopo. Andai dal fidanzato attuale, allora, ma anche da lui non ricavai molto. Faceva il pittore e mi ricevette nella mansarda che usava come studio. C'erano ritratti del mio cliente in tutte le posizioni, su tutte le pareti. Mi guardavano.

– Sono contento che Rita abbia deciso di chiamare qualcuno... cosí si toglierà dalla testa certe fantasie. Per me sono quelle pillole che prende da quando ha avuto l'esaurimento nervoso che la fanno star male. Dà importanza a un sacco di cose che non c'entrano niente, come le gomme della mia macchina.

– Perché, non gliele hanno tagliate, le gomme?

– Bucate, non tagliate. E guardi che la macchina era in garage, con la saracinesca chiusa a chiave. Sarò passato su un chiodo... va bene, due chiodi, senza accorgermene. Quanto alla cassetta della posta, lei che va in giro spesso sa quanti teppisti ci siano, perfino nei quartieri alti. Hanno distrutto anche la mia, sa? A lei non è mai successo?

– Mai, anche se sto in un quartieraccio.

– Fortunato. Mica per la cassetta, perché con ventimila lire... per le lettere. Io e Rita ci scriviamo delle lettere bellissime, molto profonde. La sensibilità è una delle sue caratteristiche piú marcate... la sensibilità, una sensualità morbida e avvolgente, una fragile, struggente dolcezza... e un'infedeltà naturale, quasi istintiva. Posso farle una domanda?

Aveva le mani piú lunghe e sottili che avessi mai visto e le teneva congiunte davanti al volto, succhiandosi la punta dei pollici. Era piú vecchio del mio cliente, molto piú vecchio. Capii cosa voleva chiedermi appena si morse un labbro, come per cercare le parole.

– No, può stare tranquillo. Io sono solo un investigatore privato pagato per risolvere un problema e basta. Non voglio altro. Poi... lui non è esattamente il mio genere.

– Aspetti a dirlo. E non dica *lui*, per favore, dica *lei*. A parte un piccolo particolare la mia Rita è una donna... anzi, una bambina. Non crede?

No, non lo credevo, ma non glielo dissi. Mi feci mostrare la porta del garage, sempre chiusa a chiave, senza segni di scasso, e me ne andai convinto che avesse ragione, che fossero tutte coincidenze e che l'uomo della notte fosse solo un sogno dovuto a un eccesso di ansiolitici. Feci anche un altro giro tra i vicini, perché per sapere il momento giusto per telefonare o entrare in casa l'uomo doveva starsene appostato a lungo nei dintorni, ma nessuno aveva mai notato niente. Mi ripromisi di telefonare al mio cliente, il giorno dopo, per chiudere il caso, convincerlo a lasciarmi tutto l'anticipo e consigliargli un altro medico, perché non c'era nessuno che ce l'avesse con lei. Con lui, *lui*... e dovetti ripetermelo mentre guidavo, mentre mi tornavano in mente le curve dei suoi fianchi ritratti sulle tele, *lui, lui, lui*, finché non arrivai a casa.

Poi mi chiamò. Di notte, all'improvviso, a metà di un sogno indistinto che mi stava facendo sudare. Aveva la voce acuta come lo squillo che mi aveva svegliato e parlava in fretta, tra i singhiozzi, ansimando.

– Era qui! È stato qui, l'ho visto!

– Visto? Chi ha visto? Di chi sta...

– Quell'uomo! Quell'uomo che mi guarda! È stato qui nella mia stanza! Mi sono svegliata, ho aperto gli occhi e l'ho visto! Oddio...

– Un attimo, ferma un attimo... c'è ancora? Mi risponda, c'è ancora?

Non rispose, singhiozzava e basta, poi mise giú il telefono. Mi vestii in fretta, montai in macchina e corsi fino a casa sua. La porta era socchiusa, fermata da una catenella. Suonai, ma non venne nessuno, cosí mi attaccai allo stipite con le mani e staccai la catenella con una spallata contro la porta. Dentro era buio. Sentivo piangere in fondo al corridoio, dietro una porta chiusa.

– Apra! Sono io, apra, per favore!

Aveva chiuso con tre mandate, e quando spalancai la porta era già tornata al centro della stanza. Aveva una sottoveste leggera, quasi trasparente, che le sfiorava le ginocchia e le scopriva le spalle. Si stringeva con le braccia e tremava.

– Non c'è nessuno.

– C'era. L'ho visto con i miei occhi. Era seduto lí.

Indicò una poltrona contro il muro, in un angolo, con un gesto rapido che gli sollevò la sottoveste fino alle natiche, tanto che dovetti distogliere lo sguardo.

– E cosa ha fatto? Le ha detto qualcosa?

– Sí, no... non lo so. Ho urlato appena l'ho visto, poi lui non c'era piú.

– Quando l'ha messa la catena alla porta?

– Quando la metto sempre... appena fa buio. E mi chiudo in camera.

– Anche oggi?

– No, sí... non mi ricordo.

Stava per mettersi a piangere di nuovo. Mi strinsi nelle spalle e mi voltai, perché non capisse dalla mia espressione che non credevo a una sola parola di quello che mi aveva detto. Ma appena mi avvicinai alla poltrona un brivido freddo mi irrigidí la schiena, scendendomi tra le spalle come una goccia d'acqua ghiacciata. Fu l'odore che mi colpí, un odore diverso, piú secco di quello dolciastro che c'era nella stanza. L'odore di un altro. Poi vidi il cuscino, schiacciato in un angolo e in punta, come se qualcuno si fosse seduto sul bordo. Lo toccai, e anche se sapevo che non era possibile mi sembrò di sentirne il calore.

– Cosa c'è? Cosa ha sentito?

Mi ero raddrizzato di scatto, con un movimento brusco, come avessi preso la scossa. Rita mi guardò con un'espressione cosí spaventata, con quegli occhi cosí grandi, che non potei fare a meno di allungare una mano e toccarle una spalla. Mi scivolò tra le braccia, rapida, schiacciandosi contro di me. Tremava, e quando alzò il mento mi accorsi che le tremavano anche le labbra, strette in un broncio sottile, da bambina impaurita. Non mi ricordo se fui io a baciarla o lei a baciare me. Scivolammo sul letto e facemmo l'amore, non importa come.

– Cuore spezzato un cazzo... non è per dimenticare Rita che ho lasciato la città. Hanno cercato di ammazzarmi.

Mi stavo piantando le unghie nel palmo della mano per resistere alla tentazione di spaccargli la faccia. Avevo lasciato un messaggio nella segreteria telefonica dell'istruttore di tennis, che mi aveva richiamato, dandomi appuntamento al bar del Circolo.

– Sí, certo, bella bocca, belle tette, brava... le scopate migliori della mia vita, ma tutto lí. Poi, Cristo, è un travestito... va bene la trasgressione, ma non sono mica un finocchio!

– Neanch'io.

– Bene, buon per lei... comunque, qualche mese fa a momenti mi ammazzo, in autostrada. Il meccanico dice che mi hanno svitato qualcosa sotto lo sterzo, io non ci credo, ma dopo una settimana mi succede lo stesso con la macchina di servizio della concessionaria, e allora mi cago addosso. Sa, col mio mestiere conosco tante donnine, mogli di gente importante... cosí per stare dalla parte del sicuro cambio città e mi cavo dai coglioni. Che dice, ho fatto bene?

Non risposi. Presi nota sul taccuino e me ne andai. Dovetti piantarmi le unghie nel palmo fino a farmi molto male, mentre pagavo alla cassa e lui mi salutava dal tavolino, sotto l'ombrellone.

– Davvero pensava che fossi innamorato di Rita? figuriamoci... era lei che mi amava, ma io... sí, bel corpo, ma Cristo! Poi, mi creda... di bocca non valeva un cazzo.

Avevo un amico alla Stradale e andai da lui appena uscito dal Circolo. Mi fece vedere i rapporti degli incidenti del tennista e di quello del rappresentante, che si era ammazzato in un frontale con un camion. Erano identici. Un bullone svitato da sotto lo sterzo.

L'uomo della notte esisteva.

Lo studente, invece, era scomparso senza lasciare traccia. Mi feci dare l'indirizzo dalla segreteria di facoltà, ma i genitori mi dissero che era qui, nel suo appartamento, anche se era da un pezzo che non si faceva sentire. Nel suo appartamento, lo sapevo perché c'ero già stato, viveva una coppia con due bambini. Il padrone di casa mi disse che lo aveva riaffittato dopo che aveva avuto la disdetta, per telefono, senza che nessuno fosse andato a riprendersi la caparra. Un tipo strano, disse il padrone di casa, e me lo disse anche Rita, mentre la tenevo tra le braccia, sul divano, a casa sua.

– Non l'ho mai capito, Alessandro. Era pieno di fissazioni, sempre ansioso... o depresso. Prendeva un sacco di pillole, per dormire, per mangiare, per studiare... però non studiava mai. Stava qui tutto il giorno e mi guardava, seduto a tavola, col mento su una mano. Certe volte si appoggiava alla porta del bagno, mentre mi truccavo, e lo vedevo riflesso nello specchio, immobile... ma soprattutto gli piaceva guardarmi dormire. Mi svegliavo la notte e lui era lí, sollevato su un gomito, appoggiato al cuscino... Ci credi? In tanti mesi che abbiamo dormito insieme lui non mi ha mai toccata. Mi teneva tra le braccia e mi accarezzava i capelli finché non mi addormentavo, ma non abbiamo mai... davvero. Piano, mi fai male...

La stavo stringendo, sempre piú forte, senza accorgermene. C'era qualcosa nel tono della sua voce, che mi irritava, tendendomi i nervi e i muscoli... qualcosa di morbido e languido, che le aveva velato gli occhi mentre parlava di lui, dello studente. Qualcosa di cui ero geloso.

– Perché lo hai lasciato?

– Non lo so. Non lo sopportavo piú... non mi piaceva come mi guardava quando tornavo a casa tardi la notte. Mi faceva sentire in colpa. Poi era diventato ossessivo, voleva che smettessi di lavorare, non accettava piú quello che... quello che sono. Ho pianto per una settimana, quando l'ho lasciato... sono stata io a mandarlo via e ho pianto, non è stupido?

– No.

– A volte mi manca. A volte, quando ci penso, Alessandro mi manca. Mi manca molto. Però voglio bene al mio pittore, è intelligente, premuroso, affascinante... un po' morboso, forse...

– Morboso? Il pittore?

– Sí... certe volte mi fa quasi paura. Lo sai che gli piace legarmi? Ahi... mi stai stringendo di nuovo... vuoi farmi male anche tu?

– No, io no...

Aprii le braccia e scivolai indietro, sul divano, schiacciandomi contro il bracciolo. Rita sorrise e per la prima volta notai una piccola ruga all'angolo della bocca, sottile e maliziosa, che feci fatica a non baciare, di slancio.

– Sí, lo so. Anche con te sto bene. Mi sento... mi sento protetta. Davvero.

Si contrasse, stringendosi a me, con un sospiro, poi si rilassò e sentii il suo corpo, dolce e caldo, scivolare sul mio. Fu soltanto un sussurro quello che mi soffiò nell'orecchio, prima di mordermi il lobo e farmi rabbrividire di desiderio e di rabbia.

– Ma non amerò piú nessuno come ho amato Alessandro...
o come lui amava me.

Mi feci dare l'elenco dei corsi a cui si era iscritto. La mag-
gior parte erano corsi ordinari, frequentati da decine di persone, ma ce n'era uno speciale, le cui lezioni si tenevano nello studio del professore. Ci andai quella mattina stessa. Gli studenti
erano sei. Non feci fatica a trovare chi lo conosceva meglio.

– Posso confermarglielo, Alessandro era il tipo piú strano
che avessi mai conosciuto. Chissà, forse stava proprio lí il suo
fascino... Io un po' mi ero innamorata, sa?

Non avevo intenzione di ascoltare un'altra volta tutti i pre-
gi dello studente, ma la ragazza, con i gomiti appoggiati al tavolino del bar e il mento sulle mani, fissava un punto lontano,
con gli occhi sognanti, e non ebbi il coraggio di interromperla.

– Era cosí... cosí dolce. Uno dei ragazzi piú buoni del mondo. Voleva andare a fare l'ingegnere nel Mato Grosso, dopo la
laurea, gratis.

– Non lo ha mai visto... non so, violento?

– Alessandro? vuole scherzare. Non avrebbe fatto male a
una mosca. Sembrava un bambino certe volte, cosí indifeso...
l'ho visto piangere una volta che mi sono incazzata e gli ho gridato addosso, povero Alessandro. Sí, davvero, un po' mi ero innamorata. Ma c'era quell'altra.

– L'altra?

– Quella ragazza... bella, bellissima. Cosí diceva lui, almeno, perché io non l'ho mai vista. Però che l'amava si capiva benissimo, e allora mi sono messa il cuore in pace... dopo essere
stata male per un po'. Be'... adesso lui non si è piú fatto vedere all'università, cosí... sa come si dice, occhio non vede...

– E non sa dove potrebbe essere? Non ha un numero di telefono, un recapito, l'indirizzo di un amico...

– No. Non l'ho piú cercato, io... però c'è una ragazza che
l'ha visto, una volta, sulla veranda di uno di quei capanni con
le reti che stanno sui canali, dalle parti del mare.

– Dove?

– Non lo so, non gliel'ho chiesto. Se vuole le dò il numero della mia amica.

Lo volevo. Era un numero di fuori città, dove era tornata per delle supplenze. Aveva un cognome cosí complicato, l'amica, che dovette scrivermelo la ragazza, dopo avermelo ripetuto tre volte. Sorrise mentre scriveva sul mio taccuino, sopra i numeri del prefisso.

– Non è curioso? È proprio cosí che è cominciata con Alessandro. Non riusciva a scrivere un nome, a lezione, e l'ho fatto io. Pensi che in tre mesi di corso non si era accorto nessuno del suo problema...

– Che problema?

– Quel disturbo... come si chiama? Quello per cui non puoi scrivere. Alessandro aveva la calligrafia di un bambino di cinque anni... illeggibile, orrenda. Era una cosa di cui si vergognava moltissimo. Sapesse quanto ci ho messo per fargli accettare le fotocopie dei miei appunti...

Appena fuori dal bar mi precipitai nella prima cabina che vidi e feci il numero di Rita. La voce del pittore smorzò tutto il mio entusiasmo.

– Pronto? Chi parla?

Avrei voluto sbattere giú, stordito da una rabbia sorda che mi ronzava nelle orecchie. Strinsi i denti, invece, e battei un colpo secco sul plexiglas azzurrato della cabina, col pugno a martello.

– Cerco la signorina Rita. Sono...

– Oh, sí, l'investigatore, certo... Rita non può venire al telefono in questo momento. Cosa voleva dirle?

– Niente... cioè, no... io credo, anzi, sono sicuro... insomma, so chi è il bastardo che la tormenta. È quello studente, come si chiama...

– Alessandro.

– Sí, Alessandro. È pazzo, è scomparso, si intende di meccanica tanto da sabotare una macchina e non riesce a scrivere! Ecco perché le ha bruciato la cassetta della posta, perché è geloso e odia chi sa scrivere!

– Non ho capito una parola di quello che ha detto, ma non importa. L'investigatore è lei, sa cosa fare. L'aspettiamo per le sette, questa sera.

– Per le sette?

– Io vado a Milano. Starò via due giorni. Rita non vuole essere lasciata sola questa notte, dopo l'ultima telefonata... le ha detto della telefonata, vero?

Me lo aveva detto. *Troia,* come al solito, poi *ti ammazzerò* e nient'altro.

– Io ero contrario, perché resto ancora dell'idea che siano tutte sciocchezze, ma lei ha insistito e quindi voglio che venga qui, questa notte e che ci resti. Senta un po'... si ricorda la domanda che volevo farle l'altro giorno? E lei mi disse che Rita non era il suo... genere? Vorrei rifargliela, quella domanda. Che mi dice, investigatore?

Non gli dissi niente. Mormorai soltanto: – Vengo alle sette, – e riattaccai.

– Ciao.

– Ciao.

– Non chiudere a chiave la porta. Ci sono io qui fuori.

– No, va bene...

Rita abbassò gli occhi, appoggiata allo stipite, poi mi abbracciò di scatto, sollevandosi sulle punte, e mi baciò sulla bocca. Chiusi gli occhi mentre sentivo il calore delle sue braccia attorno al collo e il suo profumo dolce, ma fu solo un attimo, perché subito si staccò e scomparve dietro la porta. Restai ad ascoltare lo schiocco leggero dei suoi piedi nudi sul pavimento e il cigolio rapido delle molle del letto, poi sospirai, presi il telecomando e accesi il televisore. Avevo sistemato un tavolo al centro della stanza, con una sedia davanti, la piú rigida e scomoda che avevo trovato. Da lí potevo controllare la porta d'ingresso dell'appartamento, la finestra e la porta della camera di Rita. Non ero dentro, con lei, seduto sulla poltrona come lo studente per la stessa ragione per cui avevo preferito che chiudesse la porta: sapevo benissimo come sarebbe finita se l'avessi vista a letto, e non volevo correre il rischio di farmi sorprendere. Del resto, le avevo sbarrato la vetrata che dava sul terrazzo, le avevo messo uno di quegli spray antiaggressione sul comodino e nel silenzio totale dell'appartamento riuscivo a sentire anche le molle del letto, ogni volta che si muoveva. A volte mi sembrava di sentire persino il fruscio delle sue gambe sul lenzuolo, ma forse era solo la mia immaginazione.

Al televisore avevo tolto l'audio. Lo tenevo acceso solo per fissare qualcosa e non rimanere completamente al buio, rischiando un colpo di sonno. Avevo preparato un thermos di caffè, come quando ero di servizio notturno ai maxiprocessi, e me ne versai un po', nella tazza grande che tenevo sul tavolo, davanti a me, vicino al coltello a serramanico e a una sbarra di ferro che avevo trovato a casa, in garage. Non avevo una pistola, non mi serviva. Non era con quella che avevo già ammazzato un uomo, tempo fa.

Rita si mosse nella stanza, e io mi irrigidii contro lo schienale di legno della sedia, ascoltando attento il sospiro metallico delle molle del letto, uno solo, breve, finché non tornò il silenzio. Provai a concentrarmi, teso e immobile, per sentirla respirare, e piano piano mi convinsi che il ronzio che sentivo nella penombra rischiarata dai bagliori intermittenti del televisore acceso era il suo respiro, lento, rilassato e regolare. Avevo voglia di entrare in quella stanza tiepida di sonno e di sedermi anch'io sulla poltrona, soltanto per guardarla dormire, e mentre stringevo i denti per la rabbia pensai che odiavo quel bastardo di studente che lo aveva fatto tante volte e che adesso me lo impediva. Che fosse lui, l'uomo della notte, ormai era sicuro, ma c'erano alcune cose che mi preoccupavano e mi spaventavano quasi. Questo tizio invisibile che riesce a sapere quando Rita è sola e quando riceve delle lettere... che si infila dappertutto, attraverso le finestre chiuse e le porte sbarrate, come un fantasma... Toccai la sbarra di ferro con la punta delle dita e il contatto freddo mi fece rabbrividire. Mi tornò in mente quel giorno sugli spalti dello stadio, il mio sangue che mi colava su un occhio per la sassata e quello del ragazzo che mi aveva schizzato tutta la faccia...

Poi sentii l'urlo. Un grido acuto e corto, la voce di Rita, ma c'era anche un ringhio basso e roco, come quello di un animale, coperto dal cigolio isterico delle molle e dalla vetrata che sbatteva contro il muro. Afferrai la spranga e scattai contro la porta, aprendola con un pugno secco sulla maniglia, ma appena dentro mi bloccai di colpo. L'odore pungente e acido dello spray paralizzante che riempiva la stanza mi prese alla gola, facendomi lacrimare gli occhi, e dovetti aggrapparmi al muro per non cadere in ginocchio. Non vedevo piú niente, ma sentivo un alito d'aria fresca sulla faccia che mi bruciava, e mi lanciai contro quello, sbattendo con la spalla nell'anta della porta a vetri che dava sul terrazzo. Mi ritrovai contro la balaustra di marmo, mezzo fuori, ad aspirare l'ossigeno con la bocca spalancata, quando il primo colpo mi prese sull'orecchio, troncandomi il respiro in un singhiozzo roco. Il secondo mi prese sul naso, con uno schiocco secco che mi rimbalzò fin dentro il cervello e rimase a vibrarmi sui denti per una frazione di secondo, ma al terzo ero riuscito ad alzare le braccia e ad afferrare il bastone prima che mi colpisse ancora. Vidi Rita tra le lacrime che mi velavano gli occhi un attimo prima di sferrare un pugno in avanti, alla cieca, con tutta la forza che avevo.

– Ferma, ferma! Sono io, Rita, smettila! Sono io!

Rita lasciò la scopa e si gettò su di me con tanto slancio che quasi persi l'equilibrio. Mi abbracciò, stringendosi contro il mio petto. La sentii tremare, forte, mentre singhiozzava. Chiusi le mie braccia su di lei e avrei voluto tenerla stretta finché non avesse smesso, ma lanciai un'occhiata oltre il terrazzo e vidi qualcosa sull'erba, appena un metro piú sotto. Era un cappello.

– Resta qui. Io torno subito.

– No, no! Non lasciarmi sola!

– È finito, non c'è piú pericolo... è finito tutto e adesso vado a prenderlo.

Avevo perso la sbarra ma non ne avevo bisogno. Scavalcai la balaustra e saltai di sotto, accanto al cappello sull'erba. Il giardino era piccolo, circondato da un muretto abbastanza alto. La luna quasi piena illuminava il prato, coperto solo in un angolo da una macchia folta di alloro, piantata in mezzo a una corona di terra fresca. Non poteva aver fatto in tempo a girare attorno alla casa per scappare dal cancello che, riuscivo a vederlo anche da lí, era ancora chiuso come l'avevo lasciato.

Socchiusi gli occhi, fissando l'ombra frastagliata della macchia d'alloro. Era lí dentro, il bastardo. Potevo immaginarlo che mi fissava, in mezzo alle foglie, e mi vedeva ringhiare tra i denti, con i pugni stretti, pronto ad ammazzarlo.

– Non mi scappi piú, maledetto, vieni fuori! Vieni fuori o vengo a prenderti io!

Ma al momento di fare un passo in avanti notai qualcosa che mi fece paura. Non c'erano impronte nella terra fresca, appena smossa dalla vanga, che circondava la macchia di alloro. Poi... c'era un intero flacone di Mace nella stanza e gran parte di quello Rita doveva averglielo spruzzato in faccia, ma invece di strangolarsi, come era successo a me, questo bastardo era saltato giú dal terrazzo. E prima aveva aperto senza rumore la vetrata che io stesso avevo sbarrato. L'idea del fantasma, forte e irreale, tornò a farmi rabbrividire.

Il vento che soffiò improvviso per qualche secondo fece fremere le foglie, scuotendo le punte dei rami. Mi parve che un ramo continuasse a muoversi anche dopo che l'aria era tornata immobile, poi un altro piú sopra e uno piú alto ancora. Scattai come una molla, girando attorno alla macchia, senza badare a coprirmi ma non ce n'era bisogno. Dietro l'alloro il muro era sbeccato, in cima, e c'erano tre rami robusti, uno sopra l'altro, come una scala.

Figlio di puttana.

– Questo è il saldo, detratto l'anticipo, e questo dovrebbe bastare a coprire le spese. Rita la ringrazia e la saluta.

Il pittore aveva in mano una busta gialla, che mi teneva puntata addosso, come una pistola. Io rimasi con le braccia incrociate sul petto, senza prenderla.

– Perché?

– Perché riteniamo di non aver piú bisogno di lei. Perché

non serve a niente. Perché ieri sera a momenti qualcuno faceva del male a Rita.

Abbassai lo sguardo, imbarazzato, e strinsi i denti per la rabbia. Era vero.

– L'ho quasi preso. Quasi. Una ragazza mi ha dato l'indirizzo di un capanno da pesca e sono sicuro che si nasconde là, il bastardo... o che ha lasciato qualche traccia che...

– E intanto la mia Rita sta qui a fare da bersaglio.

La *sua* Rita...

– No, investigatore... ammetto di essermi sbagliato, non erano coincidenze e c'era davvero qualcuno, ma non è di una guardia del corpo che abbiamo bisogno. Qui non si tratta di sorvegliare o di proteggere... qui c'è una cosa sola da fare. Portarla via.

– Portarla via?

Il pittore mi guardò negli occhi, arrotolando la busta attorno alle dita sottili. Socchiuse le palpebre perché si era reso conto, dall'espressione dei miei occhi, che io mi ero accorto di quella dei suoi. La mia era paura. La sua odio. Non mi chiese ancora se avevo cambiato idea su Rita. Mi infilò la busta dentro il taschino della giacca, arrotolata stretta come un sigaro.

– Sono anni che non vado in vacanza e questa mi sembra proprio l'occasione giusta. Non so ancora dove porterò la *mia* Rita, ma le assicuro che staremo via tanto che quando torneremo questo maniaco si sarà dimenticato di tutte le sue fissazioni. Forse anche lei, investigatore, si sarà dimenticato di Rita.

– Dov'è adesso?

– Non c'è. Dorme e non può essere disturbata.

– È d'accordo con lei? Lo vuole anche Rita, questo?

– Quasi. Ma riuscirò a convincerla. Sarà l'occasione giusta per convincerla di tante cose... lasciare quel maledetto lavoro che fa, smetterla con certe... distrazioni, una volta per tutte. È arrivato il momento di fare le cose giuste, e io so quali sono le cose giuste per la mia Rita. Le manderemo una cartolina, investigatore. Addio.

E di nuovo quella luce, tra le palpebre, fredda e cattiva. Come la mia.

Il capanno da pesca era proprio in fondo al canale, sulla punta dell'argine, quasi nascosto dal canneto. Lasciai la macchina sulla strada e corsi lungo la barriera, finché non fui abbastanza vicino per salire sulla sponda. Cominciò a piovere, una pioggia sottile, che sapeva di sale a ogni folata di vento.

La porta era chiusa e le finestre sbarrate, tranne quella sul canale, da cui uscivano le braccia dell'argano che sollevavano la rete. C'era odore di marcio da quella parte, un odore forte e dolciastro, quasi insopportabile, che aveva richiamato nugoli di zanzare in attesa sul pelo dell'acqua putrida. Mi passai una mano sugli occhi per asciugare la pioggia salata che mi bagnava il viso, e mi sporsi per guardare. C'era qualcuno, dentro, un'ombra immobile, in cui riconoscevo la sagoma di un volto. Era fuori dal mio angolo visuale, ma dall'ombra sembrava fissasse proprio la finestra e mi ritirai di scatto, con uno scricchiolio di legno. Trattenni il fiato, mentre il vento fischiava tra le canne, poi tornai a sporgermi per guardare. L'ombra si era mossa, aveva girato di lato, tanto che la curva del naso era scomparsa e non sapevo se guardasse verso di me o dall'altra parte. Tornai indietro facendo piú piano possibile. Mi fermai davanti alla porta. Aspettai.

Se si era accorto di me, forse quel bastardo sarebbe uscito e l'avrei preso. Ma forse era lui che mi aspettava. Magari aveva una pistola. Oppure non c'era neanche, era solo un'ombra, un fantasma invisibile... Presi un sasso e lo strinsi forte in mano. Non avevo paura. Uomo o fantasma che fosse, l'avrei portato a Rita, vivo o morto, e a quel suo pittore. Che avrebbe dovuto lasciarla. Vivo o morto anche lui.

Lanciai un'occhiata ai cardini della porta e alla consistenza del legno, poi contai fino a tre e scattai in avanti. Cedette alla prima spallata, con uno schianto umido e improvviso che mi fece cadere sulla soglia, dove rimasi immobile, pietrificato, col mio sasso in mano.

Lo studente dondolava appeso a una trave, con le punte delle scarpe a pochi centimetri dal pavimento, la testa inclinata su una spalla dal nodo storto della corda. Girava su se stesso a ogni folata di vento che entrava dalla finestra, e lo fece anche allora, voltandomi le spalle. Ero sicuro che fosse lui, anche se del volto, coperto di mosche e di zanzare, non rimaneva quasi piú nulla e i vestiti gli pendevano addosso come un sacco vuoto.

Era morto da tempo, tanto tempo.

Sicuramente piú di un mese.

Questa volta la porta del garage era aperta. Entrai da lí e salii di corsa le scale appena vidi che l'auto del pittore c'era ancora. Non mi preoccupai del rumore dei miei passi sui gradini di legno, perché di lui, adesso che non era piú un fantasma sconosciuto, non avevo piú paura. Mentre ero steso sulla soglia del capanno, rannicchiato su me stesso come un feto e mi dicevo che non era quello il momento di abbandonarsi ai conati e vomitare, avevo pensato che se non era lo studente l'uomo della notte, allora riuscivo a capire come avesse fatto a entrare in un garage chiuso dall'interno e a sapere degli spostamenti di Rita e delle lettere. Quel bastardo di un pittore col suo sguardo carico d'odio. E mentre grattavo con le unghie il legno fradicio della porta per alzarmi, pensavo che dovevo fare presto, correre in macchina e fare presto, correre da Rita prima che la portasse via o le facesse del male, presto, presto, e lo gridai, forte, e continuai a ripeterlo mentre uscivo dal capanno a quattro zampe, come un cane, poi correvo lungo l'argine, sotto la pioggia salata che mi sferzava la faccia...

– Rita! Rita, dove sei?

Si sentiva parlare, in mansarda. Poco piú di un sussurro, quasi un singhiozzo, che mi fece rabbrividire violentemente.

– Non toccarla! Ti ammazzo se la tocchi, bastardo! Giuro che ti ammazzo!

Il pittore uscí dalla stanza con gli occhi sbarrati e si fermò sulla soglia, un paio di gradini sopra di me. Io alzai i pugni, pronto a colpirlo, ma lui si appoggiò allo stipite, barcollando. Dalle dita sottili con cui si stringeva la gola zampillò uno schizzo denso di sangue, che gli scese sulla camicia mentre scivolava a ter-

ra, di lato. Dietro, riflessa nel vetro di un quadro che la ritrae-
va nuda con le mani a coppa chiuse davanti, c'era Rita, immobile, con lo sguardo spento. Portava un cappello e un soprabito scuro. Lasciò cadere il rasoio insanguinato sul pavimento
quando la presi per le spalle e mi sorrise, con quella piccola ruga che le veniva all'angolo della bocca, tutte le volte che tendeva le labbra.

Io non sono uno psicologo, sono un investigatore privato che
si occupa di recupero crediti, e prima ero solo un celerino col
manganello facile. Non so cosa fosse a spingere Rita ad ammazzare tutte le persone che credeva di amare... forse il senso
di colpa per lo studente che si era impiccato per lei, un senso di
colpa talmente insopportabile da far uccidere invece che ucci-
dersi da sola. O forse la nostalgia di un amore cosí forte da far
rivivere il passato sostituendosi a quel ragazzo che riusciva ad
amarla anche soltanto guardandola dormire... Un amore malato, ma cosí grande che anche adesso, quando ci penso, devo
stringere i denti per non farmi sopraffare dalla rabbia e dalla
gelosia che mi ribolle nel sangue.

Comunque... mi ricordo che pioveva ancora mentre aspettavo davanti al semaforo rosso, all'angolo del commissariato.
Rita si era addormentata, rannicchiata contro il sedile di dietro, i pugni stretti sul petto, come una bambina. Cercavo di
pensare a quello che era, un'assassina... un assassino, ma per
quanto mi sforzassi non ci riuscivo. Fui contento che avesse un
nome, Rita, che non poteva essere trasformato in niente di diverso da quello che lei era adesso. Mentre fissavo le gocce di
pioggia che scendevano sul vetro posteriore pensavo che c'erano solo due alternative. Lasciarla andare, col rischio che ucci-
desse ancora, o portarla alla polizia e farla smettere. Lasciarla
andare o farla smettere. Riportarla a casa o mandarla in prigione. Non per gli omicidi che aveva commesso... anch'io avevo
ucciso, per rabbia e non per difesa, e non ero andato in galera
per il buon none del Corpo. No, era per quello che avrebbe potuto fare quando...

Ecco, ricordo che è stato in quel momento che ho appoggiato la fronte al sedile e ho sospirato cosí profondamente da sentire male. Perché mentre pensavo che Rita aveva ucciso tutte le persone che aveva amato dopo lo studente, come il rappresentante, il tennista e il pittore, mi venne in mente che in tutto il tempo che ero stato con lei, distratto, abbandonato e anche indifeso, ecco, a me non aveva mai fatto niente. Proprio niente. Poi scattò il verde e partii.

Da quel giorno gli omicidi sono cessati. Non so se la decisione che ho preso sia quella giusta, ma adesso Rita è tranquilla e quando la incontro, ogni tanto, parla e ride e mi racconta quello che le succede, il lavoro, le nuove relazioni, i problemi... e una volta, ma una volta soltanto, abbiamo anche fatto l'amore. Perché non l'ho portata in prigione, Rita, non potevo... l'ho riportata a casa.

Tutte le notti, quando dorme sola, scavalco il muretto del giardino, salgo sul terrazzo e con un cacciavite apro la vetrata. Poi mi siedo sulla poltrona e resto a guardarla. Lei continua a dormire, non apre mai gli occhi e non si muove, ma io lo so che mi sente.

Qualche volta, quando sono sicuro di non svegliarla, mi sporgo in avanti e la bacio sulle labbra.

La tenda nera

Il bambino ansimava, con la bocca aperta, stringendo il cuscino tra le dita contratte. Aveva scoperto il materasso spingendo in fondo il lenzuolo con i talloni, per arrampicarsi sulla testata di legno del letto, lontano dalle mani dell'esorcista che cercavano di trattenerlo, e adesso si guardava attorno, con gli occhi sgranati.

– Ci siamo divertiti, – disse con voce roca, – ci siamo divertiti molto ad Acquaviva!

– Gatti, – disse serio il maresciallo Leonardi, corrugando la fronte. – Lei sta parlando di gatti, ho capito bene? – La signora Rava annuí con decisione.

– Ha capito benissimo. Gatti, i miei gatti... tre! – e alzò le dita aperte, tese, girando la mano da una parte e dall'altra.

Leonardi si trattenne, represse il desiderio di prendere quelle dita magre e appallottolarle come un foglio di carta straccia, per gettarle nel cestino. Appoggiò i gomiti sulla scrivania e sospirò, coprendosi il volto con le mani.

– Allora lei vuole denunciare la scomparsa di tre gatti, – alzò anche lui le dita, in alto, tre, – a opera di ignoti per...

– No, no! – la signora Rava lo interruppe con foga. – Non a opera di ignoti! Io lo so chi è stato! È stato quel porco di Manfredi! Lo sa cosa fanno loro, lo sa? Aspettano che i miei gatti diventino belli grossi e lucidi, poi *zac!*, me li fanno sparire!

– E perché? Cosa se ne fanno?

La signora Rava si strinse nelle spalle, torcendo le labbra sottili all'ingiú. – Mah? Li mangeranno, credo... sono calabresi, quella gente è capace di tutto. Cosa fa, li arresta?

Leonardi annuí, grave. Il primo momento di rabbia era passato e pensò che ormai per l'onore dell'Arma poteva anche sacrificare un po' del suo sistema nervoso.

– Vedremo, – disse, – faremo delle indagini... interrogherò il Manfredi e le farò sapere. Se è stato lui, non ci sfuggirà –. Si alzò e tese la mano sul piano della scrivania, continuando ad annuire. La signora Rava sorrise soddisfatta, afferrò la mano con una forza insospettata e si avvicinò alla porta dell'ufficio. Si fermò sulla soglia, voltandosi indietro, e Leonardi trattenne il fiato.

– Dimenticavo, – disse, – erano tutti gatti neri, tutti neri. Può esserle utile?

– Ogni particolare può esserci utile, – disse Leonardi, come nei telefilm, e fece finta di leggere una pratica, finché lei non fu uscita. Tornò a sedersi dietro la scrivania e si passò una mano tra i capelli. Era in quei momenti che si chiedeva se avesse fatto bene ad accettare il comando, come prima nomina, di una tranquilla stazione di provincia... Tranquilla? Leonardi sorrise, involontariamente. Tranquilla! Cinque carabinieri morti, inspiegabilmente morti, chiusi proprio in quella stazione, nell'ufficio in cui sedeva lui. Il piú elevato numero di perdite subito dall'Arma contemporaneamente in tempo di pace. La stazione maledetta. I compagni della Scuola sottufficiali si erano toccati le palle quando glielo aveva detto. Ma erano passati sette anni, e anche se lui era lí da solo un mese non era mai successo niente, tranne un furto di gatti. E non si fa carriera con i gatti.

Leonardi si mosse a disagio sulla sedia e lo sguardo gli cadde per caso sul cestino della carta straccia. Notò una busta chiusa tra i fogli sgualciti, quasi nascosta da un pezzo di stagnola, tutta unta. Mentre si chinava per prenderla, il brigadiere Anaclerico entrò nella stanza, con il giornale in mano.

– Marescia'... – iniziò, ma Leonardi lo interruppe.

– Cosí non va, Anaclerico, non va proprio... manco dalla stazione due giorni e qui va tutto a puttane. Prima mi fai passare quella pazza con quei cazzi di gatti, poi trovo una busta ancora chiusa nel cestino, che tra l'altro sembra l'immondezzaio di un ristorante...

Anaclerico si strinse nelle spalle, sporgendo in avanti il mento, indifferente.

– Ci sarà caduta per caso, – disse, mentre Leonardi stringeva gli occhi per decifrare il mittente, coperto da una macchia spessa di unto. – La carta invece è mia, lo confesso... ieri ho fatto merenda, marescia'.

– Padre Masetto... Masetti... chi è?

– Masetti, padre Masetti. È il prete di Fiorito, un paese qui vicino.

Leonardi aprí la lettera, ma la macchia copriva quasi tutto il foglio lasciando soltanto poche righe di una calligrafia minutissima, da prete, che sembrava scritta col pennino. «Egregio signor maresciallo... un ragazzo... Acquaviva... di una tenda nera...» Non riuscí a leggere altro.

– Chissà cosa voleva... – si chiese a voce alta. – Non sarà un pazzo anche lui?

– È un po' matto, sí... anzi, lo era. È morto ieri.

Leonardi alzò la testa, di scatto. Un brivido, improvviso e senza motivo, gli scese lungo la schiena.

– Morto?

Anaclerico annuí. – C'è anche sul giornale. Un incidente. È caduto dalle scale e si è rotto la testa. Era vecchio, un vecchio prete mezzo matto.

Leonardi guardò il foglio unto. Lo alzò contro la finestra, osservandolo controluce, ma si vedeva appena qualche riga sottile, come le venature sulle ali secche di un insetto. Aprí il cassetto e lo lasciò cadere sul fondo.

– Andiamo a fare un giro a Fiorito, – disse, alzandosi, – forse qualcuno sa dirmi cosa voleva questo prete.

Don Masetti abitava quasi in campagna, in una vecchia casa dai mattoni scoperti, stretta e alta, che sembrava una torre. Sul davanzale, in bilico su un mattone, c'era un corvo. Anaclerico fermò la Uno sul prato incolto e seguí Leonardi sui gradini di sasso che conducevano alla porta. Bussarono, ma non rispose nessuno. Bussarono ancora.

– Il prete è morto, – disse qualcuno, e Leonardi dovette guardarsi attorno per vedere una donna appoggiata a un paracarro, che li stava osservando. – È caduto dalle scale, proprio lí dove siete voi.

Leonardi si appoggiò istintivamente al muro mentre Anaclerico si passava rapidamente una mano aperta sul cavallo dei pantaloni, come per aggiustarsi la cintura.

– Aveva un sacchetto di uova fresche, – disse la donna, – e le ha rotte tutte. Era tutto giallo e rosso, come una frittata. Si è rotto anche la testa.

Leonardi scese i gradini, sempre appoggiato al muro, e si avvicinò alla donna. Non era vecchia come sembrava da lontano ma aveva i capelli grigi, come la pelle e gli occhi, che guardavano dal basso perché stava curva, col mento sporto in avanti.

– Viveva da solo? – chiese Leonardi. – Non aveva, come si dice...

– La perpetua, – suggerí Anaclerico. La donna scosse la testa.

– Ci andavo io ogni tanto a fare le pulizie. Stava sempre da solo. Quando non aveva i bambini.

– I bambini? Che bambini?

– I bambini indemoniati, quelli posseduti.

Leonardi deglutí, mentre un altro brivido gli attraversava la schiena. Non gli erano mai piaciute certe cose.

– Don Masetti dicevano che era un prete esorcista, marescia', – disse Anaclerico, – ci portavano i ragazzi un po' nervosi... sapete com'è qui in Romagna, è peggio che dalle mie parti, e io sto a Salerno, non faccio per dire...

Leonardi alzò una mano per interromperlo. La donna continuava a fissarlo. Sorrideva.

– Ho visto certe cose quando mi faceva rimanere ad aiutarlo, – disse, – da far rizzare i capelli sulla testa. Gente che correva sotto le sedie, come i cani. L'ultimo era un bambino di Acquaviva che ci ha fatto impazzire... dovevamo tenerlo in due, io e mia sorella! Ci raccontava certi sogni... li volete sapere?

Leonardi non disse nulla. Un'inquietudine strana, fredda, lo irrigidiva come quando da bambino sentiva raccontare storie di fantasmi e non riusciva piú a dormire, la notte. La donna sembrava capirlo, e pareva provarci gusto a spaventarlo.

– Parlava sempre di una tenda nera e una volta ha raccontato di una stanza tutta piena di sangue, – disse, – sangue sui muri, sulle finestre, sul pavimento, dappertutto... scendeva dal soffitto, come se piovesse! E c'erano degli uomini con dei sacchi legati sulle scarpe che camminavano nel sangue!

Anaclerico toccò Leonardi su una spalla e il maresciallo fece un salto, come punto da uno spillo.

– Scusi, marescia'... ma che le ascoltiamo a fare tutte queste storie? Questa è pazza pure lei.

La donna strinse gli occhi e lo fissò cattiva, e Anaclerico alzò due dita a forma di corna, toccandosi la fibbia di metallo della bandoliera. Leonardi si scosse, reprimendo un altro brivido.

– Hai ragione tu, – disse, – non perdiamo tempo con queste cazzate... se no finisce che stanotte non dormo.

Quella notte non riuscí a dormire. Fissava il soffitto con lo sguardo sbarrato e una sensazione di disagio crescente, che gli irrigidiva i muscoli del collo. Se chiudeva gli occhi li sentiva bruciare dal sonno, ma non riusciva ad addormentarsi. Era proprio come da bambino, quando rimaneva immobile nel letto, con le coperte tirate su fino all'orecchio e le palpebre serrate, per non vedere gli occhi gialli dei mostri, in agguato nel buio della stanza. Non che avesse paura, proprio paura no, ma c'era qualcosa che lo turbava, qualcosa che aveva sentito, come un nome sulla punta della lingua o un brandello di musica, che rimane in testa e non se ne vuole andare piú.

Leonardi si mosse su un fianco e si coprí con il lenzuolo, come da bambino. Si rannicchiò nel letto come un feto, infilando una mano tra le cosce, e provò a chiudere gli occhi, ma niente. È che non gli piaceva dormire da solo nell'appartamento sopra la stazione, e forse avrebbe preferito stare di sotto anche lui, con l'appuntato e gli altri carabinieri. Anche il maresciallo che c'era prima non era sposato e dormiva solo in quel letto, e chissà, forse ascoltava anche lui gli scricchiolii della stanza buia. Quello prima invece... Leonardi rabbrividí, contraendosi. Quello prima era il maresciallo Santoro, trovato morto assieme agli altri nell'ufficio di sotto, ed era meglio non pensarci. Meglio pensare ad altro, pensare a domani, un giro di pattuglia, quella storia dei gatti, pensare ad altro, pensare ad altro... Stava quasi per addormentarsi quando all'improvviso, senza ragione, la cosa che lo tormentava uscí allo scoperto, come il ghigno di un mostro nel buio. I sacchi. Erano i sacchi legati sulle scarpe che aveva sognato il bambino. Dopo la strage quelli della stazione di Sant'Angelo avevano dovuto legarsi dei sacchetti di plastica sulle scarpe per entrare nell'ufficio del maresciallo. Leonardi si scosse per un brivido violento, incontrollabile, e si strinse sotto il lenzuolo.

«Cazzate», pensò, «coincidenze... cazzate», e serrò gli occhi, forte, davanti al buio.

Della strage Leonardi non si era mai interessato molto. Non aveva mai esaminato gli incartamenti e fino a quel momento aveva saputo soltanto quello che sapevano tutti nell'ambiente, e cioè che non era bello parlarne.

Sette anni prima, una mattina d'inverno, un proiettile uscito dalla finestra della stazione dei carabinieri aveva colpito casualmente la macchina del postino. La stazione era chiusa e da dentro non rispondeva nessuno. La gente si era spaventata e aveva chiamato i carabinieri del paese vicino, che avevano forzato la porta ed erano entrati. Il corridoio e l'anticamera della stazione erano deserti, c'era soltanto un leggero odore di cordite, e cosí anche nella sala radio. Ma nell'ufficio del maresciallo l'odore era piú intenso, misto a un altro piú acido e forte. Il brigadiere Iannone giaceva riverso a faccia in giú, con le braccia ripiegate sotto il corpo, e presentava una ferita d'arma da fuoco alla testa che lo aveva privato della parte destra della scatola cranica. Davanti a lui stavano l'appuntato De Nicola, seduto sul pavimento, col busto sorretto dal muro e le braccia allargate, e il carabiniere ausiliario Franceschini, anche lui seduto contro il muro, inclinato da una parte fino ad appoggiarsi al De Nicola. Ambedue presentavano ferite da arma da fuoco al petto, apparentemente tre sul De Nicola e due sul Franceschini, presumibilmente in conseguenza di una raffica che li aveva falciati uno di fianco all'altro.

Il muro sopra di loro era scheggiato e una striscia di sangue sull'intonaco li seguiva fino al pavimento. Dietro la scrivania del maresciallo, dal lato sinistro, spuntava il corpo supino del carabiniere Tozzoli che avendo il volto coperto dal braccio non presentava ferite evidenti, ma non appena fu possibile rimuoverlo mostrò di essere stato raggiunto da tre colpi d'arma da fuoco, al collo, alla mascella e all'occhio sinistro.

Il maresciallo Santoro, invece, era dall'altra parte della scrivania, disteso per terra, con le gambe accavallate e la testa piegata contro il muro. Era stato colpito da quattro colpi al torace e in mano stringeva la pistola «senza essere riuscito a impugnarla completamente». Sotto la scrivania, accanto a Iannone, era stata trovata la pistola del brigadiere e sotto il suo corpo una mitraglietta. Tutti e cinque i carabinieri erano morti.

Tutto il pavimento appariva coperto dal sangue fuoriuscito dalle ferite, tanto che si rese necessario l'uso di sacchetti di plastica per coprire le scarpe dei militi preposti alla rimozione delle salme...

– Che brutta storia, – mormorò Leonardi sfogliando le cartelle dattiloscritte del rapporto sulla strage, – proprio brutta.

Anaclerico, seduto sul divano dall'altra parte dell'ufficio, lo guardava cupo.

– Con tutto il rispetto, marescia', ma secondo me è matto a ritirare fuori questa storia. Ci hanno già pensato le migliori teste dell'Arma, e c'è una sentenza del sostituto procuratore della Repubblica... per me proprio non è cosa.

– Un brigadiere impazzito, lo so, – Leonardi annuí.

– Il povero Iannone, sissignore. È impazzito, forse il maresciallo gli ha detto qualcosa di storto, chissà... lui ha tirato fuori la mitraglietta, li ha ammazzati tutti, poi si è sparato.

– E perché è impazzito, Iannone?

Anaclerico si strinse nelle spalle. – È sempre stato strano.

– E quel bambino indemoniato?

– Nervoso, marescia', nervoso...

– Nervoso, sí... chi è questo bambino?

– E chi lo sa? Non sono cose che si dicono in giro...

Leonardi scosse la testa, battendosi sui denti con l'unghia del pollice, pensoso. Il trillo improvviso del telefono lo fece sobbalzare.

– Maresciallo Leonardi, stazione dei carabinieri di Acquaviva.

– Maresciallo, buongiorno, sono il brigadiere Tomassi di Fiorito. Chiamo per quel fonogramma.

– Quel fonogramma?

– Quello di questa mattina, un tale residente da voi... il signor Martini Uber, ha investito una vecchia di Fiorito.

Leonardi ebbe un brivido, che gli scese lungo la schiena assieme a un presentimento.

– La perpetua di don Masetti? – chiese.

– Sí, piú o meno. Morta sul colpo, con la testa spaccata in due. Mi mancano dei dati e ne avrei bisogno...

Leonardi rimase un attimo in silenzio, poi si scosse. – Le passo l'appuntato Carone, che ci pensa lui. Buongiorno.

Anaclerico aprí la porta dell'ufficio e urlò: – Carone, prendi la linea! – poi fece per uscire ma Leonardi lo fermò sulla soglia.

– Com'è che non sapevo di questo fonogramma?.

– È arrivato stamattina, non era importante...

– Ma questa è la vecchia della torre, quella dei bambini *nervosi*...

Anaclerico allargò le braccia. – Si vede che a forza di fare il malocchio alla gente un po' gli è tornato addosso. Sinceramente, ieri un accidenti io gliel'ho mandato...

– C'è qualcosa di strano in questo paese, – disse Leonardi,

inquieto, – io sono qui da poco ma mi sembra di non conoscerlo affatto. Andiamo a farci un giro.

Guidava Anaclerico e Leonardi teneva il braccio fuori dal
finestrino aperto, perché era primavera e cominciava a fare caldo. Attraversarono la piazza e incrociarono la signora Rava che
usciva dalla farmacia.

– Dio bono, adesso mi attacca un bottone... – disse Leonardi, invece lei voltò la testa da un'altra parte e continuò a
camminare. – Che strano... – pensò il maresciallo, e fece cenno ad Anaclerico di accostarsi al marciapiede. Dovette aprire
lo sportello e chiamarla due volte prima che si voltasse.

– Buongiorno, signora. Come vanno i gatti?

– I gatti? Quali gatti? – sembrava spaventata. – Oh, già, i
miei gatti! Li ho ritrovati, sono tornati, va tutto bene. Va tutto bene, adesso –. Annuí con forza e si allontanò, rigida, mentre Leonardi la osservava perplesso.

– Che strano, – disse.

– Una bega in meno, – disse Anaclerico, – andiamo a controllare l'incrocio?

– No, volta a destra e gira dietro l'edicola. Vai fino in fondo alla strada, verso le mura... ecco, ferma qui.

Anaclerico fermò la macchina, ma tenne acceso il motore,
con le mani sul volante.

– Cosa c'è qui? – chiese.

Leonardi non disse nulla, scese dalla macchina e si avvicinò
a una casa, isolata, appoggiata a un angolo delle vecchie mura
del paese. C'era un terrazzo sulla facciata, con dei gerani. – È
la vecchia casa di Iannone, – disse ad Anaclerico, che lo aveva
raggiunto.

– E cosa ci facciamo alla vecchia casa di Iannone?

Leonardi lesse la targhetta sopra il campanello, «Babini Sara» c'era scritto, e sotto «Martini Uber».

– Che coincidenza, vero? – disse. Si tolse un guanto e suonò
il campanello. Il terrazzo si aprí sopra di loro e qualcuno si affacciò rapidamente, cosí rapidamente che non riuscirono a ve-

derlo. Un attimo dopo si aprí la porta e una donna anziana li guardò da dietro le lenti spesse degli occhiali.

– Martini Uber, – disse il maresciallo, – vorrei parlargli.

– Non è in casa. Sono sua madre.

– Parliamo con lei, allora. Ci fa entrare? – Spinse la porta, decisamente, e la donna si fece indietro. Gli indicò il salotto, ma Leonardi si affacciò alla cucina, curioso. – Ma sa che ha proprio una bella casa? – disse. – Difficile trovare una casa cosí in paese, proprio difficile... – Si affacciò al corridoio e spinse un'altra porta. – È il bagno questo? Che bello... – La donna lo guardava imbarazzata, senza sapere cosa dire, e anche Anaclerico lo guardava, stupito.

– Non la voleva nessuno, – disse la donna, – per via di quello che ci stava prima, sa...

– Capisco... e questo? – Leonardi si affacciò su un altro corridoio, piú stretto, che finiva subito contro un tavolino di marmo nudo, appoggiato a un muro. All'inizio, legata da un laccio rosso, c'era una tenda nera. Il maresciallo la toccò e un altro brivido maledetto gli ghiacciò la schiena.

– Era già qui, quella, – disse la donna, – mio marito non ha voluto toglierla, perché gli piace... ma non vogliono accomodarsi in salotto? Maresciallo, mi sente?

Leonardi si scosse, scrollando la testa. Si rinfilò il guanto per coprire le dita, dove sentiva ancora la sensazione strana, inquietante, di quella seta nera.

– Ci pensa Anaclerico, – disse, – io devo fare una cosa.

Cinque-due-sette-uno-uno. Leonardi guardò l'orologio mentre ascoltava il *tut tut* del telefono, chiedendosi se era l'ora giusta per chiamare la scuola. Gli rispose la segretaria.

– Sono Leonardi, il maresciallo. Vorrei farle una domanda... è per... niente di importante, poi le spiego. C'è qualcuno dei ragazzi che ha fatto parecchie assenze ultimamente? No, è una cosa cosí, poi le spiego. Ecco... ho capito, grazie tante –. Riappese la cornetta e rimase a lungo pensoso, ad accarezzarsi la barba. Manfredi, aveva detto la segretaria della scuola, il figlio di

Manfredi, quello dei gatti. Era Manfredi il bambino nervoso.
Un'altra coincidenza.

Leonardi sospirò, appoggiandosi alla scrivania con i gomiti
e tenendosi la fronte con le mani. Gatti neri che scompaiono e
forse riappaiono, bambini *nervosi* e strani incidenti che accadono a chi ne parla. Una tenda nera nella vecchia casa di Iannone... e quel tavolino di marmo, che non c'entrava niente con
il resto. Cosa ci si può fare con dei gatti, un tavolino e una tenda nera, tanto da rendere cosí agitato un bambino che bisogna
portarlo da don Masetti... cosa si fa dietro quella tenda, su quel
tavolo di marmo, bianco e liscio, come un altare...

– Una messa nera, – disse forte, al muro silenzioso del suo ufficio, l'ufficio della strage. I brividi lo assalirono cosí violenti che
li sentí sulla nuca, come se una mano ghiacciata lo avesse afferrato per il collo. Non gli piacevano proprio certe cose. «Ecco cosa c'era nella lettera del prete» si disse. Pensò che sicuramente,
se avesse mandato quel foglio unto a Bologna, loro avrebbero potuto capirci qualcosa, analizzarlo e leggere quello che c'era scritto. Sicuramente. Aprí il cassetto, con ansia, e rimase a bocca aperta. La lettera non c'era piú. Aprí gli altri cassetti, buttando all'aria
quello che c'era dentro, ma non trovò nulla neanche lí. Allora afferrò la cornetta del telefono e compose un altro numero.

– Maresciallo Leonardi, stazione di Acquaviva. Mi passi il
capitano Mattei... Capitano? Sta succedendo qualcosa di strano, qui ad Acquaviva... – Tutto d'un fiato, con una nota un po'
troppo acuta nella voce, Leonardi raccontò ciò che sapeva e ciò
che credeva di sapere. Quando si fermò si accorse che stava ansimando.

– È sicuro di non correre troppo, maresciallo? – disse il capitano, e dal tono Leonardi sentí chiaramente che era scettico.
– Lei è ad Acquaviva soltanto da un mese e non conosce bene
la situazione... è sicuro di non lasciarsi... diciamo influenzare
da una certa atmosfera?

– No, credo di no...

– Lei *crede*? Mi mandi un rapporto dettagliato, maresciallo,
che ci penso io a esaminarlo. Peccato, per quella lettera...

Peccato... Leonardi si alzò dalla scrivania ed entrò nell'ufficio di fianco, dove Carone stava battendo un permesso alla macchina da scrivere. Gli fece cenno di alzarsi, con un movimento brusco della mano, infilò un foglio nuovo nel rullo e cominciò a scrivere, rigido, con tutte e cinque le dita impostate, come gli avevano insegnato alla Scuola sottufficiali.

– Eh no, maresciallo, certi scherzi non li accetto neanche da lei! – Anaclerico sembrava molto arrabbiato, anche se non alzava la voce. – Mi ha lasciato con quella vecchia non so a far cosa e io sono un sottufficiale con dieci anni di servizio, mica un ausiliario! Poi non mi dice mai niente! Cos'era quel plico che ha mandato a Bologna con Carone?

Leonardi si chinò sulla macchina da scrivere, stropicciandosi gli occhi con le mani aperte. Si sentiva stanco, stanchissimo.

– Hai ragione, – disse, – e ti chiedo scusa... non ci si comporta cosí. È che tutte queste storie mi fanno diventare matto... io non ci sono per certe cose.

– Quali cose, marescia'? Un incidente? Un prete pazzo? Cosa cercavate in casa di Martini? E cosa c'era in quel plico?

Leonardi scosse la testa, infastidito. Tutte quelle domande lo confondevano e sentiva che gli stava sfuggendo qualcosa, qualcosa cui aveva pensato poco prima che Anaclerico lo aggredisse. Qualcosa da chiedere... Un tonfo sordo contro la finestra dell'ufficio, quella che dava sul cortile dietro la casa, lo fece sobbalzare violentemente, e sobbalzò anche Anaclerico. Uscirono dalla stazione quasi di corsa, Leonardi davanti, col cuore che gli batteva, inspiegabilmente, e Anaclerico dietro, con l'aria preoccupata, fino al cortile dietro il recinto, col cartello giallo del *Limite invalicabile*. Non c'era nessuno e Anaclerico si guardò attorno, muovendo i piedi nell'erba alta.

– Sembrava una sassata... – mormorò, poi si bloccò all'improvviso, con uno scatto. – Oh, Gesú!

Leonardi gli corse vicino e per un attimo vide solo una macchia scura su un ciuffo d'erba schiacciata, poi si chinò in avanti per vedere meglio e gli sfuggí un gemito spaventato. Era un gatto morto, un gatto nero. Aveva la testa completamente girata all'indietro, piegata sul dorso, e la lingua rosa che gli usciva tra i denti. Anaclerico allungò una gamba per toccarlo con la punta della scarpa e Leonardi si voltò dall'altra parte, con una smorfia disgustata.

– Dio bono, – mormorò, – ma che cazzo... – Si portò una mano alle labbra e deglutí per la nausea. Gli girava addirittura la testa. Anaclerico lo vide e lo prese per un braccio, sostenendolo.

– Ohé, maresciallo, non mi starete male per un gatto morto...

Leonardi lo allontanò con una mano e tornò a voltarsi verso il gatto. Un gatto nero lucido e grasso, con gli occhi chiusi, le zampe allargate come per correre. E la testa alla rovescia. All'improvviso ebbe paura, una paura acuta e fredda, che lo fece tremare.

– Come siete pallido, marescia'... vi sentite bene? Non lo avevate mai visto un gatto investito da una macchina?

– Da una macchina? – la voce gli uscí quasi in un ringhio. – Perché, secondo te questo è stato ucciso da una macchina?

Anaclerico allargò le braccia. – E come se no? Una macchina lo ha investito sulla strada ed è volato nel cortile.

– Certo, certo... dieci metri di volo...

– A volte può essere... se no vuol dire che ce lo ha tirato qualcuno, e chi ce lo tira un gatto morto contro la finestra dei carabinieri? Solo uno stronzo di idiota di figlio di puttana... – Anaclerico chiuse gli occhi e strinse i pugni, come per trattenersi. Quando li riaprí aveva di nuovo la solita espressione tranquilla. – Date retta a me, marescia', è stato un incidente. Una macchina.

– Una macchina, – ripeté Leonardi, fissando il gatto, un povero gatto nero morto, con la lingua fuori, da una parte, e la testa alla rovescia.

Neanche quella notte riuscí a dormire. Non andò neppure a letto, rimase fino a tardi di sotto, nella stazione, cercando di rimandare il momento di salire nel suo appartamento, da solo.

Proprio come quando era bambino e non voleva mai andare a letto per paura di sognare qualcosa di brutto. «L'unico maresciallo dell'Arma ad avere paura del buio», pensò, e sorrise, poi pensò che non era del buio che aveva paura e tornò serio.

Di sopra accese il televisore e guardò un brutto film, prima, poi un brutto telefilm, il giornale della notte e tutto quello che c'era, saltando con il telecomando tra i canali. Ogni tanto abbassava il volume, perché gli sembrava di sentire qualcosa, fuori, nel cortile. Allora tratteneva il respiro, con le orecchie tese, e il cuore che batteva. Una volta si alzò e si affacciò alla finestra, cauto, con gli occhi spalancati nel buio della notte. Prese anche la pistola d'ordinanza e la tenne in mano, assieme al telecomando, attento a tutti i rumori e gli scricchiolii, sinistri, che sentiva mentre guardava senza vederlo un programma di videocassette porno. Si addormentò che era quasi mattina, con la pistola sulle gambe, illuminato dal monoscopio di Canale 5.

Le auto sbucavano dal ponte, veloci, e subito rallentavano vedendo l'auto dei carabinieri ferma sullo spiazzo, con l'appuntato Carone che agitava la paletta, pronto ad alzarla. Leonardi stava appoggiato alla Uno, col berretto in mano. Non rientrava nei suoi compiti essere di pattuglia, ma quella mattina proprio non riusciva a stare chiuso nella stazione, in quell'ufficio maledetto. Meglio fuori, anche se si sentiva cosí stanco e gli sembrava di avere una ragnatela, spessa e appiccicosa, sulla faccia.

Un'auto spuntò velocissima e Carone uscí quasi in mezzo alla strada, con la paletta puntata come un'arma. L'auto accostò, docile, e Leonardi si avvicinò, rimettendosi il berretto. Fece un salto indietro quando lo sportello si aprí e saltò fuori qualcosa di nero, come un gatto, all'altezza delle gambe. Era una tonaca, invece, un lembo della tonaca nera di don Piero, l'arciprete, che uscí sorridendo.

– Ha ragione, maresciallo, correvo troppo, – disse don Piero, – è il mio vizio, ma ci starò attento, lo prometto. Mi fa la multa? O mi lascia andare?

Leonardi annuí, e gli fece cenno che poteva andare, ma don Piero non si mosse, appoggiandosi allo sportello aperto della macchina.

– Lo sa che ho pensato tante volte di venirla a trovare? – disse. – Siamo simili, noi due... preti e carabinieri, tutti neri, e anch'io, come lei, mi sento un po' lo sceriffo di questo paese.

Leonardi sorrise, un sorriso tirato, scopertamente falso, che gli tagliò la faccia. L'ultima cosa che voleva, in quel momento, era ascoltare i discorsi di don Piero.

– Lo sa che sono un gran lettore di gialli, io?

«Per carità», pensò Leonardi, e tese ancora di piú il suo sorriso sintetico, ma il prete non se ne accorse e continuò implacabile.

– E seguo anche la cronaca nera... il mistero mi affascina, e sa cosa le dico, maresciallo? Non è nelle città che avvengono i grandi delitti, no, è nella provincia, è nei paesi che succedono le cose piú strane... Chissà, forse la gente non sa cosa fare, oppure è piú sanguigna... chissà. Dia retta a me, maresciallo, non è Milano o Torino, è la provincia che è criminale! Direi quasi... diabolica.

«Ora gli sparo», pensò Leonardi, «ora gli sparo...»

– E in Romagna, soprattutto... c'è tutta una tradizione qui, che risale all'Ottocento, ai briganti, al Passatore... sarà il carattere sanguigno, forte... e chiuso. Sa cosa ho notato? Vede, io entro in tutte le case, a Pasqua, e senza mandato di perquisizione! – Rise, ma ricominciò a parlare subito, prima che Leonardi riuscisse a interromperlo. – Ho notato che questo desiderio di riservatezza, di discrezione si esprime anche a livello, come dire... di arredamento. Quasi in tutte le case, qui in paese, c'è un angolino chiuso da una tenda nera... sarà un'usanza tipicamente romagnola, non so... io sono di Ferrara.

Leonardi deglutí, con il sorriso che gli si accartocciava sui denti e diventava una smorfia, una smorfia spaventata.

– Una tenda nera? – mormorò.

– Certo. Le ho viste dappertutto... in casa del farmacista, del maestro, della segretaria della scuola, del sindaco, ne ho trovata una anche nella sagrestia, assieme alle cose del vecchio arciprete. Ma la piú bella di tutte, di seta damascata, lucidissima, sa dove l'ho vista? proprio in casa di un carabiniere.

– Di... di un carabiniere? – La voce gli uscí in un soffio. Don Piero annuí, con un sorriso.

– Anaclerico, il brigadiere. L'ho vista lí la piú bella.

– Andiamo, marescia'?

Anaclerico lo guardava, tranquillo come sempre, con quel sorriso appena accennato, appena ironico, che aveva di solito sulle labbra. Leonardi lo fissò per un attimo, poi abbassò subito lo sguardo. Salí in macchina, dalla parte del guidatore.

– Quello che ha telefonato ha detto che la macchina sta nelle larghe, vicino al canneto, proprio sull'argine. Magari è solo abbandonata, ma è meglio controllare, vero, marescia'?

Leonardi annuí senza dire nulla. Uscí dal paese guidando piano, teso, osservando Anaclerico con la coda dell'occhio. Sudava, sudava freddo, e si sentiva la schiena bagnata. Anaclerico invece fischiettava, rilassato, facendo girare il berretto attorno a un dito, e salutò un tale che stava falciando il prato. Ma a Leonardi parve che questo, guardandolo, sorridesse in un modo strano.

Arrivarono al fiume e Anaclerico indicò la stradina che saliva sull'argine, quasi coperta dalle canne.

– È là sopra, marescia'... fate attenzione perché è facile uscire di strada e non vorrei che ci succedesse un incidente –. Fece le corna e toccò il metallo della carrozzeria, ridendo. Rise anche Leonardi, con una risata acuta che finí in un singhiozzo e lo lasciò ansimante. All'improvviso Anaclerico gli fece cenno di fermarsi, aprendo lo sportello.

– Scusate, marescia', ma non ce la faccio piú. La tengo da questa mattina... solo un momento, un momento solo... – Uscí dalla macchina con la mano sulla cerniera dei calzoni, e Leonardi si irrigidí sul sedile, stringendo il volante. La paura, una paura acuta e lacerante come un urlo, gli fece contrarre le mascelle, fino a sentire male. Staccò una mano dal volante e sfilò la pistola dalla fondina, infilandola tra le gambe. Poi attese, guardando dritto davanti a sé. Sentí il fruscio delle canne, mosse da Anaclerico che ritornava.

– Eccomi, marescia', tutto a posto... ah, ci voleva proprio questa cosa!

Leonardi non resistette, forzò i muscoli rigidi del collo e si voltò, con uno scatto. In quel momento Anaclerico abbassò il cric. Colpí il vetro del finestrino proprio al centro, facendolo scoppiare in mille pezzi, e mancò la testa del maresciallo di qualche millimetro, perché si era abbassata, per lo sforzo di voltarsi. Leonardi alzò la pistola, istintivamente, e il colpo gli partí quasi da solo, per una contrazione, minima, del dito. Anaclerico spalancò gli occhi, si portò le mani alla gola e un gemito strozzato gli uscí dalla bocca assieme a un fiotto di sangue, come uno sputo, sul volto del maresciallo. Crollò in avanti, schiacciando Leonardi contro lo sportello e non si mosse piú. Anche Leonardi rimase immobile, col sangue del brigadiere Anaclerico che gli scorreva sulle ginocchia e la pistola nella mano contratta, puntata in alto, contro nessuno. Non riusciva a pensare ma vedeva, vedeva il sorriso dell'uomo che falciava il prato e gli sembrava di sentirselo addosso, appiccicato sul collo, finché non gli partí un altro colpo che fece esplodere anche l'altro finestrino. Allora cominciò a scalciare, spingendo Anaclerico fuori dalla macchina, poi partí, veloce, facendo scivolare le gomme sull'erba schiacciata dell'argine.

– Era in stato di shock, ha capottato tre volte ed è finito nel fiume. La prognosi è ancora riservata ma forse ce la farà.

Il capitano Mattei guardò il colonnello De Zan, che teneva le mani sul rapporto di Leonardi, ancora chiuso.

– Secondo lei, – disse il colonnello, – cosa c'è di buono in questo?

Mattei si strinse nelle spalle. – Tutto e niente. Prove non ce ne sono, solo una serie di coincidenze. Storie di gatti, di preti e di messe nere... e la strage di sette anni fa, un brigadiere satanista che scoperto dal maresciallo impazzisce e ammazza tutti.

De Zan fece una smorfia. – Per carità, – disse, – ci manca solo questo... Per quell'affare esiste una versione ufficiale che non ha bisogno di ulteriori particolari, quanto al resto... – Tamburellò con le dita sul rapporto, poi chiuse il pugno magro e lo batté sulla cartella, piano ma con decisione. – Trasferiamo tutti, – disse, – e rifacciamo la stazione un'altra volta. Ci mandiamo un maresciallo anziano, che sappia tenere tutto sotto controllo, e se ci sono degli sviluppi, vedremo –. Prese il rapporto, lo tenne in mano come per pesarlo e lo passò a Mattei, scuotendo la testa.

– Che sia l'ultima volta che sento parlare di Acquaviva, – disse.

Mattei annuí, sbattendo i tacchi. «L'ultima volta», pensò mentre usciva dall'ufficio, col rapporto sottobraccio, «l'ultima volta», e lo avrebbe detto chiaramente a quegli idioti alla prossima riunione, a casa sua.

Dietro la tenda nera.

Domani

Mezzanotte e venticinque: dieci minuti per avere la soffia-
ta dall'informatore («Mazzarino parte per Honolulu col volo
251...»), due ore per tirare giú dal letto il magistrato e convincerlo a emettere il mandato di cattura («Mazzarino Giovanni,
incensurato, assolto in prima e seconda istanza, amico dell'onorevole... come si fa, come si fa?»), altre due ore per ricevere i
fonogrammi dalla Dia e dai carabinieri («Mazzarino Giovanni
est ritenuto coordinatore traffico stupefacenti clan Madonia et
pertanto...»), un'altra mezz'ora per il magistrato («Quand'è cosí, quand'è cosí...»), e adesso questo idiota di tassista che ha
paura della multa («Sí, vabbe' che lei è un poliziotto in servizio, poi però succede che me sparisce e in Questura io me ce attacco co' la multa sua...») Eppure lo devo prendere, il bastardo... sono due anni che ci lavoro e all'Interpol dicono che mi
sono fissato, ma io Mazzarino lo voglio, e lo voglio arrestare io.

Arrivo all'aeroporto e schizzo fuori dal taxi («Dotto', il resto!»), corro nell'atrio e mi precipito al terminal dell'Alitalia,
volo 251. Uno steward scuote la testa e mi indica l'aereo che
sta partendo, oltre il vetro del cancello chiuso. Non servono a
niente né la mia tessera dell'Interpol né la voglia di spaccargli
la faccia che si deve leggere chiaramente nei miei occhi («Se
proprio vuole fermarlo, gli spari alle gomme, ispettore»).

Sto per chiamare Honolulu, a malincuore, perché se ci metto di mezzo gli americani quelli se lo tengono e passa un anno
prima che possa interrogare Mazzarino, quando mi viene
un'idea, una lampadina che si accende, come Archimede Pita-
gorico. Se lo raggiungo, col mandato, posso inchiodarlo a una

scelta: o torna con me in Italia, collabora, si pente e tra poco è fuori, o porto lui e il mandato a un funzionario americano, si prende come minimo trent'anni e se li fa tutti. Corro al banco delle informazioni. La biondina mi guarda sbattendo gli occhi, poi annuisce («Sí, se fa uno scalo tecnico forse il modo di arrivare in tempo c'è...») e si appassiona, amore, come a un gioco.

Vicino al finestrino, seduto nello scompartimento per non fumatori di un 747 dell'Air India, con una voglia matta di fumare, leggo e rileggo l'orario che mi ha scritto la biondina. L'aereo di Mazzarino si ferma mezz'ora ad Abudhabi, giusto il tempo di arrivare a Bombay con un volo diretto. Se avessi la mia pistola sotto l'ascella, invece della ricevuta del capitano che se la tiene in cabina, avrei già sparato al tipo magro, con gli occhiali, che mi sta accanto e non sta zitto un minuto («Parla inglese? Francese? Tedesco? Italiano! Che combinazione, sono italiano anch'io...»)

Nell'atrio dell'aeroporto di Bombay c'è un caldo afoso e un mucchio di gente che urla. Guardo i tabelloni cercando il volo Alitalia 251, e corro al terminal, ancora chiuso. Mi tolgo la giacca perché sudo come non credevo fosse mai possibile, ma la gente che mi guarda strano mi insospettisce. Tocco la fondina vuota e («Cristo! La pistola!») schizzo a cercare il capitano. Lo trovo al bar, a bere con una hostess, e faccio fatica a spiegarmi perché è olandese, e sia lui che io sembriamo solo al primo anno della British School. Alla fine mi indica un funzionario dietro un banco che dopo tre moduli e un consulto con un ufficiale in calzoncini corti mi restituisce la pistola. Quando arrivo al terminal il volo è già arrivato e dei passeggeri piú neanche l'ombra. Mi viene da piangere.

È solo perché sono cosí incredibilmente testardo – ci ho già rimesso una moglie per questo – che torno dall'ufficiale con i calzoni corti. Mi guarda come fossi matto, poliziotto italiano, mandato di cattura, la pistola... non è convinto e vuole telefonare. Io lo aspetto al bar, dove bevo una Coca-Cola ghiacciata che mi fa correre in bagno come un razzo. Quando torno lui sorride, gentile, e mi porta da una ragazza col sari, con la pelle cosí scura che sembra viola. Scuotono la testa, tutti e due, di fronte al video del computer, facendomi un mucchio di domande («Ma perché non è passato da New York? Fa scalo da qualche parte o va direttamente a Tokyo? Ed è sicuro che sia talmente pazzo da viaggiare col suo nome?») a cui non so dare nessuna risposta. Proviamo due volte, e al terzo tentativo scopriamo che Mazzarino va a Honolulu via Bangkok, ed è talmente pazzo da viaggiare col suo nome. Sono cosí felice che bacerei la ragazza viola, che mi guarda, con un sorriso tenero e un po' mesto, che mi fa venire un dubbio («Quando parte l'aereo per Bangkok?») L'aereo è già partito, cinque minuti fa.

Ma c'è ancora una speranza. Il collega in calzoncini corti, con dietro la ragazza, mi ferma proprio mentre sto telefonando a Honolulu. C'è un altro volo per Bangkok, tra due minuti, che fa scalo a Rangoon. Ma a Rangoon c'è la rivoluzione, quindi niente scalo e arrivo diretto a Bangkok quasi in contemporanea con Mazzarino. Questa volta la bacio davvero, la ragazza viola, e corro all'imbarco.

Bangkok. Comincio a sentirmi un po' stordito perché ormai è quasi un giorno che viaggio, e mentre Mazzarino se la sta facendo comodamente seduto in prima classe io corro come un somaro, con l'orologio – e il metabolismo – sconvolto dai fusi orari. Arriva l'aereo, finalmente e mi passa davanti gente di ogni razza, orientali, americani, italiani.... ma non Mazzarino. Resto lí fino all'ultimo – un tipetto con la camicia a fiori che mi sorride felice, il maledetto – poi corro da una ragazza con il tailleur blu che corruga la fronte, sotto il cappellino, controlla la lista e mi sorride. Mazzarino ha cambiato volo all'ultimo minuto, per un errore nella prenotazione. Non era nel 251 per Bangkok, ma nel 307. Il mio.

Sono al bar, appoggiato al bancone, e comincio a essere un po' ubriaco perché ho scoperto che la Nardini ce l'hanno anche qua. Ormai ho contro anche il tempo, oltre alla sfortuna. Mazzarino ha proseguito per Honolulu, dove arriverà alle ventitre e trentacinque, con scalo a Tokyo. Non c'è un volo diretto e il meglio che posso fare è essere alle Hawaii per mezzanotte e venti, troppo tardi. Tanto vale chiamare l'Fbi e lasciarlo a loro. Sono cosí depresso e stanco che accetto la conversazione di un soldato americano che ha i nonni di Salerno e che mi chiama *paisà*, come nei film del dopoguerra. Gli racconto la mia storia e lui, che è ubriaco piú di me, mi ascolta con gli occhi socchiusi. Poi mi batte una mano sulla spalla, schiacciandomi sul banco. Lui torna a Guam, mi dice, col resto del reparto, in un volo militare diretto. Là ci sono collegamenti con le Hawaii quasi ogni ora, e se c'è traffico e l'aereo di Mazzarino rimane un po' a sorvolare l'aeroporto in attesa del permesso di atterrare...

Mazzarino è al bar e sta bevendo qualcosa di coloratissimo, accanto a un tipo lungo, con gli occhiali. Si infila quasi l'ombrellino nel naso quando mi vede arrivare, con una collana di fiori rossi attorno al collo e la mano sotto la giacca, sulla pistola, perché non si sa mai.

– Mazzarino Giuseppe? Ho un mandato di cattura per lei.

Dio, che soddisfazione vederlo impallidire cosí... Il tipo lungo riflette, perplesso, poi indica il foglio che ho in mano.

– Posso vedere quel mandato? Sono il legale del signor Mazzarino...

Legge, pensa, rilegge, poi me lo restituisce, con un sorriso.

– Questo mandato non è valido.

– Vuole scherzare? Lo ha firmato un sostituto procuratore della Repubblica...

– Sí, certo... ma lo ha firmato domani.

Lí per lí non capisco. Le parole mi rimbalzano dentro il cervello, senza fermarsi.

– La data è quella del 17 e adesso sono le ventitre e quaranta... ma del 16. Ha presente *Il giro del mondo in ottanta giorni*, ispettore? Abbiamo viaggiato contro i fusi orari e abbiamo guadagnato un giorno...

Sono cosí impietrito che non riesco neppure a muovermi e posso solo guardarli, mentre si alzano e vanno al cancello di imbarco per New York. Mazzarino mi fa ciao con la mano, il bastardo. Resto cosí non so per quanto tempo, poi, sarà perché sono testardo – ci ho rimesso una moglie, l'ho già detto – ma mi scuoto e controllo il portafoglio. C'è ancora qualcosa. Lancio un'occhiata al tabellone: il volo per New York è già partito ma ce n'è uno per Boston tra cinque minuti... Scolo il drink di Mazzarino e corro all'imbarco. Lo prenderò quel bastardo e lo prenderò oggi.

Appena sarà domani.

Telefono sostitutivo

– E lei che cosa ha detto quando le è caduto il telefono nel tombino?
– Porca miseria.
– Porca miseria? E basta? Non ha bestemmiato? Io avrei tirato certe madonne...
– Io no... io sono uno che dice «Porca miseria». Sono un tipo tranquillo.

Il rivenditore mi guardò come si guarda un marziano. Ammetto che per quello che mi era successo «Porca miseria» poteva sembrare una reazione inappropriata. Sono appena uscito di casa, ho una gran fretta, sono in ritardo a lezione e mi squilla il cellulare dentro la giacca. Faccio un macello per tirarlo fuori intanto che cammino, perché non sono un tipo tanto coordinato con i movimenti, e quando cerco di aprirlo mi sfugge di mano, mi schizza tra le dita come fosse animato appena tento di riprenderlo al volo, mi cade e mi si infila dritto per dritto tra le sbarrette di un tombino. Sí, chiunque altro avrebbe detto di piú, ma per me già «Porca miseria» è parecchio. Sono un tipo tranquillo, io, insegno Lingua e Letteratura inglese in un liceo, sono sposato a un'insegnante di Matematica e Fisica, ascolto musica new age, monto aeroplanini per hobby, e in vacanza vado in montagna con mia moglie, a fare passeggiate e giocare a dama. Non bestemmio mai.

Dopo aver guardato me, il rivenditore guardò il telefonino che gli avevo messo sul bancone, incartato in un giornale. In mezzo alla pagina della cultura, su una fotografia di Rita Levi Montalcini, c'era un ammasso informe di melma fognaria che una volta era stato un Ericsson ultrapiatto, troppo ultrapiatto. Non che io sia uno da cellulare tecnologico ultima moda, è che me lo ha regalato mia sorella, e io un telefonino lo devo avere perché nostra madre è un po' vecchiotta e non si sa mai. Per questo, dopo aver guardato il mio ex cellulare, il rivenditore guardò di nuovo me. Gli avevo chiesto un apparecchio sostitutivo.

– Oddio... non so se questo incidente possa ricadere nei limiti coperti dalla garanzia... però, vista la sfiga che ha avuto, se si accontenta di quello, io glielo dò.

Quello era un telefonino cromato, argentato, anzi, e con il display contornato da un bordino arancione. A guardarlo meglio mi accorsi che non era proprio argentato, era *leopardato*, con macchie piú scure disposte ad arte. Era orribile.

– Ma... funziona?

– Benissimo... me lo hanno appena restituito. Mi fa una firma qui e fra due settimane ha il suo. E intanto, usa questo.

Ero in tram quando all'improvviso mi uscirono dalla tasca le note acutissime di *Quando arrivano i marines*. Talmente forti e fastidiose che per un momento mi guardai attorno, chiedendomi anch'io come tutti chi era quel maleducato che scocciava, poi mi accorsi che quel maleducato ero io. Ci misi qualche secondo a rispondere, anche perché ero appena uscito dal rivenditore, non avevo ancora dato il numero a nessuno, neppure a mia moglie o a mia sorella, e non mi aspettavo di essere chiamato.

– Angelo?

– Chi? No, ha sbagliato...

– Angelo?

– Ha sbagliato numero, – ripetei, piú forte, perché in effetti non riesco a parlare a voce alta al cellulare, quando sono in pubblico.

– Ho sbagliato numero?

– Sí, ha sbagliato.

– Però tu hai la voce di Angelo.

– Ma non sono io. Sbaglia.

– Va bene. Scusi.

Avevo ancora tre fermate prima di arrivare a casa. Cercai il tasto per spegnere l'apparecchio ma non riuscii a trovarlo, cosí me lo rimisi in tasca e per tutto il viaggio tenni la mano stretta sul microfono, per paura che suonasse ancora.

Lo fece a casa. Lo sentii dallo studio dove stavo correggendo i compiti, ed ero ancora in mezzo al corridoio, perché avevo le pantofole di pezza nuove e non volevo scivolare, quando Luisa cominciò a urlare: – Mariooo... ma che suoneria èèè? – A quel punto, avevo già dato il mio nuovo numero a mia sorella, che mi chiamava sempre sul cellulare anche prima, anche se ero a casa e avrebbe speso meno a chiamarmi sull'apparecchio fisso, soprattutto dopo le sette di sera, cosí andai in camera a prendere il cellulare dalla giacca e dissi:

– Marta?

– Angelo?

– Come scusi?

– Angelo... sei tu?

– No, non sono Angelo, ha sbaglia...

– C'è qualcosa che non va, Angelo? Ti sento strano.

– È perché non sono Angelo. Lei ha sbaglia...

– Okay, okay... ho fatto un errore. Chiedo scusa, non si ripeterà.

– Ma non importa, non c'è proble...

– No. Ho capito. Scusa. Addio, Angelo.

– No, porca miseria, non ha capito, non sono A...

Guardai il display, sul quale era tornato il logo della compagnia telefonica. Chiamata interrotta. Fine comunicazione.

– Chi era? – chiese Marta dalla porta della cucina.

– Non lo so. È il secondo sconosciuto che mi chiama a questo numero, oggi. Cercano Angelo, ma io non sono Angelo.

– Non è il telefono sostitutivo, quello? Si vede che Angelo era la persona che ce l'aveva prima.

– Credevo che azzerassero il numero quando te lo dànno.

– E come fanno?

– Boh?

Marta tornò in cucina. Le nostre conversazioni finivano quasi sempre cosí, un paio di battute, poi qualcuno diceva «Boh?»
e se ne andava. Certo, i primi tempi era diverso, ma cosí va la
vita. Misi il telefono in tasca, casomai squillasse di nuovo, e andai a mangiare. Poi tornai nello studio a finire la carlinga di un
Mitsubishi Zero Sen mentre Marta guardava *Chi l'ha visto?*,
andai a vedere il Tg3 mentre lei andava a letto, e mentre lei dormiva andai a dormire anch'io.

Io, quando mi sveglio, non riesco piú a riprendere sonno.
Marta no, soprattutto perché lei non si sveglia proprio. Prende
un Tavor e si mette i tappi nelle orecchie, e alla mattina sono
io quello che sente la radiosveglia e la chiama. Ma io, quando
apro gli occhi, è finita. Per un momento pensai che fosse già ora
di alzarsi, poi riconobbi *Quando arrivano i marines* e vidi che i
numerini rossi della radiosveglia segnavano le due e mezzo, e
capii che era lui. Lo avevo lasciato in cucina.

– Angelo?

Sussurrava, quasi. Era una donna e sussurrava, come fosse
anche lei una che parla piano in pubblico. Non dissi nulla, perché avevo ancora la gola raggrinzita dal sonno.

– Angelo, ti prego, rispondimi! Lo so che sei tu! Angelo, per
favore! Per favore!

Aveva alzato la voce ma era rimasta un sussurro. Si capiva
che stava piangendo.

– Angelo!

– Sí?

Non so perché lo dissi. Erano le due e mezzo di notte, ero
ancora addormentato, c'era una donna dalla voce bassa che
piangeva e a me venne da dire «Sí», invece che «Ha sbagliato».
Non si può dire «Ha sbagliato» a una donna che piange al tuo
telefono alle due e mezzo di notte, bisogna dire sí. Significava
«Sono qui, posso fare qualcosa, qual è il problema», non che
ero Angelo.

– Angelo! Dio, ti ringrazio! Angelo, amore, sei tu!

– Sí... cioè...

– Angelo... Angelo... Angelo... – sussurrava, sempre, senza alzare la voce, e il tono con cui parlava era morbido e caldo, cosí intenso da farmi rabbrividire. – Angelo... riesci a immaginare come vorrei che tu fossi qui? Ci riesci, Angelo? Ci riesci?

Soffiava le parole dentro il microfono come se me le spingesse direttamente nell'orecchio con la lingua. Potevo quasi sentire il solletico... e non solo quello.

– Ci riesci, Angelo? Eh? Ci riesci?

– Sí...

– Allora vediamoci subito. Davanti al *Meridian*, come una volta. Vicino alla cabina.

– Sí...

Poi mi ripresi. Sentii freddo sotto le piante dei piedi e mi resi conto di essere in casa mia, con mia moglie che dormiva con i tappi nelle orecchie, un pacco di compiti in classe dentro la cartella già fatta, in corridoio, in pigiama, a prendere un appuntamento con una sconosciuta. Ma lei aveva già riattaccato e io non sarei piú riuscito a dormire. Non quella notte.

Sulle Pagine gialle, di *Meridian*, ce n'erano tre. Uno era un cinema, l'altro un hotel e il terzo un supermercato. Scartai il supermercato perché non mi sembrava per niente romantico, e tra il cinema e l'hotel tirai a caso. Decisi per l'hotel, e credo che un po' di desiderio inconscio abbia giocato nella scelta.

Ero fortunato, c'era. Ed era bellissima. Alta e bionda, fasciata da un impermeabile nero, che le scopriva le gambe nude. Capelli a caschetto. Scarpe coi tacchi e occhiali da sole. Esattamente come me l'ero immaginata.

Non so quanto rimasi a guardarla. Dietro un cassonetto, pronto ad abbassarmi quando lei si girava dalla mia parte. La osservavo passeggiare avanti e indietro, nervosissima, gettare lontano la sigaretta appena accesa, scuotere la testa bionda. Era bellissima. A un certo punto mi feci coraggio, uscii dal cassonetto e mi avvicinai. Lei si voltò a guardarmi. Gettò di lato la sigaretta e abbassò gli occhiali sul naso per fissarmi da sopra le lenti. Io le sorrisi, appena, le passai accanto, e continuai a camminare fino a sparire dietro l'angolo.

Era lo sguardo che mi aveva lanciato. Era uno sguardo che diceva: «Chi sei, cosa vuoi, io aspetto Angelo». E io non ero Angelo. Ero un professore di liceo, ero un idiota che se ne va in giro alle due e mezzo di notte, ma non ero Angelo. Continuai a ripetermelo fino al portone di casa, e mentre cercavo le chiavi nella tasca dei calzoni, lui suonò. «Oddio», pensai, «è successo qualcosa alla mamma».

– Angél?

Era un accento strano, a metà tra lo spagnolo e il portoghese. Calcava pesantemente sulla ultima *e*, e aspirava l'inizio come se ci fosse una *h*.

– Angél? Bruto filio di putànna!

– Prego?

– Ti avevo deto di starre lontano da mia molie, Angél, filio di putànna!

– No, no, un momento...

– Ti hanno visto, Angél! Ti hanno visto con lei! Non puoi negarre! Angél! Bruto filio di...

Chiusi la conversazione. Coprii il telefono con tutte e due le mani. E mi guardai attorno. Se mi aveva visto poteva avermi seguito e adesso poteva essere lí, dietro l'angolo, dietro un cassonetto, come me poco prima. Volevo gridare: – È uno sbaglio, non sono Angelo!», volevo prendere le chiavi e chiudermi in casa, volevo fare tutto contemporaneamente ma non feci niente, perché quando suonò il telefono istintivamente risposi.

– Guardi che c'è un equivoco! – dissi. – Io sua moglie non l'ho...

– Angelo, basta con le cazzate. Voglio la mia roba.

– Che roba?

– Il Moro mi ha detto che stai facendo il finto tonto. Con me non attacca, Angelo. Voglio la mia roba subito, al solito posto, se no sai come finisce.

– No, io... come finisce?

– Okay, Angelo. Te la sei voluta.

Improvvisamente, venni illuminato da un paio di fari. Ero abbagliato e non vedevo niente, ma il rumore lo sentivo, ed era il rumore di un'auto che si avvicinava in fretta, molto in fretta, troppo. Cominciai a correre dalla parte opposta. Ero sempre accecato e non vedevo niente ma badavo soltanto a correre nella direzione opposta a quel rumore. Andai a sbattere contro un lampione e ci feci mezzo giro attaccato, per non cadere, poi approfittai dello slancio per girare a destra e continuare a correre. C'era una rampa di scale che portava ai giardinetti, riuscivo a intravederla tra le palline luminose che mi coprivano la vista. Mi lanciai su e sentii che il rombo si arrestava. Continuai a correre sul vialetto di ghiaia, poi mi buttai tra gli alberi. «113», mi venne in mente, «Telefonino, 113», e sempre di corsa feci il numero, *uno, uno, tre*. Squillò mentre facevo il *tre*, ed era uno di quei modelli che basta premere un tasto a caso che rispondi.

– Angelo, io ero là, ti aspettavo... perché non sei venuto?

Era lei, la voce che sussurra, la donna bellissima.

– Oddio, signora... deve aiutarmi, io... qui vogliono...

– Angelo, perché fai cosí?

– Senta, mi ha chiamato suo marito... vogliono mettermi sotto con la macchina...

– Angelo, perché *mi* fai cosí?

– No, no, aspetti... – Niente, aveva riagganciato. Va bene, allora, 113, di nuovo. *Uno, uno...* mi fermai sul *tre*. Poco lontano la ghiaia aveva cominciato a scricchiolare di passi che non erano i miei. Mi ritirai tra gli alberi, schiacciandomi il telefono contro il petto, pensando: «Fa' che non suoni, fa' che non suoni». Suonò.

Io sono solo un professore di liceo, anche un po' scoordinato nei movimenti. Soffro di vertigini e quando ero a scuola non sono mai riuscito a fare la pertica, ma quella notte schizzai tra gli alberi come un centometrista e mi arrampicai su per una grondaia come neanche un gatto. Saltai di tetto in tetto inseguito dalle note di *Quando arrivano i marines* e giuro che non mi ricordo di aver toccato le tegole con i piedi. Mi fermai solo quando fui senza fiato, le spalle appoggiate a un camino, il telefono che continuava a suonarmi in mano. Risposi per farlo smettere.

– Angél, bruto filio di...

– No, sei te un figlio di puttana! Sta' zitto e ascolta, pezzo di merda! Se provi ancora a chiamarmi io vengo lí e ti spacco la faccia, hai capito? Poi, io tua moglie me la scopo quando e dove mi pare, se voglio, hai capito? E se dici qualcosa ti ammazzo, va bene? Porca miseria!

Non so come feci a dire tutte quelle cose senza fiato, e ruggendo, anche, ma avevo perso la testa. Comunque lui riagganciò, lasciandomi ansimante su un tetto sconosciuto, e da solo. No, non da solo... perché subito sentii scricchiolare le tegole dietro il camino a cui ero appoggiato. Terrorizzato, coperto di brividi dalla radice dei capelli alla punta dei piedi, rimasi paralizzato ad ascoltare i passi che si avvicinavano. «Fa' che sia un gatto», pensavo, «fa' che sia un gatto», poi sentii quel rumore metallico che fanno le pistole quando uno tira indietro il carrello, e mi ero addormentato davanti a troppi *Filmissimi* di Retequattro per non riconoscerlo. Allora scattai girando attorno al camino, e volevo urlare «Basta, io non c'entro, è tutta colpa di questo cavolo di telefonino!» ma non ci riuscii, perché urlò prima lui.

– No, no! Non sparare! Non sparare!

Istintivamente avevo teso il cellulare, come per darglielo, ma lui aveva alzato le mani e lo fissava terrorizzato come fosse una pistola. Aveva anche lasciato cadere la sua, e tremava. Io ebbi cura di restare in ombra e di non farmi illuminare dalla luna.

– Faccio solo quello che mi dicono! Non ti conosco neanche, il Moro mi ha detto... Cristo, Angelo, non mi ammazzare!

– In ginocchio, bastardo. E girati.

– Ti prego, Angelo, – gemette lui, inginocchiandosi sulle tegole, – ti prego, ti prego –. Smise di colpo, con un singhiozzo trattenuto, quando gli spinsi il cellulare contro la nuca, avvicinando le mia labbra alle sue orecchie.

– Porta un messaggio al Moro, da parte mia. Digli che se ci riprova lo ammazzo. Gli pianto una palla in un occhio... parola di Angelo. Glielo dici?

– Tu sei pazzo, Angelo... il Moro ti cercherà dovunque... dovrai scappare, dovrai nasconderti...

– Accetterò il rischio. Tu portagli il mio messaggio. Lo farai?

– Sí, sí...

– Sicuro?

– Sí, sí... sicuro.

– Okay... vattene, prima che cambi idea.

Lo guardai sparire sui tetti, senza voltarsi indietro. Allora riappoggiai le spalle al camino, inspirai tutto l'odore della notte, lo soffiai fuori come il fumo di una sigaretta e aspettai. Aspettai poco. Quando apparve il suo numero sul display lo riconobbi subito, non so perché. In un certo senso sembrava sussurrato anche quello. Lo lasciai suonare un po', poi avvicinai il telefono all'orecchio e col pollice schiacciai il tasto *Ok*.

– Angelo?

– Sí, piccola. Sono qui.

Ho imparato ad abbassare la suoneria. Ho imparato a leggere i messaggi e a mandarli. Ho imparato a vedere le ultime dieci chiamate memorizzate. Ho imparato anche a spegnerlo, ma non lo faccio mai, tranne che in una occasione. Quando lei si mette lo smalto rosso sulle unghie dei piedi, come ora, in questo motel appena fuori dall'autostrada. È un'operazione che la assorbe completamente, seduta sul bordo del letto, le gambe nude allungate su una sedia e quelle labbra contratte in uno sforzo di concentrazione. Se suonasse in un momento come questo sarebbe un disastro. Per il resto, lo lascio sempre acceso. Sempre.

Quando suona, avvicino il microfono alle labbra, soffio una boccata di fumo, contraggo le mascelle in un sorriso duro e sussurro: – Seee?

A meno che non sia il rivenditore, che rivuole indietro il suo apparecchio sostitutivo. Allora mormoro: – Porca miseria, – e riaggancio subito.

Chi va piano

Alle ore 13.49 minuti e 36 secondi la prima auto dei carabinieri inchiodò davanti alla banca con uno stridio acuto di gomme che lasciò nell'aria un odore forte di bruciato. Mentre la si-
rena urlava ancora, l'appuntato Baraghini e il brigadiere Miraglia schizzarono fuori dalle portiere aperte e si lanciarono sui
gradini dello spiazzo di ingresso, appena un secondo prima che
gli ausiliari Fanelli e De Nicola saltassero fuori dalla seconda
auto, ancora in movimento, e si buttassero dietro il cofano con
le pistole puntate, strette a due mani, pollice su pollice.

«Tre minuti e ventisei secondi», pensò il maresciallo Mozzi lanciando un'occhiata rapida all'orologio mentre volava sulle scale, dietro gli altri, «ci abbiamo messo troppo ad arrivare...
il bastardo è già scappato».

Contemporaneamente, Anteo Nerozzi, detto «Lumegha»,
un po' perché appassionato mangiatore di lumache in umido a
tutte le sagre della Romagna ma soprattutto perché lentissimo
in ogni cosa, stava ancora sfilandosi il passamontagna dalla testa, la borsa con i soldi sottobraccio, la pistola finta in tasca e
l'unico impiegato rimasto nella banca all'ora della rapina – cosí tarda non per strategia criminale ma solo perché Lumegha
non era riuscito ad alzarsi prima – legato e imbavagliato sulla
sedia dietro la porta aperta del caveau.

Alle ore 13.50 minuti e 12 secondi il brigadiere Miraglia
gettò uno sguardo rapidissimo dentro la stanza della cassaforte, registrò in una frazione di secondo l'immagine innocua di

Lumegha e gridò: – Non c'è piú! – al maresciallo Mozzi, che girò sui tacchi e scattò verso l'uscita. Un pensiero gli aveva attraversato la mente piú veloce del fulmine: «Da qui allo svincolo c'è una sola strada!» Cosí urlò: – Vai, che forse lo prendiamo! – e si tuffò nella prima macchina che stava già rombando via.

Contemporaneamente, Anteo Nerozzi, detto Lumegha, era uscito dalla banca, la borsa sempre sottobraccio e il passamontagna che gli usciva dalla tasca, e dopo essere rimasto a guardare gli stop delle auto che si accendevano in un flash per correggere la curva d'uscita del piazzale imboccata a tutta velocità, cominciò ad arrotolare sulla caviglia la gamba dei calzoni, cercando di ricordarsi dove aveva messo la molletta per tenere la stoffa lontana dalla catena della bicicletta appoggiata al muro della Cassa di risparmio, che aveva usato per andare a fare la rapina perché la macchina non l'aveva mai avuta, come del resto neppure la patente.

Alle ore 13.52 minuti e 26 secondi, il maresciallo Mozzi volò quasi fuori dal finestrino mentre si affacciava dall'auto nera a metà frenata. – Non c'è? Come, non c'è? – urlò agli agenti che gli corsero incontro da dietro le auto blu della polizia che sbarravano la strada. – Merda, che velocità! Quel bastardo è già passato! – e via tutti, in macchina e veloci sulla strada, mentre il maresciallo si attaccava alla radio e cercando di parlare piú in fretta possibile chiedeva che ne facessero un altro di posto di blocco, perché quello era piú veloce del fulmine, minchia, piú veloce…

Contemporaneamente, Anteo Nerozzi detto Lumegha, arrivò in cima alla cunetta, spingendo sui pedali, staccato dal sedile e con le braccia dritte sul manubrio e quasi fermo, perché per lui qualunque dislivello era già salita, e allora meglio andare piano e quasi quasi mettere il rapporto per non fare piú fatica, perché quello poi era solo un dosso, sí, ma alto come una salita, dato che da lí vedeva avanti, fino in fondo alla strada e lontano, ma molto lontano, tutte quelle macchine che correvano velocissime, loro davanti e lui dietro, a pedalare, e allora gli venne in mente che in quel modo, in quello strano inseguimento alla rovescia in cui chi cerca è davanti e chi scappa è dietro, non sarebbero riusciti a prenderlo mai, e allora, Dio bono, perché aver fretta?

Cosí si fermò, smontò dalla sella e continuò a piedi, con la bicicletta a mano, pensando: «Quasi quasi mi fermo a mangiare dalla Linina. Oggi è venerdí e fanno le lumache».

– Capisci, – disse l'appuntato Miranda, voltando appena la testa di lato perché con quella nebbia in autostrada non c'era da scherzare, – io non sono uno che ha paura, lo sai, però capisci, a forza di fare tutto quello che abbiamo fatto alla fine le antenne un po' ti vengono, e allora…

Fattori si strinse nelle spalle, tenendo gli occhi fissi sul parabrezza anche se non guidava, perché era vero, la nebbia era fittissima e non si vedeva un cazzo.

– Capisci, – diceva Miranda, – se tu mi dici che va bene, io sto buono e calmo, ma mi devi convincere, perché sennò…

Fattori alzò gli occhi allo specchietto, istintivamente, ma era girato verso Miranda e non vide niente. Si torse sul sedile, per guardare dietro, perché aveva visto due fari riflessi nella nebbia, e gli sembrava che venissero un po' troppo sotto, e infatti lo erano un po' troppo sotto, anche per uno come lui che era di quelle parti e la nebbia la conosceva bene. Stava per dire «Ma guarda questo stronzo», quando gli venne in mente che se ci fosse stata un'altra macchina… e infatti c'era, sulla corsia di sorpasso, fianco a fianco con la loro, e allora gli venne in mente che se all'improvviso davanti un camion… e infatti c'era.

– Alghero! – gridò Fattori. – Cazzo, Alghero! – e Miranda non fece in tempo a dire: «Cosa?»

La nebbia davanti al parabrezza divenne rossa per gli stop di un rimorchio che inchiodava. Miranda fece per scartare ma c'era l'altra macchina. Fece per rallentare ma c'erano gli altri fari. Fece per frenare ma era troppo tardi.

Si schiantarono contro il paraurti del rimorchio mentre il ca-

mion che gli stava dietro gli piombò addosso, schiacciandoli piú
sotto.

Romeo sedeva davanti al televisore spenta, col telecomando
in grembo, la testa piegata all'indietro sullo schienale della poltrona, e gli occhi chiusi. La gamba, appoggiata al tavolino, continuava a fargli male nonostante fosse quasi a metà del mese di
convalescenza dopo l'operazione al menisco, un dolore leggero
ma costante, che lo costringeva a starsene seduto, abbandonato sul cuscino imbottito, inerte e depresso. Valentina rimaneva fuori tutto il giorno a lavorare, fino alle cinque, e quando gli
telefonava, tre o quattro volte alla mattina e nel pomeriggio, lui
doveva inventarsi che stava leggendo, che sí, aveva mangiato,
che lavorava un po', non troppo, certo, solo un po'.

Lo squillo acuto del campanello lo fece sobbalzare, con una
fitta piú forte al ginocchio. Si alzò, facendo forza sui braccioli,
e zoppicò fino alla porta, col secondo squillo che lo colse, impaziente, con la mano sulla maniglia. Il postino si batté la fronte, quando lo vide.

– Dio bono, capitano, mi ero dimenticato della sua gamba!
– Frugò nella borsa aperta, sfogliando rapido le lettere con la
punta delle dita, e Romeo si chiese se per caso se le passassero
di generazione in generazione le borse da postino, sempre vec-
chissime, rugose e sfondate.

– Ecco qua! – Il postino tolse da uno scomparto due lettere, le mise sopra l'ultimo numero del «Carabiniere» e avvolse
tutto dentro «la Repubblica», che piegò a metà, come dovesse
infilarla nella buchetta.

– Come va la gamba, capitano? – disse con interesse esagerato, e Romeo pensò che forse voleva farsi perdonare per lo
squillo di prima.

– Meglio, molto meglio, – disse Romeo, poi appoggiò una
mano alla porta e si massaggiò la gamba per fargli capire che ormai lo aveva perdonato e che non importava insistere. Forse il
postino capí, perché gli consegnò in fretta le lettere e la rivista
e lo salutò portando due dita alla visiera.

Romeo tornò alla sua poltrona. Lasciò cadere la rivista sul tavolino, girando verso il basso il volto rotondo del generale Vulcis, che lo fissava dalla copertina, facendolo sentire in colpa per non aver neppure inciso il cellofan che lo ricopriva. Prima di andare a Roma il generale era stato il suo comandante, a Bologna, e adesso il titolo sulla copertina lo dava candidato alla direzione del Sismi. «Auguri», pensò Romeo, poi lanciò un'occhiata al giornale. Minacce di guerra in India, articolo 18, l'onorevole Azzaro, già con delega ai Servizi, in corsa per il rimpasto agli Interni, l'inchiesta sulle tangenti al sost. proc. Matteo, detto l'Insabbiatore, vabbe', vabbe'.

Guardò le lettere.

Una era una fattura dell'Enel, con il suo nome e l'indirizzo stampato a puntini sotto la finestrella. L'altra invece era una busta bianca, stretta, con i bordi listati di nero. Romeo si sollevò sulla poltrona, corrugando la fronte. Ne strappò una striscia, di fianco, ed estrasse un cartoncino piegato in due, con una croce nera sul fronte. Dentro c'era la fotografia ovale, sfumata verso il basso, di un carabiniere col berretto che lo guardava con un sorriso pallido, fisso e spento, e di fianco, in rilievo, a caratteri corsivi, *Brig. Pugliese Vincenzo, sarà per sempre nel cuore dei suoi cari*.

Brigadiere Pugliese, Pugliese Vincenzo... Romeo si accarezzò il mento, pensoso, perché quel nome gli ricordava qualcosa.

In quel momento squillò il telefono.

Romeo si sporse all'indietro per prendere la cornetta, e una fitta acuta gli intorpidí una scapola. Esitò un attimo prima di rispondere, e Valentina lo precedette, ansiosa.

– Pronto? Sei tu?

– Sí, sono io. Ciao.

– C'è qualcosa che non va? Ti senti bene? – C'era una nota strana nella sua voce, piú acuta del solito, preoccupata, inquieta.

– Sto benissimo, stai tranquilla... benissimo. Perché?

– Cosa fai? Cosa stai facendo?

– Guardo la televisione, leggo...

– Cosa leggi? – Romeo la sentí chiaramente, una punta d'ansia che scivolava su quel *cosa* e cercava di nascondersi dietro un tono vagamente interrogativo, forzatamente generico.

– Un libro, – mentí, senza sapere neanche lui perché. – Un giallo, Macchiavelli, *Fiori alla memoria*. Perché?

Silenzio, silenzio teso, solo un attimo.

– Cosí, per sapere... Torno presto questa sera, esco prima. Mangia a mezzogiorno, ti ho preparato tutto...

– Sí, sí, stai tranquilla, mangio...

– Va bene... – ancora un attimo teso, ansioso. – Allora adesso ti saluto, torno a lavorare. Stai... stai buono, non fare niente.

– E cosa vuoi che faccia?

– Niente, appunto... ciao.

– Ciao.

Romeo rimase con la cornetta in mano, appoggiata all'orecchio, perplesso, finché il *túttúttú* rapido non gli dette fastidio.

Valentina era una sensitiva, una specie di medium. Lui non credeva a certe cose, ma lei sí, e a volte lo stupiva quando sembrava che gli leggesse nel pensiero e rispondeva a domande che lui doveva ancora fare. Romeo lo spiegava col fatto che stavano insieme da cinque anni e lui non ci riusciva soltanto perché era meno sensibile, ma ogni volta che avveniva rimaneva perplesso e incuriosito. Al telefono, poi, sembrava veramente preoccupata, quasi spaventata... perché? «Cosa leggi», gli aveva chiesto... perché?

Romeo alzò la busta listata di nero che teneva in mano e la osservò controluce, girandola da una parte e dall'altra. Pugliese, Pugliese Vincenzo... c'era stato un Pugliese con lui, al Nucleo mobile, anni prima, ma non c'era nulla di cosí inquietante in questo, niente che potesse riguardare lui.

O Valentina.

«Funerali in forma privata, ore 11», diceva il cartoncino.

Romeo guardò l'orologio, poi prese il telefono e chiamò un taxi.

Arrivò che la cerimonia era quasi finita. Il prete se ne stava andando, assieme a un appuntato e a un maresciallo, le uniche persone in uniforme. Vicino alla tomba c'erano soltanto due donne col capo coperto da un velo e un ragazzo con gli occhiali scuri. Romeo si avvicinò, facendo scricchiolare la ghiaia del vialetto sotto il suo passo zoppicante e si strinse addosso l'impermeabile, perché era ottobre e faceva freddo. Una delle due donne, la piú anziana, sembrò riconoscerlo e gli corse incontro, abbracciandolo di slancio e facendolo vacillare sulla gamba sana, finché il ragazzo non la prese per un braccio, staccandola.

– Su, su, mamma, – disse l'altra donna mentre Romeo si guardava attorno, imbarazzato. Notò due uomini, poco lontano, davanti a un'altra tomba, che si voltarono in quel momento. Uno aveva una macchina fotografica.

– Lei gli voleva tanto bene al mio ragazzo! – disse la donna anziana, prendendogli una mano. – Lui la ricordava sempre, sa?

– Certo, certo, – disse Romeo, esitante. Pugliese se lo ricordava appena e non sapeva cosa dire. – Ma come è successo? – chiese al ragazzo, senza pensare se fosse o no una domanda felice.

– Una disgrazia, – disse la donna piú giovane. – Vincenzo stava aiutando uno che aveva appena avuto un incidente, stava mettendo il triangolo quando una macchina che arrivava non l'ha visto e lo ha travolto.

– E non si è neanche fermato, quell'assassino! – La donna anziana afferrò Romeo per la manica e cominciò a scuoterlo, scoprendogli una spalla.

– È terribile, davvero, – disse Romeo, mentre di nuovo il ragazzo cercava di liberarlo. Si voltò verso la donna piú giovane per chiederle qualcosa, una cosa qualunque, ma in quel momento si accorse che rapido, un attimo prima di entrare in macchina, uno dei due uomini lo aveva fotografato.

– E non era neanche in servizio! – stava urlando la donna anziana. Romeo annuí, osservando la macchina che faceva marcia indietro per uscire dal parcheggio. Si appoggiò al cancellino del cimitero.

Bologna venticinque-trenta-trentotto-sei.

– Vincenzo faceva un brutto mestiere, – disse l'altra donna, – dove si corrono tanti rischi anche fuori servizio.

– Un brutto mestiere, sí, – disse Romeo, distrattamente.

– C'era una macchina che lo seguiva sempre, – disse la donna.

– Lascia stare, – disse il ragazzo, – andiamo via.

– Aveva preso anche la targa, – disse la donna, ancora. – Il numero l'aveva scritto su un foglietto... questo qui.

Bologna venticinque-trenta-trentotto-sei.

Bologna venticinquetrentatrentottosei. Romeo prese il foglietto e se lo infilò nella tasca dell'impermeabile. Bologna venticinquetrentatrentottosei

– Andiamo, nonna, andiamo a casa, – disse il ragazzo, prendendo le donne sottobraccio. Si allontanarono senza salutare, lasciandolo solo nel cimitero ormai deserto, a rabbrividire nell'impermeabile. Soltanto alla fine del vialetto la donna anziana voltò la testa su una spalla, torcendosi tra le braccia che la sostenevano.

– Me l'hanno ammazzato! – gridò.

Bologna venticinque-trenta-trentotto-sei, pensò Romeo, tirando fuori il foglietto e frugandosi nelle tasche, alla ricerca di una penna.

Valentina rientrò alle quattro. Romeo era cosí assorto nei suoi pensieri che non la sentí chiudere la porta, sentí soltanto i suoi passi nel corridoio e fece appena in tempo a piegare il foglio su cui stava scrivendo e a infilarlo nel giornale.

– Ciao, – disse lei, entrando nella stanza.

– Sei arrivata presto, – disse lui, sollevandosi sulla poltrona. Lei si chinò e lo baciò rapida sulle labbra, sfiorandogli la guancia con la punta gelida del naso.

– Sono uscita prima dall'ufficio, – disse, sfilandosi la sciarpa e i guanti. – Perché? Ti dispiace?

– Oh no, no certo.

Valentina si tolse il soprabito e uscí dalla stanza per appenderlo all'attaccapanni nel corridoio.

– È freddissimo, fuori, – disse.

– Sí, infatti, è freddissimo.

Valentina rientrò nella stanza, con il soprabito ancora in mano.

– Perché, sei uscito? – chiese. Di nuovo quella nota spaventata nella voce.

– Ho fatto un giro, sto sempre chiuso in casa...

– Non ti fa bene, non devi sforzare la gamba.

– Ma se mi dici sempre che devo fare esercizio...

Valentina corrugò la fronte, fissandolo seria. Aveva un volto incredibilmente espressivo, dagli occhi chiari e limpidi. A volte era possibile capire tutti i suoi pensieri anche soltanto dalla piega delle sue labbra o da quella delle sopracciglia, lunghe e sottili. Ma a volte, all'improvviso, la sua espressione diventava impenetrabile, pietrificata tra due rughe sottili che le scendevano ai lati della bocca, ed era in quei momenti che Romeo pensava che forse Valentina era davvero una strega, una sensitiva, come diceva lei, dal volto ambiguo e dai riflessi rossicci sui capelli castani.

Valentina si strinse nelle spalle e uscí ad appendere il soprabito. Romeo tese le orecchie, la sentí muoversi in camera sua, poi sentí la porta del bagno che si chiudeva e allora riprese il foglietto che aveva nascosto dentro il giornale. Al centro del foglio, con una matita che aveva perso nella poltrona, aveva scritto in grande «Pugliese».

Ammettiamo che ci sia davvero qualcosa di strano in tutta la faccenda, pensò. Ammettiamo che Pugliese sia stato investito apposta... perché? E chi erano quei tipi del cimitero? E cosa c'entro io in tutto questo?

Romeo scosse la testa e appallottolò il foglio nella mano. Assurdo iniziare un'indagine in questo modo. Intanto era in licenza di convalescenza con un ginocchio che gli faceva male, poi, soltanto per una sensazione...

– Cazzate, – mormorò.

– Cosa? – La voce di Valentina alle sue spalle lo fece sobbalzare.

– Niente, pensavo ad alta voce.

– E a cosa pensavi? – Valentina si sedette sul bracciolo della poltrona e lui le infilò una mano sotto la maglia, accarezzandole la schiena, poi la tirò verso di sé e il giornale che teneva sulle gambe scricchiolò sotto il suo peso. Lei gli passò un braccio attorno alle spalle e lo baciò, questa volta a lungo, stringendosi a lui. Non aveva piú il naso freddo. Quando lo lasciò lo accarezzò su una guancia.

– Non ti sei fatto la barba, questa mattina, – disse. Romeo le prese la mano, baciandola sul dorso.

– E tu hai ricominciato a mangiarti le unghie –. Lei sorrise e ritirò la mano, chiudendola a pugno.

– E a te cosa importa? Non sai pensare a niente di meglio in questo momento? – Alzò un sopracciglio, con malizia, e Romeo annuí.

– Sí... tra poco devo prendere la medicina.

Lei lo colpí col gomito sul petto, poi lo abbracciò e lo baciò ancora, di slancio, ma all'improvviso si tirò indietro, sfuggendo alle sue labbra quando lui si chinò in avanti.

– Promettimi, – disse, – che non farai niente... che penserai solo a rimetterti e nient'altro.

Romeo cercò di baciarla ma lei voltò la testa di lato, ostinata, finché lui non disse: – Va bene, lo prometto, – e allora sorrise, gli passò le braccia attorno al collo e si strinse a lui, facendogli dimenticare completamente il ginocchio, Pugliese e tutta l'Arma dei carabinieri.

– Buongiorno, capitano.

– Buongiorno. Annunziata non c'è?

– È su col tenente De Vincenzi. Glielo chiamo?

– Sí, per favore... anzi, mi chiami anche il tenente, grazie.

Romeo appoggiò una mano alla scrivania e si lasciò cadere sulla poltrona del suo ufficio, con una smorfia. Il ginocchio gli faceva proprio male quella mattina. Era riuscito ad addormentarsi tardissimo e Valentina lo aveva svegliato quando si era alzata per andare a lavorare. L'aveva intravista nel dormiveglia, mentre si vestiva, aveva dormito malissimo un'altra mezz'ora, poi si era alzato anche lui. Si era infilato l'uniforme quasi senza accorgersene. Sono tutte cazzate, si era detto mentre abbottonava la giacca, vado in ufficio solo per controllare due o tre cose, cosí mi convinco e non ci penso piú.

Entrò per primo Annunziata, che lo salutò battendo i tacchi, poi De Vincenzi, che gli strinse la mano.

– Non sei in convalescenza? – gli disse, sfilando una sedia da sotto la scrivania. Romeo annuí.

– Lo sono, infatti e adesso torno a casa. Ho fatto solo un giro per vedere se va tutto bene... Annunziata, per favore, vuol controllarmi un numero di targa? Tutto quello che riesce a sapere, grazie –. Gli passò un foglietto con il numero della macchina del cimitero. Annunziata sbatté i tacchi, mormorò: – Comandi, – e uscí dalla stanza.

– Un cretino che mi ha strisciato la macchina ed è scappato, – spiegò Romeo a De Vincenzi, che annuí serio.

– Bastardo. Ma lo becchiamo... almeno quello. Ci dev'essere qualche sfiga strana sui carabinieri, in questo periodo. Lo conoscevi Miranda?

– No.

– Uno bravo, era stato anche nei Ros... un po' chiacchierato. *Bum*, un incidente nel Nord, secco –. De Vincenzi lanciò un'occhiata, rapida, alla porta. Abbassò la voce, sporgendosi sulla scrivania, verso Romeo. – Stava assieme a Fattori, quello delle bombe.

Romeo si strinse nelle spalle. – Sono fuori da quindici giorni, sto sempre chiuso in casa e non leggo neppure i giornali. E adesso me ne torno subito a casa.

– Bravo. Valentina come sta?

– Bene, grazie.

– Salutamela. Perché non vi sposate?

– Stiamo bene cosí.

Annunziata bussò alla porta ed entrò subito, come faceva

di solito. Si avvicinò alla scrivania e restituí il foglietto a Romeo.

– Sul foglietto c'erano due numeri, signor capitano, non sapendo quale glieli ho fatti ricercare tutti e due, per questo ci abbiamo messo un po' di tempo. Questa è un po' particolare.

– Questa quale?

Romeo avvicinò il volto al foglietto che Annunziata teneva in mano, segnando con l'unghia rotonda il numero scritto da Pugliese, quello della donna giovane al cimitero. Stava per dire «Ma no, quello non…» ma non fece in tempo.

– Ministero della Difesa, – disse Annunziata, – elenco a parte. Classificato.

– Ah, – disse De Vincenzi.

– Vabbe', non è quello, non c'entra. Quella era un'altra cosa. Mi interessa l'altro. Chi è il proprietario?

– Siamo noi, capitano. È un'auto dell'Arma.

Romeo cercò di controllarsi, mantenendo il volto impassibile, ma una contrazione nervosa del mento gli fece piegare, appena, le labbra. Evitò di voltarsi anche se sentiva che De Vincenzi lo stava guardando.

– Grazie, Annunziata, vada pure, – disse. Rimasero in silenzio finché non furono soli, poi De Vincenzi si alzò in piedi, appoggiandosi con le mani alla scrivania.

– Chi ti ha strisciato, l'auto nostra o quella dei Servizi? Perché o ti sei fatto strisciare da un collega con un'auto civetta o è la manovra di Alghero… sai quella che insegnavano ai servizi nelle basi di Gladio, ti seguo, tu freni e per evitarmi finisci che ti schianti da solo.

– Ma dài… – mormorò Romeo.

– Scherzo… non sei cosí importante. Però sono belle coincidenze, no?

Sí, stava pensando Romeo. Poi strinse le labbra, indeciso.

Aveva promesso a Valentina di non fare niente.

Però… però, però.

Solo una cosa, si disse, controllo ancora una cosa sola.

– Senti un po', – disse Romeo, – io proprio un'idea non ce

l'ho, è una... diciamo una sensazione. Pensieri che vengono a stare tutto il giorno in casa...

– Taglia corto.

– Taglio corto, cortissimo. La macchina dei Servizi ha qualcosa a che fare con Pugliese.

– Interessante, – disse De Vincenzi. – E quindi?

Romeo allargò le braccia.

– Non lo so, – disse, – ma ci sono troppi incidenti in questa storia. Fai un controllo su Pugliese... e anche su Miranda, senza dare troppo nell'occhio. E non chiedermi perché... non lo so neanch'io.

De Vincenzi aprí la bocca per dire qualcosa, ma non disse nulla. La richiuse e annuí, serio.

– Comandi, – disse. – Io controllo. Ma tu poi mi spieghi.

Valentina cantava sotto lo scroscio lontano della doccia, attutito dalla porta chiusa. Romeo la sentiva appena, concentrato nei suoi pensieri, con gli occhi chiusi e le mani allacciate dietro la nuca, fuori dal cerchio inutile che la lampada disegnava sulla sua scrivania. Miranda che muore in un incidente. La manovra di Alghero. Pugliese che si fa travolgere da un'auto. Un'auto dei Servizi che lo seguiva. Un carabiniere, forse, che lo fotografa al funerale...

Valentina smise di cantare e lo scroscio si interruppe. Romeo aprí un occhio ma lei riprese, mugolando a bocca chiusa, e dopo poco sentí anche il soffio cupo del phon.

Miranda e Pugliese. Fattori. Il fotografo del cimitero. L'auto dei Servizi...

– Cosa ci fai qui al buio?

Romeo sobbalzò, sbattendo una mano contro il ferro caldo della lampada.

– Ahi, Dio bono! Mi hai fatto paura...

Valentina accese la luce centrale. Era in accappatoio, scalza.

– Stai scrivendo le tue memorie? – chiese, e Romeo sorrise.

– È ancora presto, mi sembra. Aspetta almeno che diventi generale... o che faccia qualcosa –. La guardò, avvolta nell'accappatoio bianco, con i capelli rossicci ancora un po' bagnati, attorcigliati nei riccioli che le scendevano sulla fronte, e un piede nudo sollevato, appoggiato sul ginocchio.

– Cosí prendi freddo. Vai a vestirti.

– Tu sei già pronto?

Romeo annuí, anche se non era vero. Valentina aveva insistito per uscire quella sera e aveva resistito a tutte le sue scuse per rimanere in casa.

– Veramente il ginocchio mi fa un po' male... – tentò, massaggiandosi la gamba, ma lei scosse la testa.

– Non ci credo.

– Sei proprio sicura che mi farà bene uscire?

– Sicura. Cosí ti distrai e non pensi piú...

– A cosa?

Il volto di Valentina si contrasse per un attimo, un attimo soltanto che le indurí i lineamenti in un'espressione seria, impenetrabile. Solo un attimo, perché subito dopo sorrise, alzando un sopracciglio.

– Alla tua gamba... mi sa che sta diventando una scusa per farti servire. Va bene, povero invalido, sarò il bastone della tua vecchiaia.

Romeo rise e si chinò in avanti, allungando una mano per afferrarle un lembo dell'accappatoio, ma lei fece un salto indietro e corse fuori dalla stanza. Lui ascoltò lo schiocco dei suoi piedi nudi sul pavimento, poi sospirò e tornò ad appoggiarsi allo schienale della poltrona. Al diavolo tutta l'Arma, pensò, dal brigadiere Pugliese fino al generale Vulcis e al Comandante Generale dell'Arma, passando per il tenente De Vincenzi. Anzi, no, Pugliese no, poveraccio, lui era morto.

– Allora, andiamo?

Valentina era stata rapidissima. In pochi minuti si era vestita, truccata e pettinata. Si era infilata anche il soprabito.

– Dove mi porti? – le chiese, alzandosi, e lei lo prese sottobraccio.

– Prima andiamo a cena, poi andiamo al cinema e stiamo lí mano nella mano, come due fidanzati. Se il film è bello, forse puoi anche riuscire a baciarmi, chissà.

– Splendido. Attacco la segreteria e andiamo.

– Lascialo stare il telefono, facciamo tardi.

– Ci metto un minuto… ecco –. Romeo spinse il pulsante
della segreteria telefonica e lasciò che lei gli infilasse l'impermeabile e lo riprendesse sottobraccio. Uscirono di casa stretti
l'uno all'altra e si baciarono aspettando l'ascensore, proprio come due fidanzati.

Si svegliò che Valentina dormiva ancora e si stupí, perché
lei la mattina si alzava prestissimo per andare a lavorare, molto prima di lui. Poi si ricordò che era domenica e sorrise. Rimase a guardarla, voltata su un fianco, la testa sul cuscino, coperta dai capelli, un braccio sotto e uno sopra. Le sfiorò la spalla nuda con una mano, si chinò in avanti e la baciò, leggermente.
Valentina corrugò la fronte, sospirò e si passò la lingua sulle labbra, mormorando, senza svegliarsi. Allora lui appoggiò la testa
sul cuscino di lei, col volto vicinissimo al suo, tanto da sentirne il calore e il soffio morbido del respiro regolare. Rimase cosí qualche minuto, poi chiuse gli occhi e senza accorgersene si
riaddormentò anche lui.

Quando si risvegliò Valentina si era già alzata e il letto vuoto dalla sua parte, con le coperte rovesciate e il lenzuolo sgualcito e freddo, lo mise a disagio. Si passò una mano sulla faccia
e si alzò con uno sforzo, piú stanco di quando si era svegliato la
prima volta. Valentina era in cucina e stava preparando il caffè.
Romeo si sedette davanti al tavolo di formica bianca, curvo in
avanti, e fissò la tazza finché non gli si confuse la vista.

– Duro svegliarsi, eh? – disse Valentina.

– Mmmm, – disse lui. Aspirò l'odore caldo del caffè che lei
gli versava nella tazza.

– Oh! Sta' attento… ti scotto il naso –. Valentina si sedette davanti a lui e fece girare la bustina di tè nell'acqua calda,
lentamente, in cerchio.

– Se prendessimo tutti e due la stessa cosa sarebbe piú semplice, – disse lui, e lei annuí.

– Già.

– Un collega mi ha chiesto perché non ci sposiamo.

– E tu cosa gli hai detto?

– Che stiamo bene cosí.

Lei alzò gli occhi nei suoi e li riabbassò subito, un piccolo flash verde limpido.

– A parte la colazione, naturalmente, – disse Romeo. Beve il caffè e si scottò la lingua, come tutte le mattine. – Vado a prendere il giornale, – disse, alzandosi.

– Lascialo perdere, il giornale. È domenica, non succede mai niente di domenica.

– Allora leggerò l'oroscopo.

Il ginocchio, appena sveglio, non gli faceva male. Arrivò fino alla porta quasi senza zoppicare, ma fuori, sullo zerbino, il giornale non c'era. Romeo cercò di ricordarsi se il portiere lo avesse mai consegnato, di domenica, e aveva quasi deciso di no quando lo vide, su un tavolo, dietro un vaso da fiori, come se qualcuno avesse voluto nasconderlo, ma con poca decisione. Prese il giornale e disse: – Sei tu che l'hai messo... – ma non riuscí a finire la frase.

Un brivido freddo gli attraversò la schiena, ghiacciandogli le parole sulle labbra, prima ancora che il cervello, coscientemente, riuscisse a percepire quello che vedeva.

Ufficiale dei carabinieri si uccide accidentalmente con la sua pistola c'era scritto sulla metà piegata del giornale, ma era stato un particolare della fotografia, poco chiara, qualcosa di familiare, che gli aveva fatto riconoscere subito De Vincenzi. Dovette appoggiarsi al tavolo.

– Vuoi dell'altro caffè? – gli gridò Valentina. Romeo non rispose, aprí il giornale e lesse l'articolo, incorniciato sotto la scritta *Ultima ora*, che diceva soltanto come il tenente De Vincenzi si fosse sparato un colpo alla testa con la sua beretta d'ordinanza, probabilmente mentre la stava pulendo. I vicini lo avevano trovato sul letto, in pigiama, che rantolava.

Romeo si accorse che stava sudando.

De Vincenzi morto. Impossibile. Lo aveva visto solo il giorno prima, doveva controllare, dovevano sentirsi. Rapido come un fulmine un pensiero gli attraversò il cervello, qualcosa che lo fece scattare lontano dal tavolo, col giornale in mano, senza badare alle fitte al ginocchio, fino al suo studio. Accese la segreteria telefonica, spinse il tasto di riavvolgimento, poi lo spinse di nuovo, perché si era sbagliato. Tirò una sedia vicino alla scrivania e rimase ad ascoltare.

Prima silenzio, poi un fruscio e alla fine la voce, un po' nasale ma chiara, con le e aperte da lombardo, di De Vincenzi.

– Hai scelto proprio il momento giusto per uscire, disgraziato, ma io non ci riesco ad aspettare domani per dirtelo. Prima di venire a Bologna Pugliese e Miranda sono stati ancora assieme. Bolzenago, nell'Ottanta. Ora, Bolzenago era una stazioncina microscopica, in Veneto, comandata da un vicebrigadiere con due appuntati. Ma i fogli di viaggio, nell'Ottanta, li firmava un colonnello, di cui, però, non si capisce il nome. Cosa ci faceva un ufficiale superiore in un buco come quello? Be', la mia parte mi sembra di averla fatta, adesso aspetto che mi racconti il resto. Chiamami appena torni o domani mattina vengo a svegliarti all'alba. Ciao.

Il nastro si bloccò con un *clock* secco e rimase soltanto il fruscio del silenzio elettronico che friggeva nell'altoparlante del registratore. Romeo non si mosse, fermo, immobile. Sentiva qualcosa di strano all'altezza dello stomaco, come una punta fredda che lo solleticava, insistente. Ci mise un po' prima di capire che era paura.

Era una mattina umida, con un sole pallido che scivolava, piú che riflettersi, sulle foglie argentate dei baveri degli ufficiali, e Romeo, col mento abbassato sulla cravatta, pensò che quella era la seconda volta, in pochi giorni, che si trovava al funerale di un collega. Finirono in fretta e già alle dieci erano tutti sul vialetto che portava all'uscita. Romeo rimase indietro, infilandosi lentamente i guanti neri, poi alzò la testa e vide che il colonnello De Zan si era fermato e lo aspettava.

– Come va la gamba, capitano? – chiese il colonnello. De Zan era un uomo alto e magro, dall'età indefinibile. Le rughe finissime che gli coprivano il volto e i capelli bianchi lo facevano sembrare molto vecchio, ma gli occhi azzurri e la voce acuta erano di una persona piú giovane.

– Meglio, grazie.

– Sono contento. Che disgrazia, il povero De Vincenzi... è proprio un periodo nero per noi a Bologna. Il tenente De Vincenzi, il brigadiere Pugliese...

– Il brigadiere Miranda.

De Zan guardò Romeo, un'occhiata velocissima, di un secondo appena.

– Non lo conoscevo, – disse, – non era qui a Bologna, – poi prese Romeo per un braccio, come per sorreggerlo e si avviarono verso l'uscita.

– Lei lo conosceva bene il povero De Vincenzi, vero? – chiese De Zan. – Ha notato se era strano, depresso, negli ultimi tempi?

Romeo esitò a rispondere. De Zan ansimava leggermente, al suo fianco, e lo fissava, con i suoi occhi azzurri. Una volta, quando Romeo era ancora un giovane sottotenente, un capitano gli aveva detto che mai e poi mai, a meno che non fosse ubriaco e forse neanche allora, un carabiniere avrebbe fatto o pensato qualcosa senza comunque informare i suoi superiori. De Zan era il suo comandante.

– No, – disse. – Ma era un pezzo che non lo vedevo. Ci ho parlato per un minuto l'altro giorno, giusto due parole sulla mia gamba. Mi è parso tranquillo.

Perché lo aveva detto? Perché non aveva parlato del nastro che aveva in tasca, con l'ultima telefonata di De Vincenzi? De Zan era il suo comandante, il suo colonnello, e un carabiniere mai e poi mai... Ora glielo dico, pensò Romeo, ora glielo dico.

Arrivarono al cancello, dove l'autista attendeva con la portiera aperta, e De Zan si staccò dal braccio di Romeo, con un passo incerto, di lato, come per non perdere l'equilibrio. Appoggiò la mano sul cofano, proprio sopra la targa.

Bologna venticinque-trenta-trentotto-sei.

– Posso darle un passaggio, capitano? – chiese De Zan. – Capitano, mi sente? Vuole un passaggio?

Romeo si scosse. – La ringrazio, ma vengono a prendermi, – mentí, con un filo di voce. De Zan annuí e gli strinse il braccio, prima di appoggiarsi al carabiniere. Si chinò per entrare nell'auto, sfilandosi il cappello, e alzò una mano perché l'autista non chiudesse la portiera. Guardò Romeo con i suoi occhi azzurri e un sorriso incomprensibile sulle labbra sottili.

– Si riguardi, capitano, e si riposi, – disse. – Lei è in convalescenza, veda di non dimenticarlo.

Salutò con un cenno, rapido e distratto, e voltò le spalle, lasciando Romeo solo sul marciapiede, con la mano alla visiera.

Aveva appena finito di battere l'ultima riga del suo rapporto che squillò il telefono. Romeo lo ignorò finché non ebbe avvolto il foglio attorno al nastro con la voce di De Vincenzi, e non l'ebbe infilato in una busta sulla quale aveva già scritto il nome del generale Vulcis. Poi, dato che il trillo insisteva, irritante, si alzò e andò a rispondere. La voce acuta e affannata di Valentina lo aggredí prima ancora che riuscisse a dire *pronto*.

– Oh Dio, ci sei! Dio, Dio...

Romeo strinse la cornetta, spaventato. Valentina stava singhiozzando e dalla voce sembrava isterica.

– È successo qualcosa? – chiese. – Stai bene?

– Vattene! – urlò Valentina. – Vai via, esci subito di casa! Stanno salendo! È pericoloso!

– Cosa stai dicendo? Valentina, calmati, spiegati...

– Non c'è tempo, non c'è tempo! – Valentina ansimava, roca. Non l'aveva mai sentita cosí terrorizzata. Faceva quasi fatica a riconoscere la sua voce. – Vai via, scappa, stanno salendo! Sono sulle scale e stanno salendo per te!

– Ma chi? Cosa?

– Scappa! – Era un grido, che si ruppe in un conato violento. Un attimo dopo cadde la linea.

Romeo rimase immobile, con il telefono in mano, premuto sull'orecchio. Il cuore gli batteva. Un terrore irrazionale lo stava coprendo di brividi. *Stanno salendo per le scale... chi sta salendo per le scale?*

Si scosse e gettò la cornetta sulla forcella. Aprí il cassetto della scrivania e sfilò la pistola dalla fondina d'ordinanza, a fatica, perché le mani gli tremavano. Uscí dallo studio e fece scorrere l'otturatore, con lo sguardo fisso sulla porta d'ingresso, in fondo al corridoio, chiusa, immobile, silenziosa, ma riuscí a fare solo un passo perché a metà del secondo sbatté con la gamba rigida contro lo spigolo di un tavolino, proprio sopra il ginocchio. Perse l'equilibrio e cadde a terra, mentre la pistola gli sfuggiva di mano e scivolava lontana sul pavimento liscio. In quel momento uno schianto secco riempí il corridoio e la porta di legno si mosse, sfilando per metà la serratura dal muro. Romeo trattenne il respiro, fissando le ombre che si muovevano dietro la porta, riflesse sul pavimento, poi puntò le mani a terra e si alzò, senza badare al dolore che gli attraversava la gamba. Entrò nello studio proprio mentre un altro schianto spalancava la porta d'ingresso e si guardò attorno, senza sapere cosa fare. Corse alla finestra, l'aprí e uscí sul davanzale, goffo ma rapido, attaccato alle tende, aggrappato al muro come un ragno. Strisciò sul cornicione, tutto sbilanciato in avanti, con l'unico pensiero di allontanarsi il piú velocemente possibile dalla finestra, fino all'angolo del palazzo, ma lo slancio gli fece perdere l'equilibrio. Batté la testa contro il muro, voltandosi di fianco, agitò le braccia inutilmente e cadde di sotto, senza la forza di urlare.

La botta contro il portico gli mozzò il fiato, interrompendo la sua caduta. Romeo si rialzò subito, in ginocchio, con la testa che gli girava, chiedendosi perché fosse ancora vivo, e fece in tempo a notare l'ombra chiara di un volto, velata dalla tenda della sua finestra, prima che i coppi attorno a lui esplodessero, coprendolo di schegge rosse. Si chinò in avanti, con le mani sulla testa, e saltò di sotto, d'istinto. Cadde su una macchina in sosta, le gambe gli si piegarono e scivolò sul cofano, mentre una donna lanciava un urlo, dall'altra parte del marciapiede. Romeo scese, stordito, e rimase in mezzo alla strada, spazzandosi via, inconsciamente, la polvere dai capelli. Un'auto si fermò stri-

dendo accanto a lui, col paraurti a un centimetro dai suoi calzoni.

– Romeo!

Valentina suonò il clacson parecchie volte prima che lui riuscisse a riconoscerla, poi si chinò sul sedile e aprí lo sportello
dalla sua parte. Romeo saltò dentro e partirono, col motore su
di giri e la portiera aperta, dentro un senso unico.

– Stiamo per entrare in autostrada.

Romeo aprí gli occhi, scuotendo la testa. L'effetto aneste-
tizzante dell'adrenalina era finito e gli faceva male dappertutto, la testa, la schiena, una spalla. Gli sembrava che la gamba
fosse gonfia sotto la stoffa impolverata dei calzoni.

– Stiamo per entrare in autostrada, – ripeté Valentina, – la
tangenziale è finita.

– Entra in autostrada, allora.

– Lo sai dove stiamo andando?

– No.

Valentina annuí, senza dire nulla. Lui la guardò, riflessa nello specchietto retrovisore. Da quella angolazione le vedeva soltanto la bocca, le labbra rigide, un po' socchiuse, e le rughe
profonde. Rimase a guardarla, a fissare la sua bocca immobile,
che vibrava nello specchio, finché la tensione piano piano si
sciolse in un torpore doloroso e lui piegò la testa di lato, appoggiò la tempia alla sua spalla e si addormentò.

Si svegliò all'improvviso, con un gemito, perché aveva sognato quel volto appannato, velato dalla tenda bianca, con l'ombra della bocca spalancata.

– Dove siamo? – chiese, rauco. Valentina stava frugando
nella borsa.

– Siamo in un autogrill. Devo fare benzina. Ho soltanto venti euro... tu?

– Non lo so... sono uscito di corsa –. Sorrise, involontariamente e subito dopo richiuse le labbra in una smorfia tesa. –
Ho tre euro e una scheda del telefono.

Valentina strinse le mani sul volante, forte, con le nocche che le diventarono bianche.

– Mi hai mentito, – disse, dura.

– Valentina, senti...

– Mi hai mentito. Hai detto che non avresti fatto niente e invece...

– Valentina, ti prego, non è il momento... mi hanno sparato con un mitra, sono caduto dalla finestra su un portico e se ci prendono ci ammazzano tutti e due... pensiamo prima a salvare la pelle e dopo, se vuoi, chiederai il divorzio! – Si accorse che il benzinaio li stava guardando dal finestrino, con un'espressione strana, e abbassò gli occhi. Valentina pagò e lui stava per dire che avevano giusto i soldi per un caffè quando lei mise in moto e parcheggiò davanti all'autogrill, come se gli avesse letto nel pensiero. Sedettero a un tavolino, in silenzio, lui con la gamba rigida appoggiata a una sedia e lei col mento su una mano, a fissare le auto che attraversavano il piazzale.

– Hai un'idea? – disse Valentina, senza voltarsi, all'improvviso.

– Cosa?

– Hai un'idea di quello che sta accadendo e di quello che dobbiamo fare?

Romeo allungò una mano per prendere la sua, abbandonata sul tavolo, ma lei la sfilò da sotto le sue dita e lui sospirò.

– Valentina, io sono un carabiniere... certe cose mi viene di farle anche se non voglio. E anche tu mi hai mentito, tu sapevi, non so come, ma sapevi qualcosa e non mi hai detto niente! – Valentina si strinse nelle spalle, senza voltarsi. – Comunque, non lo so cosa succede. Ho messo il naso in qualcosa di grosso, che ammazza tutti quelli che ci hanno a che fare, me compreso. E non lo so come devo comportarmi, non so come muovermi perché non posso fidarmi di nessuno, neppure del mio comandante.

– E allora? – Valentina si voltò a guardarlo, finalmente, anche se aveva ancora quell'espressione impenetrabile. Ma fu lei ad allungare la mano e a toccare la sua.

– Allora vorrei fare in modo di restare vivo un altro po' per trovare il modo di rientrare e fare rapporto direttamente al comandante dell'Arma –. «Mai e poi mai un carabiniere», diceva il suo istruttore...

Romeo si mosse sulla sedia e sfilò il portafogli dalla tasca di dietro dei calzoni. Prese la scheda telefonica e la tenne tra le dita, riflettendo, poi si alzò e zoppicò fino alla cabina.

– Benvenuto in Infododici di Telecom Italia. Un operatore sarà subito a sua disposizione...

– Sí, desidera? Compagnia centrale carabinieri Roma, un momento...

– Carabinieri, Compagnia centrale. Il capitano Cerbara? Chi lo desidera? Comandi, capitano, ora glielo passo...

– Ohé, Romeo! Come va? Era un pezzo che... sí, ti ascolto, dimmi... certo, Mazzoni sta al Comando generale, tra un po' diventa maggiore, il bastardo... Il suo numero? Ho quello diretto dell'ufficio, te lo dò... Be', Romeo, dimmi un po', come te la passi a Bologna? Romeo? Pronto, Romeo? È caduta la linea...

– Capitano Mazzoni... Oh, Romeo, che sorpresa! Come stai? In che senso vuoi parlare col generale Vulcis? Mica adesso, per telefono... un rapporto? Sí, però... perché non segui la via gerarchica, è piú... Cosa stai dicendo, Romeo, calmati... pericoloso? Certo che ti credo, siamo compagni di corso, se mi dici che è una cosa importante ci credo... Senti, allora, facciamo cosí, vieni qua domani mattina e ti faccio parlare col generale... Stasera? A casa sua? Vabbe', tu vieni, poi vediamo cosa si può fare, ma stai calmo, Romeo, calmo...

Romeo sospirò, sollevato, agganciando la cornetta. Non sapeva ancora come avrebbero fatto a raggiungere Roma, ma si sentiva meglio, piú sicuro. Tanto sicuro che gli venne in mente di fare una cosa prima di tornare da Valentina, cosí, per provare.

– Ferrovie dello Stato, compartimento di Bologna... un attimo che le passo l'ufficio competente...

– Sí, mi dica... fogli di viaggio dell'Ottanta? Dio santo, siete ancora cosí indietro? Certo, sarà registrato, ovvio, però... dovrei guardare nell'archivio... Ah, be', capitano, se è proprio cosí necessario... La richiamo dopo... Resta in linea? Contento lei...

Romeo lanciò un'occhiata al display dell'apparecchio, che segnava ancora un euro e cinquanta centesimi, e chiuse gli occhi, appoggiandosi al muro, in attesa.

Un euro e venticinque.

Un euro e quindici.

Un euro.

Romeo riaprí gli occhi e guardò il display, preoccupato.

Ottanta centesimi.

Settanta.

– Pronto, è ancora lí? È fortunato, lo sa? Non dovrei dirglielo ma siamo in ritardo anche noi e l'Ottanta lo stiamo registrando proprio adesso, quindi... ecco le ricevute che le interessano, Bolzenago, provincia di Verona. Bolzenago-Reggio Calabria in gennaio, Bolzenago-Messina in aprile... ce ne sono tante, quale le interessa? Ah, vuole sapere chi le ha firmate? È un problema, perché qui c'è solo una sigla e non ci avete scritto sotto il nome a macchina, e qua invece non si legge. No, aspetti un momento, un po' si vede... colonnello, colonnello... colonnello Vulcis, ecco... colonnello Francesco Vulcis. Allora, capitano, è soddisfatto?

De Zan dormiva, con la testa appoggiata allo schienale della poltrona e un libro aperto sulle ginocchia. Il rumore, che lo svegliò, gli fece prima chiudere la bocca, poi aprire gli occhi.

– Marta? – mormorò.

– No, sono Romeo.

De Zan si scosse, appoggiando le mani sui braccioli per alzarsi, ma Romeo stese il braccio e gli puntò la pistola in mezzo agli occhi, vicinissima.

– È impazzito, capitano?

– Ne avrei tutte le ragioni, signor colonnello.

– Perché non si siede un momento e si rilassa un po'? Sono convinto che se ne parliamo risolviamo tutti i nostri problemi.

Romeo non si mosse. Rimase con la pistola puntata e il braccio teso. De Zan sorrise, ma la luce della lampada brillò sul sudore che gli velava la fronte.

– Cos'è questa storia? – chiese Romeo.

– È difficile dirlo. E complicato. C'è un punto da cui vuole partire, capitano?

– Sí, dall'inizio. Bolzenago. Cosa c'è a Bolzenago provincia di Verona?

– C'è l'Omissis 25.

– Come?

– L'Omissis numero 25 della relazione alla Commissione stragi. A Bolzenago c'era un deposito Nasco. Armi, esplosivi, roba di Gladio insomma, che poi hanno smantellato assieme al resto... – De Zan sospirò, asciugandosi la fronte con una mano. – Le sto dicendo cose che non dovrei, capitano. Dov'è mia moglie?

– È di là, con Valentina. Ma continui pure a dirmi queste cose che non dovrebbe, signor colonnello.

– Bene, direi che le circostanze scusano la mia indiscrezione. Cosa vuole sapere?

– Chi era Miranda?

– Un carabiniere cattivo.

– E Pugliese?

– Un carabiniere buono.

– E Vulcis?

De Zan chiuse gli occhi, scuotendo la testa.

– Basterebbe se le dicessi che abbiamo tutto sotto controllo? Che ci siamo anche noi su questa storia, che la sto seguendo io, personalmente, il suo comandante, basterebbe?

Aspettò in silenzio qualche secondo, mentre le gocce di sudore si fermavano in bilico sulle sue sopracciglia bianche. Poi riaprí gli occhi.

– No? Va bene. Dal deposito di Bolzenago è venuto il T4 per la strage... non le dico quale ma può immaginarlo. Ordine superiore, Vulcis lo fa prendere a Miranda che lo consegna a Fattori che lo prepara e lo porta a... a quelli che lo mettono. Era cosí che andavano le cose allora, in certi settori. Pugliese niente, non era, diciamo cosí, abbastanza fidato per certa gente...

De Zan smise di parlare perché la pistola davanti a lui si era mossa. Romeo spostò il peso sull'altra gamba perché il ginocchio gli faceva male, poi fece un passo indietro e tastando con la mano si chinò fino a sedersi su una poltrona.

– Continui, signor colonnello.

– Non c'è molto, ancora. Ultimamente Pugliese aveva ricominciato a pensare a quella storia. Era successo qualcosa che gliel'aveva fatta tornare in mente. Aveva fatto due piú due ed era venuto a farmi rapporto. Io avevo aperto un'indagine e stavo procedendo, riferendo come di dovere al magistrato competente.

– Intanto il generale Vulcis stava per diventare il direttore del Sismi e questo scheletro nell'armadio gli faceva paura. Cosí ha usato i suoi amici nei Servizi per eliminare tutti i testimoni.

De Zan non disse nulla. Romeo lo guardò, poi scosse la testa.

– No, – disse. – Non è questo. Ha detto che è successo qualcosa che ha fatto pensare Pugliese. Cosa?

– L'onorevole Azzaro, ministro dell'Interno. Azzaro è di Vernessa, che sta a tre chilometri da Bolzenago. Frequentava la caserma, e Pugliese lo aveva visto un sacco di volte. Assieme a Fattori. Ci sono buone possibilità che ci fosse anche lui, a mettere la bomba. Questo Pugliese non poteva sopportarlo.

– Neanch'io, – disse Romeo.

– E neppure io, – disse De Zan.

– Non le credo, signor colonnello. Pugliese ha fatto rapporto a lei, come stavo per fare io, e lei ha avvertito il generale Vulcis!

De Zan scosse la testa e sorrise, alzando una mano, con le dita che gli tremavano.

– No, no, capitano... lei è fuori strada. Tutte queste cose che le ho detto sono frutto delle indagini che ho fatto e sono già state comunicate al magistrato.

– Chi è il magistrato?

– Il sostituto procuratore Matteo.

– Matteo l'Insabbiatore?

– Non sono problemi nostri, questi, quella è la magistratura. Noi siamo carabinieri, capitano Romeo, portiamo la stessa divisa...

– Stia zitto! – Romeo alzò il cane della pistola e si sporse in avanti, spingendola ancora piú vicino al volto del colonnello, che chiuse gli occhi, con una specie di singhiozzo. Rimasero cosí, immobili, per quasi un minuto. Poi De Zan riaprí gli occhi e si passò la lingua sulle labbra sottili. Non sudava piú e sul volto era tornata quella ragnatela finissima di rughe che lo rendeva impenetrabile.

– Vogliamo cominciare a ragionare, adesso? – sussurrò. – Già il fatto che sia venuto da me, anche se con una pistola, è un buon segno. Quando ero un allievo, tanti anni fa, il mio istruttore diceva che un carabiniere, mai e poi mai...

– Lo diceva anche il mio.

De Zan sorrise. – Bene. Allora mi dica... cosa intende fare? Mi spara, poi va dal procuratore della Repubblica?

Romeo non rispose.

– Adesso le faccio tre domande, capitano. Si ricorda il generale Dalla Chiesa, quando diceva che i galloni da carabiniere se li sentiva cuciti addosso? Ecco, si sente cosí anche lei? Lei ci crede nel suo lavoro?

Romeo annuí, con un cenno breve del capo.

– Bene. Ora la seconda domanda... Pensa anche lei che una cosa come questa, carabinieri... diciamo cosí... deviati coinvolti nella strategia della tensione, sarebbe lesiva, profondamente lesiva per l'Arma, se diventasse pubblica nel modo sbagliato?

– Sí, – disse Romeo, piano, poi ripeté: – Sí, – piú forte.

– Ecco, allora, se lei mi dà la pistola io le assicuro, come l'hanno assicurato a me, che il generale Vulcis entro una settimana darà le dimissioni per motivi di salute, come tutti i suoi collaboratori. I panni sporchi ce li laviamo in casa, capitano Romeo. E ce li laviamo bene, finché non tornano bianchi.

– E l'onorevole Azzaro?

– A quello ci pensa Matteo... Matteo l'Insabbiatore. Gliel'ho detto, capitano, non sono affari nostri. Io ho fatto rapporto al magistrato e quello che farà riguarda loro. Noi siamo carabinieri, capitano, noi facciamo il nostro dovere. E basta.

De Zan allungò una mano, ma Romeo si tirò indietro. Piegò soltanto il gomito, appoggiandolo al ginocchio, perché aveva il braccio indolenzito, con la pistola sempre puntata sul colonnello. De Zan sospirò.

– Allora adesso le faccio la terza domanda, e se a questa mi risponde no, allora non le resta che darmi la pistola. Lei crede veramente di riuscire a cavarsela, cosí, da solo? Che io menta o sia sincero, in ogni caso, se esce di qui, crede veramente di riuscire a rimanere vivo assieme alla sua Valentina per piú di ventiquattr'ore?

Romeo fissò gli occhi azzurri di De Zan, immobili nei suoi.

– No, – disse. – No.

«Il generale Vulcis lascia il servizio attivo per una grave malattia che ne impone il collocamento a riposo. Succede nell'incarico il generale Antonio Lombardo. E ora un servizio sul maltempo di...»

Romeo puntò il telecomando e spense il televisore. Valentina si mosse, mormorando nel sonno, con la testa appoggiata alla sua spalla. Lui le passò le braccia dietro le spalle e sotto le gambe e si sollevò dalla poltrona, facendo forza sul ginocchio ormai guarito.

Era l'ultimo Tg della notte, era tardi, e lui domani avrebbe dovuto alzarsi presto.

Riprendeva servizio.

L'ombra sul muro

Mi ricordo che quando ero piccolino a volte rimanevo a dormire a casa di mia nonna, nella stanza degli ospiti. In piedi sul letto, una gamba dopo l'altra, poi seduto a imbucare le braccia, entravo in un pigiama che la nonna teneva in un cassetto, solo per me, e mi infilavo tra le lenzuola rigide che odoravano di nuovo, perché di ospiti, a parte me ogni tanto, mia nonna non ne aveva mai.

Mi ricordo che per tanto tempo non riuscii a dormirci in quella camera degli ospiti. Il materasso era duro e mia nonna russava dall'altra parte del corridoio ma non era per quello che rimanevo sveglio, con gli occhi stretti, fermo sul fianco a respirare appena, il più piano possibile.

C'era un'ombra sul muro, che mi faceva paura.

Mia nonna teneva un lumino, una candela tozza e rossa, dentro una cupola di vetro smerigliato. Stava sotto l'immagine di una Madonna col cuore trafitto da una spada ed era sempre accesa, giorno e notte, sul piano di un cassettone ai piedi del mio letto. L'ombra che si proiettava sul muro appena la luce del lampadario si spegneva e rimaneva soltanto quella sanguigna e tremolante del lumino era un'ombra strana, allungata, come piegata in avanti, verso di me. Finiva in alto, quasi contro il soffitto, con due sporgenze arcuate e appuntite che nella mia fantasia di bambino erano le corna di un diavolo in agguato. Fermo nel buio, il diavolo mi guardava, ridendo a bocca aperta, e aspettava soltanto che mi muovessi per balzarmi addosso e farmi a pezzi.

Ero terrorizzato.

Una notte sentii mia nonna che si muoveva nel corridoio. Si era alzata per andare in bagno e aveva acceso la luce cancellando per un attimo l'ombra del diavolo, così mi feci coraggio e di slancio, ma piano piano, sussurrai: – Nonna.

– Cosa c'è? Perché non dormi?

– C'è un'ombra che mi fa paura.

– Un'ombra di che?

– Non lo so... un diavolo, credo.

Mia nonna non disse niente, solo «Mmm», con un tono sospetto che non riuscii a capire. Spense la luce nel corridoio e l'ombra del diavolo tornò a disegnarsi minacciosa sul muro, ma non feci in tempo a chiudere gli occhi. La nonna mi prese sotto le ascelle, mi sfilò fuori dalle lenzuola e mentre sollevavo le gambe, stringendomi a lei per non perdere i calzoni del pigiama, mi portò sotto la luce del lumino. Avevo la testa schiacciata sul suo petto e sentivo nelle orecchie il martellare impazzito di un cuore, e non ricordo se fosse il suo, che batteva per lo sforzo di tirarmi su così all'improvviso, o il mio, che batteva di paura. Però guardai e vidi che le corna che si allungavano sul muro non erano altro che l'ombra di Fra' Martino, un cavatappi di legno a forma di frate con il ricciolo di metallo che gli usciva un po' blasfemo dalla tonaca e quella di un busto fermalibri di Dante, di metallo massiccio, che io chiamavo «La zia» perché aveva lo stesso naso e lo stesso sguardo arcigno di mia zia Caterina.

Tornai tra le lenzuola in un attimo e non ricordo se fossi più sollevato perché il diavolo sul muro della stanza degli ospiti non c'era più, o più arrabbiato con me stesso per aver avuto tanta paura di Fra' Martino e della Zia. L'unica cosa che ricordo è che appena toccai il cuscino chiusi gli occhi, e che come chiusi gli occhi mi addormentai.

Fu in quel momento che l'ombra sul muro si mosse.

Io non me ne accorsi, perché dormivo, ma l'ombra cornuta girò la testa, e ridendo a bocca aperta mi guardò.

Come uno zombie

La notte in cui divenni suo lei ballava nuda sulla spiaggia alla luce di un fuoco di vecchie assi da barca. Pestava sulla sabbia i piedi scalzi al ritmo serrato di un tamburo, e intanto girava intorno alla fiamma in una spirale frenetica e stretta. Quando si allontanava, i raggi della luna si specchiavano bianchi sul velo di sudore che copriva la sua pelle nera, facendola sembrare di ghiaccio. Quando si avvicinava al mare, i riflessi della notte sulle onde scure la facevano diventare livida e bluastra, come un fantasma. Ma quando tornava vicino al fuoco si accendeva di rosso e di giallo, come una fiamma, una fiamma viva che ondeggia e gira e muove i fianchi e le gambe e le braccia e sorride, con gli occhi chiusi e i denti bianchi scoperti, sorride a qualcosa che nessuno può vedere. Seduto sulla sabbia, unico bianco a battere le mani, a ridere di desiderio e a sudare rum di canna nel cerchio dei tagliatori haitiani, c'ero io. Come potevo resistere? Come potevo non cascarci?

Loa lavorava per me. Cosa facesse esattamente non lo sapevo, ma quando la vidi nel cortile della mia Inc., la prima volta, aveva addosso una maglietta dell'azienda, quella che portano i piantatori, i tagliatori, i portatori... tutti. – Attento, *monsieur le patron*, – mi disse Eliàs quando gliela feci notare con un colpo di gomito, – quella è pericolosa, quella è strana... quella è una mambo –. Non sapevo neanche di cosa stesse parlando. E non mi interessava saperlo. Fissavo ipnotizzato le sue lunghissime gambe nere, la tela di jeans dei calzoncini tesa sulle natiche, la fossetta che aveva alla base del collo, lucida di sudore, la stoffa bianca della maglietta che le si alzava dritta sul

seno... E quando si voltò e per un attimo incrociò i miei occhi
con i suoi, e con la punta di un dito si scostò dalla fronte un
ricciolo crespo, e tese appena le labbra in un velocissimo sorriso, sentii che il cuore mi si fermava di colpo. – Mambo un
cazzo, – dissi a Eliàs, – se non mi porti da lei licenzio te e tutta la tua famiglia.

La notte in cui divenni suo, Loa sorrise ancora, velocissima,
e anche se teneva sempre gli occhi chiusi vedevo, capivo, sapevo che stava sorridendo a me. Quando mi si avvicinò, per un
attimo, ebbi paura. Non dovevo neanche essere lí. Io, *monsieur
le patron*, che invece di essere in ufficio a studiare le carte per
resistere a una difficilissima fusione dell'azienda con una mul-
tinazionale giapponese, me ne stavo a bere rum con i miei operai. Io, sposato e con figli, che invece di essere a casa con mia
moglie sbavavo di desiderio per una dea nera. Io, un bianco, in
mezzo a un vero rito voodoo.

Quella notte Loa mi si avvicinò, mentre il ritmo dei tamburi e delle mani si faceva piú intenso e serrato e mi pulsava fin
dentro le tempie. Si avvicinò, lucida di fuoco, vibrante e tesa
come una fiamma, un lungo coltello in una mano e un gallo bianco nell'altra, stretto per le zampe. Si avvicinò inarcando la schiena e abbassandosi sui talloni, lentamente, le sue ginocchia piene che mi scivolavano lungo i fianchi, le cosce nere che mi stringevano, e quando la sentii ardere oltre la stoffa sottile dei miei
calzoni capii che non avevo piú scampo e che avrei fatto qualunque cosa, qualunque cosa. Allora lei aprí gli occhi e mi
guardò, disse: – Lo sai che da oggi sarai per sempre mio, – e
quando io dissi: – Sí, – ansimando, – sí, sí, – lei sorrise, veloce, e con un colpo netto tagliò la testa al gallo, inondandomi di
sangue. Mi persi in quel calore umido, e mentre luci abbaglianti
mi danzavano attorno pensai: «Sí, sí... per sempre tuo».

La mattina dopo mi svegliai nella foresteria dell'azienda, con
un mal di testa micidiale e i postumi violenti di una sbronza.
Eliàs non mi aveva portato a casa, nudo e sporco com'ero e cosí stordito che aveva dovuto mettermi lui sotto la doccia poi infilarmi a letto. – Come uno zombie, *monsieur le patron*, come

uno zombie... – Zombie un cazzo. Sesso sfrenato e rum di canna, altro che voodoo. E soltanto mezz'ora per rimettermi a posto prima dell'incontro con i giapponesi.

Harada-san era un uomo che non sorrideva mai, ma quella volta sporgeva le labbra in avanti come se succhiasse l'aria e mi sembrò che quello fosse un sorriso. Non lo so, perché non lo guardai per molto. Nella sala riunioni della Inc. non c'era solo lui. C'era anche Loa, i capelli crespi da selvaggia raccolti in una crocchia stretta dietro la nuca, il seno, le cosce e le natiche fasciati da un tailleur grigio acciaio. Portava anche gli occhiali, leggeri, con una montatura sottile di tartaruga.

Seria, ondeggiando lenta sui tacchi, mi si avvicinò e mi porse una cartella con il marchio della Harada. Dentro c'era un accordo infame, un contratto di fusione in cui cedevo tutto, diventando in cambio vicedirettore di niente. E Loa, Loa che aveva davanti al nome una serie di dott., phd., master in marketing e gestione aziendale, Loa sarebbe stata il mio capo assoluto.

Stavo per gettargli tutto in faccia a lei e a quel giapponese, quando Loa allungò un dito e fece scivolare il contratto piú in basso, nella cartella. Sotto c'era una fila di fotografie a colori, scattate col flash, che mostravano il sottoscritto al centro di un rito pagano, nudo, ubriaco e coperto di sangue di gallo. Accanto, un elenco di indirizzi di giornalisti e personalità varie cui mandarle. Il primo era quello di mia moglie.

Fu in quel momento che Loa sorrise. Avvicinò il suo volto al mio, e mentre mi porgeva la penna mi sussurrò: – Per sempre mio, *monsieur le patron*, per sempre mio.

Come uno zombie.

Il giorno di San Valentino

Sono morto il 14 febbraio, il giorno di San Valentino. So anche l'ora, le quattro e trenta, di notte. Per i secondi è piú difficile, non ho fatto in tempo a vederli, ma credo che fossimo piú o meno a metà del trentesimo minuto, venti, venticinque, ventisei secondi, forse.

È stato Macho.

Glielo dicevamo sempre, sei bravo con le mani, niente da dire, se c'è da fare a botte o da pestare qualcuno sei tu, nessun altro, sei tu. Ma con la pistola no. Si fece partire un colpo la prima volta che gli capitò di usarla, e me lo ricordo il proiettile con la punta di rame che schizzava per tutta la macchina, rimbalzando impazzito, finché non uscí da un finestrino. Quella volta fu un caso se non ammazzò nessuno, ed era la prima che la tirava fuori.

La seconda fu quel 14 febbraio, alle quattro e trenta e venticinque, ventisei secondi circa.

Il giorno di San Valentino.

Macho disse: che ore sono? E Lombardini non si mosse, le mani affondate nelle tasche del giubbotto di jeans.

Perché, non ce l'hai l'orologio?, chiese, e Macho: no che non ce l'ho, mi si è rotto quando ho tirato quel cazzotto all'albanese, te lo ricordi che cazzotto gli ho tirato? Minchia, che cazzotto, e chiuse il pugno, serrando i denti e abbassando la testa tra le spalle, il braccio che si stendeva in avanti, lento e preciso, stirando al manica del bomber.

Mica lo so cosa m'ha fatto saltare il cinturino, però cosa gli ha fatto saltare i denti all'albanese quello lo so, minchia se lo so!, e rise.

Sono le due e un quarto, disse Lombardini. Mancano piú di due ore all'appuntamento, che si fa rientriamo?

Col cazzo, disse Macho. Voglio mettere a posto una cosa. Dài, fammi guidare.

Lombardini si attaccò al volante della Punto, sollevò il sedere e saltò oltre il cambio, lasciandosi cadere sul sedile di fianco. Macho non ci sarebbe riuscito, grosso com'era, per cui uscí, lasciando la portiera aperta, e fece il giro. Lombardini si sporse fuori, con un sospiro, e si attaccò alla maniglia, chiudendo la portiera con uno schianto. Macho si sedette al volante e mise in moto. Poi lo guardò e sorrise.

Andiamo dalla Mari, disse. In fondo, oggi è San Valentino.

Si può dire che sono morto per amore. Si può dire? Sí, piú o meno... era un amore che stava per finire, un amore stanco, ma succede sempre cosí, uno è indeciso, vorrebbe troncare, sente che è sbagliato, che va male, poi c'è qualcosa che dovrebbe fartelo capire, dartene il motivo e la forza, e invece no, è il momento che ti ci attacchi, ciecamente, ostinatamente, e ci resti. Lo so, è confuso, ma sono confuso anch'io. E credo che sia il minimo che ci si possa aspettare da me.

Io sono morto.

Quella troia, disse Macho, contando i soldi. Faceva tanto lo sfigato poi ce li aveva nella borsetta, lo stronzo. Capito? nella borsetta... ma per chi ci ha preso? Dei dilettanti?

Aprí le banconote a ventaglio, ne scelse alcune, sfilandosele dalle dita, e le passò a Lombardini.

Ecco qua, disse, fisty fisty.

Si dice fifty fifty.

Chi se ne frega, sono sempre soldi.

Macho puntò deciso verso la macchina, poi, all'improvviso, deviò sotto il portico e si sedette su una panchina, frugandosi nella tasca del bomber per cercare le sigarette. Lombardini sospirò e lo seguí. Incrociò le braccia sul petto, in piedi accanto alla panchina, piantato dritto come un palo, in silenzio.

Voglio fumarmi una sigaretta, disse Macho, e Lombardini non disse niente.

Frocio di merda, disse Macho.

Come hai detto? chiese Lombardini.

Frocio di merda. Mi ha graffiato le nocche con un dente.

Ah.

Frocio di merda.

Vaffanculo, Macho.

No, vaffanculo te. Cosa c'è? Eh? È tutta la sera che mi rompi i coglioni, anzi, è tutta la settimana. C'è qualcosa che non va? Cosa c'è? Vuoi che facciamo piú soldi? Ti sei stufato? Hai paura?

Macho non aveva ancora acceso la sigaretta. L'accartocciò tra le dita di una mano e la gettò per terra. Si alzò di scatto, faccia a faccia con Lombardini, che fece un passo indietro.

Siamo appena entrati nel giro grosso, è questo che ti fa strano? Ti pippa il culo? Lo sai quanti soldi ci sono? E mica è spremere quattro tossici di merda, questi sono fighetti, bimbo, questi si cagano addosso con gente come noi, questa è cocaina.

Sí, vabbe', disse Lombardini, ne abbiamo già parlato. Però...

Però cosa?, disse Macho. Prese Lombardini per il bavero del giubbotto, lo sollevò quasi, e lo spinse indietro finché non batté con la schiena contro una colonna.

Però cosa? Eh? Vuoi tirati indietro? Vuoi lasciar perdere? Mi vuoi lasciare?

C'era un uomo con un cane, un cane lupo nero, che si era fermato proprio dietro di loro, sotto il portico, la schiena arcuata e la bocca spalancata, nello sforzo. Attaccato al guinzaglio c'era un uomo anziano, un ometto dai capelli bianchi, che cercava di nascondersi nel cono d'ombra di un lampione. Macho gli lanciò un'occhiata, velocissima, poi tornò a voltarsi verso Lombardini, come se l'ometto non ci fosse.

Tu prova a lasciarmi, gli ringhiò, e io ti ammazzo. E gli tirò uno schiaffo, che gli schiacciò il mento sulla spalla.

Ohi, ohi, disse l'ometto.

Testa di cazzo, mormorò Lombardini, e fece per staccarsi dalla colonna, ma Macho gliene tirò un altro, dall'altra parte, schiacciandogli il mento sull'altra spalla.

Ohi, ohi, disse l'ometto, buoni, voi due, o chiamo la polizia!

Macho infilò la mano nella tasca dei calzoni, quella dietro, e tirò fuori il portafogli. Lo tenne aperto con il pollice, il braccio teso verso l'ometto, per fargli vedere bene il distintivo.

Siamo noi la polizia! Fuori dai coglioni, se no ti sparo al cane! È vietato farlo cagare in mezzo alla strada!

Lo seguí con la coda dell'occhio mentre si allontanava in fretta, tirando il cane che scivolava sulle zampe di dietro, ancora arcuato a semicerchio e impiccato dal guinzaglio.

Io non l'ho mai detto, mormorò Lombardini. Macho tornò a guardarlo. Si fissarono un po', occhi negli occhi, in silenzio, e il primo ad abbassare lo sguardo fu Lombardini, che si strinse nelle spalle.

Io non l'ho mai detto di lasciarti.

Macho alzò un braccio, piano, gli passò una mano dietro la nuca, gli infilò le dita tra i capelli e tirandolo verso di sé lo baciò sulla bocca, inclinando la testa, un po', e chiudendo gli occhi.

Sono morto il 14 febbraio, giorno di San Valentino.

Alle quattro e mezzo di notte, secondo piú secondo meno.

Che ore sono?, chiese Macho, finendo di allacciarsi i pantaloni. Lombardini si torse sul sedile inclinato per raggiungere l'orologio che aveva messo dietro, sul giubbotto, quando se l'era tolto. Ma non ce n'era bisogno, perché Macho girò la chiavetta d'accensione, illuminando il quadrante del cruscotto.

Quattro e un quarto.

Mise in moto e uscí dal piazzale di San Luca, imboccando la strada che scendeva dai colli. Guidava veloce, tagliando le curve, e quando arrivò al semaforo accese anche il lampeggiatore che Lombardini aveva attaccato al tettuccio attraverso il finestrino aperto. Solo un momento, un ululato prepotente per saltare l'incrocio e infilarsi nei viali, poi Lombardini staccò l'elettrocalamita e rimise dentro la palla blu, perché non era il caso di arrivare cosí all'appuntamento.

Fermarono l'auto un po' prima della piazzetta, coperti da un angolo. Macho fece scorrere la zip del bomber e schiacciandosi con la schiena contro il sedile sfilò la Beretta dalla cintura, controllando il caricatore.

Non ci serve, disse Lombardini.

Non si sa mai, disse Macho.

Se ci serve ci penso io. Io ho centoquaranta al poligono, tu a momenti ci ammazzi tutti, quella volta.

Macho non disse niente. Fece scorrere l'otturatore, infilando il colpo in canna, abbassò il cane trattenendolo col pollice e rimise la pistola nella fondina, lasciando la zip abbassata. Lombardini scosse la testa, poi aprí la portiera e lo seguí.

Nella piazzetta erano in tre, seduti sullo schienale della panchina. O meglio, due erano seduti sullo schienale, le braccia appoggiate alle ginocchia e il mento su una mano, e uno era giú, sulle strisce di ferro del sedile, ma era cosí alto che arrivava quasi al livello degli altri due. Erano magri, tutti e tre, scuri di carnagione, e vestiti male, giacche di pelle troppo piccole, jeans che sembravano sporchi, scarpe da ginnastica.

E questi sarebbero i fighetti che si cagano addosso?, disse Lombardini, piano, dietro una mano.

Questi sono quelli che hanno la roba. I fighetti sono quelli che gliela vendiamo.

Mi sembrano albanesi, disse Lombardini, ancora piú piano, sempre dietro la mano.

Sono slavi. Montenegrini, o serbi.

Lombardini si fermò di colpo, e visto che Macho continuava a camminare si sporse in avanti, afferrandolo per un braccio e tirandolo indietro.

Che cazzo hai detto?

Che sono slavi. Che ho detto? Montenegrini, serbi, quella merda là.

Ti tira il culo? È la gente di Misha.

Non so neanche chi cazzo è questo Misha. È gente che ci vende la coca che poi vendiamo ai fighetti.

Oh, porca puttana, mormorò Lombardini, tra le mani. Intanto Macho aveva ripreso a camminare, deciso e sicuro, il calcio della pistola che usciva dalla zip del bomber, ed era arrivato quasi a metà della piazzetta. Lombardini lo seguí, tenendosi piú lontano, in modo da arrivare alla panchina parallelamente a Macho, ma sull'altro angolo. Uno dei tre si girò su di lui e gli piantò gli occhi addosso, senza abbassarli mai. Lombardini pensò: cazzo, ho anche il giubbotto chiuso.

Chi di voi è Scimmia?, disse Macho.

Simja, disse quello alto. Si dice Simja.

Scusa tanto. Sei te? Ce l'hai la roba?

Perché ci siamo visti qui ? Perché non siete venuti al bar di Misha?

Perché siete intercettati, ecco perché. Avete i microfoni anche nel cesso. Visto la buona fede? Vi sto anche dando una dritta... dov'è la roba?

Dove sono i soldi?

Non erano questi i patti. Conto vendita, paghiamo la roba con gli incassi.

Non erano questi i patti. Prima un anticipo, poi pagate il resto con gli incassi.

Macho e Simja si guardarono, occhi negli occhi. Lombardini fece un passo di lato, seguito dallo sguardo del suo slavo. Pensò: cazzo, ho anche il giubbotto chiuso.

Voglio parlare con Misha, disse Macho.

Sono suo figlio, disse Simja, è come se lo stai facendo.

Lombardini si mosse ancora. Un passo di lato, senza quasi staccare le suole da terra. Adesso era all'incirca oltre l'angolo della panchina, e il suo slavo doveva girare la testa per tenerlo sotto controllo. Pensava: cazzo, il giubbotto.

Macho mise i pugni sui fianchi. Il calcio della beretta gli sfiorava il dorso della mano destra.

Senti, Scimmia, io sono un poliziotto, lo sai, no? Posso farti un culo cosí, a te e a tuo padre, vi faccio chiudere il bar, vi ritiro il permesso di soggiorno e vi faccio rispedire a Sarajevo sullo scafo con cui siete venuti, tu, tuo padre, tua mamma e tua sorella.

Simja strinse i denti. Mise una mano sul ginocchio di quello che aveva di fianco, che non aveva mai staccato gli occhi da Macho e che adesso stava inarcando la schiena.

Primo, disse, io mi chiamo Simja. Secondo, noi veniamo da Belgrado e non da Sarajevo, perché siamo serbi e non bosniaci di merda. Terzo, mia sorella è morta in un bombardamento e mia madre la lasci stare. Quarto e anche quinto, voi due non fate un cazzo, non valete un cazzo perché non siete poliziotti. Siete solo due sbirri corrotti e anche froci.

Aveva contato sulle dita, e le ultime parole le aveva dette battendo sulla punta del mignolo, senza sorridere, serio e preciso come dal primo momento in cui li aveva visti arrivare nella piazzetta.

A chi hai detto froci?, disse Macho.

Lascia perdere, disse Simja.

Macho: A chi hai detto froci?

Simja: Lascia perdere.

Macho: A chi hai detto froci, testa di cazzo?

E rapidissimo, prima ancora che qualcuno riuscisse a muoversi, sfilò la pistola dalla fondina e fece un passo indietro, e anche di lato.

Se ci ripenso, è come se la vedessi al rallentatore, la mia morte. Come in quei racconti di gente finita in coma, all'ospedale, che galleggia sul soffitto e sotto vede i medici che si dànno da fare e si muovono in una luce bianca, con i movimenti rallentati. Ecco, anche per me è cosí.

Vedo Macho che tira fuori la beretta e alza il braccio per puntarla, e quasi me lo vedo frontale, perché si è fatto indietro di almeno un passo. Giuro che ho pensato cazzo, e proprio perché mi trovavo troppo vicino alla sua linea di tiro, guarda un po', ho pensato cazzo, no, sono proprio qui davanti. Non agli slavi, non a quello che mi teneva gli occhi addosso, non alla mia pistola sotto il giubbotto chiuso, ho pensato, Cristo, Macho, ora spara e ammazza me.

Poi, dopo, quando siamo scappati, fermi in campagna non so neanch'io dove, Macho me l'ha spiegato quello che voleva fare. Voleva fargli paura, soltanto paura, dirgli: A chi hai detto froci, stronzo!, poi andarcene con la nostra roba. E magari con lo sconto.

Macho sfilò la beretta dalla fondina che portava alla cintura. Stese il braccio, facendo un passo indietro, e appoggiò la bocca della canna sulla testa di Simja, all'angolo della fronte, il polso leggermente ruotato e inclinato verso il basso.

Sfiorò il grilletto, appena appena, e gli partí un colpo.

Simja piegò la testa di scatto e scivolò col sedere sulla panchina, come lo avessero tirato giú per le gambe. Lo slavo che fissava Lombardini chiuse gli occhi sotto lo schizzo di sangue che gli investí la faccia, e quello dall'altra parte rimase pietrificato, saltando appena sullo schienale, come su una sella, quando nella piazzetta risuonò lo sparo.

Lombardini, non disse niente. Guardò Macho, guardò Simja, poi fece un passo indietro anche lui, si aprí il giubbotto per prendere la pistola e tenendola a due mani la puntò sugli slavi.

Vi ammazzo, disse Macho, muovetevi e vi ammazzo, e intanto rinculava, camminando all'indietro.

Fermi tutti e due, disse Lombardini, camminando di fianco, le mani strette al calcio della beretta, come insegnano alla scuola.

Siete morti, disse lo slavo insanguinato, immobile sulla panchina. Misha vi cerca, Misha vi trova, Misha vi ammazza. Siete morti da questo momento, tutti e due.

Macho guarda il suo caffè che si rapprende nella tazzina e non si capisce a cosa pensa. Ci ha rigirato dentro il cucchiaino, poi ha smesso e l'ha lasciato lí, a macchiare di schiumina marrone la formica bianca del tavolino.

Ci siamo fatti spostare al turno di giorno. Non so neanch'io perché. All'inizio, appena usciti dalla piazzetta, dopo che Macho aveva smesso di piangere, abbiamo provato a pensare come potevamo cavarcela. Rapporto, pentimento, silenzio, guardarci le spalle, solidarietà dei colleghi, richiesta di trasferimento, nasconderci, scappare lontano. Ma siamo sempre arrivati alla stessa conclusione, e cioè che quello stronzo di Simja aveva ragione.

Siamo soltanto due sbirri corrotti. E anche froci.

C'è un uomo che si alza da un tavolo in fondo e fa strisciare la sedia. Macho si volta di scatto, io no, io non lo guardo neanche. In questi tre giorni mi sono abituato ad aspettare. Macho no, Macho ansima sempre e dopo mi lancia uno sguardo rapido, smarrito e spaventato, che mi fa tenerezza.

Allungo una mano e gli sfioro i capelli, vicino alla nuca, ma lui scuote la testa, sollevando una spalla.

Dài, dice, c'è la gente che ci vede, poi si alza e va a pagare.

Io lo guardo.

Penso: pensa un po'. Sono morto proprio il 14 febbraio.

Il giorno di San Valentino.

– Si tolga le scarpe, per favore.

Michelle si portò le mani al bottoncino della camicia che le stringeva il seno, bloccandosi un attimo prima di sganciarlo. Era preparata all'idea che le chiedessero di spogliarsi, anzi, era pronta, talmente pronta che era scattata a sfilarsi la camicetta, istintivamente, appena l'uomo aveva aperto bocca.

– Prego? – chiese, la fronte corrugata, la testa leggermente inclinata su una spalla e la *o* finale appena allungata, perché era francese, Michelle.

– Si tolga le scarpe, – ripeté l'uomo. – Per favore.

Michelle si strinse nelle spalle, e si riallacciò il bottoncino mezzo sfilato. Da sopra o da sotto, per lei non aveva importanza. Si era vestita in quel modo apposta, camicetta, biancheria, minigonna, calze autoreggenti e scarpe, sexy ma semplice e rapido da togliersi. Non era una prostituta, lo aveva specificato subito quando l'avevano avvicinata, ma soltanto una modella pronta a tutto. Non una prostituta, una modella pronta a tutto. Per soldi.

Piegò una gamba all'indietro e torcendosi appena si sfilò una scarpa prendendola dal tallone, poi appoggiò il piede sul pavimento, agganciò l'alluce al bordo dell'altra e si sfilò anche quella. Ancora con una scarpa in mano, girò le braccia dietro la schiena per raggiungere la cerniera della minigonna, ma di nuovo l'uomo la fermò, questa volta alzando anche una mano, lentamente.

– Le calze. Per favore.

Michelle annuí. «Ho capito», pensò, «un feticista». Niente

di male, anzi, meglio. Meno impegnativo, meno... completo. Federico, il suo agente, glielo aveva detto: «Stai zitta, fai quello che ti dicono senza fiatare, senza fare domande, fai tutto quello che ti dicono, e per te ci sarà un bel regalo sotto l'albero di Natale». Per carità... era abituata a fare tutto quello che le dicevano. Spogliati, vieni qui, fatti vedere, fai cosà, fai cosí. Non era un problema, anche se all'inizio la situazione l'aveva un po' innervosita. Federico era sparito appena fuori dal locale, non era neppure salito in macchina. L'aveva lasciata all'uomo che aspettava al volante e l'aveva salutata. L'uomo era partito senza dire niente, a parte un cenno di saluto, brevissimo, poi silenzio per tutto il viaggio. Se non fosse stato per Federico, perché si fidava di lui e sapeva che non l'avrebbe mai messa in un guaio, non ci sarebbe andata cosí lontano, con quell'uomo. In campagna. In una casa isolata che sembrava una chiesa.

Anche quell'uomo, a vederlo cosí, sembrava un prete. Vestito di nero, magro, pallido, con un soprabito lungo come una tonaca. Sul sedile di dietro dell'auto c'erano anche un cappello nero a tesa larga e un paio di guanti. Ma a guardarlo meglio, l'impressione che sembrasse un prete spariva. Aveva le basette troppo lunghe e appuntite, e anche il ciuffo di capelli che gli scendeva sulla fronte sembrava un po' troppo lungo e curato. E il soprabito, lei se ne intendeva, era di Dolce e Gabbana. E la polo che indossava sotto la giacca nera era di Calvin Klein.

Michelle si guardò attorno, vide nella stanza uno sgabello che sembrava simile a quelli che una volta si usavano nei negozi di scarpe, uno di quelli con la seduta e un lato inclinato coperti di gomma zigrinata, e sorrise. Lo avvicinò facendolo strisciare sul pavimento, lo sistemò tra sé e l'uomo, alzò una gamba sollevandosi il bordo della gonna su una coscia, appoggiò la punta del piede sulla cima del lato inclinato e cominciò a sfilarsi una calza. Mentre faceva scivolare il nylon candido lungo la gamba, alzò anche gli occhi per lanciargli un sorriso malizioso, ma si accorse che lui la guardava distratto, come se stesse pensando ad altro. Appoggiò il piede nudo sulle mattonelle fredde e si tolse anche l'altra calza, in fretta questa volta, con un fruscio veloce, e rimase cosí, dritta, quasi sull'attenti, con le calze leggerissime arrotolate in mano, e vagamente imbarazzata.

Allora l'uomo si mosse. Fino a quel momento era rimasto immobile, il sedere appoggiato al bordo di un tavolo di legno scuro, le braccia conserte, lo sguardo serio e gli occhi socchiusi. Sembrava infastidito quanto lei dalla luce forte del lampadario che pendeva dal centro del soffitto, ma non aveva accennato a spegnerla, anzi, aveva acceso anche una lampada che si trovava sul tavolo e che da quell'angolazione ne disegnava la sagoma del soprabito, in controluce, perché non si era tolto neanche quello. Ma quando si avvicinò allo sgabello e allargò le gambe per sedercisi a cavallo, come un commesso di un negozio di scarpe di una volta, allora lei sorrise e pensò: «Eccolo qua, il pirla».

Sorrise di nuovo, maliziosa, fece un passo avanti e alzò la gamba destra, ma lui allungò una mano e la fermò afferrandola per la caviglia, veloce e deciso, qualche millimetro prima che gli sfiorasse la stoffa dei calzoni con le dita.

– No, prego, – disse.

Le appoggiò il piede nudo sulla parte inclinata dello sgabello, poi le indicò una sedia che aveva alle spalle e lei si sedette, piegandosi all'indietro e rischiando di perdere l'equilibrio, ma era troppo smarrita e inquieta per spostare la gamba. L'uomo chinò la testa su una spalla, avvicinandosi, le sfiorò la caviglia con la punta di un dito, seguí la curva del malleolo, la toccò appena sotto la pianta, facendole arcuare istintivamente il piede sulla superficie di gomma zigrinata dello sgabello. Osservava con tanta attenzione che a Michelle venne naturale trattenere il fiato. Quando fece per alzare l'altra gamba e appoggiare anche l'altro piede sullo sgabello, l'uomo la fermò con un gesto, prima di infilare la mano nella tasca del soprabito.

Ne estrasse un rocchetto di filo di nylon, bianco e spesso, da pescatore, come dimostrava la sagoma di una trota stilizzata sulla confezione di plastica, e Michelle si sarebbe preoccupata, se solo ne avesse avuto il tempo.

L'uomo svolse un pezzo di filo e rapido e preciso lo avvolse con delicatezza attorno all'indice del piede di Michelle.

– Grazie, – disse, alzandosi. Tenne segnato con l'unghia del pollice il punto in cui la circonferenza si era conclusa, poi prese un paio di forbici dal tavolo e lí lo tagliò.

– Grazie, – ripeté, di spalle. – Può rivestirsi.

– Tutto qui? – chiese Michelle. – Già finito?

– No, – disse l'uomo. – È appena iniziato. Ma non adesso. E non qui.

Sollevò contro la luce del lampadario una bustina di plastica e controllò che il filo fosse dentro. Poi annuí e lo fece sparire in tasca.

– Si sbrighi, per favore, – disse. – La riporto in città.

Michelle appallottolò le calze contro il palmo della mano e le mise nella borsetta che aveva appoggiato per terra. Infilò i piedi nudi nelle scarpe e si lasciò spingere con delicatezza dall'uomo, verso la porta.

– Dobbiamo vederci ancora? – chiese, scivolando sulla *c*, alla francese.

– Sí, – annuí l'uomo.

– E quando sarà?

– Presto.

– E cosa dovrò fare?

– Inciamperà su un cavo e prenderà una storta, – disse l'uomo. E da come lo fece, con voce neutra, sincera e definitiva, Michelle si ricordò delle parole di Federico, «Non dire nulla, non fare domande», cosí chiuse la bocca, serrò le labbra l'una sull'altra e uscí con l'uomo verso la macchina.

– Lei parla a nome del Governo italiano?

– No, certo che no... diciamo che parlo a nome di certi settori interessati a che le cose vadano in un certo modo.

– Ah.

«Dio mio», pensò Farinelli. Come gli Zulú, anzi, meglio gli Zulú. Già lo si vede dalla faccia, da quell'espressione tonta, con gli occhi inclinati verso il basso. Di gente di un certo tipo ne aveva incontrata parecchia, anzi, praticamente tutta, ma quando mai si era visto uno cosí, con gli occhi inclinati in giú? E il vestito? Griffato, sicuramente, anche se lui non se ne intendeva, doveva costare un pacco di soldi, ma addosso a questo sembrava come se l'avesse fregato da un container. E guarda come tranguia le noccioline direttamente dalla vaschetta, con la mano e la bocca tutte unte di sale. Anche i russi non vanno per il sottile, a grettezza, ma la nuova mafia kosovara non la batte nessuno.

– Stia tranquillo, posso assicurarle che ho i titoli per trattare, – disse Farinelli, abbassando la voce ancora un po'. Non c'era nessuno nella saletta Vip di Malpensa 2000, a parte la barista carina dietro il bancone dei cocktail e dei caffè, che era distratta e anche lontana. Ma lui ce l'aveva d'abitudine di abbassare la voce quando parlava di certe cose.

– Due piccioni con una fava. Quei giornalisti dànno fastidio sia a noi che a voi. Se scoprono il traffico d'armi è un casino per tutti.

– Hanno la scorta dei soldati, – disse l'uomo del Kosovo.

– Lei mi dica quando e quel giorno non ce l'avranno, la scorta.

– Vogliamo ricominciare con i clandestini.

– No. Ne abbiamo già parlato. Droga sí, clandestini no. Sigarette sí, clandestini no. C'è troppo allarme sul problema... ci vuole un momento di pausa. Sono d'accordo anche la sacra corona e i clan pugliesi.

– Non so... forse... non so.

Farinelli sospirò e aprí la bocca per parlare, ma la richiuse, trasformando l'espressione seccata in un sorriso gentile per la ragazza del bar, che si era avvicinata con i caffè. Disse: – Grazie, – e: – No, corretto è per lui, – e ancora: – Grazie, basta uno, e niente latte, sí, – mentre pensava: «Altro che latte ti darei, troiona», perché chinandosi la ragazza gli aveva sfiorato la spalla con l'anca, e gli aveva appoggiato una mano sulla giacca, appena appena, per non inciampare contro la gamba del divanetto su cui erano seduti. Aspettò che si fosse allontanata e riprese a parlare, pianissimo.

– C'è un incentivo. Vi aiutiamo ad allargare il giro fino a Rimini.

– C'è la camorra, a Rimini. Credevo che vi servisse per riciclare i fondi neri, – disse il kosovaro, e Farinelli pensò: «Rozzo, non scemo, rozzo... me ne devo ricordare».

– Abbiamo trovato qualcos'altro, – disse, – ma non sono affari vostri. Ci state o no?

– Va bene, – disse il kosovaro, ingoiando una manciata di arachidi. – Ci stiamo. Facciamo fuori noi i giornalisti.

– Va bene, – ripeté Farinelli. – Però non a Natale. La notizia si amplifica ed è un casino. A Capodanno invece meglio... si smorza.

Si abbracciarono e si baciarono sulle guance e Farinelli aspettò di essere fuori dalla saletta per pulirsi la faccia dagli sbaffi unti di sale.

«Testa di cazzo», pensò, alzando gli occhi alle scritte sui cartelli per capire dov'era l'uscita. Era proprio dritto davanti a lui, lungo la striscia disegnata per terra, oltre quel tipo dal soprabito nero che si era chinato ad accarezzare il muso di un cane della Finanza. Infilò le mani in tasca e si avviò, frugandosi tra i denti con la lingua, alla ricerca di un pezzo di nocciolina, ma appena passò accanto al cane tenuto al guinzaglio dal finanziere, il cane impazzì. Si avventò contro di lui, facendo scattare i denti a vuoto, a un soffio dalla manica della giacca, e lui allargò le braccia e fece un passo di fianco, per allontanarsi, ma il finanziere disse: – Signore! Un momento, signore! – e lui: – Oh, calma, calma... tieni buono quel cane! – ma appena abbassò gli occhi vide la bustina bianca che gli spuntava dal taschino della giacca, sollevata dalla fodera interna che si era alzata quando aveva tirato su le mani, e pensò: «Ma chi cazzo», cercando di ripassare con la mente tutti quelli che potevano averlo avvicinato nell'ultima mezz'ora tanto da infilargli, e pensò: «Chi cazzo», cercando di ricordare in fretta tutte le operazioni di cui sapeva troppo e sarebbe stato meglio se, e pensò: «Cazzo», quando il cane strappò il guinzaglio dalle mani del finanziere e proprio come se fosse impazzito gli si avventò contro e lo azzannò sotto il mento, squarciandogli la gola.

– C'è qualcosa che non va, – disse l'avvocato Ravone, lasciando cadere il giornale sul pavimento, proprio accanto alla scrivania. Era presbite, l'avvocato, ma dimenticava sempre gli occhiali di sopra, in casa, quando scendeva nel suo studio, cosí doveva leggere il giornale da lontano. Non tanto, abbastanza ma non tanto, perché era piccolino, l'avvocato, e anche cosí, da seduto sulla sua poltrona imbottita, tra gli occhi e il giornale non ci correva molto. La foto di Farinelli, e quella del cane che stava a fianco, erano anche piuttosto grandi.

– Ma è possibile che un cane lupo impazzisca cosí? – chiese l'avvocato. Rizzitelli si strinse nelle spalle.

– È successo, avvocato.

– Ed è possibile che uno come Farinelli, che comunque tirava di coca come un bracco, sia cosí stupido da portarsene una bustina in tasca, in aeroporto?

– È successo, avvocato.

L'avvocato alzò gli occhi su Rizzitelli, fermo davanti alla scrivania, cosí alto da sembrare curvo in avanti. Pensò che era solo per quello che se lo teneva, perché riusciva ad arrivare ai fascicoli dell'ultimo scaffale, poi pensò che non era vero, che se lo teneva perché sapeva cinque lingue, aveva amici e parenti in quattro ministeri, aveva un cugino vescovo e uno zio cardinale, e nel lavoro era preciso e puntuale come una guardia svizzera. Però gli stava antipatico lo stesso.

– Vabbe', – disse Ravone, spingendo lontano il giornale con la punta della scarpa. – Però questo ci danneggia, no?

– Non proprio. Ci rallenta. Farinelli era già convinto e scafato. Ne troveremo un altro, ci vuole tempo, ma un altro di sicuro c'è.

– Rizzite', non ce l'abbiamo il tempo! È quasi Natale, lo sai, no? Il resto, almeno, va bene?

Rizzitelli annuí, e quando lo faceva si curvava ancora piú in basso.

– Abbiamo comperato un altro albergo. Con questo fanno tre, piú sei pensioni e quaranta appartamenti. Pensate che possono bastare?

– Io sí, Rizzitelli. E voi?

– Per me sí, – disse Rizzitelli. Fissò l'avvocato per qualche secondo, prima di dire «E pure per mio zio», perché sapeva che era quello che voleva sapere, l'avvocato, ma a lui piaceva tenerlo un po' sulla corda, perché era antipatico pure a lui, quello stronzo.

La commessa si sporse sul bancone e cercando di non farsi notare sbirciò la firma sulla ricevuta della carta di credito, cosí, alla rovescia, mentre l'uomo firmava. Poi, con la scusa di separare i due tagliandi, la guardò meglio e non riuscí a trattenere un sorriso. Il nome era poco piú di uno scarabocchio che sembrava una *p*, ma il cognome era chiaro.

– Cornelius, – disse, – mi pareva che non era italiano, lei, almeno dall'accento. È straniero? Spagnolo?

– No, – disse Cornelius. – Alto Adige, sopra Bolzano. Ma avevo una nonna di Salamanca.

– Ah, ecco... – disse la commessa. – Mi scusi, sa, ma io non mi faccio mai gli affari miei –. Lo guardò prendere la carta di credito e infilarla nella tasca della giacca, sotto il soprabito nero che teneva addosso, nonostante nel centro commerciale facesse molto caldo. Era colpa della gente che lo affollava e che si muoveva frenetica tra i banchi e gli scaffali, come se la vigilia di Natale fosse il momento in cui tutti si ricordavano di dover per forza comprare qualcosa. Lei lo odiava, quel momento. Se c'era un motivo per cui le piaceva fare la commessa nel reparto abbigliamento era per osservare la gente, capire chi era da come parlava o si muoveva, da quello che comprava per vestirsi... ma a Natale non c'era tempo, andavano tutti cosí di fretta che lei non riusciva neanche a guardarli bene e prendeva certe cantonate. Come quel tipo, quel Cornelius. Appena lo aveva visto aveva pensato che fosse un prete, cosí nero, e invece no, perché immediatamente dopo aveva visto la bionda che si portava dietro, e quella non era certo roba da preti. Poi aveva pensato che fosse straniero. Poi aveva pensato che fosse magrissimo e fragile, e invece aveva visto una signora distratta finirgli contro per correre dietro un bambino e lui non si era neppure mosso, non si era spostato di un pelo, fermo come una roccia, senza neppure perdere il cappello o i guanti che teneva in mano. Strano tipo. Quando la bionda era uscita dalla cabina di prova per mostrargli il vestito e le scarpe, lui aveva annuito senza quasi neppure guardarla. E quando aveva chiesto dov'era il reparto oreficeria, e lei glielo aveva indicato, e lui se ne era andato con la bionda, le era dispiaciuto un po', quasi.

– Arrivederci, signor Cornelius, – gli gridò, dietro.

– Cornelius? – chiese Michelle. – È straniero? Portoghese?

– No, – disse Cornelius. – Sono sardo. Ma mia madre è di Lisbona.

– C'è qualcosa che non va, – disse l'avvocato Ravone rigirandosi tra le dita il cartoncino bordato di nero. – Ma è possibile che ci muore il prestanome proprio adesso?

– Aveva ottantadue anni, avvocato, – disse Rizzitelli.

– Sí, ma aveva una salute di ferro. Altri due o tre anni li reggeva, poi chi se ne frega, ormai era fatta. Gli abbiamo intestato le case e gli alberghi proprio per questo. Di che è morto?

– Iperglicemia.

– Vecchio goloso. Ma è vero?

– Non lo so, avvocato. Nessuno ha chiesto un'autopsia... non c'era ragione di farlo.

L'avvocato Ravone si alzò dalla poltroncina e si avvicinò alla finestra. Fece per spalancarla, come per prendere una boccata d'aria, poi vide che stava nevicando e cambiò idea.

– Natale non è Natale senza la neve, – disse. – Di quanto ci rallenta questa disgrazia?

– Di poco, – disse Rizzitelli. – Passa tutto al figlio, che è uomo nostro anche lui.

L'avvocato voltò la testa su una spalla e fissò Rizzitelli con un'ombra di paura negli occhi.

– Siamo sicuri? E se poi ci fa un casino?

– Impossibile. Ufficialmente fa il portiere in un istituto di cura, ma in realtà è un paziente, dato che è incapace di intendere e di volere. E l'istituto di cura è gestito da mio zio.

L'avvocato tornò a sedersi sulla poltroncina. Guardò Rizzitelli e si chiese se l'avesse mai visto in una posizione diversa da quella, in piedi al centro della stanza, davanti alla sua scrivania, le braccia abbandonate lungo i fianchi e le spalle curve in avanti. Quando entrava nel suo studio, se poco poco l'avvocato teneva la testa china sulle carte, se lo ritrovava davanti senza neppure averlo visto camminare, come se fosse spuntato dal tappeto. «Antipatico», pensò, poi ebbe un momento di ansia, e strinse le labbra.

– Rizzitelli, – mormorò, – mettiamo che c'è qualcuno che non vuole che i nostri affari vadano a buon fine. Mettiamo che c'è qualcuno che ci vuole male e che ha fatto ammazzare Farinelli e il prestanome...

– Mettiamo pure, – disse Rizzitelli, – ma che fa? Per mandare a monte i nostri affari bisogna fare fuori noi. Ma non è possibile.

– No, – disse l'avvocato, stringendo i denti, cattivo. – Auto blindata, casa blindata, telecamere, e Giulio, Marcellino, Cannavale e Marione a difendere me. Te non importa, sei solo un segretario.

Rizzitelli sorrise, pensò «Stronzo», e alzò una mano, a toccarsi la punta dell'indice, come per contare.

– Allora bisogna far fuori mio zio. Ma neanche quello è possibile. Ha una posizione piú solida della Rocca di Gibilterra. Ha agganci con chiunque ma non è collegato con nessuno. Non ha scheletri nell'armadio... o almeno, non è lí che li tiene. Non lo si può accusare di usura perché i soldi non li vuole nemmeno toccare, non lo si può incastrare per pedofilia perché non gli piacciono i ragazzini e non si può far finta che gli sia venuto un colpo con una donna perché ha il cuore di un toro. Non ha vizi o debolezze... o almeno, nessuno conosciuto. E non lo si può ammazzare, perché se poco poco c'è il sospetto, partono dossier molto imbarazzanti per tutti, dalla camorra al Vaticano, passando per tutto l'arco parlamentare. Date retta a me, avvocato, prendetevi un ansiolitico e statevi tranquillo. Finché c'è mio zio a coprirci, noi e i nostri affari siamo in una botte di ferro.

L'avvocato Ravone aveva già sciolto una pastiglia in un bicchiere d'acqua, che alzò per un brindisi, frizzante come una coppa di champagne.

– E allora, – disse, – che il Signore ci mantenga il cardinale Tartarino!

Il cardinale Tartarino non aveva paura di nessuno. Chiunque avrebbe avuto un po' di inquietudine a scendere con l'ascensore nel parcheggio sotterraneo dell'albergo, cosí buio e deserto, ma lui no. E non perché con lui ci fosse padre Moschin... Padre Moschin era un discreto latinista e un ottimo segretario, ma non era certo una guardia del corpo. Ma di cosa avrebbe dovuto avere paura? Di un ladro? Ben venga... Padre Moschin aveva un po' di soldi e glieli avrebbe dati volentieri, ancora di piú quel pomeriggio perché era Natale. Di un malintenzionato con cattive intenzioni piú motivate e piú serie? Impossibile. Sua sorella e il resto della famiglia avevano una serie di buste già affrancate. Un malintenzionato con intenzioni piú subdole e morbose? Ma via... era un principe della Chiesa, non una bella donna. Ecco, semmai quella... quella avrebbe dovuto avere paura.

Da una Bmw decappottabile era scesa una bella ragazza bionda, con un vestito molto attillato, che nell'uscire dalla portiera le era salito sulle cosce, scoprendole le gambe. Il cardinale non aveva potuto fare a meno di guardare, un'occhiata rapida, senza malizia, anzi. La bella ragazza bionda aveva chiuso lo sportello e lo aveva bloccato con la chiusura a distanza, in un flash di luci gialle e rosse che aveva di nuovo attirato l'attenzione del cardinale. Per questo l'aveva osservata ancora, appena un po' piú a lungo, ma sempre senza malizia, e le aveva anche sorriso, chinando appena il capo, quando le era passata accanto per andare all'ascensore.

Ma lí era inciampata. Si era voltata per ricambiare il sorriso ed era inciampata in un cavo, facendo un passo di lato che l'aveva portata quasi addosso al cardinale.

– Ahi! – aveva mormorato, poi: – Ahi! – piú forte, appoggiando una mano alla spalla del cardinale, che l'aveva sorretta per un gomito.

– Oh, mio Dio, – aveva detto la ragazza, – devo aver preso una storta, – arrotando le *r* alla francese. Poi si era accostata col sedere al cofano di una macchina, sempre appoggiata al cardinale, aveva sollevato una gamba e con una smorfia di sofferenza si era sfilata una scarpa. Per un momento, sotto la luce gialla del neon del parcheggio un sottile anello d'argento aveva brillato a un dito del piede della ragazza, velato appena da una sottilissima calza trasparente. Al cardinale era mancato il fiato.

– Ma lei si è fatta male... lei non può camminare... – aveva detto il cardinale, lanciando un'occhiata a padre Moschin, che aveva abbassato la testa, stringendosi nelle spalle. – Qui ci vuole del ghiaccio... e subito... vuole salire da me? C'è il frigo bar nella stanza... Intanto padre Moschin può andare a cercare qualcuno.. vero padre Moschin?

Padre Moschin aveva annuito, aveva aspettato che le porte dell'ascensore si fossero richiuse sul cardinale e sulla ragazza, che gli sorrideva, aggrappata a una spalla, e si era appoggiato con le spalle contro il muro. «Venti minuti», aveva pensato guardando l'orologio, o meno ancora, perché, a occhio e croce, quella era una prostituta.

In camera, Michelle chiese subito di andare in bagno, e quando ci fu dentro chiuse la porta a chiave. Poi strappò due pezzi di carta igienica e se li infilò nelle orecchie, aprí anche la doccia, i rubinetti della vasca e quelli del lavandino, e si sedette sul water, gli occhi serrati e le mani sulle orecchie, per non vedere né sentire niente. E per non pensare a niente, pensò ai soldi, al conto corrente sulla banca alle Bermuda, al passaporto e al biglietto aereo per andarci, dopo.

Il cardinale si sarebbe stupito a sentire tutta quell'acqua scrosciare nel bagno se non fosse stato distratto da quei colpi bussati alla porta. Pensò: «Se è padre Moschin giuro che io…» e stava per dirlo: «Padre Moschin, giuro che io…» ma non fece in tempo, perché qualcuno lo afferrò al volto, schiacciandogli le guance, e lo spinse indietro fino al letto, rovesciandolo di schiena. Era un uomo piccolo e tarchiato e ce n'era un altro, piccolo e tarchiato anche lui, che gli prese i polsi e glieli congiunse sopra la testa, bloccandoglieli sulla coperta. Il primo, che gli stringeva le guance, allentò la presa di poco, e al cardinale sfuggí una bolla di saliva tra le labbra socchiuse, come quelle di un pesce. Allora l'uomo aprí l'altra mano e giocò con le dita come un prestigiatore, finché tra il pollice e l'indice non gli spuntò un anellino d'argento, sottile come quello che la ragazza aveva al piede. Se avesse potuto vederli meglio tutti e due, il cardinale avrebbe potuto notare che questo era un po' piú grande di quello. Ma del primo aveva visto solo un rapido riflesso, e del secondo, prima che l'uomo glielo infilasse in bocca, spaccandogli la bolla di saliva, neanche quello.

Poi il secondo uomo allungò un braccio e afferrò un cuscino.

– *In nomine Patris, et Filii et Spiritus Sancti…* perdonatemi, padre, perché ho peccato.

– Sentiamo… cos'hai fatto.

– Ho corrotto una giovane ragazza perché si fingesse una barista dell'aeroporto e l'ho convinta a mettere una bustina di cocaina nella tasca della giacca di un uomo. Poi ho fatto in modo che quest'uomo fosse ucciso da un cane da me indotto in stato di eccitazione con mezzi artificiali.

– Chi era quest'uomo?

– Un faccendiere che faceva da collegamento tra i Servizi segreti e la malavita organizzata. Ma non è tutto, padre. Ho spiato un avvocato e il suo assistente per conoscere l'andamento di un loro progetto e regolare di conseguenza le mie azioni.

– E qual era questo progetto?

– Il Giubileo dell'anno 2000, padre. Le case e gli alberghi da affittare ai pellegrini. Questo avvocato pensava, e con ragione, che sarebbe stato un ottimo metodo per riciclare il denaro sporco che il faccendiere gli avrebbe procurato. Un anno di lavaggi praticamente continui e al di sopra di ogni sospetto.

– Un grave danno per la Chiesa se si fosse scoperto che si lega a personaggi cosí discussi.

– O per lo meno, cosí poco affidabili. L'avvocato aveva comprato troppe case e cominciava a dare nell'occhio.

Dall'altra parte della grata il silenzio si fece improvviso e duro, come un sospiro trattenuto. Cornelius alzò gli occhi alla sagoma che si intravedeva dietro la trama di piccole croci intagliate nel rame, serrò le palpebre e mormorò «Umiltà, Cornelius, umiltà», tra sé, cosí piano che non lo sentí nessuno.

– C'è altro? – disse la voce oltre la grata.

– Sí, c'è altro. Nell'affare era coinvolto anche un cardinale di Santa madre Chiesa. Intoccabile, inavvicinabile, senza punti deboli... tranne uno. Una passione incontenibile, che io ho saputo e non posso rivelare come.

– Lo capisco... e non te lo chiederò. Vai avanti.

– Ho trovato la ragazza giusta, con gli argomenti giusti, e l'ho convinta a mostrarsi al cardinale in modo da indurlo in tentazione. Poi ho assoldato due uomini che lo uccidessero soffocandolo come se avesse ingoiato un anellino d'argento. La ragazza ha chiamato il personale dell'albergo e ha raccontato che il cardinale lo aveva ingerito inavvertitamente, mentre le stava succhiando... insomma, mentre era intento a una pratica erotica inerente il suo particolare tipo di feticismo. Ho procurato che l'assistente del cardinale avesse effettivamente visto un oggetto di quel genere al piede della ragazza e che quello ingoiato dal cardinale fosse un po' largo rispetto al suo dito, cosí da rendere ancora piú credibile la possibilità che si fosse fatalmente sfilato.

– E questa possibilità è stata creduta?

– Non importa. Accidentale o procurata, la morte del cardinale in quelle circostanze era talmente imbarazzante per la famiglia e i suoi sostenitori da impedirgli di prendere in considerazione qualsiasi eventuale ritorsione che potesse renderla pubblica. I dossier sono rimasti nei cassetti e si sono accontentati tutti della versione ufficiale esposta dalle autorità dell'albergo.

– Che sarebbe?

– Il cardinale è morto soffocato da un acino d'uva.

– Sei pentito di quello che hai fatto?

Cornelius si passò la lingua sulle labbra. Appoggiò la fronte alla grata e chiuse di nuovo gli occhi, ripetendo «Umiltà, umiltà». Lo ripeté tanto che alla fine la voce poté uscirgli abbastanza chiara.

– Sí, – disse.

– E allora *ego te absolvo in nomine Patris...*

Quando Cornelius si fu alzato, padre Giuseppe uscí dal confessionale, aggiustandosi il cordone da francescano attorno alla vita. Inginocchiato a una panca, abbastanza lontano da non sentire niente, c'era un altro frate.

– Chi è quel giovane? – chiese. – Mi pare di averlo già visto. Dove l'ho visto?

– Non lo so, – disse padre Giuseppe, puntando i gomiti sullo schienale della panca e appoggiando il volto alle mani congiunte. Si sentiva scottare la fronte, come se avesse la febbre.

– Ma sí che l'ho già visto. Era... non era il confessore del povero cardinal Tartarino? Sí che lo era. Adesso che non c'è piú avrà piú tempo per il suo lavoro, no? Che fa, quel giovane?

– Incarichi speciali, – disse padre Giuseppe. – Molto speciali. Ma è un gesuita... e ancora deve imparare l'umiltà.

Si voltò a guardarlo e fece appena in tempo a vederlo in fondo alla navata, la sagoma del soprabito nero in controluce. Poi Cornelius si mise il cappello, si infilò i guanti e uscí dalla chiesa mentre sui terrazzi del palazzo davanti brillavano ancora le luci intermittenti del Natale.

Reinhardt Klotz

Dissero che quando lo videro arrivare in paese e scendere dalla Mercedes non aveva quell'aria smarrita che hanno di solito i forestieri che si fermano a Sant'Ignazio, quando si aspettano di vedere la piazza di un paesino sull'Appennino bolognese e si trovano invece una spianata postmoderna di cemento e piastrelle colorate. Di certo era uno straniero, cosí alto e cosí magro, con gli occhi azzurri, i capelli bianchi appena ingialliti dal biondo che dovevano avere tanto tempo prima, e quell'abbronzatura ostinata che ha la pelle chiara dei nordici che vivono al Sud. Dissero che avevano pensato tutti a un tedesco, anche se il giornalaio all'angolo della piazza, a cui chiese dov'era il museo della Resistenza, quando andò al bar a prendere un caffè disse che aveva parlato in italiano, anche se con l'accento. Da lí, dai tavolini sotto il tendone con il gagliardetto della Ferrari, lo avevano perso di vista appena aveva svoltato dietro il tabaccaio, giú per la strada verso la sede dell'Anpi.

Anteo Baldelli abitava al piano di sopra, e oltre a essere il presidente dell'Anpi di Sant'Ignazio era anche il custode del museo della Resistenza, che era chiuso tutti i giorni tranne il sabato pomeriggio e la domenica, e il 25 aprile. Per questo, quando aprí la porta e vide quell'uomo, cosí anziano e cosí straniero, subito si vergognò, perché era sceso in ciabatte e canottiera, con i calzoncini corti, mentre l'altro aveva una giacca chiara su una maglietta con il coccodrillo che sembrava appena uscita dalla lavatrice, poi si seccò, perché già lo sapeva che avrebbe dovuto accendere tutto e aprire gli scuri e aspettare che quello si fosse chinato su tutte le teche con le bandiere e la medaglia

d'oro e avesse guardato tutte le fotografie. Per carità, lo faceva sempre volentieri, ormai pensava di essere rimasto l'unico a
voler parlare di certe cose, ma quel giorno era un caldo... a lui,
poi, quell'uomo era sembrato un inglese. Da come stava fermo
e lo guardava, attento, quasi assorto. Ce n'erano di inglesi che
avevano combattuto a Sant'Ignazio e tornavano per vedere se
si ricordavano dei luoghi o si ricordavano di qualcuno... Poi
l'uomo abbassò gli occhi, piegando la testa con un gesto rigido,
e Anteo capí che era un tedesco.

Passò un motorino, in strada, e Anteo alzò una mano, la
fronte corrugata e i denti stretti in una mezza bestemmia, perché l'uomo aveva detto qualcosa, piano, e lui non aveva capito.
Stava per dire «Come?» ma l'uomo parlò per primo, e un po'
piú forte.

– Sono Reinhardt Klotz, – disse.

Anteo avrebbe voluto ripetere «Come?» e stava già per farlo quando la voce gli morí sulle labbra. Aveva quasi settanta-
cinque anni, ma la bocca gli si piegò in giú come quando era
bambino e le lacrime gli si fermarono sugli occhi, come allora,
gocce grosse e rotonde che aspettavano di essere staccate dalle
ciglia per rotolare giú. Poi scattò in avanti, afferrò la manica
della giacca dell'uomo e cominciò a urlare, e quando arrivarono quelli del bar li trovarono ancora lí, sulla soglia, quello straniero alto e immobile, mezzo spogliato ma rigido e fermo, a
guardare da un'altra parte, e Anteo che lo tirava per la manica
e urlava con tutta la voce che aveva in gola che lo prendessero,
che lo tenessero anche loro e che non lo lasciassero scappare.

«La mattina del 23 marzo 1945, in risposta all'uccisione di
due militari tedeschi da parte dei partigiani, un distaccamento
del 14° SS Panzergrenadiere provvedeva a concentrare nella
scuola di Sant'Ignazio un gruppo di ostaggi prelevati tra la po-
polazione civile. Il distaccamento delle SS era agli ordini
dell'Untersturmführer (sottotenente) Reinhardt Klotz».

Il sostituto procuratore Marcheselli non aveva bisogno di ri-
leggere niente. Le informative dei carabinieri, gli interrogatori

dei testimoni sopravvissuti, i documenti che riempivano il fascicolo che da anni accompagnava il mandato di cattura internazionale nei confronti dell'(ex) Untersturmführer Reinhardt Klotz, li sapeva a memoria. Ma erano soprattutto le parole battute a macchina dal maresciallo dei carabinieri della stazione di Sant'Ignazio, appena finita la guerra, lettere stinte, impresse una alla volta con un dito solo sul retro di un blocchetto di tessere annonarie riciclate, a risuonargli nella testa mentre guardava la fotografia del sottotenente Klotz appuntata al risvolto del fascicolo. Klotz in uniforme, il teschio sul berretto e le rune delle SS sul bavero, una mano stretta a pugno sul fianco e l'altra attaccata al binocolo che porta a tracolla. Klotz che urla, la bocca spalancata, i denti bianchi scoperti, la visiera del berretto che gli proietta un'ombra nera sugli occhi stretti, dalle palpebre socchiuse per il sole e lo sforzo di gridare. Klotz a vent'anni, cosí diverso da quel vecchio rigido e magro, seduto dall'altra parte del tavolo nella sala colloqui del carcere militare di Forte Boccea, diverso in tutto, nel fisico, scavato dall'età, ma anche nei lineamenti del volto. Nel 1955, diceva un'altra informativa dei carabinieri, Reinhardt Klotz si era sottoposto a un'operazione di plastica facciale, prima di uscire dall'Europa e far perdere le sue tracce, in Brasile. Il suo volto, il volto di quell'SS della fotografia, non c'era piú, come non fosse mai esistito. Quello che aveva fatto a Sant'Ignazio, invece, era rimasto, almeno nel fascicolo.

«Alle ore 9.45, dopo aver provveduto a sbarrare le uscite della scuola, su ordine esplicito dell'Untersturmführer Klotz le SS appiccavano il fuoco all'edificio e restavano a presidiare la zona con le armi spianate affinché nessuno potesse prestare soccorso agli infelici rinchiusi nella scuola, né questi potessero uscire per salvarsi dalle fiamme. Soltanto attorno alle 16.30, quando i tedeschi si furono ritirati lasciando libero il campo, si poterono contare le vittime dell'eccidio che ammontavano al bidello della scuola, Benzi Riccardo, a Carolina Dal Pane, maestra elementare, a un militare tedesco impazzito e ucciso personalmente dall'Untersturmführer...»

Il sostituto procuratore alzò gli occhi su Klotz, che rimase immobile a guardarlo, e forse, come se gli avesse letto nel pensiero, alzò le spalle, impercettibilmente.

«...e a diciannove bambini».

– Perché? – disse il sostituto procuratore Marcheselli.

– C'era la guerra, – disse Klotz. – Ordini superiori. Rappresaglia.

– No... perché i bambini. Perché bruciare vivi diciannove bambini.

– Ah, sí, – Klotz alzò una mano, toccandosi un angolo della fronte con la punta di un dito. – Strategia di guerra. Il fronte stava cedendo e pensavamo che il colonnello Fraenkel volesse mettersi d'accordo con i partigiani, per arrendersi. Con la morte dei bambini nessuno avrebbe piú potuto accordarsi su niente, solo combattere. E infatti il fronte di Sant'Ignazio è stato l'ultimo a cadere.

Il sostituto procuratore annuí. Fece scattare la punta della biro che teneva sul tavolo, di fianco al fascicolo aperto, e cancellò due note che si era appuntato su un foglietto bianco. Klotz aveva risposto a due dei tre *perché* che il sostituto procuratore aveva in mente di chiedergli. *Perché i bambini*, perché un eccidio cosí odioso e feroce, e *perché allora*, il marzo del 1945, a pochissimo dalla fine della guerra. Il terzo *perché* riguardava Klotz. *Perché adesso*.

– Perché adesso? Perché aspettare piú di cinquant'anni per venire a Sant'Ignazio a consegnarsi alle autorità italiane? Poteva restarsene in Brasile, o dov'era, nascosto, per il resto della sua vita. Perché è tornato, e perché ora?

Reinhardt Klotz guardò il sostituto procuratore. Occhi negli occhi, i suoi chiari, di un azzurro quasi bianco. Immobili.

– Sono pentito, – disse.

– Lei è pentito...

– Sí, sono pentito. Ho un tumore. Non mi resta molto da vivere. Sono pentito e voglio regolare i miei conti prima di morire.

Mise le mani una sull'altra sul tavolo della sala colloqui. Rimase dritto, senza appoggiare la schiena alla sedia, come era stato fino a quel momento. Le labbra chiuse, non serrate ma chiuse. I lineamenti segnati, marcati sul volto magro, ma fermi, composti sulla carnagione abbronzata. Il sostituto procuratore Marcheselli sorrise, malizioso.

– Lei non sembra corroso dal rimorso, – disse.

Klotz si strinse nelle spalle, senza cambiare espressione.

– Io non sembro mai niente, – disse. – Sono stato addestrato a fare senza tradire le emozioni e in tutti questi anni ho imparato a farlo sempre meglio. Non cerchi sentimento sulla mia faccia perché non ne vedrà. Io sono quello che faccio e quello che dico. Io sono Reinhardt Klotz. Io sono il Boia di Sant'Ignazio. Io sono pentito.

Klotz abbassò gli occhi sulle mani, poi li rialzò subito.

– Altrimenti, – disse, – perché mai sarei tornato?

– Io lo so perché è tornato.

– Perché sta per morire ed è pentito.

– Minchiate… con le cure giuste può vivere altri settant'anni. Quello è pentito come lo sono io. Se è tornato è perché c'è un altro motivo.

Il maresciallo Barberis era sempre cosí, diretto e duro. Come quando scioglieva lo zucchero nel caffè della macchinetta del tribunale, senza girarlo, delicatamente, ma schiacciandolo sul fondo del bicchierino con la sbarretta di plastica trasparente.

– Ancora un po' e lo sfonda, maresciallo.

Barberis guardò il sostituto procuratore Marcheselli, poi abbassò gli occhi sul bicchierino che teneva in mano e annuí. Lo vuotò d'un fiato, come fosse stato un grappino. Marcheselli invece soffiò sulla schiuma marroncina del suo cappuccino e lo assaggiò con la punta delle labbra.

– È perché sono incazzato, – disse Barberis, con lo zucchero che ancora gli scricchiolava tra i denti. – Senta che storia, dottore. Riassumiamo: alla fine della guerra Klotz sparisce. C'è la testimonianza di un suo superiore che dice che sia morto in combattimento, ma non ci ha mai creduto nessuno. Nel 1946 viene segnalato in Svizzera e per quasi dieci anni lo inseguiamo per tutta l'Europa, finché nel 1955 si cambia la faccia e sparisce in Brasile. Da allora, mai piú visto e sentito, come fosse morto.

Marcheselli finí il cappuccino e lo gettò nel secchiello di plastica che stava contro il muro. Poi si appoggiò alla macchinetta. In tanti anni che lavoravano assieme, lui e il maresciallo comandante la squadra di polizia giudiziaria le cose piú importanti se le erano dette lí, nel corridoio.

– Adesso viene il bello, – disse Barberis. – Chi è il fratello del nostro criminale nazista? Helmut Klotz, delle Officine meccaniche Klotz. Ufficialmente un miliardario fattosi dal nulla durante la ricostruzione, in realtà il prestanome del fratello, che avrebbe sempre diretto la sua industria dalla latitanza e anche dal Brasile. Bene, un mese fa Helmut Klotz, il fratello prestanome, è morto.

– E quindi? – chiese Marcheselli, anche se già cominciava a capire.

– E quindi l'eredità delle Officine meccaniche se ne va in fumo, a meno che non si presenti l'unico parente diretto, l'ex Untersturmführer Reinhardt Klotz.

– Ma cosí va in galera… – disse Marcheselli, senza nessuna convinzione, tanto per dire. Ultrasettantenne, malato. Arresti domiciliari in Italia. Da miliardario.

– Officine meccaniche Klotz, – sussurrò il maresciallo. – Ha capito perché è tornato, il nostro Reinhardt?

– Quello non è Reinhardt Klotz.

– E chi sarebbe?

– Willi Meyer… o il Rottenführer Dietrich. Gli unici del suo gruppo alti come lui.

Il professor Graziosi si sporse sul parapetto delle mura di Forte Boccea, come volesse avvicinarsi a quel vecchio alto e magro che camminava al centro del cortile piú in basso, da solo, le mani nelle tasche della giacca. Si sporse cosí tanto che a Marcheselli venne istintivo alzare una mano, come per prenderlo.

– Nel mio libro sulle rappresaglie tedesche in Italia c'è un capitolo intero dedicato a Klotz e ai suoi. Non credo esista nessuno che lo conosca meglio di me, dottore. E io le dico che quello non è Klotz.

– Perché?

– Quando ho saputo del suo arresto mi sono seduto in poltrona, ho immaginato di essere Klotz, in Brasile, e mi sono chiesto cosa avrei fatto per fronteggiare le varie situazioni. E Klotz avrebbe fatto questo: avrebbe mandato un sostituto e sarebbe rimasto nell'ombra, come sempre.

– Ma l'uomo che abbiamo arrestato ha subito un'operazione di plastica facciale da molti anni. Come Klotz.

– Anche Dietrich e Meyer. Nel 1956 e nel 1961.

– L'uomo che abbiamo arrestato parla tedesco con accento bavarese. Come Klotz.

– Anche Dietrich e Meyer. E anche il resto del suo gruppo... venivano quasi tutti da là. Senta, dottore... non dico che sia stata una cosa estemporanea. Deve aver richiesto tempo e preparazione, e anche questa è una cosa da Klotz. Io me lo immagino, in Brasile, che addestra uno dei suoi fedelissimi a impersonare se stesso per quando succederà qualcosa al fratello. Dietrich o Meyer... per quanto provi a interrogare quel signore laggiú può stare tranquillo che non sbaglierà una parola sulla biografia dell'Untersturmführer Klotz.

Il professore si sporse ancora. Chiuse le mani a coppa attorno alla bocca e urlò: – Shatzie! – Con tutto il fiato. L'uomo nel cortile alzò la testa verso di loro, chiudendo subito gli occhi per non farsi accecare dal sole.

– Visto? – disse Graziosi. – Era il suo soprannome da bambino. Cosa le dicevo? Perfettamente addestrato!

Era una situazione assurda. Reinhardt Klotz aveva passato gran parte della sua vita a cancellare la propria identità. Il suo volto, il suo passato, qualunque documento contenesse riferimenti a impronte digitali, protesi dentarie o segni particolari... aveva fatto sparire tutto. Col paradosso che l'unico garante dell'identità di Reinhardt Klotz era proprio quell'uomo che diceva di essere Klotz, e che non avrebbe avuto motivo di farlo, visto che si assumeva la responsabilità di una strage infame. A meno che non ereditasse un'industria miliardaria. Sempre che fosse davvero Klotz e non Willi Meyer o il Rottenführer Dietrich.

Marcheselli guardò il profilo immobile dell'uomo che gli sedeva accanto. Rigido, con le spalle aderenti allo schienale della jeep dei carabinieri, fissava l'argine del fiume che scorreva lungo la strada e ogni tanto alzava un braccio, a indicare un punto.

– Lí ho fatto mettere una mitragliatrice, per coprirci le spalle. Là abbiamo tagliato per i campi, per toglierci dalla strada. Ah, sí… il ponte.

Stavano allontanandosi da Sant'Ignazio. A quel punto delle indagini era stato necessario ordinare un sopralluogo e i carabinieri avevano dovuto praticamente occupare il paese, perché quell'uomo potesse tornare nella piazza senza essere linciato e raccontare al sostituto procuratore, al professor Graziosi, al maresciallo Barberis e all'avvocato Del Biondo, che lo difendeva, come avevano fatto irruzione nella scuola, raccolto i bambini nell'unica aula, assieme al bidello e alla maestra, chiuso la porta e innaffiato le pareti con la benzina. Come avevano dato fuoco a tutto, con una torcia di paglia incendiata. Come i suoi avevano sparato contro le finestre della scuola e su quella poca gente che si era accorta di quello che stava succedendo. E di come lui stesso avesse estratto la sua walther P. 38 per sparare alla SS Betz che aveva gettato via l'elmetto e si era messa a correre impazzita attorno alla scuola in fiamme, con le mani schiacciate sulle orecchie per non sentire le urla dei bambini.

Quando se ne erano andati, la jeep davanti e gli altri carabinieri della stazione di Sant'Ignazio dietro, a presidiare la strada, il maresciallo Barberis gli aveva fatto notare che avevano fatto proprio come i tedeschi, un blitz a sorpresa e via, e Marcheselli aveva risposto con una smorfia, perché c'era rimasto male. Adesso osservava quell'uomo che ricordava, indicava e raccontava, impassibile. Chi era quell'uomo? Un mostro pen-

tito, incapace di ostentare il rimorso? Un affarista senza scrupoli? Un prestanome?

Poi, all'improvviso, il volto dell'uomo alto e magro cambiò.
Fu una frazione di secondo. Spostò gli occhi su un movimento
tra le canne, girò lo sguardo su un riflesso di sole che per un attimo era apparso sull'argine, irrigidí il collo per un fischio sottile, cosí discreto da sentirsi appena, e contrasse i lineamenti,
in un'espressione piú di allarme e che di paura.

– *Banditen!* – urlò, gettandosi in avanti, verso il sedile
dell'autista che istintivamente, sentendosi afferrare la spalla da
quella mano stretta ad artiglio, accelerò con uno scatto. Anteo
Baldelli saltò fuori dal canneto con la pistola in mano, e corse
dietro la jeep, e allungò una mano per afferrarla e tirarsi in avanti a infilare la pistola nel finestrino aperto ma non ce la fece, e
cadde in mezzo alla stradina. Da dentro la campagnola lo sentirono piangere e urlare, coperto da una nuvola di polvere e
ghiaino, e sentirono anche le esplosioni dei colpi sparati a caso,
e solo allora si mossero, Barberis a gridare: – Corri! Corri! –
all'autista, Marcheselli e gli altri impacciati, con la testa tra le
spalle, a sbattere l'uno contro l'altro, tutti a parte quell'uomo
alto e magro, perfettamente defilato, accucciato sul fondo della jeep. Quando furono fuori tiro si calmarono. Soltanto il professore restò pallido e con gli occhi spalancati in un'espressione che sembrava terrorizzata.

– Che c'è? – chiese Barberis. – È ferito? – ma il professore
scosse la testa.

– È lui, – sibilò. – Come in Toscana, nel '44, quando salvò
tutto il reparto... ha sempre avuto un sesto senso per le imboscate! Mi sono sbagliato, dottore! È lui! È Reinhardt Klotz! –
e indicò quell'uomo che si guardava attorno, attento, con gli occhi ancora socchiusi in un taglio duro, feroce e carico di odio.

– Adesso che anche il professore è d'accordo, credo che non
ci siano piú dubbi sull'identità del mio cliente. Per cui i suoi
giusti e legittimi scrupoli di mandare sotto processo un innocente...

Marcheselli rifletté su quella parola che l'avvocato Del Biondo aveva appena pronunciato, *innocente*, riferita alle SS Meyer o Dietrich. Fu tentato di correggerla, poi si strinse nelle spalle. Non era per quello che aveva convocato Klotz nella sala colloqui del Forte. Anche lui sembrò leggergli nel pensiero ed essere d'accordo, perché annuí con un cenno rigido del capo.

– Sí, – disse Marcheselli, interrompendo l'avvocato. – Sí, lo penso anch'io. Credo che lei sia Reinhardt Klotz. Il che mi mette in una posizione imbarazzante.

L'avvocato aprí la bocca ma Klotz alzò una mano, bloccandolo. Marcheselli lo ringraziò con un mezzo sorriso.

– Io non credo che lei sia pentito. Penso invece di essere diventato una pedina di un suo piano diabolico. Ci sono le Officine meccaniche da ereditare, ma lei non ha piú modo di dimostrare la sua identità. Cosí torna in Italia a farsi arrestare. C'è niente di meglio per dimostrare la sua identità a un notaio tedesco dell'atto di un tribunale che la processa proprio in quanto Reinhardt Klotz? In questo modo mi trasforma in un impiegato dell'anagrafe: farle prendere l'ergastolo è come rilasciarle la carta di identità.

– Pagherò la mia colpa.

– Sí, certo… forse non andrà in galera ma almeno un'altra strage non resterà impunita. Sarà una vittoria morale della giustizia.

Reinhardt Klotz si chinò in avanti, e per un momento al sostituto procuratore Marcheselli ricordò quel filmato in cui Adolf Eichmann si alzava in piedi tutte le volte che doveva rispondere al giudice israeliano che lo stava processando. Ma era solo un'impressione. Reinhardt Klotz non lo stava ossequiando. Sembrava piú un segnale, come per dire che considerava finita la conversazione e che voleva andarsene.

– Lei non ha motivo di essere in imbarazzo, – disse, distrattamente, – sta solo facendo il suo dovere.

– Eh no, – disse Marcheselli, – sono in imbarazzo proprio perché non lo faccio.

Reinhardt Klotz si fermò.

– Prego? – disse.

– Sono stanco di vittorie morali. Per una volta ne vorrei una materiale. È per questo che ho deciso di dare credito alla testimonianza dello Standardenführer Schmelling... ricorda? Quello che diceva che era stato ucciso in combattimento. Il sottotenente Klotz è morto in Austria il 25 aprile 1945, in uno scontro a fuoco con un reparto inglese.

Il sostituto procuratore Marcheselli fissò gli occhi in quelli immobili dell'uomo che aveva davanti.

– Non la rinvio a giudizio, – disse. – Chiunque lei sia, per me non è nessuno. Può andare.

Comunisti

All'inizio era soltanto un fischio. Sibilava netto, con una irregolarità penosa, e certe volte sembrava incagliarsi, piantarsi quasi, in un gorgoglio raschiato che si spezzava, interrompendosi all'improvviso.

All'inizio non aveva voluto guardare. Era rimasto nell'angolo della cella, il suo angolo, accucciato contro la parete grigia, con la fronte sulle ginocchia e gli occhi chiusi, fingendo di dormire. La fronte sulle braccia conserte e le palpebre strette, anche le labbra strette, e il collo irrigidito dalla consapevolezza che avrebbe dovuto alzare la testa, perché era sveglio, non aveva mai dormito, e la porta che si apriva, e i passi delle guardie, e il tonfo di quel corpo all'altro angolo della stanza, li aveva sentiti bene. Ma faceva finta di dormire.

Fu quel gemito a fargli alzare la testa. D'istinto, senza volere, il sibilo, il gorgoglio e quel gemito corto, ma tutto di voce. Alzò lo sguardo e dopo non poté piú far finta di non averlo visto, perché anche nel buio, anche nella penombra grigiastra di quell'angolo di cella, aveva percepito il brillare di un occhio aperto, e quell'occhio lo guardava.

Scivolò fino a lui quasi a quattro zampe, come i gatti e i bambini, e fece pochi passi, perché la cella era stretta. Aveva paura di guardare, cosí tenne gli occhi bassi, ma il sangue, l'idea del sangue, almeno, lo percepiva lo stesso.

Non sapeva cosa dire, cosí chiese: – Ti fa male? – Poi all'altro scappò un colpo di tosse, secco come una risata, lui alzò di nuovo gli occhi, sempre d'istinto, e si accorse di quanto stupida fosse stata la domanda. Riabbassò subito gli occhi, ma dovette appoggiarsi al muro, scosso da un brivido violento che a momenti lo fece svenire.

– Sei Longoni? – chiese, senza guardare piú.

Dall'angolo venne un sibilo, piú forte di quelli che uscivano dal buco del naso che aveva intravisto prima, per un attimo, dove spuntava l'osso. Una «p», che si piantò dolorosa sulle labbra scoppiate.

– Poldo, – tradusse lui, – sí, scusa, certo... Poldo.

Longoni era il nome vero, il nome a casa. Vuol dire che i fascisti ancora non sapevano chi era, anche se dovevano immaginarlo, per ridurlo cosí.

– A me mi hanno preso in una retata, – disse, poi abbassò la voce, perché Poldo aveva mosso l'occhio su di lui, e lui, anche senza guardarlo, lo aveva sentito. – Sono certo che non sanno che c'entro, ma mi hanno trovato un volantino e vogliono sapere chi me l'ha dato. Naturalmente io non glielo dirò mai.

Era un sorriso? Aveva sentito una bolla scoppiare all'angolo della bocca di Poldo, sangue e saliva insieme. Era importante, quel sorriso, cosí si fece coraggio e alzò gli occhi sulla sua faccia devastata. Ma ce li tenne appena il tempo che bastava a credere che sí, era un sorriso.

– No, davvero, – disse. – Io non parlerò mai. E cosa potrei dire? Io non so niente. Nella Cellula ci sono appena entrato, i compagni mi fanno appena portare i volantini, conosco tutti solo col soprannome, a parte te, che cosa potrei dire di pericoloso?

Aveva parlato in fretta e non sapeva quanto forte, cosí lanciò un'occhiata allo spioncino della porta, ma era ancora chiuso. Sentí che Poldo si muoveva. Cercava di farlo. Pensò che volesse sistemarsi meglio e gli porse le mani per aiutarlo a sollevarsi, ma lui gli afferrò le dita con le sue. Sibilò ancora, sforzandosi di articolare le parole.

Non dire niente, gli sembrò che avesse detto.

– No, no... certo, niente. Ci mancherebbe. Niente, neanche se... neanche se...

Non riuscí a dirlo. La voce gli si spezzò in gola, scivolandogli in fondo fin dentro la pancia. Poldo gli strinse le dita, piú forte, piú forte che poté.

– Poi, che cosa dico? Davvero, che cosa potrei dire? Gino? Pippo? Cosa se ne fanno i fascisti di un soprannome come Pippo? Neanche so chi è… sí, un po' la faccia, ma cosa potrei dire della sua faccia? A malapena mi ricordo i baffi… cosa potrei dire, Poldo, cosa potrei dire? Niente, no? Niente di male…

Si accorse che Poldo aveva lasciato la stretta. Aveva allontanato le dita e lo guardava con l'unico occhio che riusciva a tenere aperto. A lui venne da piangere.

– Voglio dire, Poldo… che se mi chiedono qualcosa io non dico niente, niente, giuro, mai… ma se cominciano, se cominciano, Poldo, come a te, allora io, magari un nome, i baffi, neanche l'indirizzo, solo la città, neanche la via, perché se fanno come a te, Poldo, magari io soltanto qualcosa, qualcosa e basta.

Adesso piangeva, e piangeva forte. Poldo gli riprese le dita, ma senza stringere, e lui se le lasciò prendere.

– Perché io? – disse, tra le lacrime. – Chi sono io?

Comunista, sibilò Poldo, o almeno cosí gli sembrò.

– Sí, va bene… ma perché devo essere un eroe? Perché proprio io? Io non sono un eroe. Tu sei un eroe.

Poldo scosse la testa, appena appena, impercettibilmente.

– Però tu non hai parlato. Sei stato zitto nonostante… nonostante questo! Hai parlato, Poldo? No! E allora sei un eroe!

Soffiava, scoppiava di saliva sulle labbra rotte. Lui disse *Come?* e si abbassò sulla sua faccia, l'orecchio vicino alla sua bocca, e lo sforzo di sentire faceva altrettanto male di quello di parlare.

Non sono un eroe, disse Poldo, *ma sono un comunista, e ho la testa dura*. Poi smise di stringere, senza lasciargli le dita, e riprese a sibilare, netto e irregolare, col suo gorgoglio.

Lui rimase a piangere un altro po', poi risucchiò indietro le lacrime, con un sospiro tronco, come quello dei bambini, e si appoggiò contro il muro, fissando la penombra.

Poi la porta si aprí e un capomanipolo tarchiato, dalle maniche della camicia nera arrotolate sulle braccia scure, entrò nella cella assieme a un fascio di luce accecante. Sorrise, scoprendo un dente rotto, e alzò una mano, indicando lui.

– Vieni, bello, – disse. – Tocca a te.

L'appartamento

Sembrava che piangesse, che si fosse commosso, perché aveva tirato fuori un fazzoletto dal taschino della giacca e se ne era passato un angolo sotto un occhio, premendolo forte col dito sotto la stoffa. Invece era soltanto la sinusite che gli inumidiva una palpebra appena arrivavano i primi freddi. Gli faceva cosí da quando aveva poco piú di vent'anni, figuriamoci adesso che ne aveva quasi ottanta. Erano stati i lacrimogeni respirati, a Imola, nei disordini in piazza, quando quello là aveva sparato a Togliatti. Un comunista gli era saltato addosso e gli aveva strappato la maschera, e cosí se lo era preso tutto anche lui, il gas, e gli aveva lasciato quel bel regalo. Che poi, alla fine, era stata una fortuna, perché dalla Celere lo avevano spostato subito alla Mobile, a Bologna, e lí aveva fatto carriera fino a maresciallo. Ispettore, dopo la riforma, ma lui continuava a pensarsi come era abituato, maresciallo.

Tutto questo l'amministratore non lo sapeva. Lui pensava che si fosse commosso perché si ricordava di quanto gli era stato dietro per quell'appartamento, quanto aveva aspettato, e scritto, e telefonato. E non era stata neanche una pratica sua, ma dell'amministratore precedente, che gliel'aveva passata quando gli aveva lasciato l'ufficio, per andare in pensione, dicendogli: «Toh, eccoti le chiavi, le carte, i documenti, e il maresciallo Mezzogallo».

– Maresciallo, se vogliamo concludere…

Il maresciallo annuí, ma non si mosse. Infilò il fazzoletto nel taschino del gessato a righe sottili e alzò la testa, seguendo la lunghezza del palazzo fino al cielo grigio, compatto e senza nuvole. Da lassú si vedeva la bocciofila, se ne ricordava, si ricordava anche delle vertigini che lo avevano preso quando si era affacciato da lassú, dallo scheletro del palazzo ancora in costruzione, venti, trenta, quarant'anni fa. Si vedeva ancora poco del quartiere, non come adesso, si vedeva soprattutto campagna, periferia della periferia, tra via Marco Polo e via Saragozza. Era lassú, sul palazzo in costruzione, che aveva incontrato per la prima volta il signor Ezio. Se l'era fatto chiamare, perché lavorava come edile, e stava costruendo proprio quel palazzo.

«Lei ha ucciso sua moglie», gli aveva detto il maresciallo.

«Lo provi», gli aveva detto il signor Ezio.

«Ce le ho, le prove. Ho il movente, l'alibi che manca e l'arma del delitto».

Il signor Ezio si era tolto il berrettino fatto di carta di giornale e si era passato le dita sporche di calcina tra i capelli corti. Faceva caldo, e si sudava parecchio, anche il maresciallo sudava.

«La trovi», aveva detto il signor Ezio. «E vada fino in Giappone, se vuole. Mia moglie è scappata con Sarti».

«È Sarti che è scappato, perché aveva paura. Aveva paura che ammazzasse anche lui come ha fatto con sua moglie».

«La trovi», aveva detto ancora il signor Ezio, ed era tornato a lavorare.

– Maresciallo, se mi mette l'ultima firma io le dò le chiavi, – disse l'amministratore. Il maresciallo annuí ancora e questa volta si mosse. Si avvicinò alla macchina e prese la penna che l'amministratore gli porgeva, un pennarello, un *Trattoclip* dalla punta sottile. In ufficio sarebbe stato piú comodo, pensò l'amministratore, appoggiando la cartella sul cofano dell'auto, ma il maresciallo aveva insistito. All'improvviso gli era venuta una gran fretta, dopo anni, tutto all'improvviso, lí per la strada, firma e chiavi, il saldo lo aveva già pagato.

Il maresciallo strinse gli occhi per focalizzare la riga, e una goccia calda gli scese giú lungo il naso, maledetta sinusite. Dovette alzare la testa e asciugarla con un dito, prima di potersi abbassare di nuovo.

Maresciallo Mauro Mezzogallo... no, accidenti, ispettore, vabbe', chi se ne frega. Rimise il cappuccio al *Trattoclip*, scrupolosamente, e lo restituí all'amministratore. Che rimase con il braccio teso e le chiavi in mano, perché il maresciallo si era voltato di nuovo a guardare il palazzo.

Il signor Ezio era socio della cooperativa che costruiva il condominio. Otto piani con due appartamenti a piano per un totale di otto, e uno era il suo. Era lí che lo trovava il maresciallo, con la vanga in mano a rimestare il calcestruzzo, oppure sull'impalcatura a tirare su un pianale di mattoni. La signora Maria era scomparsa da tre giorni e lui c'era andato già sei volte, due volte al giorno, mattina e pomeriggio. Il terzo giorno se l'era portato via con le manette, ma non aveva prove, e riuscí a tenerlo in camera di sicurezza soltanto un paio di giornate.

«Che c'è?» gli diceva il maresciallo, sedendosi sulla brandina. «Hai paura che cominci a puzzare e che qualcuno la trovi?»

«No», rispondeva il signor Ezio. «Devo lavorare per farmi la casa. Sono due anni che ci dò dentro e me la voglio finire io. Quasi ci siamo».

«Dov'è? Nel canale? Lí la ritroviamo. In giardino, da tua madre? La troviamo anche lí, ci sono i cani. Ma per me l'hai messa in macchina, che infatti non c'è piú. Ma troviamo anche quella, prima o poi».

«La trovi», diceva il signor Ezio. «La trovi».

L'amministratore fece tintinnare le chiavi e il maresciallo si voltò. Le prese e le guardò, facendole scivolare tra le dita. L'amministratore si lasciò sfuggire un sospiro che troncò a metà appena se ne accorse, come un singhiozzo. Finita. Basta, maresciallo Mezzogallo. Lo aveva messo in croce per almeno due anni, per avere quell'appartamento. C'era della gente dentro che non se ne voleva andare perché tutto sommato ci stava bene. Il maresciallo proponeva una permuta, un appartamento in centro, comodo, grande. No, grazie, in centro è un gran casino, poi dove si mette la macchina? Era tornato l'anno dopo. Un altro appartamento, ancora in centro ma appena fuori dalle mura, bello e luminoso, con anche il posto macchina. Mah, forse...

però, lí non ci si sta male, i bambini si sono affezionati... Il maresciallo aveva tirato fuori un bel po' di soldi, un sacco di soldi, i risparmi di una vita, ma una vita tirata a stecchetto, senza spendere praticamente niente, soprattutto con lo stipendio
e la pensione di un poliziotto. I proprietari avevano accettato,
e atteso il preavviso, attesa la disponibilità e la buona uscita,
avevano fatto trasloco e se ne erano andati. E cosí il maroscial-
lo era diventato finalmente il proprietario di quell'appartamento.

– Le posso chiedere un favore? – disse il maresciallo.
– Ma certo, – disse l'amministratore.
– Mi aiuta con la sacca?

Dentro il baule della 127 del maresciallo c'era una borsa da
ginnastica. Lunga e stretta, e anche pesante, come sentí subito
l'amministratore. Gliela tirò fuori e gliela portò pure in ascensore, perché era davvero pesante, poi salí con lui, con la scusa
di aiutarlo, ma in realtà gli era venuta la voglia improvvisa di
dare un'occhiata a quel benedetto appartamento. E ci riuscí per
un momento, prima che il maresciallo chiudesse la porta, ma
non gli sembrò niente di piú di un tre vani piú servizi, piuttosto buono anche se un po' vecchiotto, con vista ancora sulla
campagna, fino alla bocciofila e alla casina gialla.

Chiusa la porta, il maresciallo batté assieme le mani, fre-
gandosele forte. Si tolse la giacca a righe sottili e la appese allo
schienale di una sedia. Si arrotolò le maniche della camicia, una
dopo l'altra, fin sopra il gomito. Poi aprí la sacca e tirò fuori il
piccone.

Cominciò dal tinello, prima la parete a est, poi quella a nord,
piano, per non far troppo rumore, ma dopo mezz'ora qualcuno
picchiò lo stesso, dal piano di sotto. Il maresciallo mollò il piccone, si asciugò il sudore che gli scendeva dalla fronte e tirò su
col naso, dimenticandosi la sinusite. Prese un paletto di metallo e si spostò in cucina, cominciando a battere sulle piastrelle.
Qualcuno suonò alla porta, ma il maresciallo non lo sentí nemmeno. Prese un martello, spostò il frigo, e ansando ricominciò
a picchiare.

La trovò nel bagno, dietro la cassetta dell'acqua, tra i tubi. Era lo scheletro di un braccio, ancora bianco di calcina, che scivolò fuori e cadde sul pavimento. Il maresciallo si fermò a guardarlo, tirando con il fiato. Fece per sbottonarsi il colletto della camicia ma l'aveva già fatto molto prima, anzi, se l'era già tolta da un pezzo, ed era in canottiera.

Allora si sedette sulla tazza del water, appoggiò la testa al muro sventrato e chiuse gli occhi.

– Un infarto, – disse il magistrato. – Conferma?

– Confermo sí, – disse il dottore. – Ottantant'anni, malandato com'era, si mette a spicconare per tutta la casa... è ovvio che ci resta.

– Quindi conferma, – disse il magistrato. – Si può portare via. Sí, sí, anche quella... – e indicò la signora Maria che i carabinieri avevano raccolto in un sacco nero, di quelli della spazzatura.

– Be', – disse l'amministratore, – se soltanto l'avessi immaginato...

– È difficile immaginare un'ossessione, – disse il magistrato. – Tutta una vita a cercare il corpo di quella donna per incastrare l'assassino. E alla fine l'ha trovato.

– Intendevo se avessi immaginato che qui c'era un cadavere in un muro. Il signor Ezio deve essere venuto qui di notte, con il cantiere aperto, poco prima che finissero gli appartamenti. Ha fatto un lavoro veloce e ha finito senza che se ne accorgesse nessuno.

– Poi c'è rimasto dentro, a custodire il suo segreto.

– Adesso lo arrestate? – disse il medico.

– Chi? – chiese il magistrato.

– Il signor Ezio.

– Il signor Ezio è morto tre anni fa, – disse il magistrato, – se no l'appartamento mica lo mollava. Lo hanno venduto gli eredi.

Il medico fischiò.

– Sí, – disse, guardando il maresciallo Mezzogallo accasciato ancora sulla tazza, bianco di polvere di muro e pallido di morte. Quarant'anni a caccia di un assassino che era anche già morto da tre anni.

– Sí, è difficile immaginare un'ossessione.

Tiro mancino

– La natura è strana, signor commissario e a volte gioca certi tiri... tiri mancini, davvero. Perché c'è chi nasce destro, c'è chi nasce mancino e c'è anche chi nasce ambidestro. Ecco, io invece sono nato con due mani sinistre... *ambisinistro*, si potrebbe dire, o *supermancino*, come vuole. Guardi, signor commissario, che non è uno scherzo vivere con due mani sinistre. Ci sono un sacco di problemi, sul serio. Ecco, per esempio... i guanti. Adesso ci sono quelli di lana che vanno bene per tutte e due le mani, ma una volta, quand'ero bambino, c'erano solo quelli sagomati, destro e sinistro e basta, pensi un po'. La mia era una famiglia povera e non poteva permettersi di comprarne due paia e buttare via i destri, cosí potevo andare a scuola con i guanti solo quando mio fratello era malato e mi passava il suo sinistro. Se no, mano in tasca o geloni. E fortuna che sono nato con i piedi a posto, altrimenti sarei andato in giro scalzo. Lo so, non gliene frega niente... a lei interessa sapere del colpo. Adesso ci arrivo, ma prima bisogna che le spieghi. A parte i problemi pratici, signor commissario, essere come me comporta anche dei guai sul piano sociale. Sa come la chiamavano una volta la mano sinistra, no? *La mano del diavolo*, con tutti i pregiudizi del caso... pensi solo a quello che fa venire in mente la parola *sinistro*: funesto, losco, minaccioso, sciagurato... il diavolo, insomma. Si immagini me, con due sinistre! A me la mia mamma ha sempre detto che era la mano dalla parte del cuore, ma una volta le maestre obbligavano i mancini a scrivere con la destra. Ora, questo con me era impossibile, però di gente che mi abbia stretto la mano spontaneamente quando gli porgevo la sinistra non ne ho trovata molta. Sono cose che segnano, sa? Politicamente... be', politicamente direi che non avevo scelta. E fortuna che sono nato dopo la guerra, se no chissà, magari finivo anche al confino. Ci arrivo al colpo in banca, signor commissario. Volevo solo dirle che se a un certo punto ho imboccato la strada sbagliata, quella *sinistra* della malavita, non è stata tutta colpa mia. Diciamo che ce l'avevo scritto sulla mano, il mio destino... anzi, su tutte e due le mani. Sí, è vero, signor commissario: il mio ramo sono le casseforti delle banche, non ho un alibi per venerdí notte e soprattutto c'è una videocassetta del sistema di sicurezza che mi riprende nell'atrio, un po' piú spettinato di come sono adesso, a guardarmi attorno fischiettando in maniera sospetta, con le mani in tasca... però, con il colpo al Monte di pietà non c'entro. Glielo dico onestamente... con i dovuti limiti, s'intende. E adesso glielo dimostro, anche. Ho letto sui giornali che il ladro è arrivato dalle fogne, come dicono le impronte delle scarpe, ma prima di raggiungere il caveau si è sbagliato, ha voltato a destra invece che a sinistra. Ecco, signor commissario, di me si può dire tutto ma non che non sappia dov'è la sinistra. Non le basta? Va bene... Il giornale dice anche che la Scientifica non ha trovato impronte perché il ladro ha usato un paio di guanti di pelle, come dimostrano i frammenti di tessuto sulle manopole della cassaforte. Sí, certo... ovviamente un professionista se ne sarebbe sbarazzato subito, e il fatto che non abbiate trovato guanti nel mio bagaglio non dimostra nulla... va bene. Andiamo avanti. Dalla cassaforte il ladro ha preso i contanti, i gioielli e una serie di titoli al portatore che ha scelto da una pila di documenti bancari, appoggiati su uno scaffale e legati con un fiocco. Quello che il giornale non dice, signor commissario, è che i titoli rimasti avevano tutti l'angolo destro spiegazzato, come farebbe un destro per sfogliarli rapidamente col pollice... ecco, provi lei, bravo. Io no... se lo faccio io l'angolo che tocco è il sinistro. Non le basta? C'è di piú: il ladro ha sciolto il fiocco del pacco che gli stava davanti, poi – molto correttamente, aggiungerei io – lo ha rifatto, ma lo ha rifatto da destro, con l'asola destra sopra e quella sinistra sotto... ecco, guardi un po' come lo faccio io con la sua scarpa: viene il contrario. E io, appunto, sono mancino... di piú, supermancino. Ne vuole ancora? Prima di andarsene il ladro ha richiuso anche la cassaforte, girando le manopole della combinazione, che sono tre. E sa dove le ha girate? Tutte verso sinistra... una, due e tre, con un bel mezzo giro, da destro. E adesso aspetti, che le dò il colpo di grazia. Una svizzera dell'89, come quella del Monte di pietà, noi del giro la chiamiamo *Fritto misto*, perché è sempre unta d'olio. Nel richiuderla il ladro si è sporcato i guanti, e infatti le manopole sono unte in tre punti: due sopra, vicini, e uno sotto, piú distante. Metta le mani cosí, a coppa... qual è il dito piú distante? Il pollice, che nella mano destra, alla fine del mezzo giro, sta sotto. Se facessi cosí io, come minimo mi spezzerei un polso. Non mi chieda come ho fatto a sapere tutti questi particolari... diciamo che il mio avvocato ha un amico nella Scientifica, va bene? E per favore, signor commissario, non mi dica che ho fatto apposta tutte quelle acrobazie per sembrare un destro, perché sarebbe ridicolo... poi senta: ho passato tutta una vita di guai perché ho due mani sinistre, essere scagionato adesso da uno che usa solamente la mano destra è solo un atto di giustizia, non crede? La saluto, signor commissario, mi stia bene.

Esco dalla Questura e attraverso la strada, sospirando di sollievo. Mi fermo davanti alla vetrina della merceria e mi vedo inquadrato nel vetro, a fischiettare, con le mani in tasca, un po' piú spettinato di come sono adesso. Poi, mio fratello gemello esce dal negozio e mi viene vicino, senza avere il coraggio di guardarmi negli occhi, mortificato.

– Aveva ragione la mamma a dire che i mancini sono piú intelligenti. La prossima volta che fai un colpo cerca di non farti riprendere dalle telecamere, – gli dico, un po' rude, perché se lo merita. Poi gli dò un buffetto su una spalla.

– Vabbe', non importa... dài, tira fuori i guanti che ho freddo alle mani.

Lui sorride e sfila da sotto il braccio il pacchetto che ha ap-

pena comprato nella merceria. Guanti di pelle, due paia uguali, che ci scambiamo. Perché la natura è strana e a volte gioca
certi tiri... ecco, mio fratello, per esempio, mio fratello gemello: lui è nato con due mani destre, guarda un po'.

Il delitto di Natale

– È stato un attimo, commissario, un attimo… e c'eravamo tutti quanti! Appena è arrivata la macchina ci siamo andati incontro, tutti fuori davanti al Palazzo di giustizia, come da disposizioni… Mulas è sceso dalla macchina, in manette e col giubbotto antiproiettile, e un tizio vestito da Babbo Natale è uscito da chissà dove e gli ha sparato quattro colpi nella faccia!

Flaminio si strinse il cappotto sulle spalle. Faceva freddo e la neve della notte si era indurita sotto una crosticina scricchiolante. – E cosa ci faceva un tizio vestito da Babbo Natale da quelle parti?

Il sovrintendente Cassarà allargò le braccia, guardando in alto, al cielo grigio. – Niente ci faceva, commissa'. Tutta la zona era bloccata, c'eravamo solo noi, e le pattuglie dicono che non è passato nessuno. Tanto che io, quando l'ho visto arrivare, credevo che il Babbo Natale fosse uno dei nostri travestito. Ho pensato: «Questo è Matrone che fa lo scemo», invece poi si è messo a sparare e allora l'ho capito che era un killer.

Flaminio annuí, serio. E, di certo, sul fatto che gli avessero ammazzato un grosso spacciatore, un insospettabile imprenditore che nascondeva la droga nei giocattoli prodotti dalla sua fabbrica, che glielo avessero ammazzato proprio davanti al Palazzo di giustizia e dopo che lui stesso aveva preparato il trasferimento per l'udienza, non c'era proprio nulla da ridere.

– Ci aspettavamo che potesse scappare, commissa', non che lo facessero fuori, – disse Cassarà, come per giustificarsi. Poi sospirò, imbarazzato. – Ma questo non è tutto… c'è qualcosa di piú strano.

– Ancora piú strano? – disse Flaminio, e seguí il sovrintendente sotto i portici, fino a una stradina laterale, coperta di neve spessa, bucata dalle impronte lunghe e profonde di passi in corsa.

– Dopo che ha sparato, il Babbo Natale è scappato di qua e noi dietro. Ha voltato in questa stradina, come si vede anche dalle orme, e si è infilato in quel portone. Io gli stavo dietro e l'ho visto entrare... – Seguirono le orme fino al portone e si affacciarono su un cortiletto quadrato, piccolissimo, a cielo aperto. Cassarà non disse piú nulla e Flaminio si guardò attorno, corrugando la fronte. Non c'erano porte né finestre sul cortile, solo quattro pareti senza piú intonaco. Le impronte si perdevano sulla neve calpestata e improvvisamente scomparivano, sotto il muro di fronte.

– Come ha fatto a scappare? – disse Cassarà. – Indietro non è tornato, perché ci stavo io... e qui non ci sono uscite. A meno che non sia saltato oltre il muro... – Ma erano piú di tre metri e Flaminio scosse la testa. Entrò nel cortile, attento a non calpestare la neve martoriata del centro.

– L'ho notata anch'io, – disse Cassarà vedendo che Flaminio si chinava su un buco, quadrato e netto, appena staccato dalle altre impronte confuse. – Pare lo zoccolo di una scala di legno. Magari l'ha usata per scavalcare il muro...

– Non avevate controllato questo cortile prima del trasferimento? E non c'era una volante nella strada dietro il muro?

– Certo che c'era, commissa'... che diamine.

Flaminio sospirò e uscí dal cortile, con le mani strette nelle tasche del cappotto. Un killer che si volatilizza al centro di un cortile chiuso. Una scala di legno, lunga almeno tre metri, che salta fuori all'improvviso. Un bel regalo, proprio alla vigilia delle vacanze di Natale, con Stefania che insisteva perché le portasse in settimana bianca, lei e Martina, «la bimba ha bisogno di sole, la bimba ha bisogno di sole...»

– Poi, – disse Cassarà, come se gli leggesse nel pensiero, cosa che accadeva spesso, – chi lo voleva ammazzare, a Mulas? Era d'accordo con la mafia, non si era pentito, stava per prendersi l'ergastolo per quella bambina che si è mangiata per sbaglio l'eroina che stava in una bambola e ancora non aveva inguaiato nessuno... chi lo voleva ammazzare, a quello?

– Forse uno che amava i bambini... – disse Flaminio, con l'immagine di Martina davanti agli occhi, – magari il padre di quella bimba. Metti la Scientifica su quell'impronta... – e salí in macchina, appena in tempo per evitare il primo giornalista.

– Non crederà che io sia una curiosona, commissario, io non mi impiccio dei fatti degli altri, per carità... però quando ho sentito quelle botte mi sono affacciata alla porta... sa, abito lí vicino, proprio dietro il cortile... No, non ho visto nessuno, è vero che dovrei portare gli occhiali, ma non lo faccio... Lei trova che starei meglio con gli occhiali? Oh, sí, qualcosa ho sentito... ho sentito come un sonaglino, come quelli che hanno i bambini... Lei non è sposato, commissario? Ah, è sposato e ha una figlia? Vabbe', come non detto... comunque sono a disposizione, davvero... disponga di me come vuole...

Cassarà fermò Flaminio proprio sulla porta della Scientifica, con la mano sulla maniglia.

– Ho parlato con quelli della volante, – disse. – Nessuno ha visto allontanarsi una carrozzina con un bambino. Peccato, perché questo spiegava quei campanellini e la scomparsa dei vestiti da Babbo Natale... sa, un complice che lo aspettava con una carrozzina ed ecco il nostro killer trasformato in una famiglia felice. A proposito di famiglie... anche quella della bambina è pulita.

– E come fai a dirlo?

– Perché non c'è piú. La madre è morta di crepacuore e il padre è in manicomio.

Flaminio aprí la porta e fece cenno a Cassarà di entrare con lui. Nel laboratorio c'era soltanto Melloni, in camice bianco, che li aspettava.

– Hai detto che era urgente, – disse Flaminio, con una punta di ansia nella voce. – Hai scoperto qualcosa?

Melloni sorrise e annuí, deciso. Aveva una busta in mano, con dentro delle fotografie ingrandite che sparse sul tavolo davanti a lui. Flaminio le guardò ma sembravano solo macchie e strisce senza senso.

– Io sono uno che non è mai riuscito a vedere il Carro con l'Orsa maggiore, – mormorò, – per me sono solo un mucchio di stelle come le altre. Cosa vuoi che ci veda in questa roba qua? Cosa sono, le macchie di Rorschach?

– Allora senti, – sospirò Melloni, – qualcosa di nuovo c'è, ma non credo che ti aiuti a chiarire. Si tratta dell'impronta quadrata... pensa che io stavo lí a fissarla senza capirci niente quando è passato Morini, che viene dalla campagna, le ha dato un'occhiata e ha detto: «Ma questa è una mucca!» È proprio vero, a vivere in città certe cose si perdono...

– Una mucca? È l'impronta di una mucca? – Flaminio aveva un'espressione disperata.

– Ma no... cioè, non esattamente. Ho fatto una piccola ricerca e ho scoperto che si tratta di un *rangifer tarandus*.

– Sarebbe a dire?

– Sarebbe a dire una renna, – e mise le mani aperte attorno alla testa, dritte, con le dita spalancate. – Una renna... come quelle di Babbo Natale.

Il commissario Flaminio e il sovrintendente Cassarà stavano immobili davanti a due caffè, come ogni volta che risolvevano un caso. Guardavano fissi nello specchio di fronte, pensando in silenzio alle stesse cose... i campanellini, le renne, l'uomo vestito da Babbo Natale che scompariva in cielo, tra le nuvole, come su una slitta tirata da...

Flaminio guardò il caffè ormai freddo e alzò la testa verso Cassarà, che lo stava fissando, con la stessa domanda negli occhi.

– E adesso come glielo diciamo al magistrato?

Cucina

Don Pasquale disse: – Ma chi l'ha avuta questa bella pensa-
ta? – E tutti guardammo Mimí.

L'incarico di costruire un covo sotterraneo per quando fossero arrivati i carabinieri l'avevano dato a lui, e lui l'aveva fatto. E, tecnicamente, l'aveva fatto anche bene. Brandine, frigo
bar, televisore, bagno, perfino la doccia. La botola d'entrata
perfettamente nascosta tra le assi del pavimento, impossibile da
individuare. I carabinieri avrebbero potuto perquisire tutta la
casa e tenerla sotto controllo per un mese intero, che non ci
avrebbero mai trovati. L'unico problema era la stanza che Mimí
aveva scelto per metterci sotto il covo. Tra tutte quelle della
villa l'aveva fatto fare sotto la cucina. – Meglio qui che sotto il
bagno, – aveva detto Mimí, – no, don Pasqua'? – Don Pasquale
non gli aveva neanche risposto. Aveva alzato un dito, indicando il soffitto, e lo aveva fatto girare, come per mescolare l'aria.
L'odore di soffritto stava riempiendo il covo come il gas in un
film di 007.

– È il maresciallo Lombardini, dell'Antimafia, – avevo detto io, – è di Bologna, e lui il ragú lo fa con tutti gli odori, prin-
cipalmente la cipolla. Vedrai che tra un po' si fa piú dolce perché ci mette le carote –. Don Pasquale mi lanciò un'occhiata
che sapeva di lupara bianca e io abbassai subito gli occhi. Andai veloce verso la dispensa e gli presi una scatoletta di tonno.
Naturale, senz'olio, perché Mimí era a dieta. Don Pasquale
strinse i denti fino a farli scricchiolare. Da sopra, dalla cucina,
sentimmo la voce del brigadiere Lomonaco che urlava: «Spaghetti o bucatini?»

Erano arrivati che era quasi mezzogiorno. Ce l'aspettavamo, e infatti don Pasquale mi aveva fatto mettere tutte le carte compromettenti in una borsa, a portata di mano, intanto che Mimí stava di vedetta. Eravamo proprio in cucina quando lo abbiamo sentito gridare: – Arrivano! – Cinque minuti dopo, i fuochi d'artificio, Antimafia, reparti speciali, pure i cani, tutti dentro la villa. E noi sotto, chiusi, ad aspettare. La borsa me l'ero portata dietro e dentro ci avevo messo tutto, ma una cosa, Cristo, una cosa sola, l'avevo dimenticata di sopra. Ed era a quella che pensavo.

Dalla cucina l'odore cambiò e si fece di prezzemolo e d'aglio. Sentimmo sfrigolare l'olio nella padella, l'olio buono, quello che don Raffaele ci aveva regalato per sancire la pace con la cosca dei corleonesi, e immaginammo tutti che tra poco ci sarebbero finiti dentro i totani, i gamberetti e la paranza che don Pasquale in persona aveva scelto al mercato quella mattina. A lui, quella cosa che i carabinieri se ne stavano nella sua cucina a farsi da mangiare dopo la perquisizione, con la roba del suo frigo, sembrava uno sgarbo personale.

Io, invece, pensavo ad altro. A quella cosa dimenticata di sopra. A quella cosa che avevo lasciato. Mi voltai verso il muro, e mi morsi le labbra fino a farle sanguinare. Prima o poi i carabinieri, i tecnici della Scientifica, il magistrato… prima o poi qualcuno l'avrebbe trovata.

Cosí aspettai la notte, e mentre gli altri dormivano, uscii dal covo e mi consegnai ai carabinieri per farmi pentito.

Prima però corsi al frigo e lo spalancai per vedere se stava ancora lí.

E c'era.

Un culo di salame.

Rosso scuro, con i lardelli candidi e la buccia quasi nera. Corto e rotondo, da affettare ancora fino al cordone con il piombino. Punteggiato di pepe, a noccioli grossi.

Bellissimo.

Come si fa a resistere a un culo di salame?

Sono sicuro che anche don Pasquale mi avrebbe capito.

La colonia

Avevo nove anni quando i miei decisero che quell'estate mi
avrebbero mandato in colonia assieme a mio fratello che ne
aveva sette. Lo trovai dove stava di solito, seduto sulla tazza
del water, e quando glielo dissi mi guardò serio, piegato in
avanti, i gomiti puntati sulle ginocchia e le suole delle scarpe
da tennis che sfioravano appena il pavimento, infagottate nei
calzoni.

– Cristo, – disse, – sapevo che prima o poi sarebbe successo. Suore o signorine?

– Signorine.

– Merda.

Al mare, in colonia, per come la vedevamo noi, ci andavano
i figli di genitori poveri o che volevano toglierseli di mezzo per
andare in vacanza loro. Al limite, i bambini tubercolotici. Ma
noi non appartenevamo a nessuna di quelle categorie. Noi eravamo figli di genitori democratici. Ci mandavano in colonia perché facessimo esperienza di vita comunitaria.

– Io, per me, – disse mio fratello, stringendosi nelle spalle,
– so già cosa fare. Alla prima occasione me la faccio addosso e
mi faccio rimpatriare.

Era il suo metodo. Mio fratello era di intestino debole. Gli
bastava soltanto pensare a un piatto di prugne secche che dovevano ricoverarlo d'urgenza in gabinetto. Ci saltava intere settimane di scuola. Io gli dicevo: «Che senso c'è? Seduto qui o a
scuola, dov'è la differenza?» ma lui sorrideva, sornione e dice-

va: «Fratello, sono io che decido dove metto il culo. Sta qui la differenza».

Partimmo di sabato mattina con un pullman di bambini assonnati, vestiti tutti uguali: calzoncini corti, maglietta a righe e berrettino da marinaio. Io avevo fatto di tutto per evitare il berretto, ma non era servito a niente. Mio fratello se lo era lasciato infilare con aria angelica, e sembrava anche contento. Poi, rapido, mi aveva fatto vedere il tubetto di dentifricio che teneva infilato in tasca. Durante il viaggio feci amicizia con un bambino che sedeva accanto a me e che si chiamava Giubilini, ma dopo pochi chilometri cominciò a vomitare e lo spostarono davanti, accanto alle signorine. Venne un tizio con i denti da cavallo che si chiamava Rubiolati e che sapeva fischiare col naso, ma cominciò a vomitare anche lui e finí davanti. Allora venne un bambino che era piú piccolo di me, ma aveva il berretto da marinaio tutto sporco e stracciato, come se lo avesse portato da una vita.

– Tre anni di colonia, bello, – mi disse, – e faccio solo la seconda. Ne ho viste di cose, laggiú.

Mi raccontò che non è vero che le signorine sono peggio, che le suore voltano le spalle alla spiaggia con le sottane sollevate sulle gambe e ridono quando l'acqua gli sale alle ginocchia ma intanto vedono tutto quello che succede dietro, e quando tornano in camerata si tolgono le ciabatte e menano peggio della Celere. Mi raccomandò di schizzare in refettorio all'ora di pranzo per occupare il posto accanto alla finestra, buona per buttarci gli spinaci al burro quando le signorine si voltavano dall'altra parte.

Mi disse di stare attento al figlio del bagnino, un bastardo cicciobomba che alla prima occasione ti lanciava il cappello nell'acqua. Il trucco: non accettare provocazioni. Se lui dice «Cretino» rispondere «Chi lo dice lo è mille volte piú di me». Se dice «Imbecille», rispondi «Il tuo culo fa le scintille» e il bastardo è fregato. Dal sedile di dietro, intanto, veniva un sottile ma intenso odore di menta. Mio fratello era già al lavoro.

Arrivammo di pomeriggio e ci misero tutti a dormire, perché dicevano che eravamo stanchi del viaggio. Restammo un paio d'ore a guardare il soffitto stesi su lettini stretti e duri come la bara di un vampiro. Dopo un paio di minuti sembrò che nella camerata fosse esplosa la fabbrica della Colgate.

Quella sera stessa mio fratello mi salutava con la mano dal furgoncino che lo riportava a casa. «Tieni duro», mi sillabò da dietro il vetro del finestrino.

In realtà non era male, la colonia. Non era una cosa da bambini poveri o abbandonati. C'era un mare bellissimo, azzurro e pulito, sabbia fine con cui giocare e sole tutto il giorno, e anche se non c'era neppure una bambina non ce ne importava molto perché eravamo tutti in età prepuberale. Fu il bambino di seconda a spiegarci come stavano le cose: un giorno che eravamo sulla spiaggia a coprire Giubilini di sabbia.

– Non è la realtà delle cose che fa un posto, ma lo spirito con cui lo guardi. Ragazzi, la geografia è un concetto puramente mentale, e se lo vedi da una certa angolazione anche un luogo come questo ti può sembrare il Vietnam di *Platoon* o le strade di *Pulp Fiction*.

Non capimmo cosa voleva dire perché eravamo troppo piccoli, e Oliver Stone e Quentin Tarantino non avevano neppure cominciato a fare film. Ma sentivamo che aveva ragione. Cosí finimmo di seppellire Giubilini lasciandogli soltanto la testa fuori e schizzammo via perché stavano arrivando le signorine.

La notte in cui mio nonno diventò un lupo mannaro

Io, di calcio, non ci capisco niente. Per anni sono stato convinto che il piú grande calciatore di tutti i tempi fosse Bobby Charlton, affermazione legittima ma che tutti mi dicono non vera di fronte a campioni di piú grosso calibro. A farmelo credere è stato Schiumarini Giovanni, mio compagno di classe alle elementari, con cui facevo gli scambi di figurine. Con questa scusa si prese in cambio Pelé, Garrincha e la figurina grande con tutto il Brasile. Quando tornai a casa mio fratello, che faceva la collezione assieme a me, si arrabbiò come una pantera, mi disse che non ero piú il fratello maggiore e da allora il primogenito fu lui, anche se piú piccolo. Tutto questo soltanto per dimostrare come io, di calcio, non ci capisca niente. Forse perché non me ne importava nulla. Almeno fino all'estate del 1982.

Da allora, il calcio mi fa paura.

Perché quella fu la notte in cui mio nonno diventò un lupo mannaro.

Quel giorno dovevo capirlo al primo sguardo che c'era qualcosa di strano. A differenza dell'altro mio nonno, che era stato partigiano e tirava le ciabatte al televisore se c'era qualcosa che non gli piaceva, mio nonno Gualberto era segretario del Rotary, portava la cravatta anche d'estate, si addormentava davanti al telegiornale e la frase che gli avevo sentito dire piú spesso era «Mi dà la ricevuta, grazie?» Vederlo in canottiera, arrossato, con gli occhi fissi sullo schermo, avrebbe dovuto insospettirmi.

– Cosa c'è? – gli chiesi, e lui: – La partita, – con un filo di voce, poi piú forte: – La partita!

Non feci in tempo a chiedergli: – Che partita? – In quel momento l'Italia segnò la prima rete della finale dei Mondiali di calcio contro la Germania, e iniziò la trasformazione di mio nonno.

Ore 21.13. Tardelli batte il calcio di punizione, Gentile si impadronisce della palla, le fa attraversare il campo con un cross e Paolo Rossi, di testa, la infila nella rete dei tedeschi. Mio nonno spalanca la bocca e con il fondo della gola soffia: – Goal! – secco e quasi muto, come uno starnuto. Poi si alza in piedi, sferra una serie di pugni velocissimi a mezz'aria, poi l'ultimo, stampato in alto, sul quale resta bloccato col braccio teso e i denti stretti in un ghigno feroce. A me viene spontaneo guardare in alto, dove il pugno di mio nonno si è fermato come avesse battuto su una parete invisibile, ma non c'è niente. Mio nonno se ne accorge, si ricorda di me e torna a sedere.

– Hanno segnato, – sussurra, cercando di sembrare tranquillo. Ma si vede che trema.

Ore 21.25. C'è mischia in area azzurra, tutti calciano e spingono e non si capisce che cosa succede. Mio nonno si alza e corre ad attaccarsi al televisore, ringhia, poi Dino Zoff è a terra e anche mio nonno, che ha fatto un passo indietro ed è inciampato nelle ciabatte. Ma si rialza subito, perché sono le 21.29 e Tardelli, con un gran tiro di sinistro segna la seconda rete. Questa volta mio nonno urla: – Goal! – si afferra la canottiera e la solleva sul petto mostrando in spregio la pancia ai tedeschi, che si aggirano perplessi per il campo. Quasi riuscissero a vedere oltre lo schermo il salotto dei miei, mio nonno e la sua pancia minacciosa.

Ore 21.39. I tedeschi hanno battuto il calcio di rigore, ma Conti parte in un contropiede rapidissimo, passa la palla ad Altobelli, che tira e segna. Mio nonno scatta in piedi, tutto proteso in avanti. Vedo con terrore i lineamenti del volto che si contraggono, le labbra che gli si arricciano in fuori, le fauci che si distanziano come non credevo che fosse possibile per un essere umano. Poi spalanca la bocca e lancia l'urlo piú forte che ab-

bia mai sentito in vita mia. Gli esce dalla bocca, rotondo e solido, tutto *O* e lungo, *OOOO*, e si sgrana, travolgendo nella sua
corsa toni e semitoni e continua anche quando mia nonna entra
e lo tira per un braccio: – Smettila, Gualberto, ti fa male, – ma
lui niente, a occhi chiusi, finché non gli resta piú il fiato che esce
in un sibilo corto, cosí acuto che devono sentirlo soltanto i cani,
troncato all'improvviso da uno schiocco di dentiera.

Non era l'urlo di un uomo quello. Non era neanche l'urlo di
un lupo.

Quello era l'urlo di un lupo mannaro.

Forse ho urlato anch'io, anche se non me ne sono accorto.

Qualche minuto dopo segnò anche la Germania, ma ormai
era fatta. Mio nonno tornò mio nonno e rimase seduto sul divano a guardare con indifferenza l'arbitro che fischiava il termine della partita e il presidente Pertini che si congratulava con
la squadra campione del mondo.

«Abbiamo vinto», cercò di dirmi, sussurrando tranquillo,
ma dalle labbra gli uscí soltanto un fiatino leggero.

So che il giorno dopo diceva di aver perso la voce per un colpo d'aria, in macchina. Poi aggiungeva, con un soffio: – Mi dà
la ricevuta, grazie?

Il libro

Non so perché comprai quel libro. Io guardo la televisione e non leggo mai. Credo fosse perché era dello spessore giusto e del giusto colore di copertina. Aveva la costola scrostata in chiazze piú chiare, che mostravano la legatura, ma il colore d'insieme era marrone scuro. Esattamente quello della mia libreria. E lo spessore: tre centimetri. Proprio quelli che mancavano per finire lo scaffale.

Il fatto è che quella libreria era un regalo di mia madre. Un mobile antico, vecchio, diceva Laura, chiuso da due ante di vetro schermato da una sottile grata di metallo. A Laura, naturalmente, non piaceva. Primo, perché non si accordava con l'appartamento che avevamo appena finito di arredare. Secondo: perché veniva da mia madre. Un po' era per quello, per reagire all'assurda e violenta ostilità, che mi ero messo in testa di curare la vecchia libreria fino nei minimi particolari. E avevo comprato quel libro.

– Non ci sta.

– Ci sta.

– È troppo largo, non ci sta.

– Ci sta, invece.

– Poi è brutto.

– Non è brutto, è antico.

– È vecchio, come la libreria.

Laura mi voltò le spalle e uscí dalla stanza. Aveva ragione lei, il libro era troppo largo. Ma io riuscii a infilarcelo lo stesso. Credo che sia stato da allora, da quel momento, che iniziarono ad accadere cose strane.

La prima cosa fu uno spiffero freddo.

Stavo seduto in poltrona a guardare la partita alla televisione, quando mi accorsi di un soffio di aria ghiacciata che mi mordeva il collo. In un primo momento era solo una leggera sensazione di fresco che cosí, in quella sera di maggio un po' calda, poteva anche fare piacere, poi si trasformò in un gelo pungente, che già cominciava a chiudermi la gola. Mi alzai, allora, e andai a chiudere bene la finestra del soggiorno, girando con forza la maniglia e spingendo sugli stipiti, perché fossero perfettamente serrati.

Ma lo spiffero c'era ancora.

Sottile, insistente, freddo.

Mi avvicinai alla porta e misi la testa fuori per sentire, per annusare, quasi, se ci fosse stata una finestra aperta da qualche parte. Lo dissi, anche, gridai: – Laura, chiudi la finestra, per favore, – poi chiusi la porta, la sigillai e tornai in poltrona.

Ma lo spiffero continuava.

Mi toccai il collo e dalla sensazione di calore che la mia mano provocava sulla pelle mi accorsi che quel soffio ghiacciato veniva da dietro, dalle mie spalle.

Ma alle mie spalle c'erano soltanto le ante accostate della mia libreria.

Mi alzai, allora, e mi avvicinai al mobile. Sollevai una mano e feci scorrere il palmo aperto lungo il filo delle ante. A metà corsa un alito ghiacciato e solido come lo spiffero di un frigorifero mi si infilò dentro la manica della camicia, facendomi correre un brivido lungo tutta la schiena.

– Saranno i tubi dell'acqua fredda. Magari perdono, cosí prima o poi ti si marcisce tutta la libreria.

Laura era in pigiama, appoggiata allo stipite della porta, un piede nudo sollevato e appoggiato al ginocchio e le braccia conserte. Sbadigliò, con gli occhi già socchiusi dal sonno e il ciuffo di capelli biondi scompigliato sulla fronte. Era bellissima, Laura.

– Io vado a letto, – disse.

– Ma sono solo le otto.

– Sí? Non lo so... vado a letto.

Sparí dalla porta, e io serrai le ante della libreria, pensando che avrei dovuto chiamare un idraulico. Mentre lo facevo, mi venne in mente che Laura non andava mai a letto prima delle due di notte. E si svegliava prestissimo. Era una bomba di energia cinetica che praticamente non dormiva mai, ed era anche per questo che mi piaceva. Forse il suo sonno non era proprio sonno. Era un invito.

Invece no. I calzoni del pigiama abbandonati sulla soglia della camera da letto mi avevano fatto sperare, anche la lampada del comodino accesa, invece Laura dormiva come un sasso. Abbracciata al cuscino, una gamba nuda che girava attorno al lenzuolo, bellissima e sensuale, dormiva come un neonato, col pugno chiuso davanti alla bocca. Tornai alla televisione, allora, e quando cominciò a crollarmi la testa andai a letto anch'io.

E qui successe la seconda cosa strana.

Il canarino che stava in soggiorno cominciò a cantare cosí forte che mi svegliò. Non cantava solamente, strillava, e fui costretto ad alzarmi per andare a vedere. Appena accesi la luce del soggiorno, il canarino smise e io di nuovo mi coprii di brividi. Non per il silenzio improvviso e neppure per quel gelo innaturale che ghiacciava la stanza, ma per la libreria.

Le ante di vetro, che avevo chiuso con cura qualche ora prima, erano aperte, come se un colpo d'aria proveniente dall'interno le avesse spalancate all'improvviso.

Quella mattina Laura non si svegliò e questa fu la terza cosa strana.

Dormiva ancora alle nove e mezzo, e visto che era crollata alle otto di sera, piú di dodici ore di sonno mi sembravano anormali, soprattutto per una come lei. Cosí prima le sfiorai la gamba scoperta dal lenzuolo, poi le baciai la spalla che usciva da sotto il colletto aperto del pigiama, poi le accarezzai i capelli, chia-

mandola, poi la spinsi, la scrollai e la scossi. Niente, a parte qualche leggero mugolio, il mio nome sussurrato tra le labbra: – Vittorio, – e un cambio di posizione che la portò a stringersi al cuscino, rannicchiata come un feto.

Chiamai il dottore.

Laura scottava. Bruciava, come avesse la febbre, e i corti capelli biondi le si erano incollati alle tempie. Il dottore, che era
un mio amico, riuscí soltanto a strapparle uno sguardo velato e
un sorriso appannato di sonno, nient'altro.

– Prende qualcosa, Laura?

– In che senso?

– Sonniferi, barbiturici, ansiolitici...

– No, lo sai. Dormiamo come sassi e non c'è nessun problema che... perché? Cos'ha?

– Niente. Sta benissimo. Tecnicamente dorme e basta, ma
non è naturale. Facciamo cosí... io adesso devo andare, ma ri-
passo a mezzogiorno. Se non è successo niente, se è ancora cosí, chiamiamo un'ambulanza e la facciamo ricoverare.

Appena il dottore se ne fu andato, mi sedetti sul bordo del
letto e presi la mano di Laura, che me la strinse come faceva a
volte nel sonno.

Fu in quel momento che sentii di nuovo gridare il canarino.

Allora mi alzai e andai in soggiorno.

Lo spiffero freddo che ghiacciava la stanza veniva dalla libreria, ma non da tutta. Veniva da metà, dal secondo scaffale.
Ed era piú intenso in corrispondenza dell'ultimo libro a destra.
Quello dalla copertina scrostata che avevo comperato il giorno
prima.

Appena allungai la mano per prenderlo una sensazione di gelo mi morse il braccio, facendomi quasi male. Lo sfilai fuori a
fatica e lo appoggiai sul tavolo, ritirando la mano. Alle mie spalle, il canarino ancora nascosto sotto lo straccio che copriva la
gabbia per la notte, si era bloccato in un silenzio sospeso, come
un singhiozzo trattenuto.

Aprii il libro.

Era un normale ricettario di cucina. Un ricettario degli anni Quaranta, che ogni tanto aveva un cerchio a lapis rosso sul nome di un piatto. Tortellini in brodo, cerchiato tre volte, Latte alla portoghese, Ricetta di magro per la vigilia... niente di strano. Quando lo avevo comprato non ne avevo letto neppure il titolo.

A mezzogiorno tornò il dottore. Laura non si era svegliata. Chiamammo l'ambulanza e la portammo all'ospedale. Rimasi con lei, e mi faceva male vederla bucare in tutti i modi, con gli aghi per i prelievi di sangue da analizzare o con quelli delle flebo per nutrirla. Rimasi con lei il piú a lungo possibile, poi tornai a casa. A quel libro.

C'erano delle annotazioni a fianco di alcune ricette. Brevi frasi scritte con una calligrafia minuta e un po' antica, quasi stinta nella pasta rosata del lapis. *Menu degli innamorati*. A fianco, rapido e inclinato: «Non funziona». *Sciampagna al chiar di luna*, «Disastro». *Torta della riconciliazione*, «Vana speranza».

Fu per caso, sfogliando le pagine, che mi accorsi dell'ultima annotazione. Era proprio in fondo al libro, a fianco delle *Ricette speciali*. *Pranzi funebri*: «È finita. Ma senza i miei soldi non può vivere. Non mi lascerà, lo so. Mi ucciderà».

In quel momento squillò il telefono. Era il dottore.

– Senti, Vittorio, qui c'è qualcosa di strano. Ci sono anche i carabinieri e... non dovrei dirtelo, ma sembra che Laura sia stata avvelenata.

Il maresciallo dei carabinieri mi fissò con uno sguardo strano per tutto il tempo.

No, non sapevo che Laura prendesse ansiolitici per il semplice fatto che non ne prendeva. Non sapevo che avesse dei problemi di nervi o di altro genere per il semplice fatto che non ne aveva. Non sapevo che fosse intossicata di nitrato di piombo per il semplice fatto che di quella roba lí in casa nostra non ce n'era mai stata.

Avrebbe voluto chiedermi se io e Laura litigavamo, se tra noi c'erano problemi di soldi, se ci mettevamo le corna, ma non fece in tempo, perché glielo dissi io. Niente di niente. E allora perché Laura stava morendo avvelenata?

– La cosa strana, – mi disse il dottore, – è che quella roba che ha preso non è piú in commercio da un sacco di tempo. Chissà dove *l'hai* trovata… scusa, volevo dire dove *l'ha* trovata.

Ma mi guardò strano, anche lui.

A casa, tornai a quel libro. Lo sfogliai tutto, pagina per pagina, resistendo alla sensazione di gelo e all'angoscia che quel silenzio inquietante, dal canarino alle tubature del riscaldamento ai rumori del condominio che tacevano muti, mi soffocava.

Sul frontespizio c'era una scritta a inchiostro blu, un po' sbavata ai margini: «A mia moglie, nel giorno del suo compleanno». E sotto, a lapis rosso, con quella calligrafia minuta: «Neppure nelle dediche mi chiama per nome». Una data, a inchiostro, «Bologna, 20 maggio 1940». La data di oggi, cinquantotto anni fa. Un nome, «Tuo Chicco». E nell'angolo destro della pagina un timbro, recente, a secco. «Liber, rivendita libri usati», con l'indirizzo.

Cominciai da lí.

– Noi compriamo dai privati che vogliono svuotarsi le soffitte e rivendiamo alle bancarelle dei mercatini, o direttamente al pubblico. Come vuole che faccia a ricordarmi da quale casa viene questo libretto qui?

L'omino aveva un grembiule a righe e anche lui sembrava arrivare direttamente dagli anni Quaranta. Nel capannone c'era una quantità infinita di libri e una quantità infinita di polvere, che mi aveva chiuso completamente la gola e il naso e mi faceva lacrimare gli occhi. L'omino mi guardò, scambiò le mie lacrime per lacrime di commozione e disse: – Vabbe', mi faccia vedere.

In fondo al libro c'era un quadratino di inchiostro nero, cosí sbiadito che non me ne ero accorto. Era un *ex libris*, mi spiegò l'omino, un timbro con un'immagine e il nome della persona cui apparteneva. L'immagine, uno scorpione, si vedeva ancora, ma il nome no. Questa volta le mie lacrime erano lacrime vere. L'omino si strinse nelle spalle e disse: – Vabbe'. Ci guardiamo tutti i libri che stanno qua dentro e vediamo se ce n'è uno uguale.

C'era. Piú chiaro. Si leggeva solo l'inizio del cognome, «Mar», semicancellato da un altro timbro: «Verificato per censura».

– *Delitto e castigo*, edizione del 1942. Il proprietario stava facendo il militare nella Seconda guerra. Famiglia povera o ricca?

– Ricca, credo.

– Allora era un ufficiale. Se era di Bologna ci deve essere il suo nome al presidio.

A casa, con un elenco di «Mar» scritto su un foglio. Martinelli Giovanni. No, il soprannome è Chicco. Martellini Francesco. – Pronto? No, mio nonno è morto alla fine della guerra –. Marchioni Riccardo. – Sí, sono io. Mai stato sposato e non ci penso neanche adesso. Dia retta a me, giovanotto, resti libero… – Marconi Franco. – Sí, il nonno era ufficiale ed era sposato. Sí, lei è morta parecchi anni prima di lui. Chicco? Scherzerà, il nonno si faceva dare del voi anche da sua moglie.

Marconi Enrico. – Cosa vuole da me? Chicco? Sí, ma… perché me lo chiede? Perché mi chiede di mia moglie?

È un uomo magro, dal volto scavato e dal naso a becco. A vederlo cosí, in vestaglia, in piedi dietro la poltrona con le mani aggrappate allo schienale, dimostra duecento anni. Ha lo sguardo fisso sul parco della villa che si vede oltre la vetrata della finestra alle mie spalle, anche se il sole lo costringe a tenere gli occhi chiusi. Ma è per evitare di guardare il libro che gli ho lanciato sul cuscino della poltrona, proprio sotto di lui.

– Cosa vuole da me?

– Mia moglie sta morendo.

– La mia è già morta.

– Sí, ma io non ho avvelenato nessun».

Non mi guarda. Si stringe nelle spalle.

– Che vuole che faccia? Che neghi? Non lo farò. Sono passati piú di cinquant'anni. Io ne ho ottantatre. Che vuol fare, mandarmi in galera?

Non lo so quello che voglio fare. Non so neppure perché sono lí. Mi ci ha spinto quel libro e mi sembra assurdo. Ma c'è Laura, in ospedale e qualcosa devo fare. Qualunque cosa.

– Mi racconti di sua moglie.

– Una donna qualunque. Una di quelle ragazze che a scuola chiamano sempre per cognome. Lo facevo anch'io. Se no, «cara». Era cosí... una donna di cui era facile dimenticarsi.

– Come si chiamava?

Socchiude gli occhi ancora di piú, come se cercasse di ricordarsi. Muove anche le labbra, nello sforzo. Poi sussurra. Sussurra e annuisce, deciso. Lo dice piú forte.

– Antonella.

In quel momento, ho come la sensazione che qualcosa passi alle mie spalle, un'ombra veloce, che vela per un momento la luce della finestra. E ho la sensazione, intima e netta, che fosse proprio quella la cosa da fare. Non una confessione, non una vendetta, ma quel nome, pronunciato quasi per la prima volta. Deve averla anche il signor Marconi quella sensazione, perché spalanca gli occhi, come se si ricordasse all'improvviso di tante cose, di una vita intera, si copre il volto con la mano, se lo stringe e non dice piú niente, finché non me ne vado, finché non esco e vado all'ospedale.

Da Laura, che lo so, lo sento, proprio adesso si sta svegliando.

Francisca

Quando si muoveva si poteva sentire il desiderio riempire il salone, espandersi, scivolare veloce e schiacciarsi contro le pareti. Quando sollevava il vestito sulle gambe abbronzate, lento, sulla pelle levigata delle cosce, quando muoveva i fianchi al ritmo languido della musica e schiacciava a terra il tallone dei piedi scalzi, quando chiudeva gli occhi e socchiudeva le labbra per sussurrare le parole del bolero, si poteva sentire quel desiderio, reale, concreto e fisico, prendersi spazio prepotentemente nell'aria umida e rovente del salone.

Ma nessuno la guardava. Francisca ballava da sola al centro del salone di don Armando, la piú bella mulatta di Trinidad, lucida, scura e sensuale quanto aveva potuto farlo il suo sangue africano incrociato con quello di gitana. Aveva lunghi capelli neri, aveva gambe lisce come la stoffa del vestito leggero teso sulle natiche rotonde, aveva un seno forte e pieno come le labbra e occhi che brillavano, che bruciavano, anche quando li teneva chiusi.

Ma nessuno la guardava. Nel salone di don Armando, tutti tenevano lo sguardo sulle carte o nei bicchieri, incapaci di parlare per quel desiderio che si muoveva al ritmo lento del bolero scandito dagli schiocchi dei piedi nudi di Francisca sulle assi del pavimento, incapaci di bere per le gole strette, incapaci anche di respirare. Neppure con la coda dell'occhio la guardavano, e serravano le palpebre se muovendosi per il salone Francisca finiva dalla loro parte, irrigiditi dalla paura che li sfiorasse anche solo con la stoffa della gonna.

Non è vero che non la guardasse nessuno. Uno c'era. Era un

uomo vestito di chiaro, con la giacca di lino non ancora macchiata dalla polvere del paese, non ancora spezzata da pieghe impossibili da stirare. Anche le chiazze di sudore sotto le ascelle erano pallide come il suo volto, appena arrossato dal sole.

– Fossi in voi non la guarderei in quel modo.

– Prego?

– Fossi in voi non la guarderei affatto.

– Oh.

L'uomo abbassò gli occhi, in fretta. Al tavolo accanto a lui un sergente della milizia annuí, lo sguardo fisso su una mano di carte che stringeva tra le dita. Sembrava concentrato su quelle, ma non le guardava, non guardava nulla, come gli altri.

– La stavo fissando troppo, eh? – disse l'uomo. – Non volevo offendere la decenza. È che in un posto come questo, una ragazza come quella... poi mi sembrava che volesse proprio farsi guardare.

Il sergente sorrise. Lasciò le carte e si voltò verso l'uomo, stando attento a tenere le spalle girate verso Francisca, che aveva alzato ancora di piú la gonna sulle gambe, fino alla piega delle natiche nere, e muoveva i fianchi avanti e indietro, una mano agganciata alla stoffa del vestito e l'altra sul collo a sollevarsi i capelli. L'uomo la notò con la coda dell'occhio e ricominciò a guardarla, trattenendo il fiato.

– Non è questione di decenza, – disse il sergente. – Non c'è n'è mai stata di decenza a Trinidad. È che Francisca non si può guardare.

L'uomo distolse lo sguardo un'altra volta, sempre in fretta. Poi, lentamente, lo riportò a Francisca. C'era un velo di sudore che le scintillava sulla pelle scura e sembrava ipnotizzarlo.

– Perché non si può guardare?

– Perché è la donna di Corrado.

– E chi è Corrado?

Il sergente allungò una mano e la appoggiò sulla spalla dell'uomo, che per un momento smise di fissare Francisca.

– Chi siete? – chiese. – Quando siete arrivato a Trinidad?

– Oggi, – disse l'uomo. – Questo pomeriggio, col treno. Sono il nuovo maestro. Lorenzo Riva, lieto di fare la vostra conoscenza.

Il sergente ignorò la mano che l'uomo gli tendeva, ma Lorenzo Riva non se ne accorse neppure. Continuava a guardare Francisca, e sorrideva, perché sembrava che lei se ne fosse accorta.

Se ne era accorta. Aveva aperto gli occhi per un momento, perché ballava sempre a occhi chiusi, Francisca, come fosse sola. E lo era, infatti, andava al salone tutte le sere perché suonavano il bolero, ma nessuno la guardava, nessuno le rivolgeva la parola, e se chiudeva gli occhi era davvero come non ci fosse nessuno, solo la musica, le parole tristi del bolero e quel sudore bruciante che le scorreva sulla pelle, sotto il vestito, simile alle dita sottili di una mano calda e delicata. Era proprio mentre pensava quello, mani lisce e delicate ma calde e insinuanti come un bolero, che aveva aperto gli occhi e aveva visto quell'uomo che la guardava. Pallido, sottile, troppo magro per i suoi gusti, troppo ragazzino, quasi effeminato, ma quel *niño* era l'unico che avesse il coraggio di guardarla. Aveva anche sfilato un paio di occhiali dal taschino, occhiali sottili dalla montatura di metallo, e li aveva infilati sul naso, smettendo di stringere le palpebre. Lo aveva fatto per vederla meglio, per guardarla, per guardare lei, Francisca, che ballava, e adesso non ballava piú da sola ma ballava per lui. Solo per lui. Il *niño*.

– Gesú Cristo, – mormorò Lorenzo Riva, e si passò la mano sulle labbra per asciugarsi il sudore che improvvisamente gli aveva inondato il volto. Fu in quel momento che Francisca notò le sue mani. Sottili, candide e lisce, delicate, ma sicuramente calde e insinuanti.

Smise di ballare, lasciò che i capelli le ricadessero sulle spalle nude, che il vestito rimanesse su a scoprirle le gambe, batté il piede sulle assi per l'ultima volta e si girò verso la porta del salone. Prima di uscire, però, guardò il *niño*, lo guardò con quei suoi occhi neri che sembravano bruciare, e piegando appena le labbra, socchiudendole appena sui denti bianchissimi, gli sorrise.

Dopo che fu uscita tutto il salone sembrò respirare. Un sospiro profondo, ancora stordito, come il ringhio di un animale che si sveglia. Anche Lorenzo Riva sembrava svegliarsi e scosse la testa piú volte, sbattendo le palpebre. Poi si accorse che lo stavano guardando tutti. Il sergente allungò di nuovo una mano e gliela appoggiò sul braccio, stringendolo forte.

– Ragazzo, – gli disse, – tu non lo sai, ma sei già morto.

– Via, sergente... siamo quasi nel Novecento e Trinidad è una cittadina sviluppata. Non posso credere che voi...

– Credete quello che volete, signor maestro. Se vi guardate attorno...

– Se mi guardo attorno vedo case nuove, strade larghe e pulite, una chiesa, una scuola, la fabbrica... Un bel posticino se non fosse per questo clima umido, questo vento caldo e nero...

– Se vi guardate attorno vi accorgerete che Trinidad sta in mezzo a una foresta. Sarà cresciuta, il Governo avrà anche intenzione di potenziare la fabbrica, avrà anche mandato un maestro come voi, ma Trinidad è in mezzo a una foresta, e nella foresta chi comanda è il bandito Corrado.

– Nella foresta, sergente, ma qui...

– Qui comanda lo stesso, signor maestro. Corrado arriva di notte, come un brutto sogno, e colpisce chi vuole e quando vuole. Non lo vedi e non lo senti, te lo trovi dietro e per te è finita.

– Non ci posso credere.

– Credeteci. Ha occhi e orecchie dovunque... disgraziati, ribelli, gente che non approva la politica del Governo, naturalmente. Lo informano di tutto e cosí le imboscate che gli tendiamo in città falliscono. Nella foresta non ne parliamo. Il generale Mendes gli sta dando la caccia da due anni e non l'ha mai neanche visto. Siete silenzioso, signor maestro...

– Mi state facendo paura, sergente. E Francisca?

– Francisca è la donna di Corrado. Lo era prima che Corrado si desse alla macchia e lo è ancora, ma è come se fosse vedova. Corrado ha fatto sapere che ucciderà chiunque la tocchi, e lui è cosí geloso che abbiamo paura addirittura di guardarla.

– Se no cosa succede?

– Qualcuno lo dice a Corrado, e Corrado arriva.

Il sergente si fermò. Aprí la fondina e tirò fuori la pistola. La porse a Lorenzo Riva, tenendola per la canna.

– Io mi fermo qui, – disse. – Siamo arrivati al vostro albergo e il mio dovere di scortarvi a casa l'ho fatto. Ora posso soltanto darvi la mia pistola...

– Per carità, non la voglio! – Lorenzo Riva fece addirittura un passo indietro, allacciando le braccia dietro la schiena. – Non ho mai toccato un'arma in vita mia... sono un maestro, io.

– Come volete, – mormorò il sergente. Socchiuse gli occhi, guardando verso l'albergo, come avesse notato qualcosa. Poi si irrigidí. Portò la mano alla visiera, veloce, e si allontanò, scomparendo nel buio della strada.

Lorenzo Riva deglutí, immobile. Sentiva un fruscio alle sue spalle, proprio dove avrebbe dovuto esserci la scala che portava all'ingresso dell'albergo. Lentamente, sfilò gli occhiali dal taschino della giacca e li infilò, prima di voltarsi.

La scala che portava alle camere era una scala esterna, di legno, piantata lungo il fianco dell'albergo. A metà, seduta su un gradino, c'era Francisca. Aveva le gambe sollevate, un tallone agganciato alla balaustra e l'altro a scorrere ruvido sulla gamba nuda, lucida di sudore. Si passava una mano sul collo, giú, sotto il vestito. Lo guardava, con gli occhi socchiusi, i capelli neri gonfiati dal vento caldo, come una strega. E intanto, appena appena, con le labbra tese sui denti bianchi, sorrideva.

L'aveva seguita su per le scale, mentre ondeggiava i fianchi a ogni gradino, come seguisse ancora il ritmo del bolero. Le aveva aperto la porta e lei era scivolata tra lui e lo stipite mentre aveva ancora la chiave nella toppa, senza toccarlo, ma lasciandogli tra le braccia tutto il calore del suo corpo, l'odore aspro e selvatico della sua pelle. In mezzo alla stanza si era fermata e aveva cominciato a spogliarsi.

Lorenzo Riva aveva chiuso la porta e si era appoggiato al muro, con le spalle. Alla luce del lampione che ondeggiava per il

vento sulla strada e filtrava gialla attraverso i vetri chiusi della
finestra, l'aveva guardata sfilarsi il vestito, abbassarlo oltre la
curva di una spalla poi sotto l'altra, e scoprire un seno nero e
forte, lucido di sudore, la curva stretta dei fianchi, l'ombra rotonda curva dell'ombelico e quella piú scura e riccia tra le gambe che si alzavano e si abbassavano per uscire dalla ciambella
inutile di stoffa arrotolata sul pavimento. Era soltanto allora
che aveva alzato lo sguardo su di lui, sulle sue mani strette una
nell'altra, poi nei suoi occhi.

– Corrado ti ammazzerà, – aveva detto.

– Non importa, – aveva detto Lorenzo Riva, e lei aveva sorriso.

Eppure, c'era qualcosa che non andava. Quando si era avvicinata a lui e lo aveva schiacciato contro il muro, incollando
il corpo nudo al suo vestito chiaro e le labbra calde alla sua bocca pallida, aveva sentito che c'era qualcosa che non andava. Il
niño ansimava e si stringeva a lei, le aveva fatto scivolare le sue
mani delicate e bianche sulla schiena, poi giú, a stringerle le natiche, e lei si era sentita bruciare dentro, la pelle prenderle fuoco come non ricordava piú da tempo. Ma c'era qualcosa che non
andava. Le aveva mangiato la bocca, il collo e il seno, si era fatto sfilare la giacca e la camicia dalle spalle, aveva infilato una
mano calda e insinuante tra le sue gambe mentre lei gli slaccia-
va la cintura e gli strappava i pantaloni, l'aveva fatta gemere
quando lo aveva sentito nudo, caldo e duro contro la sua pancia nera… ma c'era qualcosa che non andava. Restava freddo,
il *niño*, appassionato ma freddo, avido e irruento ma freddo, e
lei lo sentiva.

– Corrado ti ammazzerà, – gli disse di nuovo, – Corrado ti
ammazzerà, *niño*, – e forse era quello.

– Non importa, – disse Lorenzo Riva. – Non importa.

Poi arrivò Corrado.

Fermo sul davanzale della finestra, appollaiato come un'aqui-
la su un sasso, Corrado osservava quel corpo bianco e magro attaccato come un granchio a quello della sua donna. Nessuno lo

aveva sentito aprire le ante a vetri, e se non era saltato in mezzo alla stanza per infilare il suo machete in quel culo pallido e
stretto era solo perché la sua rabbia era una rabbia fredda, co-
struita in anni e anni di foresta a immaginare il momento giusto per esplodere. Se non era saltato giú dal davanzale urlando
come un animale ferito ma era rimasto rigido e impettito come
per una fotografia, le mani sui fianchi fasciati dalla giacca militare, il calcio della pistola che sporgeva dalla cintura e il machete stretto in mano, era solo perché aspettava di arrivare al
limite, quando non avrebbe piú potuto trattenere il fuoco sotto la pelle, come Francisca, che gemeva con gli occhi chiusi sotto le mani da ragno di quel ragazzo che le si schiacciava dentro,
tremante e contratto. Allora sarebbe saltato giú, avrebbe fatto
risuonare i tacchi dei suoi stivali da bandito sulle assi di legno
del pavimento della stanza, avrebbe afferrato il granchio per i
capelli e gli avrebbe tagliato quelle palle bianche col machete,
prima di aprirgli la gola. Come con gli altri.

Fu Francisca a vederlo. Aprí gli occhi per un momento perché c'era qualcosa che non andava in quel *niño*, anche allora,
dentro di lei, a spingere veloce e a scatti, qualcosa che non andava, cosí aprí gli occhi e vide Corrado. Non urlò, ma si irrigidí
con un sospiro tronco, come un singhiozzo, e il *niño* sembrò
aver capito, perché uscí da lei con un salto e si schiacciò in un
angolo, curvo in avanti, come una donnola, bianca e nuda.

Corrado saltò nella stanza, facendo risuonare i tacchi dei
suoi stivali da bandito. Scoprí i denti in un ringhio, stringendo
il machete finché le nocche non gli diventarono bianche.

– Sei morto, granchio, – soffiò. – Ti taglio le palle, ti apro
in due e ti mangio il cuore.

Francisca guardò il *niño*. A quel punto gli altri scoppiavano a
piangere, oppure si buttavano in ginocchio e cominciavano a pregare. Il *niño*. Il *niño* era diverso, soprattutto in una cosa. Gli altri si smosciavano all'istante e lui, invece, era rimasto duro.

Anche Corrado sembrò notarlo. Abbassò il machete per un
momento e in quell'istante il ragazzo si mosse. Fece un passo
verso Corrado, rapido e deciso, poi si bloccò come si fosse in-

chiodato al pavimento, piegò il corpo all'indietro, un braccio alzato sulla testa e uno in basso, sulla pancia, e facendo perno su una gamba tese quell'altra, dritta in avanti. Corrado spalancò gli occhi e soffiò fuori tutta l'aria che aveva nei polmoni quando il piede nudo del ragazzo lo colpí sotto lo sterno. Allargò le braccia, lasciando cadere il machete, e non poté fare niente se non aspettare che il ragazzo abbassasse il piede, velocissimo, si alzasse sulla punta e con una piroetta lo colpisse al mento col tallone di quell'altro. Cadde in ginocchio, mezzo svenuto, portandosi di nuovo le mani ai fianchi, senza ragione, impettito e ottuso. Sarebbe caduto in avanti se il ragazzo non fosse già arrivato alle sue spalle, velocissimo, per sostenerlo, un braccio di traverso al petto, con la mano agganciata al mento, e l'altro dietro, le dita strette sulla nuca.

«Che fai, *niño*?» stava pensando Francisca, ma era un pensiero ancora rivolto al primo passo che lui aveva fatto, dritto verso Corrado. Ai calci non c'era ancora arrivata, e neanche allo schiocco, duro e secco, come un ramo che si spezza, che fece il collo di Corrado, torcendosi su una spalla. Ci volle un po' prima che riuscisse a dirlo.

– Che fai, *niño*?

– Mi guadagno da vivere, – disse Lorenzo Riva, inginocchiandosi sul pavimento per prendere il machete che era finito sotto a un armadio. – L'unico modo per prendere Corrado era farlo venire in città, da solo, senza sospetti. E l'unico modo per farlo venire in città, da solo, senza sospetti, eravamo io e te.

Allungò un braccio, inutilmente, poi si sdraiò sul pavimento e ci infilò sotto una gamba.

– È stata un'idea del governatore. Non lo sapeva nessuno, neppure il sergente. Al primo sospetto, addio Corrado. E addio Lorenzo Riva.

– Chi sei?

– Un professionista.

Tirò fuori il machete e lo prese per il manico, alzandosi in piedi. Francisca scivolò lungo il muro, schiacciandosi nell'ombra. Lorenzo Riva toccò il filo del machete con un dito.

– Tranquilla, – disse, – mi pagano per lui, mica per te. Questo è per tagliargli la testa. Il governatore, sai... vuole una prova.

Lorenzo Riva si inginocchiò sul pavimento e infilò le dita tra i capelli di Corrado.

Disse: – Allegra, ragazza... Trinidad sta per entrare nella civiltà! – e alzò il machete, ma prima che fosse riuscito ad abbassarlo Francisca era già fuori, i piedi nudi che sfioravano appena i gradini della scala, il vestito stretto in una mano, a sventolare come una bandiera, nel vento caldo e nero della strada.

Los fucilados

– Mi chiamo Libero Gramigna, Libero come l'idea che non muore e Gramigna come l'erba cattiva che anche quella non muore mai.

La canna del fucile mi colpí sulla bocca, spaccandomi le labbra con un colpo che mi risuonò sui denti secco come un ramo che si spezza. Ce l'avevano detto di star zitti ma a star zitto non sono stato buono mai, neanche da bambino, neanche con mio babbo, figurarsi coi fascisti. Cosí lasciai che il sangue mi colasse giú sul mento e sorrisi, mostrando i denti rossi all'ufficiale, anche se sentivo male, e molto. Erano solo cinque minuti che eravamo nel *barranco* e già si era tolto e messo i guanti mille volte, l'ufficiale, annusando l'aria con quel suo muso da topo, i baffi stretti sulle labbra e gli occhi vicini, a spillo, sotto la nappa del berretto da tenente della guarnigione di Granada. Accanto a me c'era un uomo in camicia che tremava, ed era a lui che io parlavo, sfidando le botte dei fascisti e i loro sibili da serpenti: *Adelante e hijo de puta*. Era un poeta, l'uomo in camicia, e aveva paura di morire.

– Noi siamo cosí di famiglia, – dissi, – gente che non sa stare zitta. Lo era mio nonno, ucciso dai carabinieri di Salandra all'assalto del Comune nella Settimana rossa, lo era mio zio, fucilato alla schiena perché anarchico e disfattista, e lo era mio padre, che è morto nel suo letto, ma solo perché è là che lo inchiodarono le bastonate dei fascisti quando lo presero da solo in un agguato, ubriaco e disarmato, fuori dall'osteria.

L'ufficiale alzò le labbra e squittí un ordine. Rapidi i soldati, curvi, neri e saltellanti come un branco di avvoltoi, ci strinsero contro una duna del *barranco*, spingendoci indietro con i calci dei fucili. Il mio poeta era impallidito ancora e aveva chiuso gli occhi, quasi come fosse morto.

– Facevo il violinista al Comunale di Bologna, – gli soffiai all'orecchio tra le labbra insanguinate, – perché mia madre aveva convinto un prete che io ero diverso e non avevo grilli per la testa. Ci rimasi quattro anni, a suonare Puccini, Verdi e Mascagni, ma un giorno che arrivarono i fascisti di Arpinati e pretesero che suonassi *Giovinezza* io feci come il grande maestro Toscanini e rifiutai. A lui, lo sanno tutti, toccò uno schiaffo ma io ne ebbi il naso rotto, un dente in meno e quattro costole incrinate perché avevo attaccato *L'Internazionale*, e se sono ancora vivo è solo perché quello che mi prendeva a calci nella testa fu sicuro che mi aveva ucciso. Allora son scappato, e son stato tra i primi a venire in Spagna per combattere i fascisti perché zitto io non ci so stare, e ci sono dei momenti in cui si deve far vedere da che parte batte forte il cuore.

L'ufficiale aveva già la spada fuori e i soldati s'eran messi tutti in fila, col fucile appoggiato sulla spalla e le canne su di noi, stretti a mucchio l'un sull'altro, contro la duna del *barranco*. Allora, il mio poeta mi guardò e mi parve che negli occhi la paura gli fosse scivolata un po' piú in fondo. – Libero Gramigna, – gli dissi, e lui rispose: – García Lorca, – e insieme ci voltammo verso i soldati, e mentre gridavo: – Sparate, brutti porci di fascisti! – aprii le braccia in alto, con i palmi delle mani aperti e le maniche bianche della camicia gonfie del vento del *barranco*.

Moby Dick (da un'idea di un certo signor Melville)

– Come sta il 51?
– Delira, come al solito. Ce l'ha ancora con quella balena, dice che prima o poi la prenderà e tutte quelle cose lí. L'abbiamo legato al letto con le cinghie e lui s'è fatto il viaggio di esserci a cavallo, ingavagnato dagli arpioni, e prima che riuscissimo a fermarlo ha squarciato il lenzuolo con una forchetta di plastica. Nel casino che c'è stato a momenti si impicca col tubo della flebo... Il primario è incazzatissimo perché ha cercato di spiegargli che le balene bianche non esistono, che questo non è l'oceano ma il Servizio di igiene mentale, che lui non è capitano di nave baleniera ma ragioniere al Catasto, e soprattutto che fa male, malissimo correre dietro i sogni per tutta una vita... Ma quello niente, duro come un muro. Peggio per lui. Oggi il commendatore rileverà lo stabile e butterà in mezzo alla strada lui e tutti gli altri poveracci. Eccolo là, il commendatore: quello sí che è una balena, quasi duecento chili, sempre vestito di bianco, con quella faccia famelica e quegli occhi...

In quel momento, dalla finestra del primo piano schizzò fuori una forchetta di plastica che dritta come una freccia passò sopra le teste delle due infermiere che stavano parlando in giardino, sibilò rapida lungo il vialetto e si piantò precisa nella gola del commendatore, quasi duecento chili, sempre vestito di bianco, faccia famelica e occhi da feroce convertitore senza scrupoli di strutture statali privatizzate. Morí sul colpo, e quando le infermiere volarono al piano di sopra, trovarono il ragionier Acabbi legato al suo letto, con un'altra forchetta incoccata sul tubo della flebo. Negli occhi gli brillava lo sguardo appassionato di chi sta correndo dietro un sogno da tutta una vita.

– Allora... l'ho presa la balena?

Blue Suede Shoes

La porcellana fredda e umida delle piastrelle del bagno sotto le dita di una mano. La stoffa calda e bagnata tra le dita di quell'altra. I capelli sugli occhi, schiacciati dal sudore. Non tossire, Elvis. Stringili quei denti, schiantati le mascelle ma non tossire. Per favore, Elvis, per favore, non tossire.

Bianco e nero, inquadrato dal basso in una ripresa sporca e un po' mossa, da amatore. Angolato, anche, da destra. Elvis non è neppure al centro del tavolo. La testa appoggiata allo schienale della sedia, schiacciata sul bavero rialzato della tuta bianca bordata d'argento, ride ai giornalisti che gli si affollano davanti, gli siedono accanto, si sporgono sulla lunga tavola scura. Piú che una conferenza stampa sembra la fine di una cena e forse lo è, perché Elvis sembra proprio disinvolto, sembra proprio che se ne freghi di quello che dice e di come appare. Grassoccio ma non ancora gonfio, lo sguardo vivace e quel sorriso strafottente che ancora non è una smorfia stretta tra le guance. Da destra, l'uomo che sta riprendendo in bianco e nero lo chiama.

– Ehi, Elvis... è vero che sei rimasto il bravo ragazzo di sempre?

Elvis si volta a guardarlo. Sbatte le palpebre per un secondo, poi scuote la testa.

– Ragazzi, questa non so proprio da dove l'avete tirata fuori –. Si alza, le mani sui fianchi, e ancora quel sorriso, come di uno cui davvero non gliene frega niente. – Guardate qua! Porto una cintura d'oro!

«Puoi stendermi a terra
camminarmi sulla faccia
sputtanare il mio nome per tutta la piazza
fai un po' quel cazzo che ti pare a te
ma scendi dalle mie scarpe di camoscio blé!»

– Oh… cazzo fai, stronzo!
– Scusa, scusa… sono inciampato.

Aveva già fatto scivolare la mano verso il collo della bottiglia
di birra, con uno striscciare di anelli sul vetro che sembrava quasi un accordo in bottle-neck, ma un accordo cattivo. Il ragazzino
aveva fatto un passo indietro e stava girando largo verso l'ingresso
del *Plex*, il piú lontano possibile da quel tipo alto e magro, il chiodo di pelle nera aperto sulla maglietta, i jeans aderenti col risvolto stretto sulle scarpe di camoscio leopardato e una cintura dalla
borchia gigante, con sopra scritto «Elvis».

– Dio, Elvis! Quanto sei sfigato quando fai cosí!

Elvis girò la testa, alzando il mento per guardare da sotto il
ciuffo che gli era scivolato sulla fronte. Rita se ne stava andando e lui le corse dietro, raggiungendola poco prima della cassa.
Voleva prenderla per un braccio ma lei si divincolò facilmente
e si appoggiò alla balaustra che segnava l'ingresso del *Plex*, da
dove veniva il pulsare attutito di un rock and roll veloce e compatto. Sfilò la birra dalla mano di Elvis e ci attaccò le labbra,
guardandolo fisso. Che tette, Elvis. La tua ragazza è la rockabilly con le tette piú grosse e le gambe piú lunghe che si siano
mai viste. Di faccia no, di faccia non è un granché, e i capelli
legati indietro a coda di cavallo le fanno sporgere il naso, ma di
corpo, sembra la pubblicità del completo di jeans che porta. Viene da chiedersi come abbia fatto, una cosí, a mettersi con un tipo come te. Senza offesa.

– Sei già ubriaco a quest'ora? – gli chiese. – Dopo una birra?
– Vaffanculo, Rita… mi aveva pestato le scarpe.

Alzò una gamba per pulire la macchia bianca di polvere strisciando la punta della scarpa sul polpaccio, ma perse l'equili-

brio e cadde su Rita, che allargò le braccia per tenerlo. Lei allungò le labbra in un gesto meccanico e si fece baciare.

– Sei tutto spettinato, – disse.

Elvis annuí, serio. Fece un passo indietro, allargò le gambe e sfilò un pettine dalla tasca di dietro. Piegò la testa di lato e con un colpo veloce si passo il pettine sulle tempie, facendo seguire ai denti la punta delle dita che lisciavano indietro i solchi già induriti di brillantina. Un altro colpo dall'altra parte, poi la punta del pettine che aggancia i capelli sulla fronte e li tira in avanti, con rapida dolcezza, e la mano a coppa che li contiene e li arrotonda in un ciuffo a banana. Altri due colpi, inutili, sulle basette curve fino al centro delle guance e il pettine scompare nella tasca di dietro, veloce come la pistola di un cow-boy.

Rita finí la birra, poi staccò il sedere dalla balaustra.

– Dài, – disse, – vediamo se c'è Billo che ci fa entrare.

Ancora un bianco e nero, sempre angolato, ma questa volta preso dall'alto. La stanza è piccola ed Elvis è seduto davanti a uno stenditoio coperto di vestiti, vestiti di scena, bordati d'oro e d'argento e ricamati di paillette. È seduto su qualcosa che non si vede, forse una cassa, e sta suonando una chitarra acustica. Chino, quasi avvolto attorno alla chitarra che tiene tra le braccia, sembra anche piú magro del solito. Sarà l'espressione triste che ha sul volto che gli scava le guance piene? O quegli accordi appena accennati in punta di dita? O perché Priscilla si è stancata e lo sta mollando?

Canta You Are Always In My Mind, *sei sempre nei miei pensieri, e piú che cantarlo lo ripete, con una dolcezza morbida e un po' ossessiva.*

«Puoi bruciarmi la casa
svaligiarmi la macchina
bere tutto il mio whisky dalla mia vecchia fiasca
fa un po' quel cazzo
che ti pare a te
ma scendi dalle mie scarpe di camoscio blé!»

Dov'è Rita, Elvis? Dove sono le sue enormi tette? Lei è riuscita a entrare subito grazie a Billo, ma quando è arrivato il tuo turno è uscito l'agente della Siae e hai dovuto aspettare, fermo davanti alla cassa. Dieci minuti, un quarto d'ora, venti… a forza di aspettare ti è anche passata un po' la sbronza, anche se io lo so, Elvis, che tu sei uno cui le sbronze non passano mai. Poi ecco Billo che da lontano, oltre la cassa, ti fa un cenno rapido con la testa, e allora vai, veloce e silenzioso come un indiano.

Al *Plex* c'era una festa rockabilly ma dentro, sulla pista all'aperto, sotto le tettoie del bar, sugli scalini e sulle panchine piantate sui ripiani di cemento, coperti dai cespugli, c'era di tutto. Punk, skinhead, dark, mod, gente che non c'entrava niente. E rockabilly, naturalmente, di tutte le razze: classici, presleiani, fifthy dreamer, hillibilly, psycho… Tu cosa sei, Elvis? Non lo sai neanche tu. Porti il ciuffo, il chiodo e i jeans di Marlon Brando in *Gioventú bruciata*, ma sotto hai una maglietta psycho di King Kurt con un cane dagli occhi schizzati che fa il surf. E ai piedi mocassini Cleeper scamosciati in leopardo portati da Londra da quello sfigato di Vopo che non ha capito un cazzo. Blu, le volevo, blu, Vopo, blu. Scarpe di camoscio blu.

Elvis fece ruotare lo sguardo. Prima spazzò sotto la tettoia illuminata del bar, poi piantò gli occhi nel buio rumoroso della pista dove rockabilly classici facevano dondolare le ginocchia su *Be Bop A Lula*. Evitò di guardare verso i ripiani di cemento, terrazzini appartati dai cespugli cui si arrivava scavalcando la gente seduta sulle scale. Perché avrebbe dovuto guardarci? Lí ci si andava per farsi una canna o per scopare. Per una canna, Rita lo avrebbe aspettato. Di sicuro.

Agganciò i pollici alla cintura e si avvicinò al bar. Si fece pagare una birra da Vopo e gli chiese se avesse visto Rita. No, non l'aveva vista, ma lo disse con uno sguardo strano, sfuggente e dopo la birra gli pagò anche un bacardi coca.

– Sid mi ha dato questa roba, Sid, quel punk con i capelli a corona che sembra Sid Vicious dei Sex Pistols. La vuoi?

Chiedi che roba è, Elvis, non dire subito di sí. Perché prendi tutto quello che ti dànno? Guarda i ripiani, Elvis, vai a vedere se c'è Rita invece di annuire e sbatterti sulle labbra il palmo aperto, poi un sorso della birra di Vopo per buttare giú la pasticca. Sembra che scegli apposta soltanto quello che ti fa male e ci corri incontro, Elvis, come su un'autostrada. Un'autostrada di cazzate. Sí, lo so come mi risponderesti, con la voce impostata, alla Frank Sinatra. «I did it, my way», ho fatto la mia strada, che suona un po' come «Fatti i cazzi tuoi, stronzo».

Okay, Elvis.

Ma io lo so come finisce.

Questa volta è a colori. È il concerto che Elvis tenne al Madison Square Garden e l'inquadratura è perfetta. Una passerella illuminata, dai bordi sepolti di gente che urla, in delirio. Elvis canta Can't Help Falling In Love, *la borbotta nel microfono e sorride, un sorriso stretto che deve farsi largo tra le guance. Cammina avanti e indietro lungo la passerella, seguito da un assistente carico di sciarpe bianche. A ogni passo, Elvis prende una sciarpa dal mucchio, se la mette, la tiene per un po' e la lancia sulla gente. Ragazzi, il sudore del Re, l'ho presa!*

Piú passa il tempo, piú la canzone corre, lenta, verso la fine, meno le sciarpe rimangono attorno al collo di Elvis. Due secondi, uno, appena il tempo di toccare la pelle e via, in mezzo alla folla. Una non se la mette neanche. La prende dal mucchio e la tira, e prima di farlo sembra che guardi la macchina da presa e sorrida.

Non so che sorriso sia.

Se è un sorriso ironico, allora Elvis è salvo.

Se è un sorriso triste, allora mi dispiace, Elvis.

Sei fottuto.

«Fai un po' quel cazzo
che ti pare a te
ma per favore scendi dalle mie scarpe di camoscio blé!»

Lo sguardo lucido gli appannava i bordi, come un'inquadratura sfocata. E arrivava dopo, dopo i movimenti, troppo veloci. E dopo ancora, arrivavano i suoni.

Prima gli spintoni, le spallate, i pugni sul petto e sulla schiena. Poi la gente in mezzo alla pista, che ballava in un pogo scatenato, un pogo psycho, di quelli in cui ci si mette tutti spalla contro spalla, ammucchiati in un cerchio stretto e si tirano pugni a caso, alzando le braccia a ogni stacco della batteria. Dopo, molto dopo, la musica, basso, chitarra e rullante, velocissimi, e la voce. Di chi? Boh? Forse i Meteors.

Elvis si era messo in mezzo e prendeva i pugni di tutti, a occhi chiusi. Uno lo prese di striscio al labbro e per un attimo gli ricordò le labbra di Rita.

Dov'è Rita, Elvis? Prima, quando l'hai vista scendere dai ripiani, ti ha detto che andava in bagno. Era sola. Certo, dietro, sugli scalini, c'era Billo, che quando ti ha visto si è girato ed è tornato indietro, come se avesse dimenticato qualcosa. Ma lei era sola. Certo, le sue labbra. Rita si mette un chilo di rossetto su quelle labbra, sempre, ma in quel momento il rossetto non c'era piú. Solo un baffo all'angolo della bocca, una strisciata pallida e inumidita. Però era sola. Ha detto: «Vado in bagno», e tu: «Okay, okay».

C'era un tipo, uno skinhead piccolino con un giubbotto verde oliva e la bandiera italiana su un braccio, che pogava assieme agli altri. Tutto piegato in avanti, sparava cazzotti alla cieca e doveva essere amico di qualcuno, perché nel mucchio erano tutti psycho e uno skin non ce lo avrebbero lasciato. Elvis, però, se ne era dimenticato. La sfocatura non ce l'aveva solo ai bordi del campo visivo, ma anche a quelli del pensiero, che correva, ma lento, e si perdeva subito. Si mosse verso lo skin, barcollando, si fece dare due o tre cazzotti, poi lo spinse indietro, con tutte e due le mani. Lo skin allargò le braccia per rimanere in equilibrio e allora Elvis lo spinse ancora, piú forte. Cadde sul sedere e si rialzò subito, come spinto da una molla.

– Ohé, testa di cazzo...

Elvis lo guardò avvicinarsi, rigido, impettito, quasi camminando sulle punte degli anfibi come per sembrare piú alto. Faceva sporgere le labbra, cosí strette da apparire bianche. Bianche e stinte, come quelle di Rita.

Con uno scatto, Elvis alzò il pugno sinistro davanti al mento, incassandosi tra le spalle e sparò il destro in avanti, come un
pugile. Colpí lo skin sulle labbra e l'anello gliene spaccò uno.
Fece appena in tempo a vedere il sangue rosso che gli colava
all'angolo della bocca, in una strisciata pallida e inumidita, poi
qualcuno lo prese da dietro e lo tirò via.

– Cazzo fai? – disse Vopo. – Sei impazzito? Quello è mio
cugino…

Alle sue spalle, cosí indietro da svanire oltre la sfocatura, lo
skin era scomparso dietro un muro di gente e le sue grida «Ti
ammazzo, bastardo, ti ammazzo» non fecero neppure in tempo ad arrivare alle orecchie di Elvis, che dovette appoggiarsi alla spalla di Vopo per riuscire ad alzare una gamba.

– Guarda qua, – disse, – mi ha pestato le scarpe.

– Non ti ha pestato niente. Toh… prendi questo, che ti calma un po'.

Mano aperta sulla bocca. Cuba libre per mandarlo giú. La
sfocatura si fa colorata. Non voglio farmi i cazzi tuoi, Elvis,
ma mi sa che non è il momento adatto per andare a parlare con
Rita.

– Cos'hai fatto di sopra?

– Niente, perché? Mi sono fatta una canna con Billo.

– Perché non mi hai aspettato?

– Perché non entravi mai. Magari ti eri addormentato fuori, come l'altra volta.

– Senti, Rita… di sopra, sui ripiani…

– Guarda come sei ridotto… fai schifo, Elvis. Sei tutto spettinato. Oh, guarda… al bar c'è la Chiarina. Vado a farmi dare
un po' di buoni per bere. Tu aspettami in giro. E pettinati, per
favore.

È già scomparsa, Elvis, è inutile che ti sviti la testa per guardare.

Si staccò dal muro con uno sforzo e inarcò le spalle per restare dritto. Gli sembrava di avere la testa staccata dal collo, a galleggiare sul corpo in una nebbiolina frizzante. Prese il pettine dalla tasca e tenendolo tra due dita se lo passò sulle tempie. Aggancio sulla fronte e mano a coppa sul ciuffo. Colpi finali sulle basette. Quando fece per rimetterlo nella tasca di dietro dei jeans, sfilò il bordo rivettato e il pettine gli cadde per terra. Fece per chinarsi e all'improvviso cominciò a girare tutto, velocissimo e luccicante, rapido come il rock and roll impazzito dei Frenzy che usciva sparato dalle casse. Un rullante cosí serrato che non riuscí neanche a sentire le battute. La voce distorta del cantante. Una chitarra allucinata che graffiava le orecchie.

In fretta, Elvis si mosse e puntò verso i gradini che scendevano al gabinetto. Avrebbe vomitato lí, per terra, e lo aveva già fatto, ma sapeva che Rita si sarebbe incazzata come una belva. E allora giú per i gradini e dentro nel primo séparé, a metà tra la tazza del cesso e il pavimento. Poi, acqua del rubinetto tra le labbra, con la gola che brucia. Quando rialzò la testa, si accorse prima che il getto gli aveva inumidito il ciuffo, schiacciandolo, poi che riflessi nello specchio sul lavandino c'erano tre skin. Uno aveva un labbro rotto.

Prima che potesse dire qualcosa, uno dei tre lo spinse contro il muro, schiacciandogli una mano su una spalla e il braccio di traverso al petto, col gomito che gli spingeva sotto il mento.

– Testa di cazzo, – disse lo skin col labbro rotto. Fece un passo verso Elvis, si chinò in avanti e rapido allungò il braccio, tirandolo subito indietro con un movimento corto del polso. Poi tutti e due si mossero, raggiunsero il terzo che stava di guardia all'ingresso e sparirono su per le scale.

Solo quando cadde in ginocchio e il contraccolpo lo scosse lungo tutta la schiena, come un brivido, solo allora sentí il bruciore nella pancia. E il calore, umido prima, poi bagnato e bagnato fradicio, mentre il bruciore diventava dolore, dolore intenso e pungente. Spalancò la bocca ma non riuscí a urlare. Allargò le braccia, per non perdere l'equilibrio.

La porcellana fredda e umida delle piastrelle del bagno sotto le dita di una mano. La stoffa calda e bagnata tra le dita di quell'altra. I capelli sugli occhi, schiacciati dal sudore. Non tossire, Elvis. Stringili quei denti, schiantati le mascelle ma non tossire. Per favore, Elvis, per favore, non tossire. Se stai fermo forse smette di sanguinare ma se ti muovi, se tossisci, allora ti si straccia tutto, ti si apre tutto, Elvis, e mi sa che ci muori in questo cesso da discoteca, prima che qualcuno scenda e ti veda e chiami aiuto. E mi dispiacerebbe, perché sei uno stronzo, Elvis e te la sei cercata tu in questa corsa disperata verso la morte che dura da una vita, velocissima come su un'autostrada di notte, un'autostrada di cazzate, te la sei scelta tu, va bene, e sei uno stronzo, narcisista e disperato, ma in fondo cominciavi a starmi simpatico. C'è gente che già da quando nasce si sa che morirà presto, appena smettono di sorridere e si guardano attorno sul serio, ma tu no, Elvis, tu non sei il Re, tu sei uno che senza questa coltellata sarebbe soltanto quello che passa da un angolo all'altro della scena. Soltanto quello.

Allora, non tossire, Elvis. Resisti, stringi i denti e per favore, non tossire.

Stazione Ostiense

A vederlo cosí, quasi da fuori, dalla soglia, sembra un clown addormentato. Ma non assopito e basta, profondamente addormentato, come dopo una sbronza. Colorato, strano, grande, immobile e inutile... forse è questo l'effetto che fanno i centri commerciali abbandonati.

Lei è arrivata col diretto da Formia. È salita a Campoleone, dopo aver preso il bus da Toŕvaianica, ed è scesa alla stazione Ostiense, binario 10. Lui, invece è arrivato in motorino, in ritardo perché non è di Roma, ci studia solamente, come lei non è di Torvaianica, ci vive solamente, perché ha sposato uno di lí. Uno che non è lui, che l'aspetta, ma non al binario 10, perché potrebbe vederli qualcuno, ma piú sopra, al terminale della stazione, davanti alla rampa di una scala mobile che non si muove. Le scale mobili che non funzionano sembrano diverse dalle altre scale. Hanno gradini anche loro, uno dietro l'altro per salire e scendere, ma sembra che non portino da nessuna parte. A loro non interessa, perché andrebbero dovunque, o rimarrebbero lí, in cima a quel cadavere di ferro, immobile e curvo come la schiena di un dinosauro fossile, dovunque, purché assieme.

Nessuno dei due conosce Roma. Lei è di Trento, sta da quelle parti da solo una settimana, trasferita lí assieme al marito poliziotto, e lui è iscritto all'università da solo un anno e in quell'anno ha studiato e basta. A unirli era stato un colpo di fulmine, proprio alla stazione Ostiense, binario 10. Lei andava a trovare il marito e lui andava a prendere una dispensa da un amico. Lei arrivava e lui partiva. Lei lo aveva guardato e lui aveva perso il treno. Non era successo niente, solo un caffè al bar oltre l'angolo della strada, nascosto dietro una carrozzeria, ma si erano rivisti il giorno dopo, e il giorno dopo ancora, quello. Per un po' avevano fatto i turisti. Si erano fermati davanti alla piramide e lí, rapidamente, approfittando del fatto che lei si era fermata a frugare nella borsa, cercando gli occhiali da sole, lui l'aveva baciata. Troppo in fretta, troppa paura di essere visti, e allora avevano proseguito, erano entrati nel Cimitero degli inglesi, tra le tombe degli scrittori, e lui si era sentito nel posto giusto, da romantico e un po' torbido lettore di Poe, ma lei no, diceva che le faceva impressione, stare cosí tra i morti. Le si erano anche arrossate le guance rotonde, da biondina carina, pulitina e liscia come una mela del Trentino, moglie giovanissima di un poliziotto. Cosí erano usciti, avevano girato un altro po', si era fatta l'ora di tornare, come le altre volte, e si erano riavvicinati alla stazione Ostiense. Ma mentre camminavano sul marciapiede, sfiorandosi le mani di nascosto, erano passati davanti all'ingresso semiaperto del City Point, e si erano fermati.

A vederlo cosí, quasi da fuori, dalla soglia, sembra un clown addormentato. Grande, non enorme ma grande, coperto di graffiti colorati, sovrastato da strutture di metallo e vetro, attraversato da scale mobili immobili, delimitato da vetrine nude di negozi chiusi, di uffici sbarrati, rischiarato appena dalla luce di un bancomat solitario.

– Ma che cos'è? – chiede lui.

– Un centro commerciale, – dice lei, che la stazione la conosce. – L'avevano fatto per Italia '90… poi è decaduto e adesso non è piú niente.

A lui, che è un romantico lettore di Poe, certe cose fatiscenti piacciono. A lei meno, ma lo segue, lo accompagna a leggere le scritte sulle colonne intonacate, gli prende la mano, gli si appoggia, si lascia circondare le spalle con il braccio, perché il City Point è deserto e in quella galleria silenziosa e abbandonata ci sono soltanto loro. Se ne accorgono, all'improvviso, guardandosi negli occhi, e per la prima volta si baciano davvero, e lui pensa che le sue labbra sono morbide e dolci proprio come una mela del Trentino. Ci sono due scale immobili, accoppiate, che salgono verso una vetrata dove non c'è niente, soltanto l'ingresso chiuso di una vecchia agenzia investigativa. Niente, soltanto una piattaforma di metallo, illuminata appena dalla luce verde del bancomat, ma per loro è abbastanza.

Quando scendono, mano nella mano, attraversano il piazzale vuoto della galleria e si avvicinano all'uscita, si accorgono che il cancello, quello stesso cancello dal quale sono entrati, è chiuso. C'è un portone a vetri al quale i vetri mancano quasi tutti, chiuso a chiave. E oltre agli occhielli vuoti del portone, attraverso i quali si può far passare il braccio, c'è un cancello di metallo da afferrare e scuotere, inutilmente, perché è chiuso da una catena col lucchetto.

– Oddio! – dice lui. – E adesso?

Fuori è già buio e c'è un signore che sta passando in motorino, dall'altro lato della strada. Lui ha già allungato un braccio e ha aperto la bocca per chiamarlo, ma lei gliel'ha coperta con una mano che sa ancora un po' di lui.

– Sei matto? Cosa credi che possa fare quel signore lí?

– Non so... chiamare qualcuno. C'è la Polfer all'altro angolo del... oddio, è vero. Tuo marito.

È la prima volta che lo nomina, e dopo averlo detto si sente a disagio. Lei lo guarda, con quegli occhi chiari da cielo del Trentino, che sembrano nuvolosi come per un temporale.

– Angelo, – dice lui, ma non è a lei che pensa. Angelo che sta al Testaccio e per come la conosce lui quella città potrebbe essere lontano anni luce ma è un tipo in gamba, saprebbe come tirarli fuori e gli deve un sacco di favori in termini di appunti, dispense e tenergli il posto agli appelli. Basta chiamarlo.

Il cellulare di lui. Lo tira fuori dalla tasca posteriore dei jeans e lo apre. Numero tacche: zero. Niente campo. Gira su se stesso, arriva fino alla scala, si appoggia con la testa a una colonna nell'assurda idea che possa fare da gigantesca antenna, ma niente. Numero tacche: zero.

C'è un telefono, incassato nel muro proprio dietro il banco-

mat. Ci corrono e lei fruga nella borsa, tira fuori un portafoglio
gonfio da scoppiare, sfoglia scontrini fiscali, carte da mille lire,
riduzioni del treno, fototessera cosí carina, biondina e melina,
e trova una scheda telefonica. Niente da fare. Credito residuo:
zero. L'occhio di plastica dell'apparecchio ammicca, rosso, e la
bocca di metallo sputa la scheda. Lui si pianta le mani nelle tasche, gratta nella stoffa con le dita, due monete, una da cento
lire e l'altra da cinquanta. Vale a dire: zero.

– Quando li faranno i bancomat che dànno gli spiccioli? –
dice lui con un sorriso scemo, ma lei sembra sul punto di piangere.

– Aspetta, – dice, risucchiando un singhiozzo, – Roberto fa
il turno di notte, cosí fino a domani mattina sono a posto... –
e lui sorride ancora, ma non tanto, perché pensa che il suo primo pensiero davanti alla possibilità di una notte assieme è andato al marito poliziotto. La prende per mano e la porta in giro per la galleria. L'unico posto in cui sedersi è il davanzale di
marmo di un ufficio chiuso, cosí la solleva e ce la mette sopra.
Si appoggia alle sue ginocchia e la guarda, poi abbassa le labbra
sulle sue gambe ma lei lo ferma. Fa girare un dito in aria, come
per indicare la galleria, i suoi muri imbrattati, il pavimento sporco, e scuote la testa con una smorfia. Lui annuisce, sale sul davanzale, vorrebbe tenerla tra le braccia come una bambina ma
non è voltata dalla parte giusta, poi sono un po' in bilico e ri-
schiano di cadere. Le prende la mano, quella sí, almeno quella.

– Che silenzio, – dice lui.

– Che buio, – dice lei.

Ma non è vero. Il buio non è buio, è una penombra elettronica, venata di verde. Ci sono i neon della stazione che filtra-
no dall'alto, dalle vetrate in cima alla parete scarabocchiata della galleria. Stingono il buio, lo fanno impallidire come fosse mattina presto, prima dell'alba e prima del risveglio, in quell'ora in
cui di solito si fanno i sogni. No, gli incubi. Perché la scritta
verde che compare a intermittenza sullo schermo del bancomat
taglia la penombra con riflessi lividi che sembrano venire da
un'altra dimensione, da un altro pianeta, da un posto in cui non

vivono gli uomini. Lei li guarda riflettersi sulle colonne, disegnare ombre allungate e sottili, scivolare veloci sulle vetrate e scomparire, come fantasmi che le fanno paura.

Anche il silenzio non è silenzio. C'è una goccia, da qualche parte. Sembra una goccia, almeno. È qualcosa che cade, e suona come un sospiro trattenuto, un singhiozzo appena accennato poi sospeso, in quel silenzio strano. Cos'è? E c'è un fremito, un brivido elettronico che potrebbe essere il bancomat, ma non sembra venire da là. Sarà una questione di risonanza, un problema di acustica, ma sembra essere lí, vicino vicino. Cos'è? E c'è un raspare, un grattare oltre il portone d'ingresso, oltre il cancello. Cos'è? Sarà un cane che cerca di entrare... ma un cane come? Grande quanto, cattivo quanto? E se non fosse un cane? Lui e lei hanno paura e si stringono, ma non l'uno all'altra, perché sono lontani, si stringono da soli, schiacciandosi contro il muro.

Poi succede qualcosa. Rumore di ferro attorno al cancello, lo scricchiolio metallico della catena che si srotola, le ante che cigolano aprendosi, il portone che si schiude. Lui sta per parlare, apre la bocca e si prepara a saltare giú dalla balaustra di marmo, ma lei gli schiaccia le dita sulle labbra.

Tre uomini. Un africano con un giubbotto di jeans e due italiani. Cominciano a parlare prima ancora di essere visibili al centro della galleria, ed è stato il loro tono a bloccare lei. Litigano, l'africano agita le braccia, spinge indietro un italiano, sputa per terra. L'altro italiano toglie rapido una mano dalla tasca e la fa balenare in aria tagliando un riflesso verde. L'africano si porta le mani alla gola, fa un passo indietro in un gorgoglio indistinto e cade all'indietro sul pavimento sporco.

Lui e lei sono rimasti immobili. Talmente immobili e silenziosi da confondersi con i graffiti sul muro e con le locandine ingiallite dietro le vetrine, tanto che i due italiani se ne sono andati senza neppure vederli. E ci vuole un po' di tempo prima che riescano a muoversi, a smettere di fissare quella macchia densa e rossa che si allarga da sotto la testa dell'africano, da sotto la sua gola squarciata, e sembra coprire tutto il pavimento della galleria. Quando riesce a scuotersi, lui si stupisce di non essere ancora svenuto, e lei sta soffocando un singhiozzo.

Il cancello è rimasto aperto. Saltano giú dal davanzale e girano attorno alle colonne per evitare il sangue che sembra rincorrere le loro scarpe, come un'onda traditrice sulla riva del mare. Fuori non c'è nessuno.

– Che si fa? – dice lui. – Abbiamo visto tutto.

– Dovremmo chiamare la polizia, – dice lei.

– Sí, dovremmo farlo, – dice lui. – C'è la Polfer dietro l'angolo, magari li prendono subito. Dovremmo farlo.

– Sí, dovremmo farlo.

Si voltano assieme a guardare la galleria e a vederlo cosí, quasi da fuori, dalla soglia, il City Point sembra proprio un clown addormentato. Ma uno di quei clown che si vedono nei film dell'orrore, di quelli che sotto la maschera non hanno un volto umano.

– C'è un parcheggio di taxi vicino alla piramide, – dice lui. Se ti porto lí col motorino ce li hai i soldi per arrivare fino a casa?

Lei annuisce, si stringe la gonna attorno alle gambe e sale dietro lui, sul portapacchi.

– Casomai faccio bancomat, – dice, e gli si stringe contro.

Roma non far la stupida stasera

L'angolazione era sbagliata. C'era un'interferenza, uno *zzzz* sottile che grattava nell'auricolare, e Vittorio si spostò piú avanti, curvo tra un cespuglio e le mura. Puntava il microfono sull'auto, tenendolo con tutte e due le mani, allungando le braccia fino quasi a farsi male.

Impossibile che ci fosse un'altra ricevente, lí vicino, a disturbarlo. Quell'angolo del parco, dal muretto alla strada poi su verso i Cannoni di Garibaldi, era suo da anni. E questo, tutti gli altri guardoni del Gianicolo lo sapevano benissimo.

L'interferenza scomparve. Le voci e i rumori tornarono limpidi come prima, e filtrati dalle cuffie sembravano anche piú concreti, piú sonori di quelli naturali.

Vittorio chiuse gli occhi.

C'era un respiro pesante, in sottofondo, affannato, confuso col frusciare rapido dei vestiti sulla pelle sintetica dei sedili. Un frusciare leggero, da stoffa estiva, che eccitò Vittorio quando se lo sentí scivolare nelle orecchie, piú che se lo avesse avuto addosso, o tra le dita. Sopra, nasale e fastidiosamente acuta, la voce di Carmelo, detto Carmen, Carmen la bionda.

– Questa è la mia specialità, cocco, vedrai... certe cose le facciamo meglio noi delle donne, molto meglio... ma non essere cosí rigido, rilassati, cocco, rilassati...

Il fruscio si fece piú intenso, increspato dal *rrrr* deciso della lampo che si abbassava. Poi, all'improvviso, un rumore strano, diverso da quelli che conosceva a memoria e che sapeva sarebbero seguiti.

Era uno scatto, uno scatto metallico. Seguito da un gemito spaventato, poi la voce, tremante, della Carmen.

– Sei matto? Cos'è quello? Cosa vuoi fare? Aiuto!

Vittorio si premette la cuffia sulle orecchie, schiacciandola sui padiglioni con le mani aperte. I rumori sembravano penetrargli direttamente nel cervello.

Uno stropiccio confuso.

Un urlo interrotto.

Uno strappo secco.

Un gorgoglio.

Dopo soltanto quel sospiro spesso, prima rapido, poi sempre piú lento, rarefatto, fino al silenzio, immobile, ronzante appena, interrotto dallo schiocco dello sportello e dal rombo del motore, fortissimo e sempre piú lontano.

Soltanto allora, quando nel ricevitore non rimase altro che lo stridere dei grilli nel buio della notte, Vittorio aprí gli occhi, sbattendo le palpebre, e come sempre annotò il tipo e il numero di targa della macchina.

Li ricordava benissimo, come ogni volta.

Punto blu, Roma F7115...

Tipo bianca, Roma R378891.

– Ma davvero è successo proprio qui? Mi hai portata nel posto giusto?

– Certo... vuoi che non lo sappia? Sono io che conduco le indagini. Gli hanno tagliato la gola proprio qui dove siamo parcheggiati ora. Ci deve essere ancora il sangue sull'erba...

– Oh sí... come mi eccitano queste cose...

Il commissario Ferro sorrise. Lo sapeva che le piacevano certe cose, glielo aveva detto un collega della Mobile cui lo aveva detto un ispettore dei Passaporti che lo aveva saputo da un uditore del tribunale. A tutti era sempre andata benissimo, perché la Susy era un'appassionata di cronaca nera, morbosamente appassionata. Frustratissima, perché era proprio per quello che si era fatta assumere in uno studio legale, per finire a fare da segretaria a un civilista specializzato in bancarotte e fallimenti.

Rispetto agli altri, però, Ferro aveva una marcia in piú. Il suo delitto non era un reperto storico da *cronaca nera city tour*, non era la spiaggia di Wilma Montesi, la villa del marchese Casati, via della Magliana... il suo era un delitto fresco, praticamente appena accaduto.

– Oh sí... raccontami ancora, dài...

– Sospettiamo un marocchino, uno che va in giro per il Gianicolo con una 127 rossa... è già stato fermato una volta perché ha messo le mani addosso a una bambina...

– Sí, sí...

– Rahim, si chiama, Rahim il violento... un grosso marocchino cattivo che ha tagliato la gola a un travestito... pensa, pensa quanto sangue nella macchina, quella 127 rossa piena di sangue, pensa...

Sí, era soltanto una questione di angolazione.

Vittorio pensò che forse avrebbe dovuto spostarsi, barattare la sua zona con quella di un altro, magari avvicinarsi alla strada dal lato del panorama, su tutte quelle luci che d'estate sembravano ancora piú brillanti.

A lui del panorama non era mai importato niente, e delle luci, praticamente, non si era quasi accorto. Perché non fanno rumore, le luci, si guardano con gli occhi e non si sentono con le orecchie, e lui, senza suoni, non provava emozioni. Se portava il cannocchiale a infrarossi, come molti suoi colleghi, non era per vedere meglio, ma per sentire. Per capire dove puntare il microfono e sentire. Per questo registrava, per lasciarsi scorrere i rumori dentro le orecchie. E perché non aveva la memoria di ricordarli, di riprodurli dopo, richiamarli alla mente. Una volta cessati, per lui erano finiti e non riusciva a ricomporne la pasta, la trama, la consistenza. Doveva registrare tutto e riascoltarlo, decine e decine di volte. Il panorama non si sentiva. Le luci non si udivano. Il panorama e le luci non lo interessavano, a parte il fatto che dove c'era la vista migliore ci andava sicuramente piú gente.

Poi era una questione di angolazione. Quell'interferenza

all'inizio della registrazione lo disturbava e lo distraeva, facendogli perdere la concentrazione.

Quello che veniva dopo, invece, lo spaventava.

Mentre lo ascoltava chiuso in casa sua, serrato dentro lo studio, rannicchiato davanti alle casse dello stereo, rabbrividiva e deglutiva, con la bocca secca.

Quello che aveva registrato era un omicidio. L'omicidio di un maniaco, che avrebbe potuto uccidere ancora. Cosa doveva fare? Cosa avrebbe dovuto dire?

Anche se a guardare preferiva ascoltare, tecnicamente era quello, lui.

Uno dei guardoni del Gianicolo.

Clio nera, Roma D21359.

– La Carmen non l'ha uccisa il marocchino... te lo dico io che al Gianicolo ci sto da prima che arrivassero quei brutti finocchiacci con le gambe da calciatore... aveva votato anche La fiamma, la Carmen... non ci andava con un negro.

– Il commissario Ferro è convinto di sí.

– Il commissario Ferro non capisce un cavolo. Lo sai chi ti può dire qualcosa? I guardoni.

Il commissario Valentini si appoggiò allo sportello con le spalle, corrugando la fronte. Incrociò anche le braccia, fissando la Teresa. Erano quelli i momenti in cui si ricordava all'improvviso di essere cosí giovane. Non nel senso anagrafico del termine, ma in quello geografico. Trasferito da poco alla Questura di Roma, Squadra mobile, Sezione omicidi. Prima stava a Bologna e laggiú avrebbe potuto segnare a dito, passandoci davanti con la macchina, chi stava dove e perché. Spacciatori tunisini, marocchini e senegalesi, protettori albanesi, mafiosi catanesi, tossici bolognesi. E anche i guardoni, ma a San Luca. Lí, al Gianicolo, si sentiva perso.

– I guardoni?

– Sí, è pieno al Gianicolo. Guardano le coppie nelle macchine, le filmano, alcuni registrano i rumori... e non gli sfugge niente. Uno di questi l'ha visto di sicuro quello che ha ucciso la Carmen, altro che il marocchino.

Valentini strinse le labbra, senza dire niente. Faceva sempre cosí quando pensava, e quella, in effetti, era un'idea. Poteva parlarne al dottor Tronchetti, il magistrato che coordinava le indagini. E fare le scarpe a Ferro.

– Il difficile è farli parlare, perché nessuno vuol dire di essere un guardone. E non credere che siano tutti poveracci, ce ne sono anche tra le persone importanti...

Valentini si strinse nelle spalle, e sorrise.

– Lascia che il Pm mi dia mano libera e ci penso io a trovare il tizio... un guardone, eh? Cioè, vuoi dire che adesso ci potrebbe essere qualcuno che ci guarda e ci registra? Noi qui, parcheggiati lungo il viale?

– Sí, noi qui, in macchina sul viale... perché, non ti eccita l'idea?

– Ehi, cosa fai? Stai ferma... non è il momento...

– A me pare proprio il momento giusto, invece... dài su, che per la polizia da me è sempre gratis, poi magari mi restituisci il favore quando hai trovato il tuo guardone...

Vittorio teneva gli occhi chiusi.

Seduto nella poltrona dell'ufficio del commissario Valentini, con il volto tra le mani e i gomiti puntati sulle ginocchia, ascoltava i rumori della Questura.

Il tonfo dei passi oltre la porta, sul pavimento del corridoio.

Un ticchettio rado, da due dita, nella stanza vicina.

Il vibrare cupo di una macchina per il caffè e anche lo sgocciolare denso, scuro e fangoso, del liquido nel bicchierino di plastica.

Era stata una decisione sofferta, che lo aveva tenuto sveglio per tutta la notte, ma alla fine aveva capito che era l'unica cosa da fare. La piú giusta. Almeno per lui.

La porta si spalancò e Vittorio alzò la testa, con uno scatto doloroso. Avrebbe voluto restare con gli occhi chiusi e affidarsi all'udito, alle orecchie, per filtrare quello che sarebbe successo, ma non era possibile. Le palpebre gli bruciarono, quasi, quando le aprí.

– Ci scusi se l'abbiamo fatta aspettare, – disse il commissario Ferro, – ma ci hanno detto soltanto ora che stava qui. Allora... cosa può dirci?

Vittorio annuí, senza parlare. Assaporò il suono duro della voce del commissario, la cadenza grossolana, spessa, da borgataro. Lo sforzo che faceva per non troncare le parole a metà. Gli piacevano quelle voci roche e violente. Avrebbe voluto rimanere in silenzio e non parlare, ascoltare soltanto. La sua, di voce, non gli piaceva per niente. Troppo gentile.

Ma non era possibile restare in silenzio. Il commissario Valentini, che lo fissava ansioso, non seppe piú resistere.

– Allora? – disse Valentini.

Roca, anche la sua, e violenta, da poliziotto. La cadenza gonfia, da emiliano, con la frase che scivola in fondo e sembra che non voglia fermarsi piú.

– Allora, dottor Tronchetti?

Vittorio si scosse, alzandosi in piedi. Appoggiò una mano alla scrivania del commissario e con un dito batté sul fascicolo color panna che ci stava sopra.

– Ho letto il suo rapporto sui guardoni, – disse, gentile ma brusco. – L'ho letto bene. Non regge.

Alzò una mano, troncando le parole sulla bocca spalancata di Valentini e guardò Ferro, che invece sorrideva.

– Sono io che coordino le indagini e facciamo come dico io. È ridicola questa storia dei guardoni del Gianicolo. Non esistono i guardoni del Gianicolo. Lasciamoli stare. Datevi da fare e arrestate il marocchino.

Jubileo

Tg1, ore 20. Il Papa che incontra i pellegrini per il Giubileo delle Nazioni. Poche inquadrature, lontane e anche un po' sfocate, e moltissimi totali della folla. Lui che parla nel microfono, con la voce tremante e un po' spenta. Un gruppo di bambini di colore che si avvicina per consegnargli un mazzo di fiori. Uno che allunga la manina nera e gli tocca la stola, rapido, prima di essere portato via assieme agli altri.

– Finirà questo Giubileo, finirà... Lo so che non dovrei parlare cosí, sembra pure blasfemo, ma che volete... io non ce la faccio piú. Ci mancava pure questo.

– Questo cosa?

– Lo vedrete. Non sono autorizzato a parlarne... neppure voi lo siete. Solo a osservare. Osservare, riflettere, e provvedere.

Il cardinale Avesola allungò una mano e Cornelius fu rapido a porgergli il braccio, perché non scivolasse. C'era un gradino sbeccato sulla scala di marmo e il corrimano, in quel punto del muro, era interrotto. Il cardinale restò fermo un momento, gli occhi spalancati e una mano aperta sul petto, poi sospirò forte e riprese a scendere. E a parlare.

– Prima quei pirati informatici che fanno un sito su Internet con un falso programma del Giubileo...

– Luther Blissett, Vaticano.org, – disse Cornelius, pronto ad alzare ancora il braccio perché il cardinale aveva allungato troppo il passo su un altro gradino.

– Ecco, bravo... Sapete quanto c'è costato ricomprarci la sigla... come si chiama...

– Il dominio. Lo so... Ho trattato io la cosa.

– Già, è vero. Poi c'è stato quell'affare del racket degli alloggi per i pellegrini...

– Lo conosco. Ho...

– Sí, lo so... avete risolto voi pure quello. Dopo c'è stato l'affronto del Gay Pride...

– Avevo un'idea anche per quello...

– Non si poteva fare, Cornelius, non si poteva fare. Comunque, abbiamo passato pure quella nottata. Ma adesso... adesso questo.

– Questo cosa?

– Vedrete. Abbiate pazienza e lo vedrete. Se riesco a scendere gli ultimi gradini senza farli col sedere...

Cornelius si fermò, lasciando passare il cardinale. La scala si era ristretta e piegava un po' ad angolo verso un pianerottolo su cui si apriva una grande porta di legno bordata di metallo chiaro. L'aria si era fatta piú fredda, all'improvviso, tanto che Cornelius dovette stringersi sul collo il bavero della giacca nera. Anche la parete era gelata, lo sentiva sotto la pelle liscia dei guanti, e perfino i gradini, sotto la suola delle scarpe.

– Posso sapere dove siamo? – chiese.

– In Vaticano, – disse il cardinale.

– Questo lo so...

– Allora sarò piú preciso: sotto il Vaticano.

– E perché siamo qui?

– Perché vediate questo.

Il cardinale aprí la porta. Gli bastò afferrare uno dei chiavistelli di metallo e tirare perché si aprisse silenziosa, come scivolando su un binario. Per un attimo sembrò che l'aria gelata rimanesse oltre la soglia, come se fosse troppo fredda per muoversi. Quando lo fece, quando investí Cornelius e il cardinale con un soffio opaco, nessuno dei due riuscí neppure a rabbrividire. Il cardinale congiunse le mani, battendole assieme con uno schiocco, come la prima volta che l'aveva visto.

Cornelius rimase immobile a fissare la luce verde che si era accesa nella nebbia densa di gelo. Poi si girò verso il cardinale, che aveva già un dito sulle labbra.

– Non una parola, Cornelius. Osservare. Osservare, riflettere e provvedere. Trovate quel Jorge e risolvete la questione.

Rai Tre, ore 00.30. Rassegna stampa. Le fotografie del Papa al Giubileo dei Giovani. In piedi, che alza la mano in un saluto eccezionalmente energico. In preghiera con un gruppo di dirigenti dei movimento scout. Seduto in un angolo del palco, durante l'esibizione di Jovanotti, la testa china e gli occhi chiusi. Uno spezzone di *Studio aperto* in cui Emanuele Filiberto di Savoia, in Italia per una deroga speciale del Parlamento, si lamenta che non gli hanno permesso di essere ricevuto personalmente dal Papa.

– Voi non siete un sacerdote, vero? Lo sembrate ma non lo siete. Tutto nero come un sacerdote, ma la giacca, la camicia, le scarpe... cosa sono?

– Calvin Klein, Kenzo e Prada.

– I guanti?

– Emporio Armani.

– Visto? Tutto firmato... Strano per un prete. E anche l'accento? Spagnolo?

– Argentino. Ma mia madre era italiana.

– Ambiguo, ambiguo. Io invece sono tutto chiaro... Le *v* come *f*, le *s* come *z*... Svizzero, di lingua tedesca.

Cornelius lanciò un'occhiata all'uomo che gli camminava accanto nel corridoio deserto. L'uomo se ne accorse e annuí, stringendosi nelle spalle.

– Oh sí, certo... Basta guardare il mio vestito. In fondo è firmato anche questo... Michelangelo lo disegnò per i mercenari svizzeri del Papa nel 1505. Volete che vi dica la verità? Non mi piace. Non mi è mai piaciuto. Queste righe assurde, questo basco cosí largo, i calzettoni... e l'elmo! Preferisco Armani.

– Tenente...

– Sí, sí... Parlo troppo e voi mi sembrate un uomo di poche

parole. Non un sacerdote, certo... ma non importa. Sua eccellenza il cardinale dice che devo obbedire a tutti i vostri ordini come se venissero da lui, e io lo faccio. Volevate notizie del caporale Jorge e io ve le ho date: è scomparso, mai rientrato dall'ultima libera uscita. A proposito... perché lo cercate?

– Perché potrebbe metterci in imbarazzo rivelando a qualche organo di informazione quello che sa. Non l'ha ancora fatto e sappiamo che è ancora in Italia. Ma anch'io sto parlando troppo...

– Va bene. Volevate sapere chi è amico di Jorge e io ve l'ho detto, la guardia pontificia Karl Heinz Woller. Volevate Karl Heinz, e io ve l'ho chiamato. È là dentro.

In fondo al corridoio c'era una porta socchiusa, oltre la quale si intravedevano altre righe gialle e blu, che si irrigidirono appena i passi di Cornelius e del tenente risuonarono piú vicini. Quando furono sulla soglia, la guardia pontificia Karl Heinz Woller scattò sull'attenti. La stanza era completamente vuota, senza neppure una sedia. Cornelius si appoggiò con le spalle al muro e si scostò dalla fronte un ciuffo di capelli che gli era scivolato quasi sul naso. Poi si tolse i guanti, infilò le dita nella tasca interna della giacca e tirò fuori una piccola busta quadrata. Fece un cenno al tenente, con la testa.

– Guardia pontificia Woller, sei al corrente del mancato rientro del caporale Jorge?

– Sí, signor tenente.

– Ne conosci i motivi?

– No, signor tenente.

– Sai dove possa trovarsi in questo momento?

– No, signor tenente.

Cornelius fissava la guardia pontificia. Scosse la testa, battendosi la punta della busta sulle labbra.

– Non sta dicendo la verità, – mormorò.

– Guardia pontificia Woller, stai mentendo?

– No, signor tenente.

Il tenente guardò Cornelius e sorrise. Cornelius fissò Karl Heinz, lisciandosi il pizzetto che gli incorniciava il mento con il bordo della busta. Poi fece cenno al tenente di uscire e chiuse la stanza.

La aprí dopo qualche minuto. Karl Heinz aveva le guance rigate di lacrime e si allontanò in fretta, senza neppure salutare il tenente.

Cornelius, invece, aveva sfilato un portamine di metallo dalla tasca interna della giacca e stava scrivendo qualcosa su un taccuino.

– Cosa gli avete fatto? – chiese il tenente.

– Nulla. L'ho convinto a collaborare. Karl Heinz viene da un paese molto tradizionalista ed è un ragazzo all'antica: vuole mettere via i soldi dell'ingaggio, tornare alla sua vallata e sposarsi. Gli ho spiegato che non sarebbe stato possibile appena gli amici del paese, la sua famiglia e la sua ragazza avessero saputo i motivi di un suo eventuale congedo con disonore.

– Quali motivi?

– Omosessualità.

– Impossibile. Karl Heinz non è omosessuale...

– Può darsi, ma il fotomontaggio del suo volto in queste fotografie è cosí perfetto che finirebbe per crederci anche lui.

Cornelius batté il portamine sulla busta, poi la rimise in tasca. Strappò un foglio dal taccuino e lo porse al tenente.

– Abbiamo un nome e un indirizzo. È un altro amico di Jorge. Il nome e l'indirizzo sono scritti qui.

Il tenente lo prese con la punta delle dita, come se scottasse.

– È fuori dalle mura vaticane... – mormorò.

– Non lo sarà piú quando lo avrete portato qui dentro.

– Questo si chiama rapimento –. Cornelius annuí, distratto, come se pensasse a un'altra cosa.

– Sí, – disse, tirando indietro il ciuffo di capelli che gli era sceso di nuovo sulla fronte. – Si chiama rapimento.

Tg5, ore 20.15. Mentana che commenta il Giubileo dei Lavoratori. Dietro, il Papa che parla dalla finestra e benedice con la mano. Poi, a tutto schermo, un totale della folla che applaude.

Le mani del cardinale erano quasi bianche per la forza con cui se le stringeva. Si era alzato sulle punte dei piedi per guardare dallo spioncino della porta ma si era abbassato subito, ansimando come per un lungo sforzo.

– A che punto siamo? – chiese.

– È in piedi da dodici ore. Non ha dormito, non ha mangiato e soprattutto non ha fumato. Ha visto come si appoggia sulla gamba sinistra, per scaricare il peso dalla destra? Sciatalgia, l'ho capito da come camminava.

– E il tenente?

– Minaccia. Ricatta. È pronto a passare alla fase delle moderate pressioni fisiche. Ma io non credo che ce ne sia bisogno. Avete visto quella sedia che ho fatto portare?

Il cardinale si sollevò ancora sulle punte. Al centro della stanza, davanti alla scrivania, di fianco a un uomo piccolo e magro, dall'espressione esausta, c'era una poltrona. Grande, dallo schienale alto, il cuscino morbido e profondo e i braccioli imbottiti.

– A prima vista può sembrare un errore. Meglio uno sgabello duro, per non dargli tregua neanche quando potrà sedersi... e invece no. La sensazione di sollievo che avrà quando gli permetterò di affondare in quel cuscino sarà cosí forte da disarmarlo completamente. Mi dirà dove si è nascosto il caporale Jorge.

Il cardinale guardò Cornelius, stringendo le labbra in una smorfia.

– Le pensate la notte, certe cose?

– No. Le ho lette in un manuale della Cia pubblicato da un editore alternativo. Ma se volete che interrompa...

– Per carità. Procedete. E fate in fretta.

Radio Maria, ore 15.30. Il Giubileo delle Casalinghe. La voce del Papa, in diretta. Tremante ma spedita. L'accento polacco che storce le parole e ogni tanto fischia, forte, nel microfono.

– Dove mi state portando?

Il tenente camminava rigido, la spalla che sfiorava la parete ghiacciata che scendeva lungo la scala. Era in borghese e teneva una mano in tasca, come se stringesse qualcosa. Cornelius, che gli aveva fatto capire con un'occhiata di essersene accorto, lo precedeva, tranquillamente, senza fretta.

– Stia attento, c'è un gradino rotto. La sto portando a vedere la ragione di tutto questo.

– Perché? – C'era diffidenza nella voce del tenente, e anche paura.

Cornelius poteva immaginarlo stringere nella tasca la pistola puntata sotto la stoffa contro la sua schiena.

– Mi raccomando quel gradino, – disse senza voltarsi. – Lei è un mercenario ben pagato, ma è anche uno spirito laico che ha bisogno di motivazioni. La fede non è tra queste e il denaro a volte non basta. Quando si è all'oscuro potrebbero venire dei pensieri. Sono stato autorizzato a mostrarle una buona ragione per tacere.

– Su cosa? Sulla morte di Jorge?

– Il caporale Jorge si è impiccato nella stanza d'albergo in cui si era nascosto. Soffriva da tempo di depressione e si era mostrato inadatto alla vita militare. È quello che avete scritto nel rapporto.

– No... è quello che ho firmato. Il rapporto lo avete scritto voi.

¬ È lo stesso.

Cornelius si fermò sul pianerottolo e attese che il tenente lo raggiungesse. Fece come il cardinale, mise una mano sulla maniglia della porta di legno ma aspettò, perché il tenente si era fermato sull'ultimo gradino.

– Cos'è questo?

– È la vecchia ghiacciaia delle cucine del Vaticano. Non si usa piú da almeno trent'anni, ma è sempre rimasta perfettamente funzionante.

– E cosa c'è lí dentro?

– Questo.

Cornelius aprí la porta, che si spalancò senza rumore. La luce verde delle lampade interne si accese, illuminando un bancone di marmo, alto e bianco come quello di una macelleria. Sopra, livido, coperto di brina dai riflessi verdastri, c'era il corpo di un uomo. Un uomo molto vecchio.

– *Oh, mein Gott!* – disse il tenente, togliendo la mano dalla tasca per infilarsi le dita tra i capelli. – Ma è... è...

– Terribile, sí, – disse Cornelius. – Sua Santità è morto il 15 luglio, alle ore 22.30, nella sua camera da letto. Arresto cardiaco, pare... Lo sapremo meglio quando il dottore potrà esaminare il Papa per stendere il certificato di morte. Cosa che avverrà il giorno dopo la chiusura del Giubileo, non prima.

– Ma... il Papa continua a farsi vedere, a incontrare la gente... Chi c'è al posto suo?

– Un attore. Sua Santità offre abbastanza spunti di caratterizzazione. E abbiamo fatto in modo che nessuno si avvicinasse troppo e che le telecamere non lo riprendessero in primo piano.

– E il caporale Jorge?

– Quando Sua Santità è morto è stato trasferito immediatamente nella ghiacciaia. Jorge era di guardia nei corridoi del palazzo e ha visto il trasporto. Cosí gli è venuta l'idea di ricattare il Vaticano... Riesce a immaginare che guaio sarebbe per il Giubileo la morte del Papa a metà delle celebrazioni? Sconvolgerebbe tutti i programmi, annullerebbe tutto e questo non possiamo permettercelo. Faremmo qualunque cosa per impedirlo... Lo avete visto, no?

Il tenente guardò Cornelius. Guardò il corpo del Papa sotto la luce verde della ghiacciaia, poi annuí, abbassando gli occhi.

– Sono un tenente delle guardie pontificie, – disse. – Potete contare su di me.

Cornelius sorrise. Indicò la porta al tenente, perché fosse lui a chiuderla, e si avviò verso le scale.

– Il cardinale si fida troppo delle solitudini dei palazzi vaticani. Io preferirei una sorveglianza discreta all'accesso al corridoio che porta qui. Sorveglianza che farà lei, naturalmente.

Guardò in alto, alla ricerca del gradino rotto, e quando riuscí a vederlo tornò a voltarsi verso il tenente, che stava sprangando la porta della ghiacciaia.

– Abbia pazienza, – gli disse. – Ancora pochi mesi e anche questo Giubileo sarà finito.

Il silenzio dei musei

Avete mai sentito il silenzio di un museo? Non quello dei cartelli appesi al muro, rotto dallo scalpiccio, dai sussurri, dai colpi di tosse, dal ronzare delle macchine fotografiche che si ricaricano di nascosto, ma quello vero, quello dell'orario di chiusura. Dalle nove alle cinque non è silenzio, è rumore sommesso, represso, chiasso ipocrita, ma dopo, dopo che sono passate anche le donne delle pulizie, dopo che le porte si sono chiuse e anche i cancelli, allora è il silenzio dei musei. Che non è un silenzio vuoto, di cose che dormono, ma un silenzio vivo, di cose che si svegliano.

Avete mai sentito quanti rumori ci sono in un museo chiuso? Sono tanti, tutti diversi, e ognuno potrebbe essere scritto con una lettera, racchiuso in un simbolo e disegnato, come un ideogramma. Io lo so, sto lí da tanti anni, dietro il tavolo del custode, e non ho niente da fare che ascoltare, fissare il buio e ascoltare, dalle sei di sera alle otto di mattina.

Ci sono le cornici dei quadri, per esempio, o anche gli infissi delle bacheche o delle finestre, che con la variazione di temperatura tirano e scricchiolano, con la *r*, sc*rrr*icchiolano. Poi ci sono le tele, le tende e tutte le stoffe dei vestiti nelle teche e quelle che ricoprono i mobili antichi, soprattutto i letti... quelle frusciano, con la *f*, *fff*rusciano. E le molle, quelle dei divani, si te*nnn*dono, *n*. E l'impianto di sicurezza, quando si accende periodicamente, *s*: *sss*ibila.

Io li sento tutti i rumori, non ho nient'altro da fare... e li riconosco, sempre.

Per questo quella *c*, cosí netta, cosí tron*c*a, *clic*, la notai subito e mi fece alzare la testa, a girare gli occhi nel buio. Sembrava un taglio, un taglio di forbici e infatti la seconda volta lo sentii bene che non era proprio un *clic*, no, ma un *tric*, schiacciato, come di metallo su gomma che si allunga e forza finché non incontra la resistenza del rame. *Tric*. E subito, il sibilo dell'impianto di sicurezza cessò di colpo.

Una luce improvvisa, nel buio, è come se facesse rumore, anche se è la luce sottile e diretta di una torcia elettrica. Quella luce aveva rumore di passi di gomma, cauti, lenti, come quelli di un gatto e un soffio di voce, dietro: – Fa' piano, cazzo –. Scorreva veloce sul vetro delle bacheche, sulle pareti biancastre, sulla patina lucida delle tele dipinte, e quando scivolava via sembrava che il buio fosse ancora piú buio. Mi passò accanto, senza toccarmi, e io attesi. Se non mi avevano visto non si erano accorti di me.

Erano due, pensai all'inizio, poi entrò anche il terzo, fermo sull'atrio, illuminato a metà dalla luce esterna del cortile, e fu con quella che vidi la pistola. Gli altri, nel salone, erano solo due sagome grigie che si muovevano curve sul nero, finché una non si fermò a reggere la torcia e l'altra entrò nel cono di luce, e fu con quella che vidi il coltello.

La tela che cede sotto la lama di un cutter fa un rumore straziante per chi sa sentirlo. È come se ogni filo della fibra lanciasse un gemito breve, da gola tagliata, piú sottile quando il rasoio segue la verticale del quadro, piú grosso in orizzontale e duro, agghiacciante come un osso rotto quando tocca la cornice. Tagliavano la *Vergine inviolata* e solo dal nome già sembrava un atto blasfemo. Mi mossi, silenzioso, nel buio.

– C'è qualcuno... ho sentito un rumore.

L'occhio luminoso della torcia tagliò il buio fino alla scrivania, alla targhetta *Custode*, e si fermò rotondo sullo schienale della sedia vuota.

– Che c'è? – chiese quello con la pistola.

La torcia si mosse, a passi attenti, di suola di gomma. Veniva verso la sala piccola, lasciando che il buio risucchiasse il salone, con quello col coltello e la *Vergine inviolata* ripiegata su se stessa, arrotolata su un angolo ancora attaccato alla cornice. La luce varcò la soglia, tra il portacenere a colonna e la colonna con l'urna di cenere etrusca, ed entrò nella stanza, a frugare sulle pareti. Poi la torcia mi vide, e senza un gemito, neppure un soffio, si schiacciò per terra con un *ciack* spesso, di vetro grosso.

Buio.

– Cazzo fai?

La voce era una voce e non piú un sussurro, e vibrava nella gola, di paura.

Un attimo e mi mossi ancora, oltre la soglia, di nuovo nel salone, dietro la corda di canapa gialla che chiudeva il divano sul ballatoio. Nessun fruscio sulla striscia rossa del tappeto. La pedana di legno che alzava il divano non scricchiolò.

– Guarda che se è uno scherzo... oh, giuro, se è uno scherzo, io...

Camminava lungo la corda, per indovinare la direzione. La sentivo vibrare sotto le sue dita e forse, non so, ma forse tremava. Volevo un urlo, cosí lasciai che la mano si avvicinasse, scorrendo sulla canapa, e quando la sentii vicina, sempre piú vicina, non mi allontanai.

Urlò, forte.

Quello con la pistola si piegò sulle ginocchia, stendendo le braccia nel buio.

La paura gli ghiacciò le gambe e la gola e il dito sul grilletto. Non sparò perché non c'era niente cui sparare se non la sagoma sottile di una corda di canapa che ondeggiava nel buio. Quando riuscí a muovere la lingua fece uno schiocco contro il palato e un gorgoglio di gola mentre si alzava strappando sulle ginocchia. Si voltò per scappare e quando si voltò incontrò me.

– Ci hanno provato anche stavolta... guarda qua, ci sono i fili dell'allarme tagliati.

– Glielo dico sempre, io, alla sovrintendenza... qua ci vuole un guardiano notturno, altro che storie. Fortuna che non portano via mai niente.

Sono le nove e il museo ha perso di nuovo il suo silenzio. Tra i tanti rumori che mi circondano quello che mi infastidisce di piú è lo scatto isterico delle macchine fotografiche che mi inquadrano di nascosto.

Sono uno dei quadri piú fotografati, *Il boia*, alto e imponente, con le mani strette sulla spada insanguinata.

Quello che mi stupisce è che con tanti turisti che mi fotografano, nessuno si sia ancora accorto del mucchio di teste nella cesta alle mie spalle che si alza, ogni volta, un pochino di piú.

Il conte

Nucleo operativo carabinieri di Firenze.
Da maresciallo Poletto a tenente colonnello Portinari.
Oggetto: riflessioni.

[...] Come elaborato da relazione di servizio e da sopralluogo tecnico, nonché da sommarie informazioni testimoniali
escusse *in loco*, in relazione all'omicidio del conte rinvenuto cadavere nel suo appartamento si evince che: 1) la morte del conte è stata provocata da un oggetto contundente di origine sconosciuta che lo ha attinto dieci volte alla testa e al volto, con
estrema e devastante violenza; 2) che al momento dell'aggres-
sione il conte era nudo e solo parzialmente coperto da una vestaglia; 3) che verso le 19.00 di quella sera sono stati uditi accordi di pianoforte provenienti dall'appartamento del conte; 4)
che la finestra della camera da letto risulta aperta e una tenda
recante una macchia di sangue della forma approssimativa di
una mano; 5) che nella camera da letto del conte si rinvengono
inoltre a) un computer dal monitor sfondato, b) un quadro sfre-
giato, c) una bottiglia (rotta) di spumantino. [...] Come da prime perizie e atti di polizia giudiziaria tuttora in corso si evince
inoltre che: 1) in tutto l'appartamento e *in primis* sulla tastiera
del pianoforte, <u>non</u> si rilevano impronte digitali compatibili con
quelle repertate dalle dita del cadavere del conte; 2) la cena a
cui il conte era atteso per le 20.00 <u>non</u> era stata disdetta; 3) il
sangue dell'impronta <u>è compatibile</u> con quello prelevato dal cadavere del conte *ed è altresí visibile su detta impronta quella di un*
anello corrispondente a quello ritrovato al dito del cadavere del con-

te. In attesa di ulteriori riscontri mi permetto di far notare quanto segue: 1) un gentiluomo di vecchio stampo come il conte non avrebbe ricevuto una visita improvvisa in vestaglia, ma se la visita fosse stata programmata a scopi intimi, perché non disdire la cena, come sua precisa abitudine? 2) come è possibile che il conte viva da sei anni in due stanze piú cucina e servizi senza lasciare nessuna impronta? E suoni il pianoforte senza toccare la tastiera? 3) Come è possibile che la finestra della camera da letto venga aperta da un uomo che è già morto in soggiorno, col cranio fracassato da dieci bastonate?

Nota calligrafa del tenente colonnello: Caro Poletto, le sembra giusto che mi capiti un caso come questo a tre mesi dalla mia sudata pensione? Indirizzi le indagini sugli ambienti del traffico d'arte, di cui il conte era un esperto. O vuole dirmi che ad uccidere il conte è stato un fantasma?

Nucleo operativo carabinieri di Firenze.
Intercettazione ambientale abitazione Vissoni Vincenzo (autorizz. sost. proc. Conti). Presenti: Vissoni Vincenzo (antiquario clandestino), Trecca Gaetano (ricettatore), Li Causi Renato (mafia corleonese).

LI CAUSI   Ma chi l'ha ammazzato 'stu conte?
VISSONI   Il Romano, sicuramente...
LI CAUSI   Ammazza, 'stu Romano... sapevo che era feroce, ma cosí... gli ha spappolato la testa a quel povero vecchio.
TRECCA   Feroce e infame, don Renato. Si è fregato il quadretto...
VISSONI   Un momento, per favore... riassumo, sennò Li Causi non capisce niente... con rispetto parlando, don Renato.
LI CAUSI   Con rispetto parlando, Vince'.
VISSONI   Spiego... a volte succede che qualche rampollo di buona famiglia abbia la necessità di vendersi qualcosa della collezione di casa, di nascosto... oppure che sia la famiglia a

volerlo fare ma non può perché non sta bene o la collezione
è vincolata. Allora si fa tutto sottobanco, ricorrendo a un in-
termediario, appunto, sottobanco.

TRECCA   Come il conte...

VISSONI   No, come noi. Il conte era una specie di dilettante...
uno che lo faceva ogni tanto, per rimediare un po' di soldi.
Sono questi clandestini occasionali che rovinano il mercato
clandestino ufficiale, don Renato.

TRECCA   Ma noi lo veniamo a sapere e mandiamo il Romano
a tenere d'occhio il quadretto...

VISSONI   Il quadretto, come dice il nostro Trecca, è un 30x30
del Pollaiolo, nascosto sotto una crosta di fine Ottocento. Il
nipote tossico non ha idea di quello che ha fregato allo zio
collezionista e il conte glielo compra lui, pagandolo anche abbastanza bene. Il ragazzo però parla, la notizia arriva a noi e
noi mandiamo il Romano.

LI CAUSI   E il ragazzo?

TRECCA   Tranquillo, don Renato. Era l'overdose sul giornale della scorsa settimana.

LI CAUSI   Bene. È chiaro che quel fetente del Romano si è
ammazzato il conte per fregarsi il quadretto. Allora, se ho capito bene, Vince', adesso resta solo una cosa da chiarire, anzi, due... dove sta il Romano e dove sta il quadretto.

Nota calligrafa del colonnello: Vorrei saperlo anch'io.

Procura di Firenze.
Stralci sommarie informazioni testimoniali.

*Piccinini Emma (vicina di casa e conoscente), a domanda ri-
sponde:* Sí, conoscevo molto bene il conte e lo ritenevo una persona squisita, colta e molto educata, anche se temporaneamen-
te in ristrettezze finanziarie; sí, frequentavo casa sua occasionalmente ma avevo smesso da quando aveva cominciato a farsi
vedere con quel tipo dall'accento romano; no, non sembravano

amici ma piuttosto che il conte fosse costretto a subirne la presenza; sí, nonostante l'età e le ristrettezze al conte piacevano le donne e la bella vita; sí, ci ha provato anche con me, cosa c'è di strano, non sono ancora una bella donna?

Santini Maria Grazia (conoscente), a.d.r.: Sí, conoscevo molto bene il conte perché ogni due volte alla settimana salivo da lui per impartirgli una lezione di ginnastica aerobica; sí, nonostante l'età il conte ci teneva a essere prestante e in forma; sí, il conte ci ha provato molte volte con me, pur essendo sempre rispettoso e gentile come un gentiluomo di vecchio stampo; sí, ci ha provato e ci è riuscito, ma credo che questi siano affari miei.

Vinci Elena (conoscente), a.d.r.: No, non conoscevo molto bene il conte, ma lo frequentavo occasionalmente perché mi aiutava per la mia tesi di laurea in Storia dell'arte; no, non ho mai incontrato quel suo amico romano; no, non ci ha mai provato con me.

Nota a margine del colonnello: Non mi convince... chiedere ulteriori notizie. *Nota a margine del maresciallo Poletto:* impossibile, Vinci Elena irreperibile in quanto all'estero per le vacanze.

Cannetta Rosina (portinaia e conoscente), a.d.r.: Sí, conoscevo il conte, ci ha provato e ci è riuscito ma non sognatevi che vi racconti i particolari, brutti sporcaccioni; sí, l'ho visto uscire quella sera, attorno alle 19.30 circa; sí, l'ho visto anche rientrare poco prima delle 20.00; sí, ho visto altre due persone uscire dal palazzo quella sera: una ragazza che avevo già visto frequentare il palazzo e un uomo, che sono certa essere quel suo amico romano, anche se era di spalle e come al solito non ha risposto al mio saluto; sí, so con precisione che ora fosse, perché l'ho chiesto alla mia amica Bianchi Stefania, che fa la portinaia nel palazzo di fronte: erano le 21.17 in punto.

Bianchi Stefania (portinaia e conoscente), a.d.r.: Sí, ho comunicato l'ora segnata dal mio orologio alla mia amica Cannetta Rosina; sí, erano le 21.17 in punto; no, l'uomo che ho visto uscire con la ragazza dal palazzo di fronte non era il romano ma il conte; sí, ne sono certa anche se andava di fretta e non mi ha salutato; sí, conosco il conte, ci ha provato molte volte con me, e, vi dirò, ci è sempre riuscito.

Nota calligrafa del ten. col.: Che fa, il conte... se ne va in giro anche da morto? Ma le sembra giusto, Poletto? Tre settimane alla pensione... le sembra giusto?

Nucleo operativo Carabinieri di Firenze.
Intercettazione telefonica tra domicilio Li Causi Renato (Firenze) e Castle Hotel *(Nassau, Bahamas).*

LI CAUSI   Franceschi'... l'hai trovato 'stu fetente?

FRANCESCHI'   No, don Renato... mi dispiace.

LI CAUSI   E come è possibile?

FRANCESCHI'   Non lo so, don Renato. Era impossibile perderlo... Il Romano ha pagato con la sua carta di credito un volo per le Bahamas. Sempre con la carta ha cambiato dei soldi all'aeroporto di Nassau, poi ci ha pagato anche una telefonata intercontinentale con una galleria d'arte di New York. La chiamata l'ha fatta dalla cabina di sotto del *Castle Hotel*. Però qui non c'è... non c'è da nessuna parte. Sono due settimane che sto su questo cazzo di isola e batto tutti i posti possibili... non c'è.

LI CAUSI   E se è partito?

FRANCESCHI'   No, perché anche questa mattina ha fatto una chiamata a New York, sempre da questa minchia di hotel.

LI CAUSI   Franceschi'... sei sicuro di conoscerlo bene 'stu Romano?

FRANCESCHI'   Don Renato... siamo stati in galera assieme cinque anni... potrei fotografarmelo dentro la testa questo fetente, e farci pure i cambiamenti col computer, come a *Chi l'ha visto*. Se non lo trovo io, o non c'è, o è un fantasma.

Nota del colonnello: Poletto... non aggiungo altro.

Aveva gli occhiali da sole e non sarebbe stato possibile dire se aveva gli occhi aperti o chiusi, ma da come aveva irrigidito il collo appena lui si era seduto, da come lo aveva mosso, impercettibilmente, sul cuscino della sdraio, il colonnello avrebbe giurato che li aveva aperti, spalancati addirittura. La ragazza, invece, carina, giovane e abbronzata, se li era tolti per fissarlo, un po' spaventata, una mano a coprire la scollatura del bikini.

– Fa piacere incontrare dei compatrioti anche qui, alle Bahamas... – disse il colonnello. – Siamo proprio dappertutto, noi italiani.

– Già, – disse l'uomo. Aveva in mano una coppa di champagne che sembrava ancora ghiacciare il vetro, nonostante il caldo. Prese la bottiglia dal secchiello e ne versò un'altra per il colonnello, che la assaggiò, annuendo.

– Sa qual è stato il primo indizio? – disse Portinari. – Lo spumantino di poco prezzo. Lei non beve quella roba... il Romano, forse, ma lei no. Vero, signor conte?

– No, – disse il conte. Alzò una mano per calmare la ragazza, che si stava agitando.

– Quello era un indizio. Poi c'è stato un errore. Naturalmente non avevamo le sue impronte in archivio, cosí per fare i confronti abbiamo preso quelle del suo cadavere... o meglio, di quello che credevamo fosse il suo cadavere. Un uomo sfigurato da dieci bastonate al volto... era il Romano, vero?

Il conte annuí, senza dire nulla. Si versò un'altra coppa di champagne, ne bevve un sorso, poi la passò alla ragazza.

– Per forza non c'erano impronte dell'inquilino, in quella casa... le avevamo prese all'inquilino sbagliato. E cosí anche per il pianoforte... ma questi sono pensieri miei. Mettiamo le cose in ordine, vuole? Ore 19.00...

– Sono in casa e sto suonando il pianoforte. Devo uscire a cena ma sto aspettando che il Romano venga a prendere il quadro e mi paghi la mediazione... quattro soldi, naturalmente.

– Lei è un gentiluomo, signor conte. Apprezzo il suo tentativo di tenere la signorina fuori da questa storia, ma sappiamo che c'era anche lei. Sia piú preciso, la prego.

– Va bene. È stata Elena a farmi scoprire che quello che avevo in casa era un Pollaiolo e volevo che fosse pagata anche lei. Arriva il Romano e ha lo spumantino per festeggiare l'affare, ma ne ha già bevuto metà. È ubriaco e si addormenta sul divano. Io sono in ritardo, cosí dico a Elena di buttarlo fuori quando si sveglia, ed esco. Fuori, mi accorgo dell'errore che ho fatto a lasciarla sola con quella bestia e torno indietro. Appena in tempo, perché sta cercando di violentarla. Lottiamo in camera da letto, sbattiamo dappertutto, poi, in salotto, riesco a prendere un attizzatoio e lo colpisco.

– E allora le viene un'idea: indossare i vestiti del Romano e mettere a lui una sua vestaglia. È sfigurato, avete piú o meno la stessa corporatura... cosí, mentre tutti lo cercano, lei può venire qui con i suoi soldi e trattare la vendita del Pollaiolo. Non ha neppure bisogno di documenti falsi... nessuno sta cercando un conte defunto, naturalmente. Ed è stato lei ad aprire la finestra, non il cadavere di un uomo già morto... l'impronta insanguinata era sua, anche se poi ha messo l'anello al Romano. Perché ha aperto la finestra?

– Per calare giú in cortile il quadro e l'arma del delitto, – mormorò il conte. – La portinaia non si fa mai gli affari suoi.

– Infatti... e neppure quella davanti. Mi tolga una curiosità... è stato proprio lei a uccidere il Romano? È sicuro che non sia stata la signorina? Ma no... è una domanda stupida. Lei non me lo direbbe mai.

Il colonnello si alzò. Il conte guardò la ragazza, smarrito, poi si alzò anche lui. Strinse le labbra quando il colonnello allungò una mano e tese le sue, che gli tremavano, parallele e di dorso, pronte per le manette. Gli sfuggí un sospiro quando il colonnello gliene strinse una, una sola, rapidamente.

– Si è fatto tardi, – disse Portinari, – e io sono solo di passaggio, tra un volo e l'altro. Vado in vacanza anch'io. Sa, signor conte, sono in pensione, finalmente... da tre giorni. Buon proseguimento e grazie dello champagne.

Portò una mano alla visiera, istintivamente, poi sorrise e si strinse nelle spalle. Mormorò: – Quella carta di credito... la butti via, che è meglio, – e si allontanò, agitando una mano, per salutare all'indietro.

Radio Mare, ore 24.00. Blu notte, *programma di dediche e richieste.*

DJ   ...e questa era *Blue Moon* per Samantha, che la dedica a Loris con questo messaggio: «Se tu sei il mio zeffirino io sono la tua nuvoletta». Abbiamo una telefonata in linea, chi sei?

VOCE   Sono Chiara, complimenti per il programma...

DJ   ...Grazie, Chiara... hai una richiesta?

CHIARA   ...mi metteresti *The Moon Over Bourbon Street*... è di Sting...

DJ   ...Sting, okay.. a chi la vuoi dedicare?

CHIARA   ...Ehm... a te...

DJ   ...Oh, be'... grazie, allora. La metto subito. Ciao, Chiara... c'è un'altra telefonata in linea, intanto che cerchiamo il disco... Ciao, chi sei?

VOCE   ...Sono Piero...

DJ   ...Piero... da dove chiami?

PIERO   ...Sono in macchina... da un cellulare. Senti, me lo metti un disco? Ma è vecchio...

DJ   ...Tutto quello che vuoi, Piero...

PIERO   ...Mi metti *Guarda che luna*? La canta uno, non mi ricordo...

DJ   ...Fred Buscaglione... oh, ma senti... com'è che ce l'avete tutti con la luna questa sera? È già la terza richiesta che...

PIERO   ...Perché, non hai visto fuori?

DJ   ...No... io è dalle nove che sono chiuso qui dentro, Piero, questa è la dura vita del Dj, cosa credi... tu hai davanti il cielo stellato e la luna, io un poster di Nek... Cos'ha la luna questa sera?

PIERO   ...È bellissima... è enorme e fa una luce incredibile. Non l'ho mai vista una luna cosí bella...

DJ   ...Sei un romantico, Piero?

PIERO   ...Chi, io? No, io vado al sodo, a me di cose come la luna e le stelle non me ne è mai fregato un ca...

DJ   ...Però questa sera la luna è bellissima e colpisce anche il nostro cinico Piero... Okay, Piero, ecco *Guarda che luna* che va... Fred Buscaglione, 1960, o giú di lí... Pronto, chi c'è in linea?

VOCE   ...Sono la Michela, sono quella che telefona tutte le sere, quella che fa i turni, la notte...

DJ   ...Ciao, Michela, ti conosco...

MICHELA   ...Guarda che Piero ha ragione...

DJ   ...A fare il cinico?

MICHELA   ...No, con la luna... anch'io sono qui dentro, ma dalle finestre del laboratorio entra la luna e non abbiamo neanche avuto bisogno di accendere i neon... fa una luce che sembra giorno...

DJ   ...E io chiuso qui dentro senza vedere niente. Ma non posso lasciare il mio posto... la dura vita del Dj, Michela, murato vivo davanti alla consolle per darvi la musica che chiedete... Che brano vuoi, Michela?

MICHELA   ...Non so... uno che parla di luna.

DJ   ...Anche tu... *Tintarella di luna* va bene? Dedicato a quelli come noi che fanno i turni... Ciao, Michela. Chi c'è adesso?

CHIARA   ...Sono Chiara, sono quella di prima. Hai messo i brani di tutti, ma non il mio...

DJ   ...Oh, scusami, Chiara... è vero. Mi sono perso con questa storia della luna... tu dove sei? Riesci a vederla?

CHIARA   ...Sono in terrazzo. La vedo benissimo, sono uscita apposta.

DJ   ...Com'è?

CHIARA   ...È bellissima... è grande, non l'ho mai vista cosí. Da qui si vede anche il mare e la luna si riflette sull'acqua e sembra ancor piú... ancor piú grande. Fa uno strano effetto...

DJ   ...Che effetto?

CHIARA   ...Non lo posso dire... mi vergogno. Me lo metti quel brano?

DJ   ...Provvedo subito... Abbiamo un'altra chiamata, intanto...

VOCE   ...Sí, senti, io ero qui...

DJ   ...Come ti chiami, scusa?

VOCE   ...Ah sí... sono Marco, senti... io studio Astronomia, all'università...

DJ   ...Allora sarai anche tu sul terrazzo a osservare la luna...

MARCO   ...No, sono sul tetto... ci tengo il telescopio e ho messo una specie di osservatorio. È da due ore che sono qui a studiare il fenomeno, e c'è una cosa che mi preoccupa e...

DJ   ...E cosa? Sei un cinico anche tu? C'è una luna bellissima, cosí grande e luminosa che sembra fatta per gli innamorati... me la raccontano, perché io da qui vedo solo il faccione di Nek... e tu dici che ti preoccupi?

MARCO   ...Sí che mi preoccupo... è la magnitudo che mi fa pensare.

DJ   ...La magnitudo?

MARCO   ...La luminosità. A quella che la fa sembrare piú grande...

DJ   ...E allora? Cosa c'è di male se la luna fa piú luce del solito?

MARCO   ...È questo il punto... la luna non fa luce, la luna brilla, la luna è un corpo che brilla di luce riflessa. Perché sia cosí bisogna che prima sia aumentata la fonte luminosa che la investe... aumentata di molto. E questa fonte è il sole.

DJ   ...Bene, vorrà dire che finalmente è iniziata l'estate...

MARCO   ...No, vuol dire che il sole è andato in nova.

DJ   ...Cioè?

MARCO   ...È esploso. Se la luna brilla cosí vuol dire che dall'altra parte della Terra è esploso il sole.

DJ   ...È esplo... non dire cazzate, Marco. Scusa... non dire sciocchezze, Marco, ci fai paura. Grazie della tua spiegazio-

ne, che è molto... suggestiva, ma preferiamo pensare alla luna come all'astro degli innamorati. C'è qualche coppia in linea? Lei e lui sotto la luna? Ciao, chi sei?

CHIARA ...Sono Chiara.

DJ ...Oddio Chiara... mi sono dimenticato di nuovo del tuo
brano. Tutti questi discorsi del ca... no, è che Marco ci ha
un po' inquietati con le sue storie... ma ci vogliono anche
queste, in fondo, la luna è anche quella dei vampiri come
in *The Moon Over Bourbon Street*. Ecco che va, Chiara, scusami per il ritardo. Per farmi perdonare non ci parlerò sopra...

CHIARA ...No, non importa... mi piace se ci parli. Mi piace...
la tua voce.

DJ ...Ah, sí? Grazie...

CHIARA ...Sí, hai un tono cosí morbido. È adatto a questa luna.

DJ ...Alla luna degli innamorati o a quella di Marco? Aspetta,
c'è un'altra chiamata in linea...

PIERO ...Oh, sono Piero, quello di prima... non è che Marco
ha ragione? No, perché una volta ho letto *Una luna incostante*
di Larry Niven che era una storia simile e...

DJ ...Ecco, bravo, l'hai detto... fantascienza. Certe cose accadono solo nei libri.

PIERO ...Sí, vabbe', ma... sei sicuro che accadono solo nei libri? E se in questo momento dall'altra parte del mondo è saltato per aria tutto?

DJ ...Dài, va' là... non ti ci mettere anche tu, per favore. C'è
un'altra chiamata... chi sei?

VOCE ...Mi chiamo Eileen e sono australiana...

DJ ...E chiami da laggiú?

EILEEN ...No, vivo qui da cinque anni...

DJ ...Ah già, certo... come vuoi che ci sentano fino all'Australia? Questa sera sono proprio scoppiato... No, aspetta,
scoppiato è brutto, diciamo che... diciamo che sento la luna
anch'io. Dicci, Eileen... ti ascoltiamo.

EILEEN ...Ecco, io sono australiana e quello che ho sentito da

Marco mi ha fatto un po' paura... cosí ho chiamato a casa, a Sidney, proprio adesso...

DJ   ...E cosa dicono in Australia?

EILEEN   ...È questo il punto... non dicono niente. Non si prende la linea e si sentono dei rumori strani, come di una cosa che frigge... pronto? Ci siete ancora? Pronto?

DJ   ...Sí, sí... è che... ragazzi, cosí mi spaventate la gente. Ci sarà stata un'interferenza... poi, Cristo, se fosse successo qualcosa ci sarebbero i telegiornali, le edizioni speciali, qualcuno lo direbbe, no? Chi c'è, adesso?

MARCO   ...Sono io, sono Marco. Non ci sarebbe niente nei telegiornali. Niente.

DJ   ...Perché? Senti, Marco, mi sembra che hai già fatto abbastanza casino...

MARCO   ...Perché se il sole è andato in nova dall'altra parte della Terra, dove era giorno, il calore sprigionato dall'esplosione ha incenerito all'istante metà del pianeta, senza lasciare a nessuno il tempo di diffondere la notizia. Non ci sono stati telegiornali. E non ci saranno neanche qua.

DJ   ...Perché?

MARCO   ...Perché l'ondata di calore sta viaggiando lungo la curvatura terrestre a una velocità che non sto a dirti e tra poco sarà qui. Ci dovrebbe mettere quindici minuti. Ne sono passati dieci, piú o meno... ne abbiamo ancora cinque.

DJ   ...Io... che cazzo... merda... no, un momento, ragioniamo. Marco, Cristo, non puoi...

MARCO   ...Infatti non posso. Non posso far niente, nessuno può farci niente... Io sono un astronomo su un tetto, e so che l'unica cosa da fare è godermi la luna e aspettare. Ciao a tutti, è stato un piacere.

DJ   ...No, aspetta un momento... Marco, cazzo, Marco, richiama subito! Non puoi lasciarci cosí dopo averci fatto cagare addosso tutti quanti! E togliete questo cazzo dí musica sulla luna! Chi c'è adesso?

MICHELA   ...Sono la Michela. Ho paura.

DJ   ...Anch'io ho paura! Sono qui inscatolato in una cabina di regia mentre il resto del mondo va in cenere perché è esploso il sole e non l'ho neanche vista, questo cazzo di luna! L'ultima cosa che vedrò sarà la faccia di Nek che mi guarda dal muro! Pronto!

CHIARA ...Sono Chiara. Vorrei essere io l'ultima cosa che vedi. Io sono qui ma riesco a vederti, anche se non ti ho mai incontrato di persona.

DJ ...Sí? Io... senti, in questo momento non so cosa dire...

CHIARA ...Non dire niente. Ti ho ascoltato tante di quelle volte, io... Ho la tua voce nelle orecchie anche quando non trasmetti... è da lí che ho cercato di immaginarti e non importa se nella realtà non sei cosí, perché ti immagino in tanti modi diversi e quindi, comunque sei, mi piaci lo stesso. È la tua voce. È quella pausa che ci metti sempre prima di iniziare a parlare, quel rumore che fai quando stacchi le labbra, e quella specie di sospiro che ci metti sulla prima sillaba, come se ti appoggiassi sulle parole. So un sacco di cose, di te, della tua voce. So che fumi...

DJ ...È vero...

CHIARA ...È perché parli dopo aver tirato una boccata... Soffi le parole assieme al fumo e sono piú velate, piú morbide.

DJ ...Grazie... mi stai dicendo cose bellissime...

CHIARA Be'... non sarò la prima, credo...

DJ ...No, no... sei la prima. Non ho mai pensato di avere una gran voce e non credo che l'abbia mai pensato nessuno. Quando mi sono registrato, la prima volta che ho trasmesso, e mi sono riascoltato, Madonna santa, che schifo...

CHIARA Non ci credo...

DJ ...No, davvero... aspetta un momento, Chiara, ho un'altra chiamata... no. Chi se ne frega. Secondo i calcoli di Marco manca ancora un minuto all'arrivo dell'ondata di calore che ci ridurrà tutti in cenere... e questo minuto lo voglio passare con te. Anche tu hai una bella voce, Chiara.

CHIARA Grazie.

DJ ...Io non l'ho studiata bene come hai fatto tu, ma sarà la luna, sarà la situazione, mi sembra di avercela in testa come

se l'avessi sentita da sempre. Che banalità che ho detto...
sembro un Harmony.

CHIARA   No, no...

DJ   ...Non importa. Sai che faccio? Rimetto *The Moon Over
Bourbon Street*, ecco... Dimmi qualcosa, Chiara. Mancano pochi secondi. Dimmi qualcosa sulle note di questa musica.

CHIARA   Ti amo.

DJ   ...Ti amo, Chiara. Addio.

CHIARA   ...Addio.

Gr3, ore 12.00.

SPEAKER   La luna di ieri sera. È stato l'anticiclone delle Az-
zorre il responsabile dell'eccezionale fenomeno astrale. Una
corrente d'aria ha spazzato via lo smog ad alta quota, ren-
dendo il cielo piú limpido del solito e restituendoci una luna
alla quale non eravamo piú abituati. Ed è stata proprio questa disabitudine la causa del curioso episodio verificatosi nel
corso della notte in una località della Riviera. Veri e propri
momenti di panico per una falsa notizia incautamente diffu-
sa da un'emittente locale. Denunciati per procurato allarme
il Dj della radio e un sedicente astronomo. Cosí si è giustifi-
cato il ragazzo:

MARCO   Lavoro di notte. Faccio i turni, e se non ci metto qualche scherzo ogni tanto, non mi passa piú. L'idea l'ho presa
da un vecchio racconto di fantascienza. Io un astronomo?
Volete scherzare? Io faccio il fornaio...

SPEAKER   Termina qui il nostro radiogiornale, vi lasciamo alla
musica con *Walking On The Moon* dei Police...

Il gatto

Faceva caldo quell'estate, ma proprio caldo, e c'era questa tipa, Cristina si chiamava, che tutte le sere quando tornava a casa andava alla finestra, spalancava tutto e si spogliava. Che la vedesse qualcuno non le importava niente, voleva solo la prima arietta fresca della sera, e si sbottonava la camicetta perché le accarezzasse il seno e le spalle nude e il collo, e si sfilava i calzoni perché le baciasse l'ombelico e le cosce scoperte e la pelle umida sotto l'elastico delle mutande, poi si sfilava anche quelle e rimaneva alla finestra, nuda, con gli occhi chiusi, finché il corpo non le si ricopriva di brividi per il freddo. Era molto bella, snella e abbronzata, con lunghi riccioli neri e un seno sodo e rotondo, e cosí, nuda davanti alla finestra, avrebbe provocato epidemie di cecità a legioni di quattordicenni dagli ormoni in tempesta e raffiche di divorzi anche tra le coppie piú calcaree e imbarazzo perfino al piú binoccoluto dei guardoni, ma che la vedesse qualcuno non le importava niente, anche perché nessuno poteva vederla, dato che la sua finestra dava sul muro cieco di una fabbrica di mattoni, che a quell'ora, tra l'altro, era chiusa.

Comunque, una sera, mentre era a letto da sola e si stava rigirando sul lenzuolo bianco cercando con le gambe un punto ancora fresco, Cristina alzò la testa e sulla finestra vide un gatto. C'era la luna piena dietro, e del gatto si vedeva solo la sagoma, un grosso gatto nero seduto sul davanzale, con le orecchie dritte e la schiena un po' curva.

La guardava.

Cristina sorrise, perché i gatti le piacevano, e lo chiamò

schioccando le dita e battendosi una mano sulla coscia. Il gatto socchiuse gli occhi e non si mosse, poi, all'improvviso, saltò in mezzo alla stanza con un balzo e con un altro saltò sul letto, morbido e lento, felino appunto. Si avvicinò felpato, tra le gambe di Cristina, che le teneva aperte sul lenzuolo. Cristina rise e rabbrividí quando il gatto si strofinò col dorso muscoloso, nero e lucido, sulle sue cosce, e rabbrividí ancora quando lui spinse in avanti la testa morbida e rotonda. Tese le mani verso di lui e strinse la ginocchia, ma il gatto si spaventò, sgusciò fuori dalle sue gambe abbronzate e con un guizzo saltò sulla finestra. Le lanciò una rapida occhiata, un po' perplessa e un po' incurante, poi scomparve lungo il cornicione.

Cristina ci rimase malissimo. Lo chiamò a lungo, sul davanzale, schioccando le dita e facendo stridere le labbra in un lungo *miciomiciomiciomicio*. Poi tornò a letto, un po' vergognosa e un po' eccitata da quella strana attrazione interrazziale.

Il giorno dopo, alla stessa ora, Cristina era di nuovo lí, nuda sul letto, a osservare la finestra. Ci sperava proprio e già cominciava a rassegnarsi quando eccolo, il gatto, fermo sul davanzale, che la fissava. Questa volta Cristina non disse nulla, non fece nulla, allargò le gambe e le braccia e rimase immobile ad aspettarlo, col seno che si alzava e si abbassava per l'affanno e la pelle che diventava lucida per il sudore.

Il gatto se la prese comoda, come chi si sente ormai sicuro. Fece un giretto sul davanzale, sornione, la osservò di traverso con i suoi occhi verdi, socchiusi. Si leccò anche una zampa, lentamente, con aria noncurante. Poi, al momento giusto, quando la vide fremere e tremare per l'attesa, spiccò un balzo e saltò direttamente sul letto. Cristina si morse un labbro, sforzandosi di stare ferma, mentre lui le leccava l'interno delle gambe, con la sua linguina ruvida e rosa, poi le saltava sulla pancia e le leccava l'ombelico, strofinandosi contro i suoi seni, e quando le morse i capezzoli con i suoi dentini aguzzi a lei scappò un urlo. A un certo punto non resistette piú, affondò le mani nel suo pelo morbido e lo strinse forte tra le gambe, ma al gatto questo non dispiacque, perché non scappò, si dette da fare con la testa e la lingua e il dorso muscoloso e le zampe morbide e fredde, riprese in mano la situazione e giunse fino in fondo. Era notte tarda quando la lasciò, sfinita e sudata, e prima di sparire lungo il cornicione, dopo la solita occhiata da conquistatore, le morse il naso, con dolcezza.

Da allora, tutte le sere, Cristina apriva la finestra e si metteva a letto, nuda, ad aspettarlo. Lui arrivava sempre, magnetico e sicuro, passeggiava un po' sul davanzale poi le balzava addosso. A volte diventava violento e la mattina dopo Cristina andava a lavorare con le spalle coperte di graffi. Ma era felice. Usciva proprio allora da una storia di tre anni con un tipo complicatissimo, molto umano ma molto strano. Un amore intenso e ferito che si era trascinato tra litigi in piena notte, attacchi di ansia e di gelosia, schiaffi e controschiaffi a mano aperta, inseguimenti a piedi nudi fino in strada, attaccata alla maniglia dell'auto *no, ti prego, no* lei e in pigiama fino alla stazione lui, *dài, ti prego, sali su*. Tegami di pasta appena condita sulla testa e vestiti fuori dalla finestra. Lettere scritte con in sottofondo il piú straziante fado portoghese. Sbronze cattivissime di limoncino e crema di whisky con vomito al bordo del letto e salto in bagno al dentifricio appena lui telefonava *perdonami, sto salendo*. Quando lo aveva visto partire con la macchina per l'ultima volta, un po' a zig zag per quella scarpa che lo aveva centrato sulla testa dalla tromba delle scale, si era giurata che *adesso basta. Piuttosto col primo che passa, guarda, meglio se, guarda, se... non lo so neanch'io. Senza sentimenti, senza invischiarsi, senza attaccarsi, senza amore, toh. Solo sesso. Un uomo oggetto.* Le era capitato un gatto. Un gatto oggetto. Meglio di cosí.

Comunque sia, tutte le storie di sesso prima o poi stancano, soprattutto quelle estive. Una sera lei ricevette una telefonata e lo riconobbe prima ancora che iniziasse a parlare. Quel silenzio lento, cosí esitante e tormentato, cosí maledetto, psicolabile e complesso, era il suo. Le disse *dimmi solo una* parola, lei disse sí, lui disse *ti amo,* lui disse *anch'io.* Il tempo di saltare fino in bagno e lui era già alla porta. Finirono a letto in pochi secondi e siccome cominciava a fare freddo, chiusero la finestra.

Quando il gatto arrivò li trovò assieme. Rimase un po' a guardarli, serio, col naso appoggiato al vetro, poi si voltò e se ne andò lungo il cornicione, saltò su un terrazzo e scese lungo un albero. Prima ancora di toccare terra aveva già preso la sua decisione.

Arrivò fino alla via Emilia, con passo sicuro e dignitoso, attraversò la strada e andò a sedersi in mezzo, proprio sulla riga bianca. Attese pochi minuti, con quell'aria assorta che hanno i gatti quando siedono sulla ghiaia della cassettina e appena vide i fari gialli che si avvicinavano chiuse semplicemente gli occhi.

Il giudice

Isidoro sospirò, chiudendo gli occhi, poi li riaprí subito.

– Lasciami stare, Alvaro... almeno adesso, lasciami stare.

Alvaro sedeva accanto al letto e fissava le mani di Isidoro che stringevano il lenzuolo sgualcito, ingiallito dal sudore. Si passò la lingua sulle labbra, come faceva sempre prima di parlare.

– Stai morendo, Isidoro. Ho sentito il dottore che lo diceva, poco fa. Non passerai la notte, e la notte è vicina.

Isidoro serrò le palpebre, scuotendo la testa. – Lasciami stare, – ripeté, – per favore, lasciami stare.

La lingua di Alvaro sputò rapida, tra le labbra. – Non posso, Isidoro, lo sai. È il mio dovere. Anche se eravamo amici e siamo stati a scuola assieme. Sono un giudice inquirente. Tu sai chi ha ucciso Maria Pineda e lo devo sapere anch'io. Dimmelo adesso.

Isidoro rabbrividí, con un singhiozzo, poi rimase immobile, come se fosse morto. Ma io, da dietro il giudice Alvaro, vedevo le ossa del torace magro che si alzavano e si abbassavano lentamente, e le vedeva anche il giudice, che aspettò paziente, in silenzio, finché Isidoro non si mosse di nuovo.

– Palermo, 25 settembre, – disse il giudice, piano, – Maria Pineda esce di casa per andare a scuola. Ha solo otto anni ma abita dietro l'angolo e la lasciano andare da sola. A scuola, però, non ci arriva perché un'automobile si avvicina al marciapiede e qualcuno le spara nella testa. A una bambina di otto anni, Isidoro, in testa. Perché?

Isidoro gemette cosí piano che Alvaro sembrò non sentirlo.

– Il giudice Rosa aprí l'inchiesta e la chiuse subito, con un niente di fatto. Ma Rosa è sempre stato un incompetente... io, invece, sono bravo e scopro un testimone che ha visto l'automobile e si ricorda il modello e anche un'ammaccatura che ha sul parafango. Allora faccio un controllo e scopro che, coincidenza, tu hai un'auto uguale, con la stessa ammaccatura sul parafango. Ma tu hai un alibi, Isidoro Barga, eri fuori città con tuo cugino Ferdinando, lo dice un testimone. Allora? Chi l'ha uccisa la povera Maria Pineda? Chi spara in testa a una bambina di otto anni?

– Basta, Alvaro, basta... per favore...

– Poi scopro che tu, il cugino Ferdinando e il testimone siete nel contrabbando. Un informatore mi dice che tenete la roba in un magazzino proprio davanti alla scuola e io metto le cose in relazione. Ma Rosa non ci crede, e quando riesco a ottenere un mandato di perquisizione nel magazzino non c'è piú niente, niente merce di contrabbando, niente Isidoro, niente di niente. Isidoro è partito, se ne è venuto qui a Petralia, senza neanche salutare il suo amico Alvaro.

Isidoro rabbrividí ancora e chiuse gli occhi, dopo un altro singhiozzo. Alvaro attese, sempre paziente, finché quello non riprese conoscenza. Allora ricominciò a parlare.

– Io so, perché lo so, che Maria Pineda l'avete ammazzata voi. Ma perché? All'inizio pensavo che avesse visto qualcosa, ma il magazzino voi l'avevate dall'altra parte della strada e lei di là non ci passava. E allora? Tuo cugino voleva provare la pistola? C'è qualcosa che non so della famiglia Pineda? Sono nel contrabbando anche loro? Perché, Isidoro, perché? Non me ne vado di qui finché non me lo dici, perché? Perché? Perché? Perché?

Lo avrà ripetuto almeno un centinaio di volte e ogni volta si passava quella lingua maledetta sulle labbra, con un sibilo sottile, come quello di un serpente. *Perché, perché, perché...* glielo avrei detto io se lo avessi saputo, pur di farlo finire. Stavo quasi per esplodere e urlare «La smetta!» quando Isidoro cedette, un attimo prima di me.

– Basta, – sospirò, con un grido sfiatato che era poco piú di un mormorio. – L'ha uccisa Ferdinando! Le ha sparato in testa mentre io guidavo!

Il giudice Alvaro si chinò sul letto, appoggiandosi al cuscino con le mani. Sibilò all'orecchio di Isidoro cosí piano che facevo fatica a sentirlo.

– Perché?

– Perché aveva visto il magazzino!

– Non è possibile! – Alvaro strinse un pugno sulla faccia di Isidoro. – Ho percorso quella strada almeno mille volte e non si vede niente! Solo un muro di mattoni, le assi di un cantiere e la pubblicità di un sigaro!

Questa volta Isidoro sorrise, scoprendo i denti gialli in una smorfia opaca.

– Alvaro, povero idiota... lo eri a scuola e lo sei anche adesso. Hai fatto quella strada mille volte ma quello che vedevi tu non era quello che vedeva una bambina di otto anni. Dovevi farla in ginocchio e allora, con gli occhi a un metro da terra, avresti visto la finestra.

Il giudice Alvaro si morse un labbro, cosí forte che mi sarei aspettato di vedere il sangue da un momento all'altro.

– Hai ragione, – disse, – sono un idiota. Ora puoi morire, Isidoro.

Aprí una cartella che teneva sulle ginocchia e scrisse rapidamente su un foglio, senza fermarsi a pensare. Poi piegò il foglio e me lo passò da sopra la spalla. – Ordine di cattura per Ferdinando Rama, cugino di Isidoro Barca. Lo arresti immediatamente, maresciallo.

Presi il foglio, sbattendo i tacchi, poi, tenendo la mano dietro la schiena, lo accartocciai lentamente e lo lasciai cadere sul pavimento. Dalla stanza vicina, sentivo un giornalista di «La Sicilia» che dettava al telefono, urlando per farsi sentire.

– Petralia, 25 giugno. È morto all'età di centoventisei anni Isidoro Barga, l'uomo piú vecchio d'Europa e forse del mondo...

Isidoro non era ancora morto, ma non importava. Respirava piano, con gli occhi socchiusi, il volto coperto da una fitta rete di rughe sottili che la vecchiaia gli aveva disegnato sulla pelle ingiallita. La maschera del tempo, la stessa che aveva sul volto anche il giudice Alvaro, vecchio rimbambito, schiavo di un'ossessione di decenni, incubo degli assistenti volontari della Casa di riposo di Palermo e soprattutto del sottoscritto, suo prediletto.

Aspettai che si abbandonasse contro lo schienale della carrozzella e lo spinsi fuori dalla stanza, lentamente e senza scosse, perché nonostante il blocco della memoria che lo aveva fermato al 1926, il giudice Alvaro era anche lui molto, molto vecchio. Perché il giudice Alvaro era stato sí a scuola con Isidoro, ma aveva ripetuto due anni e adesso ne aveva centoventotto...

Eleonora

Non posso dire che fosse bella. O meglio... non posso dire che lo fosse in quel modo. Se avesse avuto un bel volto, begli occhi, un bel corpo... non sono quelle le cose che noto. Semplicemente perché non posso. Sono cieco, fin dalla nascita. Per me la bellezza di una persona, la bellezza fisica, intendo, è fatta di altre cose. Suoni, per esempio. Suoni di movimenti. Fruscii che possono essere ruvidi o morbidi, veloci o lenti, elastici, rigidi o tesi. Dipendono molto dai vestiti che uno indossa, lo so, ma non importa.

Lei si muoveva lenta, elastica e morbida, quasi silenziosa, come un gatto. E quando il mare era un po' piú grosso e batteva a ritmo contro le paratie del transatlantico, allora sembrava addirittura che danzasse.

Certo, non c'è soltanto quello che si può sentire con le orecchie. C'è anche quello che si può toccare con le dita, sentire sulla pelle e sotto il palmo della mano. Il calore, la consistenza, le forme... va bene, dipendono anche quelle dai vestiti, ma non importa, anche chi vede spesso si ferma lí, all'abito, ai colori, alla sagoma che disegnano sui corpi. Andare oltre, arrivare al suono e al tocco della pelle nuda, non è sempre cosí facile. Io poi... allora avevo sedici anni e non mi era mai successo, anche se ci pensavo molto.

Sotto le dita, lei era morbida e calda. Mi aveva preso sottobraccio e mi stringeva il polso tra il gomito e il fianco, e quando muovevo piano la mano potevo sfiorarla, sentirla, sulla punta dei polpastrelli o contro il dorso delle nocche. Indossava un maglioncino di cachemire, purissimo, e cosí leggero che sembrava di poterci immergere dentro le dita.

Era bellissima, lo era per me e sono sicuro che lo fosse anche per gli altri. Lo si capiva dal tono che prendeva la voce degli uomini quando le rivolgevano la parola. Esitavano, aspirando l'inizio della frase come se avessero dovuto deglutire, oppure la lanciavano, sostenuta, ma sempre un po' rigida alla fine, da cui si sentiva che tutta quella sicurezza era falsa. Soltanto un uomo le parlò in un modo diverso. Un uomo giovane, dalla voce dura, che le disse soltanto: – Devo vederti nell'intervallo, – e quando lo fece lei si irrigidí, trattenendo il respiro e rallentando il passo. Soltanto per un attimo, perché subito dopo la sentii chinarsi su di me e sussurrarmi all'orecchio: – Andiamo, questa sera il mio cavaliere sei tu –. Non diceva sul serio, naturalmente, ma anch'io deglutii come tutti gli altri, perché avevo sentito la curva del suo seno contro il dorso della mano che mi stringeva sotto il braccio. Per un momento immaginai che dovesse essere cosí la sua pelle, morbida, vaporosa e compatta. Calda e leggera come il maglione che aveva addosso. Un corpo di cachemire.

Si chiamava Eleonora, era un'amica di mia madre e mi stava portando al concerto che si teneva nel salone musica dell'*Oceania*, il transatlantico su cui viaggiavamo tutti. Sonata numero 35 in sol minore di Giuseppe Tartini, *Il trillo del Diavolo*. Mia madre non si sentiva bene, o aveva una partita di bridge o doveva fare qualcos'altro, non ricordo cosa. Era sempre cosí con lei, voleva che le stessi vicino perché aveva paura che mi succedesse qualcosa, e allo stesso tempo mi impediva di fare quello che avrei voluto, viaggiare, conoscere gente, studiare musica, andare ai concerti. Se fossi stato indipendente lo avrei fatto. Indipendente dal punto di vista economico, perché da quello fisico, nonostante mia madre, lo ero già da un pezzo. Avrei potuto benissimo andarci da solo a quel concerto nel salone.

Per fortuna Eleonora amava la musica e quando aveva saputo del concerto si era offerta di portarmici. Poi si era seduta accanto a me, e quando il brusio si era interrotto di colpo per diventare un silenzio liquido e compatto, avevo trattenuto il fiato, come ogni volta che stava per iniziare la musica. E non solo per quello. Sul bracciolo della poltroncina, quello in comune, sentivo contro il dorso della mano tutto il calore della sua pelle di cachemire.

Durante l'intervallo, si chinò su di me per dirmi: – Stai buono qui mentre vado a fumare una sigaretta, vero? – e si allontanò. Io rimasi fermo ad aspettare, e solo un attimo prima che il brusio diventasse di nuovo silenzio la sentii sedersi accanto a me, sistemarsi sulla poltroncina e riprendere il posto che le avevo lasciato sul bracciolo.

Ma c'era qualcosa di strano.

Me ne accorsi subito, mentre il concerto riprendeva e le note degli archi riempivano tutto lo spazio attorno alla mia testa, oltre le pareti di metallo e gli oblò della nave e ancora piú in là, sul mare.

Qualcosa che scivolava contro la pelle del dorso della mia mano, dentro le pieghe delle mie nocche e sulla punta delle mie dita, che voltai piano, proprio per sentire meglio.

Qualcosa di piú ruvido, piú duro e pesante.

Quel maglione, quel maglioncino che indossava lei in quel momento, non era lo stesso che portava prima.

Ne ero sicuro. Perché me lo ricordavo. La memoria di chi vede si chiama *visiva*, e io quella non posso averla, ma ho quella dell'udito e quella del tatto e immagino che siano altrettanto efficienti. Io ricordo il timbro, il tono e il volume dei suoni e delle voci che sento. E ricordo la pasta e la consistenza delle cose che tocco. So che lungo il muro che porta a casa mia posso sentire sotto le dita la polvere ruvida dei mattoni coperti, il freddo liscio dell'intonaco, quello morbido e screpolato di un manifesto vecchio e quello morbido e teso di uno nuovo, e so che dopo mi aspetterà il metallo di un infisso e il vuoto del muro che finisce. Il ricordo di quella pelle di cachemire che sfiorava la mia mano era diverso. La lana che dopo l'intervallo toccava le mie dita era diversa. Il maglione che indossava in quel momento non era lo stesso. Se l'era cambiato. Perché?

Il pensiero mi tormentò per metà del secondo tempo. Poi,

la musica lo spinse sempre piú indietro, sempre piú in fondo al mio cervello. Tornò forte soltanto per un momento, quando il concerto finí e lei mi strinse la mano sotto il braccio per riaccompagnarmi di sopra, nella cabina che dividevo con mia madre. Ma sparí subito, appena lei si chinò su di me, per dirmi: – Buonanotte, – e mi baciò sulla guancia.

La mattina dopo, seduto con mia madre a fare colazione, seppi che la sera prima era stato ucciso un uomo.

Era un passeggero, un uomo giovane. Qualcuno lo aveva colpito al cuore con un tagliacarte che si trovava nella sua cabina al primo ponte, poi era scappato, approfittando del fatto che i ponti erano deserti perché i passeggeri erano quasi tutti al concerto. L'uomo viaggiava sotto falso nome. Assieme a una complice aveva truffato un miliardario, per poi farsi truffare a sua volta da lei. Dicevano che viaggiasse su quella nave per inseguirla, che forse l'aveva trovata ma che lei era stata piú svelta, o piú fortunata, perché lui era un assassino che aveva già ucciso altre volte.

– Che tempi! – disse mia madre passandomi un panino spalmato di burro, che non mangiai perché il burro non mi piace.

– Prima o poi la prenderemo, – disse il commissario di bordo, che faceva colazione assieme a noi, poi, su indicazione di mia madre, mi versò una tazza di caffè che non bevvi, perché lei ci aveva fatto mettere anche il latte.

– Però non avete indizi, vero? – disse Eleonora, e lo disse con indifferenza, troppa indifferenza. Poi mi chiese se volevo una spremuta d'arance e io dissi di sí, perché quella mi piaceva. Allungai una mano per prendere il bicchiere e apposta la feci scivolare sul vetro, per toccarle il braccio. Indossava lo stesso maglioncino che aveva ieri sera, quello del secondo tempo, però.

– Sai come si fa a riconoscere il cachemire vero da quello finto? – le dissi.

– No, – disse lei, con una punta d'ansia nella voce.

– Quando tocchi quello vero senti che è fresco anche quando riscalda. Quello finto invece diventa caldo subito.

– Ah, – disse lei. L'ansia era diventata paura. – E il mio com'è?

Pensai alla sera prima. La memoria di chi non vede non è soltanto una memoria di suoni e di contatti. È anche una memoria di tempi. Cinque minuti di intervallo. Un minuto per salire al primo ponte, due minuti per parlare, litigare, avere paura, afferrare un tagliacarte, colpire. Un altro minuto per correre in cabina al secondo ponte e cambiarsi il maglione macchiato di sangue con un altro simile, non uguale, simile. Uguale per gli altri, per chi vede, stessa forma, stesso colore, stessa lana, quasi. Diverso per me e per le mie dita. Un altro minuto per correre ancora, dal secondo ponte alla sala musica.

Le lasciai il braccio, feci scorrere le dita sul suo polso e raggiunsi il bicchiere con il succo di frutta. Prima di bere, mi lasciai sfuggire un sorriso.

Non so se fosse bella davvero. Credo di sí, e comunque per me lo era. Non l'ho piú rivista, anche se forse mi sarà capitato di incrociarla, visto che adesso viaggio molto. Conosco gente, studio musica, vado ai concerti, e da solo. Mia madre non ha potuto dirmi niente da quando il mio piccolo conto personale è diventato miliardario per una vincita al Lotto. Cosí almeno pensa lei.

Però un giorno mi piacerebbe incontrare Eleonora. Allungare una mano sul bracciolo, a un concerto, e sentire sul dorso della mano la sua pelle di cachemire. Di cachemire vero.

Perché sono sicuro che da quella sera sulla nave non avrà piú indossato un maglioncino, che non fosse assolutamente di cachemire purissimo.

Etienne

Rotondi e lucidi come cime di onde in una notte senza luna, i muscoli di Etienne guizzarono attorno al commendatore, cosí neri e veloci da sembrare blu. Stretti in un nodo d'acciaio di gambe e braccia e spalle e mani, per un momento si tesero nel suo stesso sospiro di piacere, compresso come un brivido sottovuoto. Poi scattarono, e l'ultima cosa che il commendatore vide, prima che la torsione del collo gli troncasse le terminazioni nervose come un fascio di cavi strappato da una presa, furono le sue stesse natiche che vibrarono flosce e pallide, rigate di graffi rosa di unghie e di frustino, in un ultimo orgasmo.

Vario scosse la testa in un tintinnare sottile di orecchini a stella che gli punsero la pelle del collo con un acido e appena isterico senso di fastidio. Socchiuse le palpebre, sospirando a soffio tra le curve strette delle labbra disegnate a cuore.

– Cos'era, questo? – chiese, e Kajo-san alzò le spalle.

– Uno facile, anche troppo. Pratiche sadomaso.

Vario allungò un dito, e con la punta dell'unghia toccò la pelle livida del commendatore. Sospeso al centro della stanza, tra le pareti lucide di plexiglas nero, con le braccia e le gambe aperte come in croce dai tiranti piantati agli angoli del soffitto e del pavimento, il commendatore sembrava liscio e fosforescente come un tubo al neon. Soltanto la testa china sul petto faceva pensare che fosse morto. Kajo-san gli girò attorno, e chiudendosi la manica del kimono con una mano stretta attorno al polso, con l'altra gli sfilò il visore dagli occhi. Poi rabbrividí, perché aveva aperto le dita troppo presto, strisciando con la stoffa nera del kimono sul petto lucido di bava secca del commendatore.

– Neanche a chiederlo chi è stato, – disse Vario, e Kajo non rispose. Lo pensò, pensò: «Etienne», e lo pensò cosí forte che fu come averlo detto.

– Dimmi almeno che non era l'ultimo, – sospirò Vario con un lamento pastoso di rossetto al cromo. – Dimmi almeno che era un modello della generazione precedente.

Kajo-san scosse la testa, passando la punta di un dito sulla sigla stampata in ologramma al centro delle lenti. Era proprio l'ultimo. L'ultimo modello di uno stimosimulatore sessuale Yamaharama della generazione piú avanzata.

La Yamaharama è un'azienda leader nella produzione di stimosimulatori di sesso virtuale, fondata sull'unione di due delle maggiori tradizioni erotiche del pianeta: il codice d'amore giapponese e il Kamasutra indiano. Costituita interamente da capitale yakuza, la Yamaharama fornisce un kit completo di visore virtuale olografico a quattro dimensioni e quello che viene attualmente ritenuto il piú elaborato software di stimolazione erotica neuronale.

Un guizzo lucido e bluastro. Un sorriso bianco di denti, rapido come un lampo. Uno sguardo veloce, appena un centesimo di secondo in piú di un'immagine subliminale. Un sussurro impalpabile.
Vieni.

– Cos'è?
– Un virus, signore.

Karmajama sollevò le palpebre gonfie aprendo di un millimetro in piú la fessura grassa che gli nascondeva gli occhi. Anche cosí, nel monitor un po' appannato dal segnale criptato che disturbava la ricezione del satellite, si poteva vedere la luce nera che brillava negli occhi del direttore generale della Yamaharama. Solo un attimo, poi la fessura tornò a stringersi e la luce nera si spense.

– Signor Vario, – disse Karmajama. La voce gli usciva roca tra le labbra piene, cosí bassa che negli altoparlanti dell'impianto non si sentiva. Vario e Kajo-san lo sapevano, e si erano collegati con gli auricolari direttamente nel sistema. – Signor Vario, posso farle una domanda?

– Certo, signore.

– Per quale motivo sempre piú persone preferiscono il nostro sistema di sesso virtuale al coito fisico?

– Perché è molto meglio, signore.

– In che senso, signor Vario?

– Ci si diverte molto di piú.

– Poi, signor Vario?

– È piú sicuro, – disse Kajo-san, avvicinando istintivamente il volto al monitor.

– Bravo, signor Kajo. È piú sicuro. La gente, la gente che può permetterselo, naturalmente, preferisce il sistema di simustimolazione erotica Yamaharama perché è la forma di sesso piú sicura che esista. E voi... – Karmajama sollevò le palpebre, le schiuse cosí tanto che quasi gli si videro gli occhi. La voce uscí piú forte, pungente negli auricolari, – ...voi mi state dicendo che nel nostro sistema c'è un virus? Ho capito bene, signor Vario? Kajo-san? Un virus?

Occhi e bocca chiusi. Labbra e palpebre serrate come quelle di un Buddha in visione telematica. Cosí grande da riempire lo schermo, e appannato, a volte distorto, dai disturbi sul satellite. La voce di nuovo in un sussurro.

– Cosa fa questo virus?

Vario si schiarí la gola, assumendo lo stesso tono del promozionale proiettato prima.

– Lei sa, signore, che il nostro sistema di stimolazione erotica agisce direttamente sul sistema nervoso. Riproduce la gamma completa delle sensazioni di piacere, dalla prima eccitazione all'orgasmo, e le correda di una serie di immagini autoprodotte dalla parte onirica del cervello del cliente. Le piú segrete ed elaborate perversioni unite al piú completo degli orgasmi e... senza bisogno del movimento meccanico che richiedevano gli altri sistemi di autoerotismo.

– Non ho bisogno di essere convinto della validità del prodotto, signor Vario. L'ho inventato io. Cosa fa questa Etienne?

– Amplifica, signore. Amplifica all'infinito le stimolazioni finché il sistema nervoso non esplode e il cliente muore. Tecnicamente Etienne è un serial killer virtuale. Maledetta.

– Chi l'ha programmata?

– Luther Blissett. Un gruppo di hacker nascosti dietro un nome collettivo. Ne abbiamo preso uno ma conosce soltanto un passaggio della programmazione e non ci è servito a niente. Adesso è nelle mani della yakuza, che ci ha promesso per lui un'agonia di almeno tre mesi.

– Un programma antivirus?

– Possibile. Ma c'è un problema. Etienne si manifesta solo durante il collegamento, e chi si collega non riesce a restarci abbastanza per permettere al programma di agire. Tutti hanno una fantasia nascosta da qualche parte del cervello alla quale non sanno resistere. Etienne arriva a quella e amen.

– Allora bisogna trovare una persona che non abbia fantasia.

– Ce l'ho, – disse Kajo-san. Vario voltò la testa con un tintinnio di stelle, appena increspato dal sussurro di Karmajama.

– Bene, signor Kajo. Provveda. Signor Vario, lei è licenziato.

Kreutzer. King Kong. Kreutzer del Ghetto.
Mano sulla faccia, dita nere di guanti a stringere le guance e spingere indietro finché *bum!*, contro il muro. Sangue sulla visiera di plexiglas. Gli occhi che girano svelti dietro la nebbia rossastra. Su il manganello e *bum!*, altro sangue sulla visiera.
Kreutzer. King Kong. Kreutzer King Kong del Ghetto.
– Ha visto, signore? Pura autocoscienza di sé e nient'altro. Non sa neanche perché lo fa. Sa solo che esiste e che deve farlo.

Kajo-san annuí, il volto cosí vicino al televisore da sfiorare lo schermo con il naso. Rimase a osservare la registrazione di Kreutzer che si muoveva avanti e indietro come danzasse, alzando e abbassando il manganello sui dimostranti. Avanti e indietro, dentro e fuori dalla linea nera dei poliziotti schierati lungo la linea che separava i Quartieri alti dal Ghetto, secondo gli ordini che gli arrivavano attraverso l'auricolare fissato sotto il casco. Avanti e indietro, su e giú. Avanti e indietro, dentro e fuori.

Kreutzer. Kreutzer. Kreutzer del Ghetto.

Silvian si chinò accanto a Kajo-san, battendo sul vetro con la punta del dito laccato di nero.

– Quello che noi chiamiamo King Kong: polizia d'ordine del Ghetto. Centodieci chili di muscoli, manganello e visiera. Kreutzer non pensa, Kreuzer mangia, beve, dorme e picchia. E se fa sesso è solo per sfogare uno stimolo periodico.

Kajo-san si strinse nel kimono. Nel Ghetto la temperatura era sempre di almeno dieci gradi inferiore a quella dei Quartieri, sia dentro che fuori dalle case. La caserma di polizia era nel Ghetto e non sfuggiva alla regola.

– Ne è sicuro? – chiese. Silvian sorrise, scoprendo un dente annerito di rossetto.

– Il grado di supervisore psicologo mi dà la possibilità di osservare le camerate degli agenti attraverso le telecamere di controllo. Kreutzer riceve regolarmente una donna con cadenza settimanale, tutti i mercoledí. Non si spoglia e non la spoglia. Niente preliminari. La mette seduta sul bordo di un tavolo, la prende per i fianchi e via, avanti e indietro, avanti e indietro. Trentatre spinte pelviche ogni volta, non una di piú non una di meno. Poi si tira su i calzoni e se ne va. Il suo non è un atto fisico… è un atto meccanico.

Silvian si passò la lingua sulle labbra, il volto arrossato da un ansimare acido che gli aveva appannato lo sguardo. Deglutí, stretto dal colletto dell'uniforme nera della polizia del Ghetto, e si voltò verso Kajo-san.

– Vuole vederlo?

Kreutzer King Kong. Kreutzer del Ghetto.

Cosí rapato a zero, curvo in avanti sotto il peso dei muscoli, con le labbra e le unghie dipinte di nero come d'ordinanza per i King Kong del Ghetto, Kreutzer sembrava davvero un gorilla. Un gorilla immobile, che respirava sibilando tra i denti, le

labbra socchiuse in un sorriso feroce che non era un sorriso ma
soltanto una smorfia casuale.

King Kong Kreutzer.
Cosí nudo, le braccia e le gambe aperte dai tiranti che lo so-
spendevano a mezz'aria, sembrava un gorilla crocifisso. Gli occhi nascosti dalle lenti ologrammate del visore Yamaharama,
sembrava un gorilla mascherato, cieco e crocifisso, sospeso nel
vuoto tra quattro pareti di plexiglas nero.
Kreutzer.
Dietro una di queste, invisibili a Kreutzer, c'erano Silvian,
Kajo-san e un operatore della Yamaharama, che allungò un braccio e con un gesto deciso accese un monitor telecollegato al visore.
– Lo sapevo, – sussurrò Silvian, mentre l'operatore cercava
di regolare la sintonia. – Voi della Yamaharama avete sempre
detto che le visioni mentali non si possono riprodurre perché si
muovono alla velocità del pensiero. Lo sapevo che prima o poi
sareste riusciti a trovare il modo di rallentarle. Perché non lo
mettete in commercio?
– Scarsa qualità, – disse Kajo-san, rapido. – Costi alti. È un
progetto che va perfezionato.
– Io scommetto un'altra cosa, – sorrise Silvian. – Scommetto che è la yakuza che ci guadagna di piú a usarlo di nascosto
per ricattare i pezzi grossi.
Kajo-san non disse niente. Pensò che alla fine dell'operazione Silvian avrebbe ricevuto un extra per i servizi resi alla
compagnia. Uno stimosimulatore Yamaharama ultimo modello. Completo di Etienne.
Improvvisamente, l'operatore aggiustò la sintonia e Kreutzer apparve al centro dello schermo, nudo e immobile.
– Guarda! – disse Silvian. – Se ne sta lí fermo a pensare a
se stesso che pensa se stesso! È proprio primordiale!

Sospeso in un vuoto solido e denso come un buco nero, Kreut-
zer si guardò attorno, sibilando tra i denti socchiusi. Le palpebre

*strette come due fessure, tagliava il nulla buio che lo circondava,
senza vedere niente. Le orecchie tese, le narici sollevate e le mani a
mezz'aria con le dita aperte pronte a stringere, si muoveva cauto,
senza sentire niente.*

Poi, all'improvviso, la vide.

*All'inizio fu soltanto un riflesso bluastro contro il buio. Un
guizzo lucido e velocissimo. Poi, la sagoma piú densa del corpo, la
curva delle spalle, il contorno della testa, il riflesso in movimento
dei fianchi. Si stava avvicinando.*

*Kreutzer rimase immobile, soltanto la sua pelle bianca sembra-
va essere diventata piú densa, piú compatta. Rimase immobile a
guardarla finché non la vide distintamente, nuda e nera, cosí nera
da sembrare blu. Nuda e lucida, con i muscoli che si muovevano
veloci sotto la pelle tesa. Nuda e scolpita, la linea dritta delle clavicole, quella piatta del ventre, quelle rotonde dei seni. Rimase immobile a guardarla finché non distinse tutti i particolari, le punte
dure dei capezzoli, la fossetta nera dell'ombelico, l'ombra arricciata del pelo sotto il ventre, le sfumature bluastre tra le dita dei
piedi nudi che sembravano agganciarsi al nulla a ogni passo. Anche
il sorriso, quel sorriso bianco che le brillò per un attimo tra le labbra. Soltanto un attimo, perché proprio in quel momento Kreutzer
scattò.*

– Cristo! – sussurrò Silvian. – Cosa sta facendo?

– Silenzio, – sibilò Kajo-san. – Tutto quello che vediamo è
una traduzione in immagini delle sensazioni di Kreutzer. Qualunque cosa stia facendo l'ha già fatta prima, alla velocità del
pensiero.

*Le dita di Kreutzer avevano afferrato il volto di Etienne e si era-
no chiuse di colpo, stringendole le guance. L'aveva spinta indietro,
con violenza, e le avrebbe schiacciato la testa contro qualcosa se ci
fosse stato qualcosa contro cui sbatterla. Ma non c'era niente, e dopo una corsa nel vuoto che sembrò infinita Etienne si afferrò al polso di Kreutzer, fece forza sul suo braccio teso, alzò le gambe e gliele allacciò attorno al corpo, di traverso. Kreutzer perse la presa sul*

suo volto, e rapida come un riflesso Etienne gli scivolò dietro la schiena, stringendolo alla vita con le cosce, le caviglie nere incrociate l'una sull'altra e un braccio spinto sopra la sua spalla, e giú, sotto il mento, poi su, ad allacciare la mano all'incavo del gomito dell'altro braccio, che premeva forte dietro la nuca di Kreutzer. Nero su bianco, pelle lucida su pelle lucida di sudore e stretta come fosse una sola. Kreutzer spinse indietro, a cercare qualcosa contro cui schiacciare Etienne, ma non c'era nulla, e allora allungò una mano, ad afferrarle il piede che col tallone lo colpiva tra le gambe, e alzò l'altra a stringerle la nuca. Se la tirò in avanti, su una spalla, il seno di lei che gli strisciava caldo e ruvido sul torace, e avrebbe voluto chiudere le braccia e spezzarle i fianchi, ma i muscoli della sua schiena gli guizzarono veloci tra le dita e riuscí soltanto a stringerle le natiche, prima che gli sfuggissero anche quelle. Rapida e sinuosa come un serpente gli girò attorno a un fianco, afferrandogli da dietro le spalle con le mani. Puntò un piede su una delle sue cosce, appoggiò l'altro a uno dei suoi fianchi e si tirò su, tendendo veloce le braccia. Le sue lunghe gambe nere tracciarono un cerchio nell'aria e gli passarono oltre le spalle, chiudendoglisi strette attorno al collo.

– Non può ucciderlo, – disse Kajo-san. – Lui è una visione autoprodotta di se stesso e lei la proiezione olografica di un virus. Lui è umano e lei è elettronica, e sono comunque due entità virtuali. Questo balletto nel vuoto potrebbe durare all'infinito. Se lui non si eccita, lei non può ucciderlo.

– E lui non si eccita, – disse Silvian, con quell'ansimare acido nella voce che gli aveva già arrossato le guance.

Etienne aveva piegato una gamba sotto il mento di Kreutzer, il piede nudo allacciato sotto l'incavo dell'altro ginocchio e una mano stretta attorno alla caviglia libera, tirata indietro come una leva, per stringere piú forte. Kreutzer serrava le mascelle, teso nello sforzo di allentare quella morsa nera. La afferrò per i fianchi e la girò di centottanta gradi, con l'unico risultato di trovarsi con le sue natiche in mano e con la sua carne viva che gli premeva bollente sulla gola, il pelo arricciato a solleticargli il mento.

Poi Etienne cedette, aprí le gambe e scivolò indietro, tra le braccia di Kreutzer.

– L'antivirus, – disse Kajo-san, con un sospiro. – Kreutzer lo vive cosí. Pensa a se stesso pensante, e quello che pensa è pura violenza.

– Grande, – ansimò Silvian, – grande.

Se ci fosse stato qualcosa sotto di loro, Etienne sarebbe caduta a terra, ma non c'era niente sotto, cosí Kreutzer l'afferrò che stava ancora a mezz'aria e le strinse le mani attorno al collo. Etienne alzò le gambe, puntò le piante dei piedi contro il suo petto e spinse, ma non riuscí a staccarsi da lui, che flettendo le braccia la tirò verso di sé, facendole piegare le ginocchia fino a stringersele contro al torace. Etienne chiuse gli occhi e lo prese per i polsi, spingendo in fuori per separarli, poi spalancò la bocca a cercare aria e tirò, e spinse, e si scosse, senza riuscire a niente. Allora aprí gli occhi, li fissò in quelli di Kreutzer che non guardavano niente, Kreutzer King Kong, Kreutzer del Ghetto, poi li richiuse, e mentre lui la stringeva sempre piú forte si lasciò spingere in basso, attaccandosi a lui, le braccia attorno alla vita, le gambe attorno ai fianchi, il volto premuto contro il suo petto, in un abbraccio morbido, come per dormire.

– Che sta facendo? – chiese Kajo-san. – Si muove su e giú lungo il suo corpo, pianissimo. Che sta facendo?

– Convulsioni? – suggerí Silvian, ma Kajo sollevò una mano in un gesto stizzito.

– Lo sta eccitando. Gliela struscia contro e gliela struscia proprio lí. È uno stimolo meccanico! Quel coglione si sta eccitando, accidenti a lui!

Kajo-san corrugò la fronte, voltando di scatto la testa verso Silvian.

– Deficiente, – ringhiò. – Razza di incapace deficiente. Che giorno è oggi, signor Silvian?

– Cristo, signore, non ci avevo pensato. È mercoledí.

Il respiro tra i denti di Kreutzer si fece piú rapido e denso. Lo sguardo si fece piú torbido tra le palpebre socchiuse. Stringeva ancora e sempre piú forte, ma per un momento si fermò, strinse le natiche e con un colpo di reni verso l'alto si schiacciò contro Etienne, che gemette, serrando le palpebre. Anche Kreutzer gemette, e cominciò a spingere verso l'alto, una, due, tre volte, mentre stringeva il collo di Etienne e spingeva, quattro, cinque, sei, dentro la carne bollente, un colpo dietro l'altro, sette, otto e nove, schiacciandola verso il basso, le dita strette sulla gola, dieci, undici e dodici, la lingua di Etienne spinta fuori a cercare aria, tredici, quattordici, quindici, la pelle bianca del suo corpo di King Kong appiccicata alla sua nuda e nera e lucida di riflessi blu, sedici, diciassette e diciotto, quel fremito che cominciava a vibrargli là dov'era entrato in lei, diciannove, venti e ventuno, a vibrare e tirare, ventidue, ventitre, ventiquattro, sempre piú intenso e sempre piú forte, venticinque, ventisei e ventisette, sempre piú intenso e sempre piú forte, ventotto, ventinove e trenta, sempre piú intenso e sempre piú forte, trentuno, trentadue e trentatre...

Nel monitor, Kreutzer smise di spingere, scosso da un fremito. Poi chiuse gli occhi, rovesciando la testa all'indietro e svaní dallo schermo.

Kajo-san non lo vide neppure. Guardava la parete nera di plexiglas trasparente, lo sguardo fisso su quel corpo sospeso a mezz'aria dai tiranti, come crocifisso, bianco, liscio e fosforescente come un neon.

È notte e sembra che faccia ancora piú freddo

Sono appoggiato allo stipite della finestra, il braccio piegato contro il muro, la fronte su una mano, una macchia umida
che si allarga sul vetro ogni volta che respiro. Guardo fuori, il
giardino illuminato dalla luce gialla del lampione. È notte e sembra che faccia ancora piú freddo. Penso.

Una mattina di novembre, nel cimitero ebraico di Venezia,
vidi una tomba che portava il mio nome. C'era una foglia sulla
lapide, una foglia secca e accartocciata, appoggiata a uno sbec-
co del marmo, che il vento faceva oscillare, lenta, sul bordo, su
e giú, avanti e indietro. Rimasi a guardarla a lungo, aspettando
che cadesse, ma non cadde mai. Quando le voltai le spalle per
allontanarmi lungo il viale era ancora lí, a battere piano con la
punta sull'ultima *i* del mio cognome, come un dito rugoso, rin-
secchito e giallo.

Una raffica di vento freddo aprí le falde del cappotto di un
caporale delle SS che si era alzato in piedi sul sidecar, davanti
al cancello del cimitero, e mi aveva ringhiato contro, in tedesco, chiedendomi che cosa ci facessi lí. Gli mostrai la mia tessera da questurino, senza dire niente, e allora lui si strinse nelle spalle, indifferente, e sempre ringhiando, ma piú piano, mi
chiese una sigaretta.

Lontano, preceduto dalle urla delle sirene, si sentiva il rombo cupo degli aerei che andavano a bombardare Verona.

Se avvicinavo il mio volto al suo, naso contro naso, i suoi occhi diventavano un occhio solo, dagli angoli inclinati verso l'al-

to, come un sorriso. Ma bastava che mi allontanassi, anche di poco, che subito tornava quel suo sguardo serio e silenzioso, appena obliquo, leggermente strabico, incomprensibile e immobile. Le iridi le cambiavano colore, a seconda del tempo. Aveva un neo piccolissimo sulla punta del naso e un altro, quasi invisibile, su un labbro, e su quello la baciai, ma lei mi appoggiò una mano sul petto e piano, quasi senza premere, mi respinse.

Allora mi appoggiai allo schienale della sedia, puntando i piedi contro il bordo del letto, e ricominciai a parlare mentre lei mi guardava senza dire nulla, sempre seria e silenziosa. Sull'asse di legno che teneva sulla coperta, di traverso alle gambe, pezzetti di sedano galleggiavano inutili nella scodella intatta.

C'era una macchia pallida di sole invernale che scivolando sull'acqua grigia della laguna si rifletteva sul soffitto umido del mio ufficio. Canavese spense anche quella fermandosi tra la scrivania e la finestra, con il riverbero che gli indorava i fasci sul bavero nero dell'uniforme, guizzando come una fiammella sulla pelle lucida della fronte. Anche i denti bianchi sembravano risplendere al sole, quando sorrideva.

– Lo sai che sono l'unico che può aiutarti, vero?
– Sí.
– E sai anche cosa voglio in cambio, vero?
– Sí.

Le sue dita tamburellarono sulla pelle consumata che rivestiva il bordo della scrivania con un rullare cadenzato. Uno-due-tre i polpastrelli, e quattro, piú acuto, l'unghia lunga del mignolo.

– C'è una famiglia di giudei nascosta da qualche parte alla Giudecca. Padre, madre e bambino piccolo. Sono giudei ricchi e importanti, e mi servono. Trovali.

– L'abbiamo fatto. Li abbiamo cercati. Fa parte dei doveri della Questura.

– Non ho detto *cercali*, ho detto *trovali*. E lo dico a te, perché sei bravo, conosci il tuo mestiere e hai amici che si fidano di te nella Giudecca. Ma non voglio un poliziotto che fa il suo *dovere*, perché uno cosí può anche sbagliare. Io voglio che li cerchi con tutte le tue forze, sapendo che questa è l'unica cosa che puoi fare. Voglio che tu ci metta l'anima.

Passò una barca nella laguna e la fiammella ballò impazzita sulla fronte di Canavese. Gli angoli della bocca, le arcate delle sopracciglia, le curve delle narici, tutto il suo volto sembrava appuntito dall'angolazione del riflesso.

– Lo sai che se resti ancora qui, se non la porti via, lei muore?

– Sí.

– Lo sai che io posso farti avere due lasciapassare per la Svizzera e anche un po' di soldi dei giudei, per pagare il dottore. Posso farti avere due ali per volare lontano, oltre il confine, oltre la guerra. Tu e lei. Se no lei muore. E sai cosa voglio in cambio.

– Sí, la mia anima.

Mi alzai per prendere il soprabito e il cappello dall'attaccapanni. Canavese mi ripeté «Trovali» quando ero sulla porta, come nei film americani di prima della guerra. Mi parve che anche dall'angolo in cui si era spostato la fiammella continuasse a guizzare impazzita sulla sua fronte.

Sulle labbra arricciate, ogni volta che parlava, gli si formava una fila di minuscole righine che increspavano lo strato pesante di rossetto, disegnato a cuore. Continuava a muovere la bocca anche dopo l'ultima vocale, con una serie di piccoli scatti, quasi a rincorrere le parole.

– Lo giuro, commissario, lo giuro su mamma e papà. Non lo so chi fa il mercato nero alla Giudecca.

Vide il biglietto da dieci marchi che avevo messo sul bancone e sorrise, in un ovale perfetto di righine rosse. Muoveva le labbra a scatti anche prima di parlare.

– Commissario! Faccio la *maîtresse*, io, non l'informatrice. Come potete pensare che per dieci...

Le labbra si sporsero, chiudendosi assieme in un piccolo bacio che si riaprí con uno schiocco sottile. Avevo voltato il biglietto, mostrando la firma graffiata in un angolo col blu stinto di una matita copiativa.

– Glielo dico sempre alla Martina di guardare bene le banconote quando le frega dai portafogli dei tedeschi ubriachi, perché c'è sempre qualcuno che si firma la decade. Ce l'aveva la Martina, vero? Va bene, allora, facciamo cosí. Se voi non dite alla Kommandantur che dalla Venexiana le ragazze rubano, io vi dico chi fa il mercato nero alla Giudecca. È quello che volevate, no?

Le mani, immobili e bianche, sembravano quelle di un morto. Una sull'altra, le dita sottili dalle unghie candide a coprire le nocche lisce e lucide, che sembravano di cera, sotto la luce bianca della lampadina. Contrasse appena un mignolo quando gli mostrai la tessera, appena un movimento della falange, rapido e breve come il riflesso involontario di un cadavere.

– A cosa debbo il piacere?

Lo spazio di un sorriso che gli aprí per un attimo le labbra pallide, e la mano destra era già sotto il giornale che teneva spiegato su un angolo del tavolo. Tornò serio, anche se il labbro inferiore, scivolando sui denti, gli si era impigliato sotto i canini, lasciandogli sul viso l'apparenza di una smorfia divertita.

– Non c'è bisogno della pistola. Non mi interessa la borsa nera. Sono qui per fare una domanda.

– Quale?

– Chi sono i clienti migliori.

– Prego?

Metà labbro scivolò sui denti. C'era una macchia bianca sull'altra metà, dove la punta del canino premeva sulla pelle.

– Voglio sapere chi compra tanta roba da mangiare. Piú del solito e piú di quanto sia necessario per la famiglia.

– Se è soltanto questo… ci sono i Farné, i Lombardini e un gruppo di sfollati che cerca sempre la farina.

– Scatolette, pane e soprattutto latte.

– La signora Mirta, allora. È soltanto una vecchia ma compra un sacco di roba.

– Quanto?

– Almeno per una famiglia. E latte anche, come per un bambino piccolo.

Le onde della laguna sbattevano contro le alghe annerite, aggrappate ai mattoni della casa della signora Mirta. Niente cantina, perché si sarebbe allagata.

Le finestre sbarrate arrivavano fin quasi al tetto. Niente soffitta.

E niente doppi fondi nei muri o negli armadi, perché le SS
li avrebbero già trovati.

Poi, mentre stavo quasi per andarmene, notai che l'acqua faceva un gorgo sporco contro un angolo della casa e che c'era un
pezzo di corda che proprio da lí saliva fino a un anello piantato nel muro. E sopra l'anello, cancellata dal tempo e dall'umi-
dità, l'ombra di una scritta. «Magazzino». Immaginai allora una
stanza, dietro quella scritta, l'ingresso coperto dall'acqua alta e
dentro, sotto il soffitto a volta, un barcone, legato alla corda.

Accanto alla caserma della Brigata nera mi fermai un momento ad allacciarmi una scarpa davanti alla vetrina di un fornaio. Il calore del forno aveva appannato il vetro dall'interno e
quando il commesso aprí la porta il velo bianco e spesso si restrinse rapidamente, fino a metà vetrina. Fu per questo, credo,
che quando alzai gli occhi vidi riflesso il resto della piazza che
avevo alle spalle ma la mia immagine, quella, non riuscii a vederla.

– Ottavio Canavese ha una parola sola. A te i lasciapassare,
a me i soldi e al comandante tre giudei da mandare alla Risiera
di San Sabba. Però ti dò un consiglio. Usali subito i documenti, perché appena si sa in giro che ti sei messo a fare la spia un
colpo in testa non te lo toglie nessuno. Prendi la tua donna e
salite sul primo treno per la Svizzera. A proposito, lei come sta?

Per tutta la notte rimasi seduto accanto a lei, a sentirla respirare. Appoggiato allo schienale della sedia, le ginocchia agganciate al bordo del tavolo, la fronte rivolta al soffitto, sentivo i suoi talloni scavare il lenzuolo umido di sudore, spingendo
in fondo la coperta di lana grezza. Mi voltavo soltanto quando

sentivo il suo sguardo su di me, quegli occhi silenziosi e immobili, lucidi di febbre. Allora ricominciavo a parlare, abbassando la voce appena la vedevo sbattere le palpebre, quasi fossero proprio le mie parole, sempre piú lente, sempre piú flebili, a chiuderle gli occhi, gravando sulle ciglia.

Mi addormentai anch'io e quando mi svegliai era già mattino e lei era morta.

Piansi, come piange un uomo tradito.

Sono appoggiato allo stipite della finestra, il braccio piegato contro il muro, la fronte su una mano, una macchia umida che si allarga sul vetro ogni volta che respiro. Guardo fuori, gli uomini che sono appena scesi dalla barca sul piazzale di sotto, la mano destra affondata nella tasca e quello col giubbotto di pelle che ha appena alzato verso di me uno sguardo cieco, velato dal riflesso di ghiaccio del lampione sulle lenti dei suoi occhiali.

È notte e sembra che faccia ancora piú freddo.

Photoricordo

San Pancrazio sul Reno, 21 aprile 1945.

La prima foto è in bianco e nero, quadrata e un po' arricciata da una parte, perché è stata incastrata a lungo nella fessura tra il vetro smerigliato e il legno dello sportello di una madia. L'inquadratura è mossa e sfocata anche, come se il fotografo non fosse un granché o piuttosto quel giorno ci fosse un gran sole. In primo piano, seduto sul cofano di un camion che avanza, Ricciotti Guerrino, detto Stalín, giovanissimo, in canottiera bianca, calzoni corti e sandali. In mano, alto sulla testa, ha un mitra sten. L'altra mano, invece, la tiene chiusa, il pugno stretto accanto al volto sorridente, il braccio piegato ad angolo, un po' all'indietro. Alle sue spalle, in cabina, Babini Astolfo, detto Sfo, anche lui col pugno chiuso in cima al braccio teso fuori dal finestrino, e dietro, sul cassone, Bonetti Delmo, detto Piròn, e Foschini Anacleto, detto E Negher, giovanissimi, armati ed esultanti.

Sullo sfondo, con la saracinesca mezza scardinata dai fascisti che volevano fargli aprire la bottega nonostante la serrata ordinata dal Cnl, si vede il negozio di alimentari della Giannina. Per terra c'è ancora la spranga di ferro che Mingotti Ermanno, detto E Vigliacc, milite della brigata nera, ha lasciato cadere appena ha sentito arrivare i primi partigiani della Brigata Garibaldi che liberavano il paese.

San Pancrazio sul Reno, 22 aprile 1948.

La foto è sempre in bianco e nero, ma piú grande e meglio definita, anche se un riflesso di sole preso in controluce ne sbianca un angolo, confermando che era proprio il fotografo a non essere un granché. In primo piano ancora Guerrino, e sempre esultante. Ha in mano una bandiera rossa, l'asta tutta piegata verso sinistra e la stoffa rovesciata in un'onda, un attimo prima di spiegarsi nello sventolio di ritorno. Si vede che urla, perché ha gli occhi chiusi e la bocca spalancata, la testa un po' inclinata su una spalla, come si vede che urlano anche E Negher e Sfo, tutti e due in piedi sulla motocicletta, E Negher dietro, con un fazzoletto rosso in mano. Stavano aspettando i risultati delle prime elezioni politiche della Repubblica italiana quando si era sparsa la voce che aveva vinto il Fronte popolare. Nell'angolo estremo della foto, però, velata dal riflesso bianco del sole, c'è già la ruota della bicicletta di Delmo, che corre a dire che non è vero, che sono arrivati i risultati ufficiali e ha vinto invece la Democrazia cristiana.

Sullo sfondo, tra nugoli di biciclette appoggiate agli alberi, gettate sul marciapiede o tenute a mano, c'è il negozio di alimentari della Giannina, con una porta nuova e sopra la cortina di cannucce colorate un cartello, messo appena il giorno prima, con su scritto «Cooperativa alimentare popolare».

San Pancrazio sul Reno, 23 aprile 1969.

La foto è a colori, riquadrata da un bordino bianco, con la data e l'ora stampate in piccolo, in un angolo. L'esposizione è quasi giusta, e nonostante appaia sbiadita e scontornata questa volta è anche a fuoco. L'effetto sfocatura è dato dal lacrimogeno che fuma in primissimo piano, velando di chiaro Guerrino tutto proteso in avanti nell'atto di lanciare un bidone del rusco sullo scudo di un poliziotto, che si ripara la testa nuda col manganello. Il casco con la visiera di plexiglas ce l'ha Sfo, e lo tiene stretto tra le braccia mentre due celerini lo strascinano via sul marciapiede, verso il bordo destro della fotografia. E Negher e Delmo non si vedono perché, disapprovando l'uno questa commistione tra operai e studenti e l'altro gli opposti estremismi, sono rimasti in Sezione. In compenso c'è il figlio di Guerrino, Palmiro junior in omaggio a Togliatti, che scappa verso il bordo sinistro della foto, i capelli lunghi svolazzanti sulla sciarpa che gli scende dalle spalle.

Sullo sfondo, il negozio della Giannina, ingrandito, con una seconda porta tagliata di fianco alla prima e la scritta «Supercoop» riprodotta sulla facciata da una serie di tubi al neon.

San Pancrazio sul Reno, 24 aprile 1985.

La foto è a colori e ha il fuoco e l'esposizione corretti ma piatti di macchina automatica, in questo caso una Olympus uovo con pellicola ciribiribiri. In primo piano, ancora forze dell'ordine, ma questa volta carabinieri. Visto di spalle, il maresciallo si sta chinando dietro la Panda nera, mentre un oggetto rotondo e giallo esplode spiacciato sul parabrezza. L'oggetto è un pompelmo Jaffa che Guerrino ha appena scagliato contro il maresciallo, raccogliendolo da un mucchio di quattro o cinque sparsi sul marciapiede attorno a un sacchetto di carta. I pompelmi erano a terra perché un gruppo di punk anarchici, che dimostrava contro la vendita di prodotti israeliani nelle cooperative rosse, li aveva strappati dalla sporta di una signora appena uscita dal supermercato. I carabinieri erano dall'altra parte della strada perché erano stati chiamati dal nipote di Guerrino, Bettino, detto Bobo, neolaureato e appena assunto e facente funzione di direttore per temporanea irreperibilità di Delmo, raggiunto da avviso di garanzia.

Sullo sfondo, dove c'era il negozio di alimentari della Giannina, le vetrine del nuovo palazzo dell'Extracoop. Davanti a una di queste, incorniciato da un trionfo di arance, mele e kiwi d'importazione, Guerrino con un altro pompelmo in mano. Nonostante il colesterolo, i trigliceridi e la sciatica, è stato cosí svelto a girarsi dopo aver tirato al maresciallo che lo scatto della foto ha preso anche lui di spalle, voltato verso il nipote che alza le mani per proteggersi il volto. Poco prima che Guerrino lanciasse il pompelmo ai carabinieri Bobo gli aveva gridato: – Lascia perdere, nonno, la politica è una cosa, il commercio un'altra!

San Pancrazio sul Reno, 26 aprile 1996.

I colori sono quelli perfetti e brillanti di un cibacrome, cosí luminosi da sembrare in rilievo. Il fuoco ha un effetto tridimensionale e l'esposizione è regolata al micron da un computer giapponese.

La luce è quella chiara del mattino. La strada è ancora vuota e anche il camion della Nettezza urbana, che con esatta efficienza da modello emiliano ha portato via i resti della festa del 25 Aprile, è già uscito dall'inquadratura. C'è soltanto l'auto di Bobo, una Mercedes nera che sembra uscire dalla foto per quanto è definita, parcheggiata davanti al supermercato perché il nipote di Guerrino è andato a festeggiare a casa del neodeputato Mingotti, nipote di E Vigliacc, eletto a San Pancrazio in un collegio di desistenza.

Sullo sfondo, il grattacielo della Megacoop, immenso, che chiude l'orizzonte come un muro di vetrine.

Guerrino non c'è piú. È morto l'anno prima.

L'omino coi baffi

Nessuno sapeva che mestiere facesse. L'idraulico, il postino, il professore di Sanscrito, la hostess... sembrava che si intendesse di tutto. Qualunque cosa tu stessi facendo, lui ti arrivava alle spalle, stava un attimo in silenzio, poi diceva: – Eh sí, sí, sí... sembra facile –. E basta. Avesse dato un consiglio, almeno, no... stava a guardare, impassibile, le mani dietro la schiena, come un avvoltoio, un corvo, anzi.

Nessuno sapeva che diavolo di mestiere facesse. Criticava. Aveva un modo di parlare tutto suo, vezzoso, con le labbra che si piegavano strette quasi volessero modellare le parole, a e i o u. Dava sui nervi. Ti riempiva la schiena di brividi freddi e ti si annodavano le dita, ti si gonfiavano le mani, le braccia diventavano pesanti, non riuscivi piú a far niente. Appena compariva alle spalle e iniziava con «Eh sí, sí, sí... sembra facile», andava tutto storto e succedeva un casino.

Nessuno sapeva che cazzo di mestiere facesse. Si sparse la voce che portava sfiga. Anche il vestito, tutto nero, con la cravatta nera, il colletto rigido della camicia bianca e il cappello, nero anche lui... e quei baffi. In ogni paese c'è sempre un tipo strano, un tipo da paese, appunto... nel mio c'era lui: l'omino coi baffi. E faceva paura.

Una volta Pompeo Zanetti, quello che ha sposato la figlia del tabaccaio, stava cambiando una gomma a una 127 quando è arrivato lui, l'omino coi baffi. – Eh sí, sí, sí... sembra facile, – ha cominciato, e Pompeo si è voltato a guardarlo perché sí, in effetti, era facile, soprattutto per lui che faceva il meccanico autorizzato Fiat e la 127 era per l'appunto in officina. Si è distratto un attimo, un attimo solo, a guardare le labbra dell'omino strette sulla e di facile e la gomma gli è sfuggita di mano e gli è scivolata giú per la discesa, ha preso velocità sulla cunetta davanti alla scuola, è rimbalzata su un gatto che dormiva davanti alla merceria Pasini accoppandolo sul colpo, ha fatto cadere dalla bicicletta il postino che ha sparso la posta per la strada e una raccomandata col rinvio del figlio della signora Zauli è finita in un tombino e l'hanno ritrovata solo dopo che erano sei mesi che Michelino era partito militare, ha fatto una curva parabolica sull'aiuola del monumento al partigiano, è schizzata su per la schiena di Mario il gobbo detto Angolo Retto come se fosse un trampolino e si è infilata nella finestra della cucina della moglie del cavaliere che stava mettendo una torta nel forno proprio mentre lui entrava sventolando la busta della pensione che è finita sui fornelli assieme al parrucchino del cavaliere e a un orecchino della moglie che era un caro ricordo della sua povera nonna.

Un'altra volta è passato davanti alla Wanda che fa la parrucchiera da trent'anni ed è famosa in tutta la Bassa Romagna per la tinta rosso ciliegino che sa fare solo lei. – Eh sí, sí, sí... sembra facile, – e dal phon che la Wanda teneva in mano è partito un fulmine che ha abbassato la corrente in tutto il paese come a Sing Sing quando accendono la sedia elettrica. Un lampo accecante e la moglie del pretore, che, combinazione, aveva appena finito di dire: – Però, con tutti questi negri in giro, – si è ritrovata con una faccia come Ella Fitzgerald e una testa come Moira Orfei, e cosí carica di elettricità che ancora oggi, ogni volta che starnutisce, salta la luce in tutto il paese. Quel giorno, tutte le signore che erano sotto il casco uscirono dal negozio con i capelli in fiamme e la Santina, la figlia del droghiere che doveva sposarsi la mattina dopo, andò sull'altare che sembrava pettinata coi petardi.

E c'era sempre lui: – Eh sí, sí, sí... sembra facile, – quando il Baracca Lugo sbagliò il rigore che doveva portarlo in C1, quando Uber Babini sparò da mezzo metro a un fagiano che dormiva su un ramo basso e prese un ragioniere di Solarolo, quando Manes Laffi arò una bomba dell'ultima guerra e quando Libero Bulzamini attraversò in bicicletta il passaggio a livello del treno guardando attentamente prima di qua poi di là, poi di qua e ancora di là, senza accorgersi che era proprio sotto la sbarra che abbassandosi lo fece secco come un coniglio. E soprattutto, c'era ancora lui quando la Giannina, che aveva settant'anni ma tirava da sola ventiquattro uova di sfoglia con due braccia che sembravano le gambe di Baggio, sbagliò l'impasto per il Festival dell'Unità e dovettero buttare via novantamila cappelletti. La Giannina ci rimase cosí male che dopo due giorni si impiccò.

Fu a quel punto che decidemmo che non si poteva piú andare avanti. Era una questione di sopravvivenza: o lui o noi. Riunimmo in segreto il consiglio comunale e il piú cattivo di tutti era il sindaco, che quella mattina aveva perso tre denti perché gli era impazzito lo spazzolino elettrico. A difesa parlò soltanto Ermes Zaganelli, che non faceva testo perché era il titolare della pompe funebri, la Nives, che in quanto vecchina che toglie il malocchio era commercialmente parte in causa, e don Germano, che in quanto prete doveva farlo ma si sentiva benissimo che non era molto convinto. L'incarico di mettere le cose a posto, per la pace del paese, fu dato a me.

Feci le cose per bene, studiando i minimi particolari. Tutte le mattine, alle otto in punto, l'omino coi baffi andava al bar da Teo a bersi un caffè macchiato, ed era l'unica cosa che funzionava in tutto il paese, quella macchina del caffè. Io mi ero fatto dare dal veterinario un veleno potente ma che fosse impossibile da rintracciare. Da Alfonsine a Senigallia avevo battuto tutti i mercatini per trovare un bricco vecchio identico a quello che usava Teo e avevo mischiato il veleno a un po' di latte, poco poco, giusto per dargli il colore. Mi ero appoggiato al bancone del bar esattamente alle otto meno un minuto e alle otto e trenta secondi ero pronto col sorriso sulle labbra, un caffè anche per me per non destare sospetti e il bricco in mano... – Verso io, posso? Ma si figuri...

Giuro che al camionista tedesco non ci avevo proprio pensato. Si era fermato un attimo prima e aveva chiesto un toast. La moglie di Teo, al piano di sopra, aveva acceso lavastoviglie, lavatrice, televisore e forno a microonde e cosí, appena partí il tostapane, zac, via la luce. Solo un momento, ma proprio mentre stavo versando il latte.

Ricordo ancora le sue parole, mentre stavo bevendo il mio caffè, poco prima di risvegliarmi all'ospedale per la lavanda gastrica: – Eh sí, sí, sí... sembra facile.

Nero

Il tassista.
Io l'ho visto il mostro dei Colli. È un ometto piccolo, con pochi capelli, sui trenta passati... passati male, direi. Com'era vestito? Boh? Non me lo ricordo, perché l'ho visto quasi sempre seduto, ma la faccia, ah, be', la faccia me la ricordo bene. Perché quando guido il taxi io li guardo sempre dallo specchietto retrovisore... l'ho orientato proprio per vedere la gente che porto, non si sa mai, ci sono certi tipi in giro. Be', io li guardo, e ormai sono diventato uno specialista delle fisionomie, davvero... capisco tutto dalla faccia, io, e so subito se uno è una brava persona o un delinquente. Vabbe', questo sembrava una brava persona, non dico di no... però uno che si fa portare sui colli, da solo, a quell'ora... Mah! Per me è sospetto. Certo, da lassú si vede tutta la città bella illuminata, ma non è per questo che ci va la gente. Là ci vanno le coppie, spengono i fari, chiudono i finestrini e vai che ci dànno! Altro che panorama! Uno che ci vuole andare da solo, in taxi, direi che è sospetto. Allora io ce l'ho portato lassú... è il mio mestiere, ci mancherebbe. Però l'ho guardato, eccome se l'ho guardato! Aveva un'espressione strana, con gli occhi fissi fuori dal finestrino, immobili... e sono stato a guardarlo per un pezzo prima di vedergli sbattere le ciglia. Il resto della faccia, invece, quello si muoveva... e parecchio. Muoveva le labbra come se dovesse parlare, e stringeva le mascelle, e ogni tanto scuoteva la testa. Chissà cosa pensava, mi sono chiesto allora.
Adesso lo so cosa pensava.

Il professore.

L'unica cosa che le rimprovero è il silenzio. Sarà una deformazione professionale, la mia – io insegno Lettere e scrivo poesie, ogni tanto – ma per me le parole sono importanti, e soprattutto quelle chiare, come *sí* o *no*. *Forse* già non mi va piú bene. È per questo che non mi piace interpretare il silenzio. Capire da quello che non mi dici che mi vuoi dire qualcosa. Capire che se non mi hai ancora telefonato è perché non vuoi che io ti telefoni piú. E non dirmelo chiaramente quando invece io, stupido, ti telefono. Perché, questo?

Io l'avevo immaginato, l'avevo immaginato subito. Però non pensavo che ci fosse un altro. Pensavo che fosse perché lei si era stancata, perché era finita – come la chiamava? – la *magia*. La magia…

Poi, quando ho telefonato la prima volta, quando ha detto che non sarebbe uscita perché aveva mal di testa, qualche rumore, dietro, qualche rumore io l'ho sentito. E anche la volta dopo, quando era raffreddata. E quell'auto rossa, parcheggiata sotto casa sua, che era lí alle otto di sera, poi alle nove e alle dieci e alle undici e a mezzanotte, e solo alle quattro, quando sono ripassato per l'ultima volta, non c'era piú…

Il poliziotto.

A me piace fare il poliziotto, cazzo, è il mio mestiere, e quello lo so fare bene, davvero. Sicuro. Una volta il commissario me l'ha detto, mi ha detto: «Ispettore, non saprei davvero che fare senza di lei», e i miei colleghi ridevano, stronzi, ma che cazzo ridevano? Diceva sul serio, lui. Io lo so.

La mia passione sono i tossici. Minchia, come mi stanno sulle palle… li metterei al muro tutti. Ma loro lo sanno, e quando ci sono io stanno cagati, senza tante battute del cazzo. Muti e compressi. A uno, una volta, gli ho rotto un piede.

Quello che non capisco, invece, sono le donne nella polizia. Una donna, dicano quel cazzo che vogliono, non sarà mai come un uomo. Intanto bisogna insegnargli tutto e loro i consigli non li prendono bene, poi non si sa mai come ci si deve comportare, in certi casi... non so se mi spiego. Per esempio, quando mi hanno dato il turno di pattuglia sui Colli con la Grimaldi, si sono messi tutti a ridacchiare, in commissariato. Stronzi. – Prendi bene con l'ispettore, – ha detto Bassini, – appena può tira fuori il cannone, – e tutti a ridere. Stronzi.

Il tassista.

Be', direi che saranno state le undici quando l'ho portato su e lo guardavo dallo specchietto. Mi ha pagato la tariffa notturna piú il supplemento, senza dire niente, e non aveva parlato mai neanche durante la corsa. Io, invece, sono uno che parla, anche troppo, forse, me lo dice sempre anche mia moglie... ma cosa ci posso fare? Di solito parlo di calcio e mi incazzo, anche, ma con quel tipo non c'era niente da fare. Non mi rispondeva nemmeno. Guardava da una parte e zitto, come mia moglie, Dio bono. Io glielo dico sempre a mia moglie, dimmi di cosa vuoi parlare e io parlo, ma lei niente, guarda da una parte, fa le sue cose e zitta. Sempre, Dio bono.

Comunque, quel tipo l'ho portato su che saranno state le undici.

Il professore.

Quando ho visto salire la macchina, giuro, mi sono sentito male. Lui non riuscivo a vederlo, però, da dietro, distinguevo la sagoma della sua testa, con quei capelli lunghi e folti, e c'era anche quella di lei, china sulla spalla, a toccarla, come fossero una cosa sola.

La sera prima avevo visto che saliva sulla macchina rossa, con lui, e cosí li avevo seguiti per un po' con la mia, fino all'inizio della salita per i colli. Lí, davanti al semaforo rosso, ho visto che si baciavano e allora – Dio mio – non ce l'ho fatta. Ho aperto lo sportello e ho vomitato fuori, per la strada, come un ubriaco. Dopo, mi girava la testa, ma ero lucido, solo... non riuscivo a pensare. Avevo come una vibrazione nel cervello, una specie di solletico dentro la testa che mi dava fastidio e avrei fatto di tutto, pur di farlo smettere.

Quando sono andato sui colli, con quel tassista che parlava, parlava, pensavo che mi avrebbe fatto un effetto diverso vederli assieme una seconda volta.

Invece no. Mi girava la testa e non riuscivo a pensare.

Il poliziotto.

Allora, siamo andati su con la macchina di servizio e ci siamo fermati in uno spiazzo, come tutti. – Stiamo qui un po' e vediamo cosa succede, – ha detto lei, e sorrideva quando l'ha detto. Io lo sapevo che ne voleva, cazzo, si vedeva chiaramente... certe donne ne vogliono sempre. Eh sí, minchia, se no perché stare lí fermi, nello spiazzo? Bastava un giro veloce per vedere se c'erano i tossici e via, a casa. Invece no... si è appoggiata al sedile e ha cominciato a guardare fuori dal finestrino. Prima però aveva sorriso, la troia. Io allora mi sono aperto la giacca, mi sono sistemato la pistola sotto l'ascella e mi sono appoggiato anch'io al sedile, col braccio in alto, sul suo, a guardare.

Il tassista.

L'ho lasciato lí e me ne sono andato subito, perché io mi faccio gli affari miei, che nel mio mestiere, garantito, è fondamentale. Be', certo, in questo caso è diverso... mia moglie mi diceva «Lascia perdere, lascia perdere», ma io no, non mi sembrava giusto. Dico, è un dovere civile, no? Io lo guardo sempre quel programma alla televisione, quello della gente che sparisce... oh, Dio bono, mai che ne abbia incontrato uno, e dire che io la gente la osservo.

Comunque, questa volta sono stato utile, alla faccia di quella scema di mia moglie.

Il professore.

Non so cosa mi abbia preso. Dovevo essere pazzo in quel momento. Ho visto che la macchina rossa era ferma davanti alla siepe d'angolo e devo aver pensato che lí, proprio lí, c'eravamo stati anche noi due, una volta. Ora, a rifletterci, non ne

sono piú tanto sicuro, ma in quel momento mi sembrava proprio cosí. È stato quello a farmi perdere il controllo. Mi sembrava, non so… una profanazione, qualcosa di enorme. La testa mi girava e avevo voglia di vomitare.

Il poliziotto.
Mi ha colpito con la mano aperta, la troia, e ho sentito il suo
anello proprio sullo zigomo, appena sotto l'occhio. Non che mi
abbia fatto tanto male… gliene ho fatto piú io quando gliel'ho
ridato indietro, uno schiaffone fatto bene, da uomo. È che non
me l'aspettavo, cazzo. Mi aveva sorriso, la puttana, e si era messa tutta cosí, a guardare fuori, e io ci ho provato, minchia e le
ho infilato la mano nella camicetta. Lei si è voltata e *pam*, la
stronza, e io *pam*, di nuovo, poi ha cominciato a urlare, isterica e a dirmi tutte quelle cazzate. Mi ha detto: «Brutto maiale»
e «Pervertito», poi: «Vuoi fare il macho ma tanto lo sappiamo
tutti che sei impotente». E mi ha detto: «Finocchio»… a me
che i finocchi me li mangio! Cazzo!
Mi ha urlato di scendere e io sono sceso, minchia, ma solo
per farla smettere, perché se volevo gliene davo un altro che le
spaccavo la faccia, a quella bocchinara… ma appena sono sceso lei è ripartita senza chiudere lo sportello e mi ha lasciato lí,
a piedi. La stronza.

Il tassista.
Se lo ricordo bene? Dio bono, potrei disegnarlo, io, adesso,
se fossi un pittore. Ma io non so disegnare. Io guido il taxi.

Il professore.
Mi sono messo una mano in tasca – avevo l'impermeabile –
e ho trovato le lamette. Chissà da quanto tempo erano lí… perché raccolgo vecchie confezioni di lamette, quelle per i rasoi a
vite, ma sono distratto, le compro ai mercatini e me le dimen-
tico. E allora eccole lí.
Davvero, dovevo essere pazzo, perché ho preso una lametta e mi sono avvicinato alla macchina, e ho pensato: «Adesso

apro lo sportello e li ammazzo tutti e due», ho pensato, «adesso li scanno come due maiali», ma Cristo, c'era il finestrino aperto, e lei l'ho sentita ridere, con quel modo che ha lei di farlo, che sembra proprio una bambina... e allora mi sono sciolto, letteralmente, ho capito che sono solo un povero idiota senza scampo e ho lasciato cadere la lametta per terra.

Sono scappato piangendo, con le lacrime che mi accecavano.

Il poliziotto.

Le avrei sparato nelle gomme. Avrei tirato fuori la pistola e le avrei sparato dietro, perché essere piantato lí come un coglione da quella stronza di donna mi aveva proprio fatto girare le palle. Ho messo anche una mano sotto la giacca, sul calcio della pistola, per la rabbia che avevo. Forse è stato il freddo del metallo che mi ha bloccato, se no le avrei sparato, davvero. Finocchio, cazzo... finocchio!

Mentre ci ripensavo sentivo il sangue che mi saliva alla testa, e avrei pagato qualunque cosa per un tossico di merda da prendere a cazzotti in faccia. Cominciai anche a guardare dentro le macchine ferme, per vedere se c'era qualcuno che si faceva una canna, ma scopavano tutti, i bastardi, o limonavano, stronzi, mezzi nudi. C'erano questi due nella macchina rossa che scopavano sui sedili abbassati, proprio come se fossero stati a casa, e come scopavano, cazzo... vedevo il culo nudo di lui che si alzava e si abbassava e lei che gemeva, gemeva, la troia...

Fu un riflesso della luna a farmi notare la lametta, una vecchia lametta da rasoio, come non ne fanno piú. La presi con due dita. Finocchio, sí... te lo dò io il finocchio, brutta stronza d'una puttana.

Avevano il finestrino di dietro aperto e ci infilai dentro le braccia. Prima tagliai la gola a lui, gli sollevai la testa prendendolo per i capelli e lo aprii con un colpo netto. Poi mi chinai su di lei e le tappai la bocca, perché se ne era accorta e stava per gridare. Il suo sangue mi schizzò sul polso, caldo, e mi colò dentro le maniche quando alzai le braccia. Lasciai la lametta dentro la macchina e cominciai a scendere le scale sotto i portici, verso la città.

Mi sentivo bene.

– Buongiorno, professore… ci fa entrare un momento?

– Non so, io… scusate, ma voi chi siete?

– Polizia, squadra mobile. Siamo qui per arrestarla.

– Arrestarmi? E perché? Non capisco, io…

– Capisci benissimo, invece… l'omicidio sui colli. Un tassista ti ha riconosciuto. Vieni con noi senza tante seghe, stronzo… ci metto un attimo, io, a usare le maniere forti…

Quinto piano, interno B

Un soffio di vento, un alito appena di aria umida, entrò dalla finestra aperta, muovendo le tende, come per salutare. Era solo un soffio, soltanto un ssssoffio, appena un *sssssfffff*, ma Vittorio si alzò e spostò il cannocchiale per chiudere i vetri, forzando la vite che lo puntava sull'appartamento di fronte (quinto piano, interno B). Tornò alla sua poltrona al centro della stanza, afflosciato come un sacco tra i braccioli, a sentirsi respirare nel silenzio rrrronzzzzante delle macchine d'ascolto. Tre ore lí fermo, tre ore, cinque minuti e venti secondi. Ancora due ore, cinquantaquattro minuti e quaranta secondi alla fine del turno. Due ore, cinquantaquattro minuti e trentanove secondi. Due ore, cinquantaquattro minuti e trentotto secondi. Due ore cinquantaquattro minuti e...

Clock! fece il registratore, e Vittorio si drizzò sulla poltrona, con le orecchie tese, attento ai rumori aspirati dai microfoni nascosti nel palazzo oltre la strada (quinto piano, interno B) e soffiati dagli amplificatori nella sua stanza, come l'aria viziata di un condizionatore. Sentí il rumore metallico delle chiavi nella serratura, il *tra-trac* della porta d'ingresso che si richiudeva e i passi attutiti dalla moquette sul pavimento. Poi sul pannello di controllo si accese la spia verde della cucina, e sentí i passi netti, con il *ti-toc* dei tacchi sulle mattonelle e il gemito della porta del frigo che si apriva, un crepitio di carta e il *tonc* duro di una scatoletta (forse tonno?) che cadeva per terra.

Si alzò e si avvicinò alla finestra, scostando le tende, ma come sempre il quinto piano (interno B) aveva tutte le serrande chiuse, e solo in cucina, tra lo spiraglio sottile di tre listelli verdi, si intravedeva un'ombra, un'ombra sola, che si muoveva.

Non l'aveva mai vista, neanche in fotografia. In Questura, alla Digos, avevano detto che non era necessario. Conosceva solo la sua voce, quando parlava al telefono, e una volta che si era messa a cantare, nel bagno, voce giovane, fresca, dal timbro leggermente basso, che si alzava ogni tanto in un lieve accento meridionale, pugliese, forse. Bella voce, sensuale, a volte, morbida. Usciva bene dagli amplificatori Revox.

La spia rossa della camera da letto iniziò a pulsare, insistente, e nella stanza entrò il fruscio di vestiti che cadevano a terra (sintetico, misto lino, roba da poco), poi scarpe, che scivolavano sul pavimento, lontano. Una batté contro il muro con un tonfo dal rimbombo sordo, un tuono, che a Vittorio fece affondare la testa tra le spalle. Nervosa (forse). Anche lei sentiva il temporale. Chissà. Chichissà.

Si accese il registratore a cassette collegato al telefono, e Vittorio prese una penna, annotando su un blocco di carta il giorno, l'ora e il numero dei giri. Il *tu-ttuu* del telefono rimbalzò per la stanza, come una mosca che cercasse di uscire.

– Sono tornata, – disse lei, con la prima *o* leggermente aperta. – Tutto a posto. Ciao.

Riappese la cornetta e il registratore si bloccò, con un sospiro meccanico.

Era sempre cosí. Non rispondeva mai nessuno dall'altra parte. Solo lei che diceva come stava, che era tornata e che era sola, sola (Vittorio sorrise) come può esserlo una ragazza che vive in un appartamento con undici microfoni, tre sensori acustici e una microspia nel telefono. Senza contare il cannocchiale alla finestra.

Sssssrrrrond, fecero le molle del letto, e *A-ham*, un sospiro, e qualcosa strisciò sulla stoffa (forse gambe nude sul lenzuolo), poi un minuto di silenzio ronzzzzante, di respiro lento, col na-nanaso, un po' chiuso (dove ti sei presa quel raffreddore?)

A come fosse, fisicamente, ci aveva pensato tante volte. All'inizio era genericamente bellissima, poi aveva cominciato a

precisarsi, piano piano, modellandosi sulla voce, e l'aveva immaginata con i capelli neri, lisci, tagliati a caschetto. Magra, non tanto alta, con gli occhi grandi e la bocca sottile, il mento rotondo,
la pelle scura, le mani piccole e le unghie corte. Aveva il segno
piú chiaro di una sbucciatura su un ginocchio e un altro, piú piccolo, sulla caviglia, proprio sopra il malleolo. Portava una maglietta bianca, senza reggiseno. Una minigonna stretta, tesa sul
sedere rotondo. Le mutandine erano nere.

Vittorio si mosse sulla poltrona, mise una mano in tasca e
spinse da una parte un principio di erezione (fastidiosa) che cominciava a schiacciarsi contro la cerniera dei calzoni, ma subito si fermò, sollevando la testa, attento. Dagli amplificatori strisciava nella stanza un fruscio ruvido, sottile ma insistente, e anche il respiro, lento, lelelento, regolare, aveva cominciato a
incresparsi. Vittorio aprí la bocca, trattenendo il fiato, ascoltando quel sospiro che si appesantiva e il frusssscio, piú rapido,
piú ruvido, piú rapido, piú rapido, finché il letto cigolò all'improvviso, facendolo trasalire (che stai facendo?) La senti muoversi, veloce, riconobbe lo schiocco dell'elastico sulla pelle e lo
zzzzz increspato delle mutandine che scivolavano sulle gambe
(ehi, che stai facendo?), poi di nuovo quel fruscio rapido, meno ruvido, piú umido, piú rapido, sempre piú rapido, e il cigolio, insistente del letto, e un ansimare a scatti, veloce, *Aha-aha-
aha*, sempre piú corto, sempre piú forte.

Vittorio infilò la mano dentro i calzoni, sotto la cintura stretta, e con la punta delle dita toccò la pelle ardente, spingendo il
polso contro la fibbia per prendersi e stringersi e muoversi dentro la mano chiusa, ma non funzionava (sentiva male) e dovette fermarsi. Attese, ascoltando quel sospiro intermittente che
riempiva la stanza e diventava un gemito di *m* e di *n* lunghe e
morbide, e fissando il soffitto la immaginò là sopra, sul letto,
con le gambe piegate e i talloni affondati nel lenzuolo, gli occhi
chiusi e un labbro stretto tra i denti, i capelli appiccicati sulla
fronte umida e le mani tra le gambe, e le dita, le dita, le dita, e
allora inarcò la schiena, contorcendosi in un brivido intenso
mentre apriva la cerniera e con il palmo aperto schiacciava la

stoffa bianca, gonfia e tesa, delle mutande. Si voltò sulla poltrona, e con la guancia appoggiata allo schienale alzò la gamba
sul bracciolo rotondo, scivolando avanti e indietro, avanti e indietro, avanti e indietro, spingendo in basso sulle dita aperte,
muovendosi rapido (come lei) e ansimando rapido (come lei) e
gemendo (come lei), anche lui con gli occhi chiusi e un labbro
stretto tra i denti e un mugolio di *m* e di *n*, aggrappato al cuscino, con la guancia contro la sua e le natiche strette per spin-
gere, spingere, spingere su di lei dalle natiche strette per spin-
gere, spingere, spingere su di lui dalle natiche strette per spin-
gere, spingere, spingere...

– Amore... – sospirò lei. – Oh, amore! – gemette lui, e si
fermò, stringendo forte le gambe mentre vvvvibrava, rattrap-
pito, pensando: «No, no, non ancora, no, assieme...» ma non
riuscí a trattenersi e venne, a scatti, contraendo i muscoli della pancia a ogni sussulto nelle dita strette sulla stoffa bianca.

In quel momento il trrrrillo acuto del telefono attraversò la
stanza.

Lei smise di ansimare, con un cigolio deciso del letto, mentre Vittorio scivolava sulla poltrona, stanco e affannato.

– Pronto?

– Pronto, Valeria?

Era una voce maschile, che a Vittorio fece corrugare la
fronte (chi sei?) Lei rimase un attimo in silenzio, poi soffocò
un urlo.

– Oddio! Sei... sei tu!

– Sí, sí, ma stai calma, per favore... Calmati...

– Oddio... credevo di non vederti piú! Sei scomparso cosí,
senza dare piú notizie... Credevo...

– Era pericoloso, davvero, non potevo... Ma sono qui, adesso, sono nella cabina di fronte...

– Sei qui! Vieni, allora, vieni subito! Oddio, mi è sembrato di impazzire, qui da sola, ad aspettare...

– Arrivo, arrivo... Ora salgo.

– Ti amo.

– Ti amo anch'io... Adesso arrivo.

Vittorio rimase fermo sulla poltrona, a disagio, con un sopracciglio alzato e le labbra strette. Si sentiva bagnato, appiccicoso e indolenzito, ridicolo, con la cerniera dei calzoni aperta e l'elastico umido delle mutande attaccato alla pelle. Lei, invece, cantava, felice, mugolava a bocca chiusa e ogni tanto rideva. Vittorio tese le orecchie al rrrronzio degli amplificatori, ma sentí soltanto il *tum-tum* dei suoi passi nudi assorbiti dalla moquette (ma che fa, non si veste?), niente fruscio di stoffa o scricchiolio di scarpe (eh no, non si veste), neppure lo schiocco delle mutande, solo un mmmmugolio allegro, e di tanto in tanto sussurrata, aspirata, la parola *amore* (troia).

Vittorio si alzò e si avvicinò al telefono. Compose un numero di una sola cifra.

– È qui, – disse, – sta arrivando, – e riappese. Si slacciò la cintura, si abbassò i pantaloni, e col fazzoletto si asciugò, tenendo giú le mutande col pollice piegato a uncino e la camicia sollevata sotto il mento. Lei cantava, apertamente: – Lalalalaamore… – (troia d'una troia). Lui si avvicinò al quadro di controllo e con un colpo deciso dell'indice spense l'interruttore.

La stanza piombò nel silenzio con un singhiozzo cupo e un sospiro elettrostatico, lungo, sempre piú sottile, finché da fuori non venne l'urlo delle sirene e lo stridio acuto delle auto che frenavano davanti al palazzo di fronte (quinto piano, interno B).

Quando mi sveglierò, mi sveglierò accanto a lei.

È stata l'ultima cosa che ho pensato, prima di chiudere gli occhi, e sarà la prima che penserò, al momento di riaprirli.

Per adesso, posso soltanto immaginarla in sogno e la immagino, bella, mentre respira piano, tra le labbra socchiuse e dorme abbandonata, morbida, sul lenzuolo bianco, coi capelli raccolti su una spalla. Posso soltanto immaginarla, il seno che si alza e che si abbassa, lento, le braccia abbandonate lungo i fianchi, e quasi la sento, la vedo quasi, quando contrae appena le palpebre, come me che le sto accanto, se il terminale di controllo abbassa la temperatura delle capsule di ibernazione, mentre l'astronave viaggia, lentamente, verso Nettuno.

Quando mi sveglierò, mi sveglierò accanto a lei.

Tra seicentoventicinque anni.

Faceva freddo, e quando ci ripenso, a tanti anni di distanza, rabbrividisco ancora. Certo, era inverno, ma io il freddo ce l'avevo dentro, nel cuore, e lui invece aveva uno sguardo cosí ardente… forse era la febbre, soltanto, o chissà? Io sono sempre stato un uomo solitario, arido, dicono, che pensa solo agli affari ma, non so… quei suoi occhi cosí grandi, sempre accesi, spalancati su di me, sembravano scaldarmi e mi scioglievano qualcosa, qualcosa di morbido, tra lo stomaco e il cuore. Era qualcosa di cui avevo bisogno, e quando mi sorpresi ad aspettare, ogni giorno, il momento in cui lo avrei incontrato per la strada, dietro la fabbrica, lui cosí magro, logoro, stracciato, ma con quello sguardo cosí caldo… quando mi accorsi che mi addormentavo la notte soltanto perché l'avrei rivisto la mattina, allora lasciai che si avvicinasse, timido, per vendermi un po' del suo calore. Per vendermelo, certo, perché lo so, come lo sapevo allora, che da me voleva soltanto di che fuggire, per qualche giorno almeno, dalla fame.

Mi dette solo un bacio, ma quel bacio comprato dietro il muro della fabbrica me lo porto ancora nel cuore. Forse perché lo pagai caro, piú caro degli esperti, muscolosi giovanotti che mi porto a casa adesso, le notti in cui mi sento solo?

Mezza patata per un bacio, d'inverno, era molto anche per un kapò, nel campo di Mauthausen.

Sarò delicato come il battito d'ali di una farfalla. Sarò forte e deciso ma anche leggero, premuroso, e attento, e dolce, come il vento con le nubi a primavera o come l'acqua, con la sabbia, alla mattina. Sarà come se fosse anche per me la prima volta.

Metta la testa sul ceppo, Milady, e non abbia paura.

Non le farò male.

Ci siamo sposati dopo tre anni di fidanzamento.

Passeggiavamo sotto i tigli come tutte le domeniche, mano nella mano, quando lui si è voltato e me lo ha chiesto. Io me lo aspettavo, cosí ho sorriso e ho detto sí.

Abbiamo vissuto assieme per cinquantadue anni. Ci siamo detti buongiorno tutte le mattine, buon appetito a pranzo e a cena e buonanotte tutte le sere, e anche adesso, che siamo sepolti l'uno accanto all'altra, al cimitero.

In cinquantadue anni lui non mi ha mai detto una sola volta: «Ti amo», né io gliel'ho mai chiesto.

Non ce n'è mai stato bisogno.

Ci siamo sposati subito, perché ero incinta. Successe praticamente dietro la fabbrica, dopo lo sciopero. Lui mi disse: – Ti porto a casa, – invece girammo appena l'angolo e lo facemmo nella Cinquecento. Ma non eravamo pronti, no, non avevamo la casa, il corredo, i soldi... niente. I primi anni furono duri, soprattutto per me che avevo il bambino e lavoravo pure... poi venne il secondo e fu anche peggio. Cominciammo a sistemarci soltanto con il terzo, la casa nostra, la macchina, un po' di conto in banca, i due piú grandi che mi tenevano il piccolo quando andavo a servizio, perché tra i quaderni per la scuola, le scarpe, il vestito della cresima, il dottore e l'apparecchio per i denti i soldi non bastavano mai. Lui tornava sempre stanchissimo, si addormentava davanti al televisore, dopo cena, mentre io ero ancora di là a fare i piatti, e una volta, poco prima della pensione, non si svegliò piú.

Fu allora che pensai che in tanti anni, da quel giorno sulla Cinquecento, lui non mi aveva mai detto «Ti amo» e io... io non glielo avevo mai chiesto.

Non c'era mai stato tempo.

Mia madre mi diceva sempre di sposare un dottore, oppure un dentista, che guadagnano tutti un sacco di soldi. Sposai un ingegnere, invece, ma andò bene lo stesso a giudicare dai sorrisi che gli fece, quando venne a chiedermi. Per forza... alto, distinto, buona famiglia, educazione all'antica... per me, che cominciavo a essere agli sgoccioli con l'età, e che di noi sorelle ero anche la piú bruttina, non avrebbe mai sperato tanto. E neanch'io, che già mi stavo rassegnando all'idea di restare zitella.

Non abbiamo avuto figli, e di lui, a parte la casa, due pensioni convertibili, la fede e una fotografia che tengo sul cassettone del salotto, non mi è rimasto niente.

Ogni tanto, quando lo guardo con quel sorriso lucido e gli occhi fissi sull'angolo della cornice d'argento, penso che non mi ha mai detto, neppure il giorno delle nozze, che mi amava. Io, poi, non gliel'ho mai chiesto.

Non era vero.

Tutte le sere, prima dello spettacolo, si siede davanti a me, accende la luce e mi guarda. Anch'io, tutte le sere, la guardo. Conosco ogni segreto del suo volto, so com'è prima e com'è dopo il trucco. Conosco la piega morbida delle sue labbra che si

deforma, pallida, sotto la pressione del rossetto, conosco la curva stretta delle sue sopracciglia che si allunga sotto la punta della matita, conosco anche quella ruga sottile, che le solca la fronte appena sopra il naso e che scompare sotto il fondotinta. So
tutto di lei, e ho imparato a leggerglielo sul volto, quando è triste o quando non lo è, quando ripete a fior di labbra le battute
ma intanto, con gli occhi, pensa a qualcos'altro. Una volta, l'ho
anche vista piangere.

Dicono che il vero volto di un'attrice lo conosce solo lo specchio del suo camerino. Sarà vero?

Forse lo ha pensato anche lei quella sera che si è chinata in
avanti, verso di me e ha lasciato sulla mia superficie liscia l'impronta appannata delle sue labbra. Non lo so... per una volta
tanto ho perso anch'io il suo sguardo sotto il nero pastoso
dell'ombretto. Sono rimasto a guardarla, finché non ha finito
di truccarsi, ha spento la luce e se ne è andata, come tutte le sere, prima dello spettacolo.

L'amavo cosí tanto, ma cosí tanto che le detti l'ultima dose
che avevo, anche se stavo di merda, porco zio, davvero.

Ma era tagliata male e morí d'overdose.

E adesso dicono, porco zio, davvero, dicono che l'ho ammazzata io?

Il tempo non è stato gentile con lei. È come se l'avesse morsa all'improvviso, succhiandole la vita con le sue zanne da vampiro e lasciandola rinsecchita, grinzosa e curva, bianca, quasi
trasparente e fragile come la carcassa vuota di un insetto. Non
ricordo quando, ma un giorno mi sono guardato a fianco e ho
visto che era vecchia, che i suoi capelli neri erano diventati grigi, che anche i suoi occhi verdi erano diventati grigi e la sua pelle, una pelle cosí scura, era grigia ànche quella. E la vedrò in-
vecchiare ancora, vedrò la ragnatela degli anni allargarsi sempre piú fitta sul suo volto, scavare solchi sempre piú profondi,
schiacciarla e accartocciarla, come una fotografia di gioventú
lasciata vicino al fuoco.

Ogni giorno che passa diventa sempre piú vecchia. E tutte le volte che la guardo e leggo nel suo corpo lo scorrere del tempo e vedo me dentro di lei, come uno specchio, avrei voglia di abbracciarla, allora come adesso.

Ogni giorno che passa, l'amo un giorno di piú.

Aspetto finché non diventa insopportabile, finché non è come una palla, pesante, di piombo ruvido, che mi cresce dentro il cervello e me lo schiaccia contro la testa, poi scende e mi schiaccia anche il cuore e lo stomaco e giú, sempre piú giú...

Allora esco, mi nascondo e aspetto che ne passi una.

Dopo, mi sento meglio.

Le ho scritto lettere bellissime. Tutte le notti, fissando il mio volto riflesso dal buio sul vetro della finestra, la mano sotto il mento e la penna sulle labbra a pensare e scegliere e scartare, tutte le notti, abbracciato stretto sotto il cono di luce della lampada, tutte le notti ho dato sangue d'inchiostro ai miei sogni e ne ho dipinto le labbra, il sorriso e gli occhi, rubandoli al ricordo del suo volto, e ne ho sfiorato i fianchi con le volute morbide, le anse e le curve del mio corsivo, tutte le notti, aspirandone l'odore, dolce e forte come quello della filigrana, ascoltandone la voce, sottile, che mormorava piano nel fruscio del pennino sulla carta, tutte le notti... Lettere bellissime, me le ricordo bene. Le ho tutte qui, nel mio cassetto, chiuse a chiave.

Non gliele ho mai spedite.

Il tuo ricordo lo porto dentro di me. Lo sento crescere, ogni giorno piú forte, regalo di una notte, una notte soltanto. Rammento appena l'ombra del tuo volto. Il tuo nome non l'ho mai saputo.

Il virus che mi hai lasciato, e che mi uccide, è tutto quello che mi resta di te.

Si addormenta tra le mie braccia, con la testa appoggiata al cavo della spalla, il suo corpo leggero di traverso sul mio, rannicchiata e stretta. Con l'ultimo sospiro socchiude le labbra sulla mia pelle, a metà di un bacio, prima di rilassarsi. Io le scopro il volto, tirandole indietro i capelli con una carezza, e con il lenzuolo, piano piano, la copro fino alla guancia, appena sopra il mento, perché so che le piace cosí. Poi rimango a guardarla.

La dose di Tavor che abbiamo preso è identica, due scatole a testa, ma io sono piú grosso e lo assimilo meno in fretta.

Quattro anni di coma lasciano il segno. Per lo meno le piaghe sulla schiena, per il *decubito*. Invece a lei no. Lo notai subito, quando la sollevai per spalmarle l'ammorbidente sulla pelle. La sua pelle... cosí liscia. E anche il resto... perché io lo so, lo vedo sempre, di solito dopo un paio d'anni comincia a cadere un po' tutto, i seni, i fianchi, la carne delle braccia... ma lei no, lei era cosí... cosí bella. Sembrava imbalsamata.

Da allora, quando finisco in fretta il giro dei pazienti e mi resta un po' di tempo, corro da lei, mi siedo accanto al letto, sulla poltrona, e rimango a guardarla, con i gomiti appoggiati alle ginocchia e il mento sulle mani.

Ogni tanto, se in corridoio non c'è nessuno, la bacio sulle labbra.

Per tutta l'estate, solo, sui pascoli deserti, sotto la luna silenziosa e bianca, stordito dal profumo forte dell'erba e dei fiori di una siepe che nascondeva al mio sguardo l'orizzonte, amai una pecora, con tutto me stesso.

Non c'era nient'altro di cui potersi innamorare.

Un chien andalou

Ricordo che piangeva, la puttana, stringendo i denti per lo
sforzo intanto che il Polacco ansava gobbo sul suo culo nero
e la pompava al modo in cui lo fanno i tori. Giuro sul dio dei
legionari che non ne avevo visto mai uno piú grosso, e sí che
in tre anni di servizio nel Tonchino e in quattro di Algeria ne
avevo visti di batacchi penzolare tra le cosce nelle camerate,
al fiume o alla latrina. Ma come quello mai, neppure a Pierre
il Negro o a Thomàs che chiamavano il Somaro, e neanche a
quel derviscio morto cui lo tagliammo con la baionetta del
lebél perché il mio capitano lo spedisse in spregio alla tenda
dell'Emiro.
    La puttana era marocchina e aveva il culo grande, nero e so-
do, cosí quando l'ebbe scoperto sollevando la sottana, con quel
sorriso porco di traverso su una spalla, e lo sfregò veloce sulla
pancia del Polacco, a lui gli si drizzò di colpo perché era senza
braghe, nudo e con addosso soltanto la casacca sua da caporale. Era una puttana di bordello e anche lei doveva averne presi tanti, ma forse cosí mai, perché quando il Polacco la strinse
per i fianchi e la inforcò in un colpo spalancò la bocca e lanciò
un grido roco, piegandosi in avanti, quasi che l'avesse sentito
entrare dritto fino in pancia. Anche le mani del Polacco erano
grandi e con quelle la teneva per i lombi e la spingeva avanti e
indietro, avanti e indietro, mugghiando proprio come fanno i
tori e intanto la puttana, invece, le sue piccole, rotonde e dalle
unghie nere le apriva e le chiudeva in aria, quasi volesse aggrapparsi alle spire dense e grevi di kif da poco prezzo che velavano le luci del bordello. Piú indietro, tra le tende, in piedi

sopra uno sgabello, un finocchio d'un tenente s'era messo una sottana e cantava *Mon camarade* con la voce di Edith Piaf.

Io guardavo, perché cosí mi piace fare, guardare e annusare al modo in cui lo fanno i cani, come quando ero ragazzo al mio paese nell'Andalusia e sfioravo con il naso la paglia dei fienili in cui giaciuti s'erano gli amanti. Guardavo il culo bianco del Polacco, stretto nella spinta avanti e indietro, e guardavo quello nero della marocchina che schioccava schiacciato a ogni colpo, avanti e indietro, avanti e indietro, avanti e indietro e dentro, dentro, dentro e ancora avanti e indietro. Piangeva a occhi chiusi, la puttana, e intanto si mordeva un labbro fino a farlo sanguinare, piantata al pavimento con i piedi scalzi, la schiena curva ad arco e i capelli tutti sulla faccia e le braccia che sbattevano nell'aria, a ogni colpo, avanti e indietro e dentro, come ali di un uccello. Ci fu un momento in cui il Polacco la staccò da terra e la schiacciò sul muro, le mani sotto a stringerle le poppe e il culo suo di lei piantato sulla verga. Da sotto io la vedevo quella canna magistrale scivolare dentro e fuori da quel buco nero, perché m'ero accucciato come un cane e stavo sotto la puttana che spingeva con le palme contro la parete e ansimava, veloce, gemendo forte a ogni colpo. Sembrava che volesse arrampicarsi perché graffiava con le unghie l'intonaco ingiallito del bordello e m'aveva appoggiato sulle spalle i piedi scalzi, e con quelli mi schiacciava a ogni spinta quasi fossi anch'io inchiodato contro il muro sulla verga del Polacco, avanti e indietro, avanti e indietro e dentro, come un grosso animale da bordello, un po' cane, puttana e caporale, che mugghiava, stretto e umido, e spingeva. Piú che le poppe nude della marocchina, strizzate dalle dita del Polacco, piú che la sua verga dritta o l'orlo nero del culo della troia che fremeva rapido attorno a quella spranga, m'eccitò l'odore, un odore aspro e forte di sudore che mi strinse il collo e mi scese fino in gola.

Fu in quel momento che un commando di ribelli sfondò la porta a calci e senza che potessimo far niente scannò tenenti, puttane e caporali con quelle lame curve che in montagna si usano per tagliare la gola dei montoni e a volte anche a castrare capre e legionari. Cosí fu anche allora che a tutti ci tagliarono le palle e credo sia grazie alla verga del Polacco se adesso sono qui che la racconto. Perché fu proprio nel momento dell'orgasmo che ebbi la roncola del moro sotto i pantaloni, e mentre mi torcevo steso a terra, schizzando sangue e sperma dalla canna tronca, qualcuno gridò che corressero a vedere e io, bianco come un morto, svenni, e fu cosí che mi credettero tutti, morto.

Di quella notte sono l'unico che resto, Sebastiano Luna, andaluso, cane, eunuco e caporale di Legione.

Vittorio alzò il braccio e puntò il telecomando sul volto acceso di Freddy Kruger che rideva, agitando gli artigli insanguinati. Scomparve con un *flop*, assorbito da un puntino luminoso che si restrinse rapido al centro dello schermo e si dissolse nel buio fosforescente della stanza.

– Perché lo guardi se ti fa paura? – disse Silvia, allungata su una poltrona di fianco a lui. – C'era un altro film sul secondo, e uno su Canale 5.

Vittorio sospirò e chiuse gli occhi, allargando le braccia sul divano. Faceva caldo quella sera, la sera piú calda dell'estate, e dalle finestre aperte non entrava un velo d'aria, solo la luce dei lampioni che si rifletteva livida sulla sua pelle sudata, sotto la camicia aperta.

– Non mi fa paura, – disse, – non piú. È che proprio non lo sopporto questo incubo maledetto che va in giro ad ammazzare la gente... Ce l'avevo anch'io un incubo fisso, tutte le notti, quando ero piccolo, tanto che avevo paura di andare a letto e cercavo sempre di stare alzato fino a tardi. Una volta mia madre mi ha dovuto dare una pasticca.

– E che incubo era?

Vittorio corrugò la fronte e un brivido rapido gli attraversò la schiena umida. – Era una scala, – disse, – la scala di un palazzo. Sognavo varie cose ma finivo sempre per rimanere solo, e quando mi muovevo per cercare qualcuno mi trovavo di fronte a questo scalone, tipo condominio, sempre lo stesso. Erano scale strette, bianche, col corrimano di metallo, che curvavano ad angolo retto davanti alle porte chiuse degli appartamenti, sui pianerottoli. Io cominciavo a scendere, prima piano, poi di corsa, saltando i gradini, e avevo paura perché sapevo, non la vedevo ma *sapevo*, che in fondo alle scale, dietro l'ultimo angolo, c'era una vecchia, una vecchia gobba con un fazzoletto in testa, che sorrideva, – Vittorio ebbe un altro brivido, che gli ghiacciò le spalle, – e aspettava *me*. Tutte le volte che in un sogno vedevo le scale e cominciavo a scenderle di corsa io lo sapevo che lei era lí, che era lí *per me*... ma ci cascavo sempre.

– E quando arrivavi in fondo cosa succedeva?

Vittorio si strinse nelle spalle. – Niente succedeva. Non ci sono mai arrivato in fondo. Era tanta la paura che mentre scendevo mi mettevo a urlare e mi svegliavo prima. Poi, col tempo, ho imparato a farlo apposta. Mi rendevo conto di sognare e allora cominciavo a dibattermi e a urlare... dopo un po' ho smesso di avere incubi e la vecchina non l'ho piú sognata.

– La sognerai stanotte, – disse Silvia, con indifferenza, e Vittorio si voltò a guardarla, irritato, anche lei con le braccia aperte come in croce, con la camicetta sbottonata e i riflessi bluastri della penombra sulla pelle lucida. Le sue gambe nude, allungate sul tavolino davanti a lui, che da un pezzo lo lasciavano freddo, in quel momento lo infastidivano. Allungò una mano e accese la luce, all'improvviso, sorridendo quando lei strinse gli occhi con una smorfia infastidita.

– È tardi, – disse, – domani vado a lavorare e ho bisogno di andare a letto presto. È meglio che vai a casa.

Silvia lo guardò seria, poi annuí, riabbottonandosi la camicetta. Cercò le scarpe sotto la poltrona e tenendole in mano seguí Vittorio fino alla porta. Lí si fermò, voltandosi sulla soglia.

– Un giorno noi due dobbiamo parlare, – disse, e Vittorio fece cenno di sí con la testa.

– Un giorno.

– Magari domani.

– Magari domani.

– Ciao.

– Ciao.

Chiuse la porta e si sfilò la camicia, lasciandola cadere sul

pavimento, nel corridoio. Passando davanti al televisore gli venne per un attimo la tentazione di accenderlo, ma sapeva che saltando da un canale all'altro, tra pubblicità e frammenti di telefilm, avrebbe finito col fare tardissimo, e lui si sentiva stanco,
anche se non aveva nessuna voglia di andare a dormire. Vide la
piega scomposta che Silvia aveva lasciato nella poltrona e si
pentí di averla mandata via. Se fosse rimasta avrebbero finito
per litigare, ma forse era proprio quello che voleva, perché si
sentiva irritato, appesantito e gonfio. Si sentiva *cattivo*.

Si buttò di traverso sul letto, davanti alla finestra spalancata, con un braccio sotto il cuscino sgualcito e le gambe divari-
cate, a cercare un po' di fresco sulle lenzuola. Si addormentò
quasi subito, nonostante il caldo e nonostante la tensione, strana, che lo irrigidiva.

Pochi minuti dopo iniziò a sognare.

*Era sul terrazzo di un palazzo in costruzione, assieme a un si-
gnore dal volto indefinito, e c'era sua madre, che lo teneva per mano, perché era un bambino, anche se aveva il suo corpo di adulto.
Voleva andare sul bordo, per vedere cosa c'era di sotto, e tirava,
finché con uno strattone riuscí a scappare. – Stai attento a non farti male, – disse la madre, ma lui non arrivò al bordo perché dopo
qualche passo una ventata d'aria fresca lo investí, facendolo rabbrividire, e una vertigine violenta gli fece girare la testa, tanto che
dovette inginocchiarsi per non cadere. – Mamma, – mormorò spaventato, alzando il braccio per farsi prendere, – mamma, – ma quando si voltò si accorse che non c'era nessuno, e che lo avevano lasciato solo. Cominciò a strisciare sul terrazzo, che sembrava enorme e diventava sempre piú grande mentre l'angoscia gli faceva venire
voglia di piangere, finché non raggiunse la porta ed entrò nella sua
stanza da letto, ma la luce era troppo forte, troppo bianca, e doveva stringere gli occhi per distinguere le ombre dei giochi in ordine
sullo scaffale e il lettino con la piega sul lenzuolo. Fece il giro della stanza, scorrendo con la mano la parete liscia, attento a non sbattere contro qualcosa, e tornò alla porta, che vedeva appena, nella
luce sempre piú forte. Girò la maniglia e uscí dalla stanza, tenendo*

*gli occhi chiusi, e quando li riaprí era sul pianerottolo, davanti al-
la scala.*

*La paura lo irrigidí. Un brivido violento lo scosse. Lei era lag-
giú in fondo, che lo aspettava, ne era sicuro e poteva immaginarla,
vederla, curva, con le mani congiunte e quel sorriso... – E adesso?
– si chiese, e già aveva chiuso gli occhi e stava prendendo fiato per
urlare e spezzare quella luce bianca da incubo, quando una rabbia
violenta gli fece serrare i denti, all'improvviso, e stringere i pugni.
– Eh no, per Dio! – gridò. – Questa volta non scappo! È il mio
sogno e faccio quello che voglio!*

*Cominciò a scendere le scale, di corsa, saltando i gradini a ram-
pe intere, poi salí in piedi sul corrimano e scivolò velocissimo, come su un surf, mentre il vento gli tirava indietro i capelli e l'eccitazione gli scopriva le labbra in un ringhio selvaggio. In fondo c'era
la vecchina, ma era solo un'anziana signora con un fazzoletto sulla testa, che lo guardava sorpresa e non ghignante. Sembrava spaventata.*

*Vittorio le piombò addosso, schiacciandola contro il muro, poi
le afferrò il volto, arpionandola con le dita sulle guance magre, e la
sbatté contro la parete, di nuca, una, due, tre volte e a ogni colpo
lo schianto delle ossa contro l'intonaco gli vibrava nel polso, fino
al gomito. La lasciò solo quando gli schianti secchi contro il muro
divennero un risciacquio umido e molliccio al centro di una macchia rossa e gialla e bianca di capelli. Allora la lasciò cadere a terra, alzò la mano ruotando le dita come artigli insanguinati e piegò
la testa all'indietro, ululando come un lupo.*

Vittorio si svegliò all'improvviso, con uno scatto che fece cigolare le molle del letto. Aprí gli occhi nel buio pesante e umido di sudore della stanza e per un attimo si guardò attorno, ansimante e smarrito, senza capire da che parte era girato. Si toccò
una mano perché gli sembrava di sentire ancora sul polso il velo caldo del sangue della vecchina e in quel momento, muovendosi sul letto, incontrò qualcosa di bagnato e appiccicoso sul
lenzuolo, e si accorse stupito che era venuto nel sonno.

– Dio bono, – mormorò. Scese dal letto e andò in bagno, si

asciugò con la carta igienica e rimase a lungo davanti allo specchio, incuriosito da un'erezione ostinata e indolenzita. Tornò in camera e guardò l'orologio, stringendo gli occhi nel buio per distinguere i numeri fosforescenti. Era prestissimo. Si stese sul letto, supino, con le braccia dietro la nuca e gli occhi aperti, e ripensò a quello che aveva sognato. E cosí niente piú vecchina. Aveva superato il suo incubo, senza svegliarsi, senza scappare, anzi... Chiuse gli occhi e il sonno gli bruciò sotto le palpebre. Chissà, forse, se si fosse riaddormentato avrebbe sognato ancora, chissà... sarebbe successo ancora qualcosa, forse... chissà.... Si voltò di fianco, infilò il braccio sotto il cuscino e sorrise, con un sospiro.

– Pronto, Vittorio? Sei tu?
– Mmmmm... sono io, sí...
– Che voce strana che hai... ma stavi dormendo?
– Mmmmm...
– Cosa c'è, stai male? Ti ho chiamato in ufficio e non c'eri, mi hanno detto che oggi non sei andato a lavorare... ti senti bene?
– Sí, cioè no... sono malato, sono rimasto a letto...
– Cosa ti senti? Vengo lí a vedere come stai...
– No, no... non ho niente. Dormo un po', poi mi passa.
– Va bene. Ci vediamo stasera, allora...
– No, neanche. Resto a letto fino a domani. Lasciami stare, per favore, ti chiamo io domani. Ciao.

Silvia riattaccò senza salutare, e lui la immaginò che sbatteva giú la cornetta, con forza, con le labbra contratte dalla rabbia, ma fu solo un attimo. Guardò l'orologio e vide che erano quasi le sette di sera. Si passò una mano tra i capelli, poi si versò un bicchiere d'acqua e prese un altro sonnifero, il terzo da che si era svegliato la prima volta, verso le tre, senza piú sonno.

Ululava, col mento alzato alla luna e le labbra in fuori, un ululato lungo che gli gonfiò la gola e si spense lentamente, nell'eco del-

la valle. Loro lo sentirono e cominciarono a correre, in tutte le direzioni, impazziti dal terrore. Lui sorrise, guardandoli dalla montagna, poi scese verso di loro, volando a mezz'aria, con le braccia aperte e le labbra arricciate sui denti scoperti. Non potevano sfuggirgli, piombava su di loro e li sbranava a morsi, li squartava con le mani, li schiacciava e li cercava e li uccideva ancora, e non c'era niente che potesse nasconderli. E quando loro si ribellavano, ed erano in troppi e lo circondavano, allora lui urlava e si svegliava, perché il sogno era suo, il più forte era lui, e lui poteva anche ucciderli i suoi sogni, finché voleva. Quindi si lanciò in avanti e afferrò una caviglia della bambina che scappava, e insieme caddero, e lui la tenne inchiodata a terra mentre strisciava verso di lei, e quando le fu sopra le sollevò la gonna del grembiule a quadretti, le infilò le dita sotto le mutandine e l'aprí con un colpo secco, spaccandola in due.

Era il trillo insistente del campanello che gridava nel suo cervello intorpidito, e lo infastidiva tanto da fargli male. Aveva interrotto l'ultimo sogno proprio quando lo aveva in mano, facendolo svanire in un'ombra pallida, sempre più inconsistente. Vittorio si mosse nel letto, voltando la testa sul cuscino, da una parte e dall'altra, e serrando gli occhi per non aprirli. Era Silvia, sicuramente, erano due giorni che non la sentiva e lei era venuta, maledetta, a disturbarlo con quello squillo isterico, acuto e pungente come uno spillo. Vittorio allungò un braccio, senza aprire gli occhi, raggiunse il comodino, prese le pillole e il bicchiere con l'acqua, poi si girò da una parte, coprendosi la testa col cuscino.

– *Sono tornato!* – urlò. – *Sono il vostro Freddy Kruger e sono tornato per voi!*
Era in una stanza enorme, buia, e li sentiva muoversi nell'oscurità, come topi, li sentiva sussurrare e gemere per la paura. Aveva una torcia elettrica, e quando illuminava un angolo vedeva per un attimo i loro occhi spalancati che lo guardavano, poi si guardavano attorno, cercando nel buio un posto in cui scappare. Vide un'al-

tra bambina che si stringeva contro il muro per uscire dal cono lu-
minoso, e lo fissava spaventata, spingendo sui talloni per arrampi-
carsi su un mucchio di corpi trementi, pressati in un angolo. Le
piombò addosso e le piantò le dita negli occhi, pollice e pollice nel-
le orbite sanguinanti, poi allargò le braccia e le aprí la testa con uno
schianto di ossa spezzate. Sorrise per quella buffa espressione schiac-
ciata che aveva preso il suo volto quando la luce della torcia si spen-
se, all'improvviso. Qualcosa lo colpí alla testa e gli fece male. Lui
chiuse il pugno e lo affondò nel buio molle e pulsante, poi una ma-
no gli fermò il braccio e un'altra gli prese il polso e un'altra gli af-
ferrò i capelli e un'altra le spalle, e le gambe e la faccia... Vittorio
scosse la testa, liberando la bocca per urlare, e gridò, un urlo acuto
che attraversò il buio e nel buio si perse, senza eco. Gridò ancora e
ancora, finché un'altra mano invisibile gli schiacciò le labbra sui
denti, chiudendogli la bocca.

«Perché?» si chiese Vittorio. «Perché non mi sveglio? Perché?»

Continuò a chiederselo, affondando nel buio che lo stringeva,
lo colpiva e lo graffiava.

– Vittorio! Vittorio, rispondi! Vittorio!

Silvia lo scuoteva, inutilmente, mentre l'infermiere cercava
di staccarla perché la barella potesse passare attraverso la porta sfondata dai carabinieri. Lo avevano già intubato, ma da subito il medico aveva cominciato a scuotere la testa.

– Troppe pillole, troppe pillole. Questo non si sveglia piú.

Troppo piccanti

Aveva detto: – A me è cosí che piacciono, piccanti, ma no poco, molto, moltissimo, piccantissimi.

Venivano dalla Calabria, glieli aveva portati l'onorevole l'ultima volta che era venuto a Milano, lunghissimi, raggrinziti e un po' curvi sulla punta, di un rosso scuro minaccioso, che a me avrebbe fatto paura solo a guardarlo. Invece lui ne aveva addirittura addentato uno, pochissimo, appena in cima, poi aveva soffiato sul carbone che ardeva sotto la griglia.

Aveva detto: – Il consigliere non vuole approvare il progetto. Tangentina: il progetto passa. Poi è l'ingegnere che non ci vuole mettere la firma. Tangentina: firma. Dopo è il sottosegretario che fa storie. Allora faccio una chiamata a Roma, all'onorevole, e gli ricordo che è grazie ai miei soldi se è stato eletto.

Ne aveva presi due, quello morso sulla punta e uno sano, e me li aveva messi sotto il naso, facendoli roteare come fossero stati due coltelli da duello rusticano. Poi li aveva appoggiati sulla griglia, sopra i carboni. Dietro di noi, nella pentola, si sentivano bollire gli spaghetti.

Aveva detto: – Neanche te volevi firmare.

Io dissi: – Fra due anni, al massimo tre, crolla tutto. Se ci lascia la pelle qualcuno...

Li aveva lasciati sulla griglia per qualche secondo, appena il tempo di scottarsi, poi li aveva tolti, e li aveva messi sul piatto, accanto all'aglio già tagliato a pezzi grossi.

Aveva detto: – Arrostito diventa piú forte. È cosí che le voglio io le cose, forti, piccanti. Dici che tra due anni crolla? E chissà dove saremo noi, fra due anni...

Aveva preso un coltello affilato e aveva tagliato i peperoncini calabresi in anelli sottilissimi. Li aveva mescolati all'aglio con la punta della lama, spartendoli in due strisce parallele, poi mi aveva guardato, inarcando le narici, sorridendo.

Aveva detto: – Sai che pista, questa –. Poi: – Vi tengo tutti per le palle. Anche te. Ho gente dietro, sopra e sotto, che mi passano le informazioni e che ci mettono pure i soldi. Per cui adesso ci mangiamo due spaghetti, poi mi metti il timbro e ti becchi la busta. Aglio, olio, peperoncino e tangentina. L'hai portato, l'olio, vero?

L'avevo portato. Denso, torbido, quasi nero, immobile dentro un'ampollina tappata con un sughero unto. Regalo dell'onorevole, quell'altro, che sta in Toscana.

– Finiamo tutti in galera, – avevo provato a dire, mentre scolava gli spaghetti, ma lui non mi aveva neanche sentito, impegnato a versarci sopra l'olio, l'aglio e il peperoncino che aveva fatto scaldare assieme in una padella. Li aveva annusati da lontano, prima di metterli nei piatti. Un po' per me, tantissimi per lui.

– Per me sono troppo piccanti, – gli avevo detto.

– Sei tu che non sei un uomo, – mi aveva detto, a bocca piena. – Per questi ci vogliono le palle.

– Non si sentono i sapori, – gli avevo detto. – Il peperoncino esalta, ma quando è giusto, se no...

– Chi se ne frega, – aveva detto lui.

Ci fosse stato anche un veleno, che so, una dose di stricnina da ammazzare una decina di cavalli, con tutto quel peperoncino non si sentirebbe. L'onorevole diceva che è amarissima e che te ne accorgi appena la tocchi con le labbra, ma io avevo giurato che per me, piccanti come li fa lui, neppure se ne rende conto, e infatti, guarda come li divora, ma tutto questo non lo avevo detto, lo avevo solo pensato.

– Non li mangi, quelli? – aveva detto lui, indicando il mio piatto.

E io no, con la testa. – Per me sono troppo piccanti.

A cose fatte

Lui.

Ascoltava sempre musica quando lavorava. Aveva un letto-re Cd portatile di quelli che tengono in memoria quaranta secondi di musica quando suonano, in modo che se anche c'è uno sbalzo e il lettore salta, non ti accorgi di niente. Ma era una precauzione inutile, perché lui, di sbalzi, non ne aveva mai, quando lavorava.

Era un tipo fatto cosí: previdente. Studiava tutti i particolari, controllava tutti i dati. Altezza del palazzo, inclinazione della traiettoria, velocità del vento. Aveva sempre l'ultimissima versione esistente in commercio di telescopio, puntatore laser, munizionamento e, naturalmente, carabina. Si aggiornava su Internet.

Loro.

Quello magro alla fine ci riuscí e fece spegnere l'aria condizionata, anche se quello grasso sudava, agitando le braccia sconsolato.

– Don Ciccio, – disse quello magro, – lo sentite il mio naso? È già chiuso... io sono facile ai raffreddori.

Quello basso guardò per bene tutti quelli che sedevano attorno al tavolo delle riunioni e giudicò che la parte di quello magro fosse la piú importante. Alzò una mano e fece cenno a un gorilla in giacca e cravatta di spegnere l'aria condizionata, cosí quello magro vinse il primo punto. Uno a zero.

– Vogliamo aprire le cartellette a pagina dieci? – chiese quello basso. – Saltiamo i preliminari, se siete d'accordo...

– No che non siamo d'accordo, – disse don Ciccio, fissando quello magro. – L'onorevole già li conosce ma noi no, quindi si legge tutto fin dall'inizio.

Uno a uno. Palla al centro.

L'altro.

Sorrise, e mentre sorrideva lanciò un'occhiata alla truccatrice che aspettava in un angolo del palco, dietro le quinte, con la cassetta appesa al collo come una sigaraia da night. Sentiva che stava sudando e sapeva che quel luccicore sulla sua fronte brunita di cerone si sarebbe notato in Tv. Non dal vivo, ma in televisione sí, ed era quello che contava. Allora fece il cenno convenuto, strinse le mani assieme, come per pregare, e alzò gli occhi al cielo, sempre sorridendo. Poi si avvicinò alle quinte, sollevando un dito come per chiedere qualcosa. Un ragazzo in camicia azzurra si fece avanti e gli porse un bicchiere d'acqua, da cui lui bevve un sorso, brevissimo. Poi si chinò verso la quinta, respingendo con un gesto cortese il ragazzo che si era offerto di prendergli il bicchiere. Fu allora che la truccatrice scattò. Coperta dalla quinta gli asciugò rapidissima il sudore dalla fronte e riuscí anche a prendergli il bicchiere.

Quando il cavaliere tornò in vista, sul palco, aveva la voce piú chiara e la fronte meno lucida. Nessuno si era accorto di niente.

Lui.

Quando lavorava ascoltava musica lirica. Aveva provato con tutto, dal liscio all'heavy metal, ma la musica lirica era quello che ci voleva. Perché non gli piaceva. E non riusciva a capirne le parole. Se avesse ascoltato musica italiana, tipo Gigi D'Alessio o Sanremo, avrebbe finito per ascoltare il testo, e distrarsi. Se avesse ascoltato rock, rap o reggae, avrebbe cominciato a seguire il ritmo, correndo il rischio di muoversi. La new age lo rilassava, come anche la musica classica, ma lo rilassava troppo. La lirica no, gli riempiva le orecchie, mettendolo nella giusta situazione sonora, e non scalfiva la sua concentrazione. Non tutti i brani andavano bene, naturalmente. Le romanze piú note o quelle piú altisonanti lo disturbavano, ci volevano i cori, per esempio. Da un po' di tempo lavorava sempre ascoltando il coro del *Lakmé*. Un movimento lento che saliva e scendeva, archi che si impastavano con sottili e lontane voci di donne. Cosa dicessero non lo sapeva ed era giusto cosí.

Sí, il coro del *Lakmé* era la musica ideale per lavorare. Ci aveva messo almeno duecento omicidi per accorgersene.

Loro.

Quello basso cominciò a leggere. Si vedeva che non ne aveva voglia, come si vedeva che quello magro non aveva voglia di ascoltare. Ma quello grasso aveva già aperto la cartellina e ci teneva le mani sopra, dritto e impettito come uno scolaro che volesse un premio in buona condotta.

L'ufficio era pieno di distrazioni. Il panorama fuori dai finestroni appena velato dalle nebbie dell'autunno, ma ancora luminoso e verde. Il televisore ultrapiatto incastrato nel mobile bar. I quadri alle pareti. Perfino don Ciccio e i suoi, che sembravano usciti in blocco da un film con De Niro. Distrazioni dovunque, come a scuola, ma non era il caso di lasciarsi andare. Cosí quello basso chinò ancora di piú la testa sulla cartellina e continuò a leggere.

– «Abolizione della rilevanza penale di reati finanziari come falso in bilancio, amnistia per i reati di Tangentopoli, commissione d'inchiesta su Mani pulite...»

– Fatto, – disse quello magro.

– «Responsabilità penale dei giudici, nomina diretta del Pm da parte del Governo, riforma del Csm...»

– Fatto.

– «Militarizzazione della polizia, scioglimento delle Procure antimafia e dei Reparti speciali di polizia e carabinieri. Riforma della legge sui pentiti. Ridefinizione del reato di associazione mafiosa e riforma del trattamento in carcere dei detenuti per il suddetto reato. Abolizione del 41bis...»

– Fatto.

– «Privatizzazioni, finanziamenti privilegiati, liberalizzazione di frequenze radiotelevisive, abolizione della legge sul conflitto d'interessi...»

– Questo ci interessa meno, – disse don Ciccio, – può saltare alla fine, grazie...

L'altro.

Applaudivano tutti e lui sorrise. Non c'era niente che lo facesse sentire bene come quella sensazione. Li vedeva in piedi nella platea, tra le bandiere, a battere le mani entusiasti. Si sentiva bene, benissimo, gli sembrava addirittura di essere piú alto, piú giovane e con piú capelli, anche senza ritocco.

Aveva un solo cruccio, in quei momenti. Non riuscire a vederli tutti, a vedere anche quelli che stavano oltre gli obiettivi delle telecamere, oltre lo schermo dei televisori, tutti, milioni e milioni e milioni, in una massa oceanica plaudente e compatta.

Ma chissà, forse prima o poi qualcuno dei suoi tecnici sarebbe riuscito a trovare un metodo abbastanza economico per invertire il processo e fare in modo che anche lui potesse guardare chi lo guardava al di là dello schermo.

Lui.

Quando lavorava, ascoltava musica, ma non fino in fondo. Un attimo prima di agire spegneva il lettore Cd, perché a quel punto era importante sentire i rumori di sottofondo, le voci, i movimenti. Per prepararsi alle variazioni di programma.

Se non l'avesse fatto avrebbe mancato il senatore, la settimana prima. Quello aveva già la mano sulla maniglia dell'auto quando il ragazzo in camicia verde gli aveva detto: «Salga su questa, senatúr, che è piú comoda», cosí lui aveva azionato il telecomando della bomba appena in tempo per farlo saltare.

Loro.

Don Ciccio disse: – Allora siamo tutti d'accordo? – e gli altri non dissero niente.

– Al punto in cui siamo... – mormorò quello basso.

– No, – disse don Ciccio, – voglio sentirlo con le orecchie mie, anche adesso che siamo a questo punto. Si è bevuto il cervello, si crede Gesú Cristo, attira troppa attenzione, e soprattutto, adesso che abbiamo vinto le elezioni, non ci serve piú. Allora, siamo tutti d'accordo?

Quello alto strinse le labbra. Poi annuí, lentamente.

– Sí, – disse, – siamo tutti d'accordo.

Due a uno. Partita e campionato.

L'altro.

– E questa è l'Italia che voglio!

Lui.

Niente piú musica. Mirino in linea con le tacche di mira. Aveva solo bisogno di un punto di riferimento su cui puntare la canna, soltanto uno. Non fece fatica a trovarlo.

C'era una macchia di sudore sulla fronte brunita del bersaglio.

Luccicava.

Tempo

Tempo, pensò, tempo, è soltanto questione di tempo.

Tempo. Sostantivo maschile, (latino *tempus*). 1. La continuità dell'esistere in rapporto al divenire successivo dei giorni, delle notti, delle stagioni eccetera.

Sei mesi per scoprire la città in cui si nascondeva don Masino, altri cinque per localizzare il quartiere, quattro per circoscrivere l'area, tre per sospettare la villa, poi due settimane per esserne certi, un giorno per avere la conferma che don Masino effettivamente c'era, e mezz'ora per organizzare l'arresto. Il commissario Cambise era un teorico del tempo, uno studioso. Per lui le ore, i minuti e i secondi non erano soltanto unità di misura, erano certezze concretamente verificabili. In tutta la sua vita non aveva mai detto *circa*, o *attorno a*, o *dalle alle*, ma solo *in punto*, *precise* o *esatte*. Quello del tempo minuziosamente calcolato era un modello che ispirava tutto ciò che faceva, soprattutto sul lavoro. La sua Squadra catturandi si muoveva attorno ai latitanti piú pericolosi e introvabili con la coordinata precisione dei meccanismi di un orologio atomico.

Tempo. Sostantivo maschile. 2. Parte del divenire e in particolare parte della vita di un individuo compresa entro limiti piú o meno indeterminati.

Quel momento della vita del commissario Cambise aveva limiti ristretti e determinatissimi. Trenta minuti esatti, il tempo che impiegava la talpa sconosciuta che avevano in Questura ad avvertire don Masino. Tutte le volte che gli si avvicinavano, tutte le volte che un informatore soffiava una possibile cantina di un palazzo del centro, una soffitta in cima a un caseggiato di periferia, la stanza di una pensione o una villa nascosta in un frutteto, partiva una telefonata e don Masino prendeva il volo. Le intercettazioni facevano capire che la spia era in Questura e che, anche a tenere il massimo riserbo, dopo trenta minuti sapeva e parlava. Trenta minuti. Milleottocento secondi per allertare la squadra, ripassare il piano, dare un'occhiata alle piante dei luoghi, armarsi, montare sui furgoni e correre fino alla villa. A sirene spente, naturalmente.

Tempo. 3. Parte del giorno stabilita per una particolare azione.

La cosa migliore sarebbe stata prenderlo di giorno, con la luce. Un'operazione da manuale avrebbe potuto essere quella di circondare la villa con il personale della Catturandi, della Mobile e della Questura, perimetrare isolati e campi e farli sorvolare anche con un elicottero, perché don Masino non si infilasse in un cunicolo sottoterra per sbucare chissà dove. Poi entrare con tutte le precauzioni tappando ogni possibile buco della trappola. Ma la certezza che don Masino fosse lí dentro l'avevano avuta soltanto allora, quando la sua voce roca di sigaro toscano aveva risuonato chiaramente nei microfoni di intercettazione: «Mimí, ci siamo capiti o no?» Prima non avrebbero potuto fare niente, non avrebbero potuto appostare la squadra nei dintorni col rischio di essere visti, e non avrebbero potuto entrare, col rischio di non trovarlo e bruciare tutta l'operazione. Dovevano accontentarsi di riempire la zona di microfoni e aspettare, a distanza, aspettare che il collega con le cuffie alzasse il dito, annuendo forte, e dicesse «Positivo!» Dopo, era soltanto questione di tempo.

Sostantivo maschile. 4. Periodo, epoca caratterizzata da particolari condizioni.

Fino a quel momento la vita professionale del commissario Cambise era caratterizzata da continui successi. Gli arresti degli ultimi quattro superlatitanti erano suoi e l'ultimo lo aveva soffiato ai carabinieri, anche se prenderlo toccava ai cugini. Nel suo stato di servizio c'erano anche due medio calibro e sette pesci piccoli. Mai un fiasco, mai una fuga, mai un buco. Mai messo la sua firma sotto un rapporto per *vane ricerche*. E mai un uomo perso in azione. Tutto questo, ne era certo, dipendeva dall'affiatamento ormai automatico tra lui e i membri della sua squadra, che agivano quasi istintivamente, dopo una semplice occhiata alle piante: «Qual è la villa? Com'è il piano? Solito *modus*, operativi, massicci, azione, vai». Ma soprattutto dalla sua considerazione del fattore tempo. Cambise lo conosceva, il tempo. Dal funzionamento meccanico degli orologi svizzeri alla teoria della relatività di Einstein, passando per la curvatura dell'universo e i buchi spazio-temporali. Il suo sogno era proprio quello di avere una macchina del tempo per arrestare i latitanti prima ancora che entrassero in clandestinità. La sua prassi era portare tre orologi con tre diversi meccanismi, e anche un cronometro, con cui poterli controllare. Se aveva un minuto li metteva sul tavolo, faceva scattare il cronometro e seguiva con gli occhi il movimento delle lancette. Quando le vedeva tagliare il traguardo tutte assieme, come i suoi uomini che scattavano uniti verso una porta da sfondare, allora era felice, intimamente. Piú che l'esigenza di uno stratega, la sua era la venerazione per un concetto assoluto.

Tempo. 5. Ciascuna delle parti, ciascuno dei movimenti che compongono un'azione piú o meno complessa.

Alle ore 21, 25 minuti e 07 secondi, gli agenti Targioni, Carrozza e Melega puntarono i gomiti sulla balaustra in marmo del terrazzo della casa di fronte, girarono sulla nuca la visiera del berretto e appoggiarono l'occhio destro al cannocchiale del fucile di precisione, fisso sulle finestre della villa di don Masino. Nel contempo, l'agente Martini fermò il furgone, montando con due ruote sul marciapiede, mentre l'ispettore Crimea e gli agenti scelti Morazzo, Viganò e Poli saltavano giú dal retro, giubbotto antiproiettile sul petto, mitraglietta in mano e passamontagna a tre buchi sul viso, e contemporaneamente, l'ispettore capo Miglioli, l'agente Riva e i sovrintendenti Pontello,

Rubiera, Marconi e Murro illuminavano a giorno con le fotoelettriche i campi dietro la villa.

Cambise si era riservato l'irruzione dalla porticina sul retro. Soltanto lui e l'agente Cafasso, detto l'Ariete, già lanciato contro l'uscio di legno, spalla abbassata e pistola in mano. Da lí il commissario non poteva vedere niente, ma sapeva con assoluta, matematica certezza che tutto si stava muovendo alla perfezione, con i tempi giusti. Ore 21, 25 minuti e 07 secondi. Gli schianti delle porte che si abbattono, i tonfi delle granate stordenti e le grida degli uomini. Tempo.

Fu solo quando si trovò in mezzo al salone deserto, a puntare la pistola sulla porta d'ingresso spalancata e vuota, che si accorse di cosa era successo. Sul momento, davanti alla tavola apparecchiata, con gli spaghetti ancora fumanti nei piatti, non capí perché la sua trappola fosse rimasta aperta da una parte, consentendo a don Masino di scappare. Lo capí appena voltò la testa e attraverso il finestrone sul muro vide i suoi uomini fare irruzione nella villa di fianco, il 24 e non il 22, accidenti a quell'abitudine automatica di dare soltanto un'occhiata ai fogli di servizio e partire come razzi, velocissimi.

E mentre lasciava cadere le braccia lungo i fianchi pensò che in un certo senso c'era riuscito a fare un viaggio nel tempo. Era come se avesse corso alla velocità della luce lungo la curvatura del cosmo. Ma aveva fatto un errore nel calcolare le coordinate spazio-temporali, spedendo i suoi in un universo parallelo. Aveva realizzato il paradosso del tempo. Einstein sarebbe stato contento.

Ottobre

– Davvero vuoi entrare lí dentro?
– Sí che voglio... è l'unico posto in cui imboscarsi. Vuoi infilarti in un carro, in mezzo all'uva?
– Non lo dire neanche, per favore, non lo dire neanche!
– Ma dài... non crederai a quella cazzata?
C'era una cosa sola a cui pensavo intensamente allo scoccare delle ore 00.00 del primo ottobre di ogni anno: come imboscarmi alla vendemmia. Mio zio era fissato con le date. Qualunque tempo avesse fatto, che l'uva fosse indietro o quasi marcia, al primo di ottobre lui cominciava a vendemmiare, e al primo fine settimana toccava anche a me e a mio fratello, che eravamo suoi nipoti. Era solo una domenica, perché la vigna di mio zio era grande ma c'era sempre un sacco di gente, e in una decina di giorni finiva tutto. Però almeno una giornata me la beccavo sempre. E la odiavo. Odiavo l'aria fredda della mattina presto, la terra molle che ti risucchiava gli stivali di gomma, tutta quella polvere di verderame che si alzava dalle foglie a farti starnutire, e il succo maledetto e appiccicoso degli acini strizzati che ti scivolava dentro le maniche appena alzavi le braccia per arrivare con le forbici ai grappoli piú alti. E il peso dei secchi da vuotare nel carro. E come ti lasciavano le unghie i guanti di gomma quando te li levavi via. E il sole, che dopo un po' cominciava a filtrare tra le foglie e a batterti addosso come fosse agosto, anche se era soltanto una maledetta domenica di ottobre. Odiavo tutto, e appena scendevo dalla macchina di mio padre assieme a mio fratello e vedevo i filari silenziosi, scossi appena dal *cic cic* delle forbici, la prima cosa che mi veniva in

mente era *Apocalipse Now*, con il colonnello yankee in piedi davanti alla foresta vietcong devastata dalle fiamme. «Adoro l'odore del napalm la mattina presto...» La prima cosa.

La seconda cosa era dove imboscarmi dopo una mezz'ora e sparire dalla vista di mio zio fino all'ora di pranzo.

– Io lí dentro non ci vengo. L'hai sentito lo zio. Tanti anni fa c'è morta una bambina in quella cantina. È annegata in una botte di vino e dicono che ci sia il suo fantasma che...

– Sí, bravo, credici... è lo zio a mettere in giro certe storie perché nessuno si imboschi in cantina. Comunque, se non vuoi venire, torna pure alla vigna a beccarti anche i miei secchi. Io mi nascondo qui.

Mio fratello rimase a guardarmi mentre scendevo i tre gradini scavati nella terra battuta che portavano fino al portone di legno. Era l'unica cosa nuova di quella cantina, il portone. Incassato sotto il granaio, era pesante e massiccio e aderiva perfettamente ai battenti, senza lasciar passare un filo di luce. Me ne accorsi subito appena lo chiusi alle mie spalle e la cantina piombò in un buio quasi assoluto. Quasi, perché appena i miei occhi si furono abituati alla penombra rischiarata da una lama di sole polveroso che tagliava la stanza, cominciai a vedere dove stavo mettendo i piedi, poi anche le sagome degli oggetti che avevo attorno e anche i dettagli, come una vecchia, magnifica, semidistrutta ma comodissima sdraio in fondo alla cantina, proprio accanto a una botte. Fu lí che andai, veloce e sicuro, perché ormai cominciavo a vederci praticamente bene, quando all'improvviso la fessura nello scuro di legno che chiudeva l'unica finestra cominciò a occhieggiare, poi, di colpo, si spense.

Il buio si fece assoluto e io mi fermai, un piede ancora sollevato a metà di un passo, in attesa che i miei occhi si abituassero anche a quello. Per quanto possa essere scuro c'è sempre un velo di luce, un riflesso, qualcosa che dopo un po' comincia a disegnare i contorni di quello che c'è attorno. Per quanto possa essere nero, prima o poi gli occhi si abituano, sfruttano un riverbero invisibile e cominciano distinguere qualcosa.

Quella volta no.

Il buio rimase buio, totale e liquido, cosí avvolgente e denso che mi sentii vacillare e allargai le braccia, cercando di toccare qualcosa per tenermi in equilibrio.

Ma non toccai niente.

Allora feci un passo in avanti, le mani tese e una specie di solletico che mi formicolava dietro gli occhi, fastidioso. Un passo avanti... ne feci un altro e già non ero piú sicuro di andare veramente in avanti, privo di punti di riferimento e immerso in quel vuoto nero come lo spazio al centro dell'universo.

Poi lo sentii.

Un rumore rapido e sottile, vagamente metallico, argentino, e acuto. Come una risata.

Una risata da bambina.

– Non scherziamo, – dissi, ad alta voce, – vaffanculo, non scherziamo! – e feci un altro passo, non so dove, trascinato piú che dalle gambe dal cuore che mi batteva fortissimo, fino in gola, fino quasi a non farmi respirare. «Dài», pensai, «dài, scemo, chissà cos'era...» quando all'improvviso la sentii ancora. Metallica, argentina, veloce, cosí vicina da ghiacciarmi il sangue e bloccarmi irrigidito come un palo.

Poi sentii i capelli.

Sottilissimi, come un velo, ma ruvidi e stopposi come fossero vecchi di centinaia di anni. Mi sfiorarono il volto, passandomi tra le labbra socchiuse, una carezza impalpabile e secca, che mi lasciò sulla pelle l'odore umido della putrefazione. E subito dopo, qualcosa, qualcosa di basso e piccolo come una bambina mi afferrò le gambe.

Allungai una mano, d'istinto, e quella cosa mi colpí, mi morse le dita con un dolore acuto che mi fece urlare, urlare di terrore, e allora corsi via nel buio, senza sapere dove, inseguito da quella risata che si faceva piú forte, alle mie spalle, piú tintinnante, e quasi isterica. Inciampai e caddi nella polvere, ma mi rialzai subito, graffiando la terra battuta con le dita per tirarmi su, e corsi ancora, lontano da quella risata. Quando raggiunsi la superficie liscia e nuova del portone cominciai a batterci i pugni sopra, e a urlare, finché qualcuno non venne ad aprirmi. Era mio zio, e alle sue spalle c'era mio fratello. Gli raccontai tutto, anche se dovetti ripeterlo due volte per farmi capire, e alla seconda aggiunsi che era stata la bambina, e che chiudessero il portone, perché lei era là, là dentro!

Mio zio mi guardò con quella piega storta della bocca che aveva quando stava per dirti che eri matto.

– Sei matto, – mi disse. – La bambina non esiste. È una storia che mi sono inventato io perché la gente non si vada a imboscare giú in cantina.

– Ma io l'ho vista! – urlai.

– In quel buio? Hai visto qualcosa in quel buio? Guarda cos'hai visto...

Mi voltai e guardai la cantina. La risata c'era ancora, in fondo, vicino alla botte, dove le lame affilate di un grappolo di falci appese a una corda tesa stavano battendo assieme, mosse dai miei movimenti, metalliche e tintinnanti. C'erano anche i capelli, un fascio di stoppa vecchia che serviva a rivestire i tappi delle botti, attaccato al muro proprio vicino alla sedia a sdraio, che avevo fatto crollare in avanti, e scattare con i braccioli verso le mie gambe. C'era anche il raggio di sole polveroso, tornato a tagliare la penombra dopo che qualcuno aveva spostato il carro parcheggiato davanti alla finestra.

Mi sentii matto, davvero, e non sapevo se avevo piú voglia di ridere o di mettermi a piangere.

– Senti, – disse mio zio, – se devi fare tutte queste scene per una vendemmia resta a casa il prossimo ottobre. Mi hai già fatto perdere un sacco di tempo –. E se ne andò, lasciandomi solo con mio fratello, che mi guardava strano.

– Be'... – dissi, – alla fine ce l'ho fatta. Non è che ho avuto tutta quella paura per davvero... diciamo che ho esagerato, ecco. Un po', insomma. Cristo, vorrei vedere te... tutte quelle coincidenze!

– Coincidenze, – disse mio fratello, che continuava a guardarmi strano.

– Sí, certo... la stoppa, la sdraio, le lame... mi sono anche tagliato con una falce, ma ottobre val bene un taglietto, no?

– Coincidenze, – ripeté mio fratello. – Coincidenze. E allora come ti spieghi che questa volta gli occhi non ti si sono abituati all'oscurità e che là dentro il buio è rimasto cosí buio?

In quel momento, un soffio di vento si alzò da qualche parte e alle mie spalle, in fondo alla cantina, le lame ricominciaro-
no a tintinnare, metalliche e acute, come una risata. Chiusi il
portone, senza neanche voltarmi indietro.

– Dài, – dissi, rauco, – dammi le forbici e andiamo a vendemmiare che poi lo zio si incazza.

La morte è un maestro tedesco

L'Obersturmführer Költz si batteva sempre il frustino sullo stivale prima di iniziare a parlare. Era come un tic, con uno scatto del polso sollevava la punta nera del frustino fino quasi al petto, poi l'abbassava, veloce, a colpire il cuoio lucido dello stivale. Se facesse cosí anche con i suoi uomini non lo so, ma con noi, noi internati nel Kz 51, lo faceva sempre.

– Tu! Un passo avanti!

Quando parlava con noi l'Obersturmführer Költz stirava sempre le labbra sui denti. Ma aveva due modi di farlo. Dritte e parallele, sottili come un taglio, ed era un ordine cui dovevi obbedire. Piú bassa quella di sotto, leggermente curva, ed eri morto. Quella volta erano dritte e parallele. Per quel giorno sarei rimasto vivo anch'io.

– Suonavi il violino al Teatro comunale di Milano.

Era quello di Bologna, ma mi guardai dal dirglielo. Non faceva domande, l'Obersturmführer Költz, non con noi.

– Vai con gli altri e segui il Rottenführer.

Gli altri erano un ungherese magro, uno zingaro con i baffi e Cremona, che avevo conosciuto a Fossoli, dove ci avevano concentrati tutti dopo le retate, prima di smistarci ai vari campi. Era un musicista anche lui, di Catania. Ciabattando con gli zoccoli nel fango seguimmo il Rottenführer fino a una baracca con la porta chiusa da un lucchetto. Il caporale l'aprí e ci fece segno di andare dentro, con un cenno della testa. Sul momento ebbi paura. Poi ripensai alle labbra dell'Obersturmführer ed entrai, per primo. Rimasi bloccato sulla soglia, con Cremona che mi venne a sbattere alle spalle.

Nella baracca, accatastati, appoggiati, aggrovigliati e appesi, c'erano strumenti di ogni tipo, violini, violoncelli, arpe, grancasse, clarinetti e trombe. Sembrava l'orchestra grande di un grande teatro, la piú grande che avessi visto, ma senza i musicisti. E suonava anche, piano piano. Il vento della steppa che entrava dalle finestre chiuse male toccava le corde degli archi, si infilava nelle trombe, faceva vibrare la pelle dei tamburi, piano, ma abbastanza per cavarne un suono, confuso e costante, come un'orchestra invisibile che accordasse gli strumenti.

– Prendete quello che vi serve, – disse il Rottenführer, – e uscite fuori.

Non so di che marca fosse il violino che avevo in mano, ma per me aveva il peso leggero e la tensione dolce di uno stradivari. Tenerlo in mano, sfiorarne le corde, scaldarne il legno della cassa con la guancia, era una tentazione urgente, ancora piú forte della zuppa che si raffreddava nella tazza, vera zuppa, con veri pezzi di carne dentro. Non era stato lo stesso per l'ungherese e per Cremona, che si erano gettati a divorarla e dopo, incredibile nel Kz, erano riusciti senza sforzo ad averne ancora. Soltanto lo zingaro con i baffi non aveva toccato né la zuppa né il suo violino. Era rimasto fermo in un angolo della baracca in cui ci avevano portati, rannicchiato su se stesso a guardarsi attorno come un uccello spaventato. Solo quando fummo rimasti soli senza il Rottenführer schiuse le labbra sotto i baffi e in una lingua incerta domandò che giorno fosse. Nessuno lo sapeva, ma in tre, Cremona, l'ungherese e io, riuscimmo a ricostruire la settimana, cosí, a occhio. Allora lui si fece il segno della croce e, rapido, sputò per terra. Con la punta di un piede tracciò un cerchio attorno a sé a partire dallo sputo. Poi afferrò il violino e se lo strinse addosso.

Restammo nella baracca tutto il giorno a mangiare e accordare gli strumenti. Non avevamo ordini, ma vedendoci tutti assieme, due violini, un clarinetto e un violoncello, pensammo che probabilmente eravamo un'orchestrina e provammo anche qualche cosa assieme, un tre quarti, prima, poi un valzer e una polka. Tra tutti, il piú bravo era lo zingaro, ma era anche il piú distratto. Bastava che toccasse il violino e subito avevamo un'impennata, la musica cominciava a correre veloce e anche piú sicura, ma durava poco, perché subito smetteva e ricominciava a guardarsi attorno, diffidente e spaventato. Piú di una volta si fece il segno della croce e sputò per terra.

Alla fine, senza sapere piú cosa fare, ci addormentammo quasi tutti. Rannicchiato in terra nelle strisce della tuta, abbracciato allo strumento, dormii il sonno piú profondo da quando, quattro mesi prima, uscito per un momento dalla cantina in cui stavo nascosto, incontrai la Brigata nera e non tornai piú.

Quando ci svegliammo la baracca attorno a noi era cambiata. Se prima era vuota, a parte noi e il fango degli stivali e degli zoccoli, adesso c'erano tavoli, sedie e anche festoni colorati, anche se solo con i colori del campo. E sui tavoli bottiglie di cognac, vino e scatolette appena aperte. Qualcuno aveva tirato a lucido il pavimento e i vetri delle finestre, da cui adesso si vedeva il cielo che stava diventando nero per la notte. C'erano lampade accese, nella baracca, una anche su di noi, e lungo le pareti, schiacciate contro le assi dove rimanevano piú in ombra, sembrava ci fossero dei materassi e delle brande.

Ci alzammo in fretta appena sentimmo risuonare i tacchi degli stivali sul legno del pavimento, ed eravamo già pronti, dritti dentro gli zoccoli, disposti quasi in cerchio attorno al violoncello, quando la prima SS entrò nella baracca.

Era l'Obersturmführer Költz. Ci guardò, si batté il frustino sullo stivale e disse: – Valtzer! – con le labbra parallele.

Fui io a dare il tempo, schioccando per tre volte l'archetto sulla cassa del violino. Iniziammo tutti assieme, prima un po' incerti, a rincorrere l'*un-due-tre* che ci sfuggiva, terrorizzati dall'idea che qualcuno se ne accorgesse, poi, visto che nessuno per adesso ci badava, si sentimmo piú sicuri e con naturalezza, perché eravamo musicisti, ci compattammo sul respiro delle note. Del resto, c'era troppo rumore perché qualcuno ci potesse sentire davvero. Erano entrate una decina di SS, tra graduati, truppa e ufficiali, e quello che si sentiva soprattutto era il tintinnare delle bottiglie e dei bicchieri. Con loro c'erano cinque o sei ragazze, giovani e belle, vestite bene e allegre, proprio come per una festa, anche se avevano i capelli corti e sulle braccia nude il tatuaggio nero del campo.

Noi suonavamo, gli uomini bevevano e le ragazze mangiavano, e se chiudevo gli occhi, seguendo soltanto il suono morbido della musica e quello allegro delle voci, mi sembrava di essere davvero a una festa, o per lo meno che la vita fosse ritornata un po' piú vita, e istintivamente, senza neppure aprire gli occhi, cambiai tempo assieme a tutti gli altri quando l'Obersturmführer Költz batté le mani e disse: – Polka!

Suonammo sempre, interrompendoci soltanto quando due ragazze ci portarono un bicchiere di vino che un SS, con un cenno degli occhi, ci permise di accettare. Suonammo sempre e sempre piú veloce, perché nonostante le voci si abbassassero e anche il tintinnare delle bottiglie, e le ragazze e le SS fossero diventate ombre che cigolavano sulle brande alle pareti, appena accennavamo a rallentare il ritmo in qualcosa di piú consono, l'Obersturmführer Költz batteva le mani gridando: – Suonate piú forte! – e noi ripartivamo.

Appena l'ultima SS fu scomparsa dalla luce, confusa con le ombre sulle brande, lo zingaro con i baffi lanciò un'occhiata alla finestra e mormorò qualcosa. Rapidissimo, quasi senza perdere il tempo, si fece il segno della croce, poi sputò per terra, cosí di nascosto che soltanto io che lo guardavo me ne accorsi. Allora toccò lo sputo con la punta dello zoccolo e lentamente, come se ballasse, girò attorno a tutti noi, tracciando un cerchio sulle assi del pavimento. E mentre lo faceva, aveva ricominciato a suonare a modo suo, con quella foga che ci trascinava tutti, a scattare in avanti, come cavalli imbizzarriti.

– Suonate piú forte! – gridava l'Obersturmführer Költz dall'ombra. – Suonate piú forte!

– È bravissimo, – mi sussurrò Cremona, abbracciato al violoncello, – sei bravissimo, – disse allo zingaro, ma lui non gli rispose. Era tornato al suo posto e suonava, con gli occhi aperti, fissando le ombre che si muovevano nel buio.

Suonava veloce, muovendo le labbra sotto i baffi, come se pregasse, illuminato per metà dalla luce gialla della lampada e per metà da quella bianca della luna, che adesso brillava in mezzo alla finestra, rotonda, perfetta e piena.

All'improvviso, dall'ombra delle brande, in mezzo ai sospiri, ai gemiti e ai cigolii, arrivò un rumore strano. Era un ringhio cupo, come un brontolio, e doveva essere forte se lo sentivamo anche sotto il ritmo indiavolato della chzarda che lo zingaro ci aveva imposto di seguire. Poi sentimmo un urlo, anche quello forte, un urlo di donna, acuto e spaventato, seguito ancora da quel ringhio.

All'improvviso, dall'ombra delle brande, venne fuori una ragazza nuda con il vestito attorcigliato attorno alle gambe. Scivolò sul pavimento, in mezzo al cono di luce di una lampada, e subito qualcosa uscí dall'ombra e la riprese, trascinandola nel buio. Era stato cosí veloce che non ero riuscito a distinguere persone e movimenti, soltanto ad avere la sensazione strana, che cresceva col passare dei secondi, che invece di afferrare la ragazza, quella cosa l'avesse morsa.

Ci bloccammo tutti, assieme, come se un direttore avesse tagliato l'aria con la sua bacchetta. Immobili, come di ghiaccio, terrorizzati. Lo zingaro, invece fece un passo avanti e mi gridò: – Suonare ancora! – a me, battendo il suo violino contro il mio. – Suonare ancora! Prego! – battendo il suo violino e facendo scorrere l'archetto sulle corde, vicinissimo al mio orecchio, finché non ricominciai anch'io a suonare, senza sapere perché, e dietro di noi anche il violoncello di Cremona e il clarino dell'ungherese, trascinati tutti assieme nella chzarda dello zingaro.

L'ombra lungo le pareti brulicava di movimenti, di urla e di ululati. Si sentivano le ragazze gridare e si vedevano gambe e braccia uscire per un momento dal buio, nude e insanguinate, aggrapparsi alle tavole del pavimento con le unghie, poi tornare indietro, come inghiottite. Si sentivano ringhi feroci e schiocchi di denti e ogni tanto qualcosa di nero gonfiava i bordi della zona d'ombra, la curva di una schiena o di una testa, nere e indistinte come fossero parte dell'ombra stessa. Alla fine le urla non ci furono piú, soltanto i ringhi, e all'improvviso, dall'ombra, vennero fuori.

Non so che cosa fossero. Neri, curvi come cani, i volti allungati in un muso da lupo, la pelle lucida come cuoio dentro le uniformi da SS, se ne stavano attorno a noi, in cerchio, latrando impazziti e mostrandoci i denti insanguinati.

– Suonare ancora! – gridava lo zingaro. – Suonare ancora, prego! – e intanto muoveva l'archetto sul violino come volesse segarlo in due, e noi dietro, io e Cremona, con l'archetto veloce sulle corde, soltanto noi, perché l'ungherese perse la testa, lasciò cadere il clarinetto e corse fuori dal cerchio, verso la porta, finché l'Obersturmführer Költz non lo afferrò alla gola con i denti e lo schiacciò a terra.

– Suonare ancora! – gridava lo zingaro. – Suonare, prego! – e cosí facemmo, mentre lui si segnava il petto con l'archetto in mano, sputava a terra e rinnovava il cerchio, e noi dietro la sua chzarda, sudando e stringendo i denti per il dolore al braccio ma suonando ancora e sempre piú forte davanti alle SS che latravano e facevano come per slanciarsi verso di noi che suonavamo, suonavamo e suonavamo, sempre, sempre, per tutta la notte, per tutta quella notte maledetta.

Il mattino dopo era come se non fosse successo niente. Il cielo sopra il campo era ancora color del ferro e io ero in fila assieme a tutti gli altri, davanti all'Obersturmführer Költz, alto, sicuro e lucido come sempre, nella sua uniforme nera. Ci guardò tutti, poi, con uno scatto, alzò il frustino fino al petto e *tac!*, contro il cuoio dello stivale.

– Tu! – disse, indicandomi, e lo disse con la labbra stirate sui denti, sottili come un taglio. Ma quella di sotto era un po' piú bassa.

Dietro di lui, affondati nel fango gommoso del campo, c'erano già Cremona e lo zingaro con i baffi.

Julian

Mi chiamo Julian e sono di Nantes. Deputato alla Convenzione tra le fila dei Cordiglieri, amico di Marat e di Danton, ebbi un contrasto con Robespierre e arrestato la sera stessa venni condannato a morte dal Comitato di salute pubblica. All'alba del 18 brumaio 1793 – era un lunedí e pioveva – fui portato sul patibolo e ghigliottinato.

Allora, accadde qualcosa di strano, che non mi so spiegare se non con l'inesperienza del boia, un giovane sanculotto di nome Mathieu, che desideroso di fare bella figura di fronte al Comitato passò tutta la notte innanzi alla mia esecuzione a oliare e ungere guide, carrucole e mandrini, affinché la lama scorresse bene e senza intoppi. Fu per questo, io penso, che scendendo piú veloce del solito la mannaia mi troncò il collo cosí rapidamente che i nervi ne furono interrotti prima ancora che l'informazione della morte sopraggiunta raggiungesse il cervello, sede ultima della coscienza e dei pensieri che in essa si formano. Da cui ne derivò il paradosso, scientificamente accettabile, che mentre il mio corpo si afflosciava inerte sulle assi, la mia testa rotolava nella cesta, cosciente e vigile, morta senza sapere di esserlo, viva in quanto convinta di essere tale.

Ricordo ancora con disturbo il tonfo che mi stordí quando battei la fronte sul fondo della cesta, la puntura sottile di una scheggia di vimini sotto la pelle e il dolore acuto dei capelli che tiravano mentre il boia mi faceva dondolare lento, davanti alla folla urlante. Ricordo il sapore salato della pioggia che mi batteva sulle labbra, aperte e contratte nell'ultimo sospiro troncato dal taglio e anche la sensazione, pungente e fastidiosa, del sangue che sgorgando in un fiotto violento gonfiava i bordi delle mie vene recise. Fu la pietà del boia, il sensibile Mathieu non ancora incallito dalla pratica quotidiana del Terrore, a chiudermi un occhio, uno soltanto, poiché per la fretta di terminare il lavoro solo l'indice della mano che mi passò sul volto poté abbassarmi una palpebra, mentre il medio mi sfiorò appena le ciglia. Cosí, con un occhio aperto e uno chiuso, venni ributtato nella cesta, dalla cui trama, lungo il tragitto della carretta che mi portava al cimitero, potei vedere vecchie cenciose e urlanti, volti deformi di giovinastri butterati dal vaiolo, bimbi ghignanti e gonfi e donne pallide d'isteria di cui una mi sputò addosso, turandomi il naso di una saliva vischiosa, dall'odore acido di urina. Finché il lancio preciso di un becchino, che afferratomi per i capelli mi aveva fatto roteare in aria come una frombola, mi scagliò prima nell'azzurro infinito del cielo, poi dritto nel buio totale di un pozzo che, a parabola conclusa, si trovava proprio sul bordo della fossa comune.

Sembra ridicolo, ma io, che ispirai alla Convenzione la legge sulla pubblica igiene e ancora studente, a Nantes, scrissi un saggio sulla derattizzazione delle campagne, devo la mia libertà proprio a un topo.

Atterrato che fui sul fondo del pozzo, provai immediatamente un moto di terrore nello scoprirmi prigioniero di una situazione senza scampo. Giacevo infatti in cima a un cumulo di teste mozzate, simili alla mia, per quanto loro coscientemente morte. La mia guancia, schiacciata e deformata dal contatto, poggiava sulla fronte gelida dell'abate di Saint-Pierre, come ebbi modo di vedere appena il mio occhio ancora aperto si fu abituato al buio, e avevo il mento sollevato in alto dalla punta del naso della marchesa di Rouche, ghigliottinata tre settimane prima, che per effetto della naturale putrefazione era molliccio e appiccicoso e cedeva lentamente sotto il peso pur lieve della mia povera testa, avvicinando inesorabilmente le mie labbra alle sue, livide e gonfie. L'odore che sentivo era fortissimo, di una acutezza inebriante e insopportabile: frizzava nelle narici e riempiva il fondo del palato, denso e dolce come quello di un paiolo di confettura di albicocche lasciato a ribollire sul fuoco. Nell'oscurità, che diventava sempre piú fitta col calare della sera poi della notte, i contorni frastagliati e corrosi delle teste che mi circondavano apparivano percorsi da fremiti, ombre guizzanti e sagome curve di dorsi neri. Il silenzio del pozzo, rotto soltanto da un sottile frusciare d'acqua che ogni tanto mi lambiva qualche ciocca di capelli, come una carezza tiepida e unta, si stava riempiendo di un intenso e umido biascicare, di un rosicchio molliccio, gorgogliante, sempre piú vicino. L'occhio spalancato nel vuoto, le labbra ormai schiacciate su quelle della marchesa che mi erano esplose sui denti come acini d'uva marcia, fissavo il buio e avevo paura.

Come ho già detto, a salvarmi fu un topo. Anche se, a ben riflettere, almeno la metà del merito spetta alla mia fidanzata. Infatti, nonostante avessi trascorso tutta la notte precedente alla mia esecuzione pensando alle ultime parole da pronunciare sul patibolo, indeciso tra «Vive la France» e «Vive la Revolution», quando ebbi appoggiato la gola all'occhiello della ghigliottina non mi venne alla mente nient'altro che il nome di Louise. Non feci in tempo a dirlo, però, che la lama mi troncò la parola a metà del dittongo, con la bocca contratta a cerchio sulla *u*, che rimase cosí fissa, per sempre, sulle mie labbra. Fu da quel pertugio arrotondato che un topo cercò di entrarmi in bocca, nell'evidente intento di rosicchiarmi la lingua. Ma dato che alla *u* sarebbe presto seguita una *i* pronunciata stretta alla maniera di Nantes, il ratto si trovò incastrato come sul fondo di un imbuto, il pelo fradicio che mi gonfiava le guance, le zampette agganciate alla mia lingua, a straziarmi le papille, e il naso gelido a battere contro il palato nel tentativo disperato di trovare un varco. Non lo trovò, ma mentre sentivo i suoi assalti farsi piú lenti e fiacchi fino all'ultimo rantolo soffocato che mi esalò sull'ugola, avvertivo lo scorrere dell'acqua sempre piú invadente tra i capelli, sempre piú trascinante a ogni millimetro che mi spostava indietro. E cosí, improvvisamente, mi trovai a galleggiare, in mezzo alle ciocche dei miei capelli che fluttuavano sparse nella corrente limacciosa di un canale di scolo. Le volte a botte di un'antica fogna romana scorrevano veloci sopra di me e già sentivo l'odore fresco dell'aria aperta che si avvicinava, allontanando l'incubo di un'eternità trascorsa sotto un cumulo buio di teste in putrefazione, rosicchiato dai topi fino all'osso.

Ero soltanto una testa mozza con un occhio chiuso e la bocca aperta da cui spuntava il deretano grasso e peloso di un topo morto, ma quando vidi le stelle che brillavano nel cielo, mi sentii felice.

Non so per quanto tempo sia rimasto a galleggiare nelle fogne a cielo aperto, trascinato dalla corrente nel cuore di una Parigi che non conoscevo. So che passarono tre giorni, come potei calcolare dall'avvicendarsi del sole e della luna nel cielo che sovrastava il mio unico occhio aperto, ma una variazione d'angolo del baricentro del topo che portavo in bocca mi fece roteare di centottanta gradi, lasciandomi infine col volto affondato nell'acqua nera. Di tanto in tanto, quando il fondo era piú vicino, vedevo scorrere sotto di me il guizzo scuro di un pesce, il brancolare lento di un arbusto di fiume, che mi sfiorava il viso come una mano aperta, e una volta anche la bocca spalancata di un annegato, prigioniero del fango. Dall'odore mutante dell'acqua e dal calore, cominciavo ad avvertire l'approssimarsi della Senna e con quello a figurarmi con piacere di arrivare al mare e navigare attraverso l'oceano fino ai fondali colorati dei Caraibi o tra i pesci variopinti del Messico, quando una botta improvvisa alla sommità del capo frenò la mia corsa, deviandomi bruscamente in un canneto, dove rimasi incastrato senz'altra consolazione che il fatto di essere nuovamente con l'occhio rivolto al cielo. Avevo sbattuto contro la trave di legno di un molo, il cui bordo mi sovrastava da vicino. Ebbi quindi modo di vedere, con rinnovato terrore, il muso ringhiante di un cane che si sporgeva, e sentirne il fiato acre e caldo mentre mi annusava e la bava schiumosa che mi colava in fronte dalle fauci spalancate. Fui strappato bruscamente dall'acqua e lanciato in

alto, atterrando sulla nuca con un colpo secco che mi annebbiò
la vista. Per quanto avessi il cane di fronte, sentivo la puntura
straziante dei denti attorno al cervelletto, dal che ne dedussi
che i cani sul molo erano due. Quello davanti, infatti, scattò ad-
dentando il deretano del topo e assieme cominciarono a tirare,
ringhiando e scuotendo la testa finché il topo non mi uscí di
bocca con un singhiozzo breve e netto, simile al rumore che fa
un turacciolo stappato da una bottiglia di vino vecchio. Allora
presero a correre l'uno dalla parte opposta dell'altro, ognuno
soddisfatto, presumo, della preda sua, uomo o topo che fosse.

Di nuovo con l'occhio rivolto verso il basso, vedevo la strada scorrermi sotto e ogni tanto, quando al cane sfuggiva la presa, rotolavo nella polvere e tra i ciottoli. All'ultimo, mi strinse
per il lobo di un orecchio e a ogni passo sentivo il suo ansimare stanco fischiarmi sul timpano, come una folata di vento caldo e ringhiante. Attraversammo l'aia di una stazione di posta,
piombando assieme in mezzo a un gruppo di bambini urlanti, e
ci saremmo certamente nascosti in un fienile aperto se da questo non fosse uscita veloce una carrozza, che investí il cane,
spezzandogli la schiena.

Ero certo di sentire grida di orrore e gemiti di raccapriccio,
e invece, confusa tra i guaiti del cane agonizzante, percepii soltanto una violenta bestemmia. Il postiglione della carrozza mi
sollevò afferrandomi per i capelli e mi tenne a dondolare davanti alla sua faccia illividita dalla pellagra, fissandomi come
fossi non una testa mozza ma un qualunque oggetto familiare.
Poi sollevò il telone che copriva il carro, celando una fila di barattoli colmi di un liquido giallo e vischioso, in cui galleggiavano fegati, polmoni, cuori e altre membra umane. Erano reper-
ti scientifici diretti al museo di Anatomia di Rouen, e dentro
uno di quei vasi fui infilato anch'io, come fossi caduto per errore dal carro. Lí rimasi per tutto il tempo del viaggio, flut-
tuante nel vuoto, poi immobile sullo scaffale di un'aula di Anatomia, il naso schiacciato contro il vetro, ad ammirare la vita
che mi scorreva davanti come un moccioso affamato alla finestra di una locanda.

Poi, una notte, qualcuno mi rubò. Fu un sentimento meschino di vendetta a provocare il gesto, ma per colmo di paradosso fu proprio grazie a quel moto d'odio che conobbi l'amore.

Galleggiavo inerte nella formalina quando due mani emerse dal buio si strinsero attorno al vetro del mio barattolo, oscurandomi la vista. Feci appena in tempo a intravedere il ghigno beffardo di un giovane e un attimo dopo ero sul pavimento, tra schegge e frammenti di vetro, stordito dallo schianto. Feci un lungo tragitto sotto la falda di una giacca, l'orecchio schiacciato sul tambureggiare fitto di un cuore in corsa e nel naso un forte odore di sudore e di tabacco che rapidamente andava scacciando quello acido della formalina. Mi stavo chiedendo dove sarei finito quando riemersi all'improvviso alla luce vivida e tremolante di un gran numero di candele, che si rifletteva sfavillando su una cornice di stucchi e dorature. Ero in un teatro, a pochi attimi dall'inizio di una rappresentazione.

Deposto su un vassoio di metallo, il cui contatto freddo rabbrividí l'orlo delle mie vene recise e i filamenti di tendini, muscoli e nervi che con esse vi si appoggiavano, ebbi modo di assistere al dramma dalle quinte, come uno spettatore privilegiato. Si trattava della storia biblica di Salomè, che con una danza strappa a Erode la morte del profeta che ha rifiutato le sue grazie, ma era una versione moderna talmente tortuosa e forzata che riuscí soltanto ad annoiarmi, e mortalmente, finché non entrò in scena la protagonista. Non avevo mai visto una ragazza cosí bella, cosí innocentemente acerba nelle forme e allo stesso tempo cosí sensualmente provocante nei movimenti. Era una gioia fissarla ogni volta che entrava danzando nel mio campo visivo, e un tormento vederla sparire oltre il sipario del mio occhio chiuso. Quando compresi che al termine della sua danza avrebbe baciato la testa del Battista e che la testa del Battista ero io, lo sguardo mi si velò di desiderio.

Nonostante l'espressione di raccapriccio che arricciò le labbra della mia Salomè quando le depose sulle mie, nonostante fosse un bacio rapido, freddo e fremente di ribrezzo, lo ricordo dolcissimo, ancora oggi, come fosse stato il primo bacio.

Capii in seguito che si trattava della macabra vendetta di un amante respinto, un servo di scena incaricato di procurare il calco in cera di una testa finta, che aveva voluto punire la mia Salomè facendole baciare la bocca di un morto vero. Licenziatosi la sera stessa, il giovane ghignante avrà trascorso la notte in qualche locanda, godendosi il pensiero del momento in cui la ragazza si sarebbe accorda con orrore dell'equivoco. Quel momento, invece, non venne mai.

La sera seguente, quella dopo e tante altre ancora, adagiato sul mio piatto di latta che riluceva come argento alla luce delle candele, fissavo la mia Salomè avvicinarsi nuda e sinuosa al tempo della musica, chinarsi su di me e baciarmi sulle labbra. Passato il primo momento di imbarazzo, quando si rialzava rabbrividendo e mormorava che sembravo *vero*, la mia Salomè prese a baciarmi con maggiore naturalezza e addirittura con passione. Lo faceva per un gentiluomo elegante che ogni sera, con la coda dell'occhio, scorgevo seduto in prima fila, ignaro che di quel morboso gioco erotico di sguardi e sottintesi fossi proprio io a beneficiarne in prima persona. Maliziosa e straordinariamente provocante, Salomè succhiava la *u* delle mie labbra, insinuava tra i miei denti la sua lingua, a giocare con la mia, e si staccava lentamente, lasciando un velo sottile e caldo di saliva sulla mia bocca immobile. In quel momento, dimenticavo di essere soltanto una testa mozza strappata dalle fogne di Parigi dall'ultimo rantolo di un topo morto, e il pensiero della sera dopo, di un altro bacio della mia bella Salomè, bastava a farmi attendere con ansia, chiuso in una cassa assieme agli altri attrezzi di scena.

Il mio idillio terminò a Marsiglia. Fu lí che il gentiluomo sposò la mia Salomè, strappandola alle scene e mettendo fine alla tournée dello spettacolo. Fui venduto a una compagnia di Grand Guignol che mi esibí infilzato sulla punta di una picca: deputato alla Convenzione repubblicana da vivo, attore protagoni-

sta da morto, ero adesso ridotto al rango di comparsa in un
dramma sulla Rivoluzione dove io, un cordigliere, facevo la testa di un sanculotto.

Odiavo quel genere di spettacoli e la banda di guitti che li
metteva in scena. Condividevo le idee di Rousseau sulla funzione educativa del teatro e non potevo non disprezzare quella
logica immorale, quel gusto orrido e malato che di volta in volta mi faceva emergere da una tomba vomitando vermi, o schiu-
mare sangue rotolando dal patibolo. Sensista e meccanicista,
non ho mai creduto nella sfortuna e in quello che chiamano il
malocchio, ma a volte mi chiedo se tutto quell'odio e le male-
dizioni proferite all'indirizzo della compagnia non abbiano avuto parte in ciò che successe poi.

Eravamo in tournée, infatti, due carri sulla strada per Ginevra, quando proprio ai piedi delle Alpi accadde l'incidente.
Un masso staccatosi da una montagna rotolò sulla strada, travolgendo il primo carro che, rovesciatosi su un fianco, trascinò
nella scarpata anche il secondo. L'attrezzista, che viaggiava su
questo assieme alla moglie, ne fu sbalzato fuori e assieme a lei
decapitato dal coperchio di metallo della cassa nella quale mi
trovavo anch'io. L'urto mi lanciò contro un cespuglio di rovi al
quale rimasi impigliato per i capelli, e da lí, mentre dondolavo
in attesa dei soccorsi, vidi la testa dell'uomo rotolare fin sotto
la mia, oscillare incerta sull'orlo di una buca e precipitarvi dentro, scomparendo. Già sapevo quello che sarebbe avvenuto poi.
Lo schianto aveva ucciso tutti gli attori della compagnia e in
mancanza di testimoni gli abitanti del posto ricostruirono i corpi come meglio poterono. C'erano due cadaveri decapitati con
due teste accanto, e dato che una era quella di una donna il magistrato ginevrino convenne che la mia doveva essere quella
dell'attrezzista, un carpentiere di Morgeux, col quale fui sepolto
nel cimitero di Ginevra.

È da lí che scrivo. Non dalla tomba, no, come potrei? Come potrebbe scrivere una testa mozza chiusa in una cassa di le-

gno assieme a un cadavere in putrefazione? Fui esumato la notte stessa, quando già i vermi del cimitero cominciavano a scivolare tra le assi di legno e a farmi il solletico, strisciandomi nella bocca aperta e riempiendomi il naso. In una notte senza luna, alla luce fioca di una lucerna velata, fui estratto dalla tomba
da un gobbo deforme, sotto gli occhi interessati di un distinto
signore vestito di nero. Lo stesso signore che rividi vestito di
un camice bianco quando emersi dal buio odoroso di iuta per
ritrovarmi sul marmo freddo di una tavola operatoria. A quel
punto, i miei ricordi si fanno vaghi, credo per lo choc di una
violenta scarica elettrica, della potenza di un fulmine, che mi
raggiunse di lí a poco. So soltanto che aprii di colpo l'occhio
chiuso e mi vidi innestato su un corpo enorme, mentre dalle labbra socchiuse mi usciva in un soffio il resto della parola *Louise*.

– Prego? – disse l'uomo in camice.

– Niente, – mormorai io, – cose mie, non ci fate caso... Dove mi trovo? Chi siete voi?

– Sono il dottor Frankenstein, – disse l'uomo, trattenendo a stento l'emozione, – e voi siete la prova vivente delle mie
teorie.

– Mi fa piacere, – dissi, toccando i punti di sutura che avevo attorno al collo. Non gli chiesi quali erano le sue teorie e anche in seguito rinunciai a spiegargli che non aveva restituito la
vita a un cadavere morto, ma procurato un corpo a una testa
che credeva di essere viva e aveva finito per convincerne anche
il resto delle membra.

Da allora, tutte le volte che il dottore accenna ai suoi esperi-
menti – e avviene soprattutto a tavola, durante la cena – cambio abilmente discorso e chiedo un altro croissant.

Il racconto

La prima riga iniziò che Vittorio non aveva ancora finito il pentacolo, ma alla terza aveva già aperto il libro sul leggio e stava cercando la formula.

Niente panico, pensò, evitando di guardare la fine che rapida si avvicinava, trenta righe piú sotto.

Venez, venez, o Diable... iniziò, e per prendere tempo aprí un altro paragrafo.

Lui era seduto alle sue spalle, di traverso su una poltrona, e dondolava una gamba a ritmo della formula.

– Sono qui, – disse, – smetti di chiamarmi. Cosa vuoi?

Vittorio rabbrividí, senza voltarsi.

– Sono nei guai, – disse, – sono il personaggio di un racconto dell'orrore in trenta righe di cinquanta battute a spaziatura uno, e ancora non ho fatto niente. Non uso neppure le virgolette nei dialoghi, per risparmiare spazio... Aiutami, ti prego.

Lui si accarezzò la barba, pensoso, rifletté per almeno una decina di battute, poi sorrise.

– Si può fare. Ma cosa voglio in cambio lo sai.

– Lo so, ma per favore, non perdiamo tempo. Cosa conti di fare?

– Niente. C'è già tutto, un'evocazione, il Diavolo, cosa vuoi di piú? Fidati, entrerai nella Storia della letteratura.

Vittorio sorrise, soddisfatto, ma Lui scosse la testa, alzandosi. Scese anche di un paragrafo, un po' per barare e un po' per dare importanza alla frase.

– Riga trenta, – disse. – Il tuo tempo è finito. Ora devi venire con me.

Indice

370

INDICE

Stampato per conto della Casa editrice Einaudi
presso Mondadori Printing S.p.A., Stabilimento N.S.M., Cles (Trento)

C.L. 16623

Edizione							Anno			
4	5	6	7	8	9		2003	2004	2005	2006